[意]萨曼莎·克里斯托弗雷蒂 著　　魏怡 向菲 译

成为一颗星

宇航学员日记

上海译文出版社

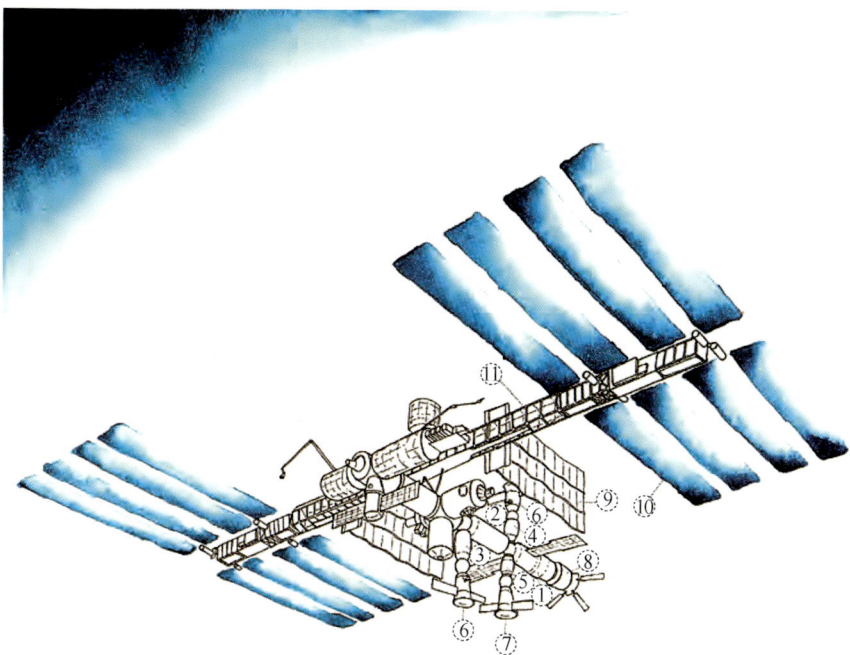

1. 服务舱("星辰"号)
2. "曙光"号功能货舱
3. 一号迷你研究舱("晨曦"号)
4. 二号迷你研究舱("探索"号)
5. 气闸舱
6. "联盟"号(两艘)
7. "进步"号货运飞船
8. 自动转移飞行器
9. 散热器
10. 太阳能电池板
11. 桁架

国际空间站(ISS)俄罗斯舱段

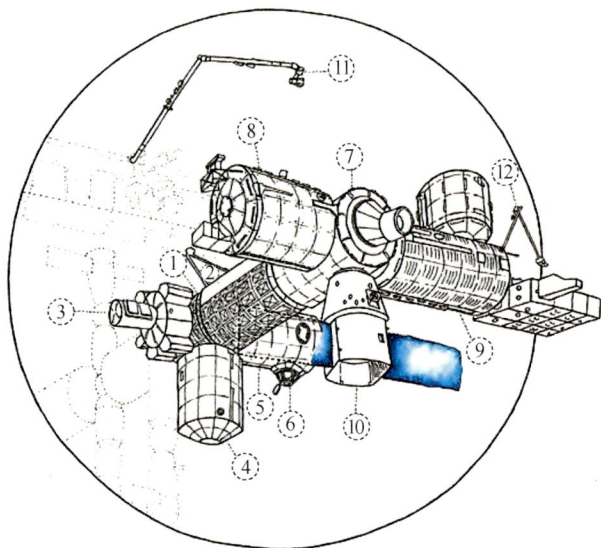

1. 一号节点舱("团结"号)
2. 实验舱("命运"号)
3. 空气阻隔舱
4. 永久性多功能舱
   (服役到2015年5月为止)
5. 三号节点舱("宁静"号)
6. 穹顶舱
7. 二号节点舱("和谐"号)
8. 欧洲"哥伦布"实验舱
9. 日本"希望"号实验舱
10. "龙"飞船
11. 空间站远程操纵系统机械臂
12. 日本机械臂

国际空间站（ISS）非俄罗斯舱段

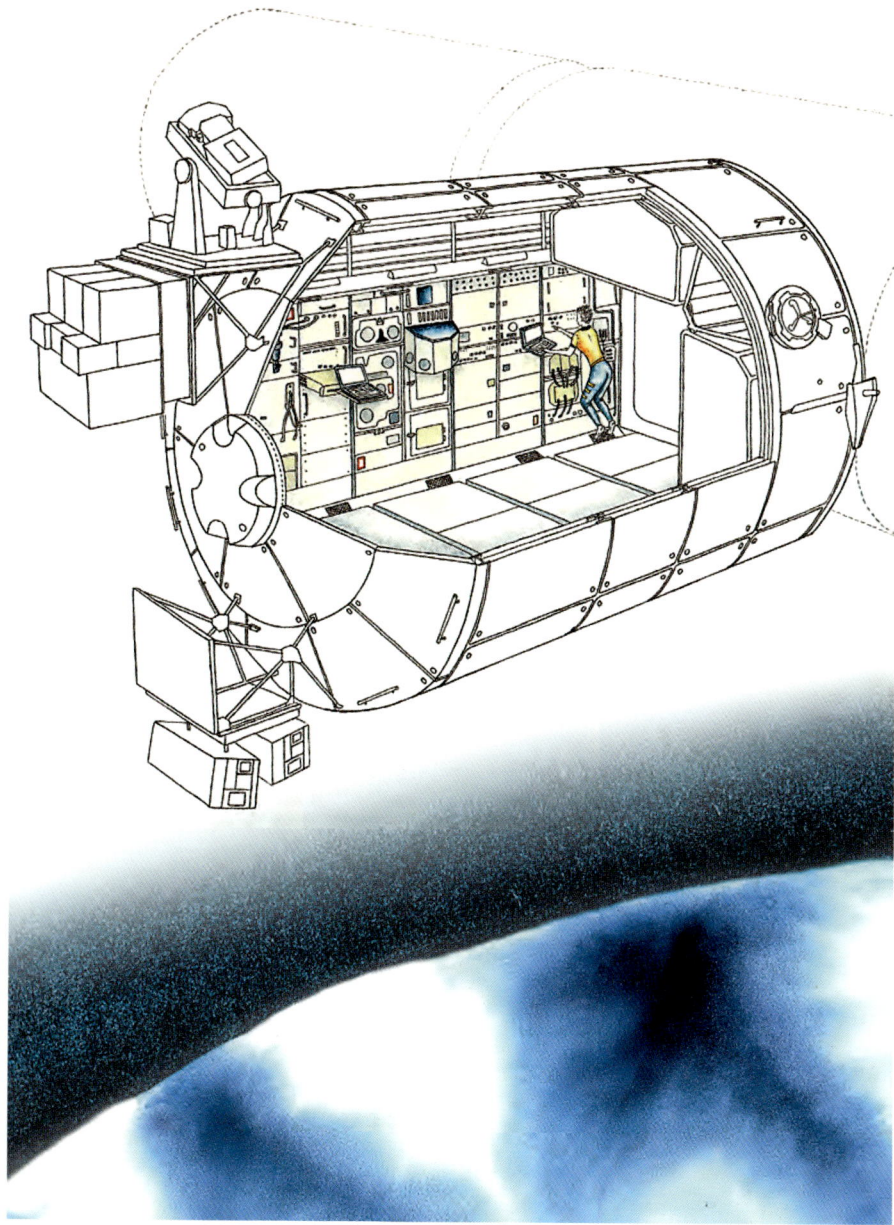

欧洲"哥伦布"实验舱

1. 用来对接和调整姿态的发动机   A. 设备部分
2. 发动机（隐藏）   B. 返回舱
3. 红外传感器   C. 轨道舱
4. 潜望镜
5. 外部对接探头

"联盟"号宇宙飞船

1. 生命支持系统
2. 显示与控制模块
3. 袖口清单
4. 迷你工作台
5. 身体锁定工具
6. 安全缆索
7. 本地锚索
8. 手枪式握把工具
9. 舱外活动简易救生装置

舱外机动套装

空间站远程操纵系统机械臂

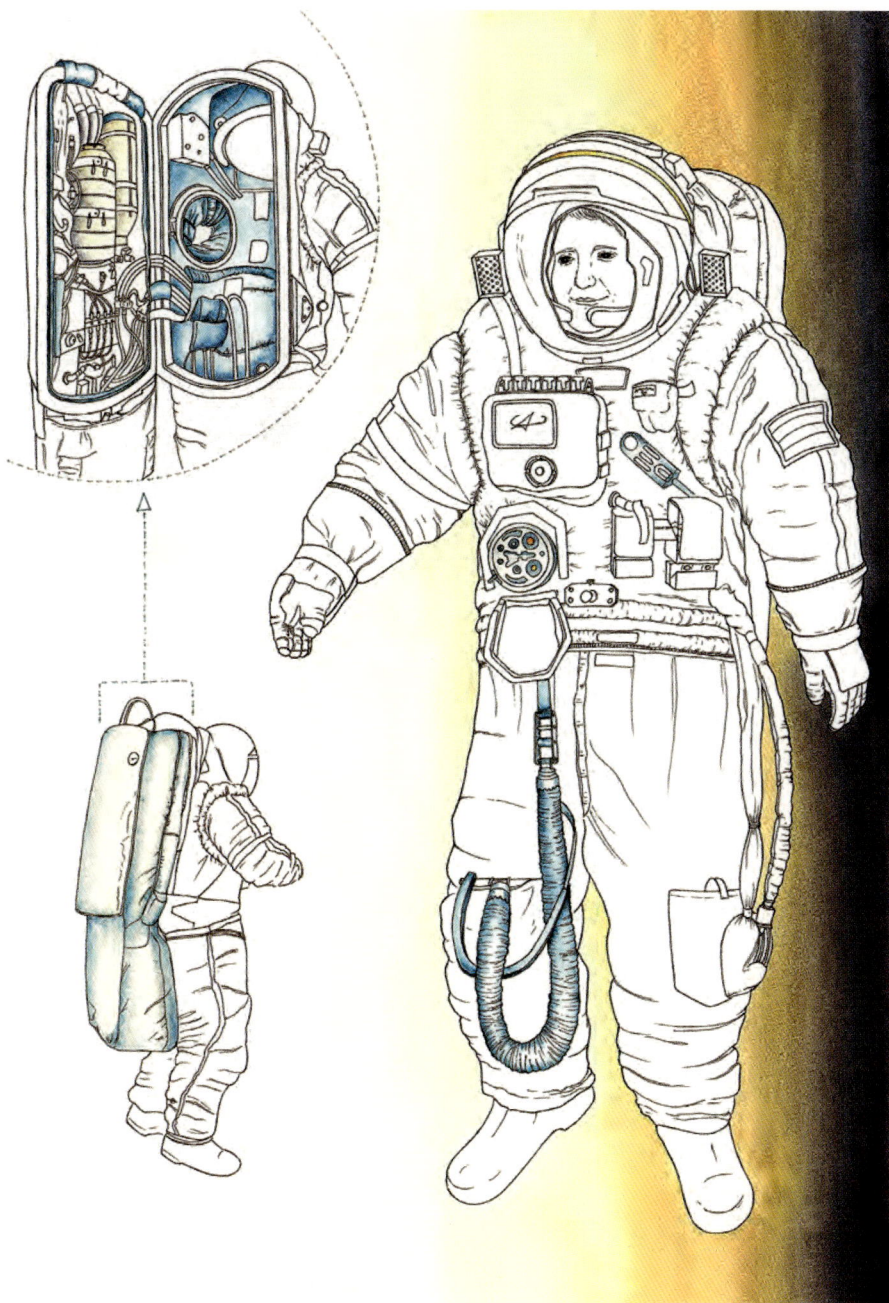

奥兰航天服

索科尔航天服

我们的"联盟"号任务贴片

Attitude: docking LVLH + 180°
→ RS in flight direction w/
an angle of ~ 14° to provide
for com via S-Band
undocking: LVLH

МБС на Союзе: необходимы туда и обратно
_____

1. 200 ? суток, агрегат СОТР
2. CO2 → 5,2
3. пров. СК в микс, 2,5 час
   б ракету + осмотр + герм. ск.
4. page 6 and farther
5. check РЭАК/РЭМК etc...
6. РУД:
   - автом. на вождение
   - ln на 2-х сут
   - вручную на фиксат.
7. Переки. секций КДУ:
   в ЦУМ есть топливо, где
   идёт переключение

我的备考笔记

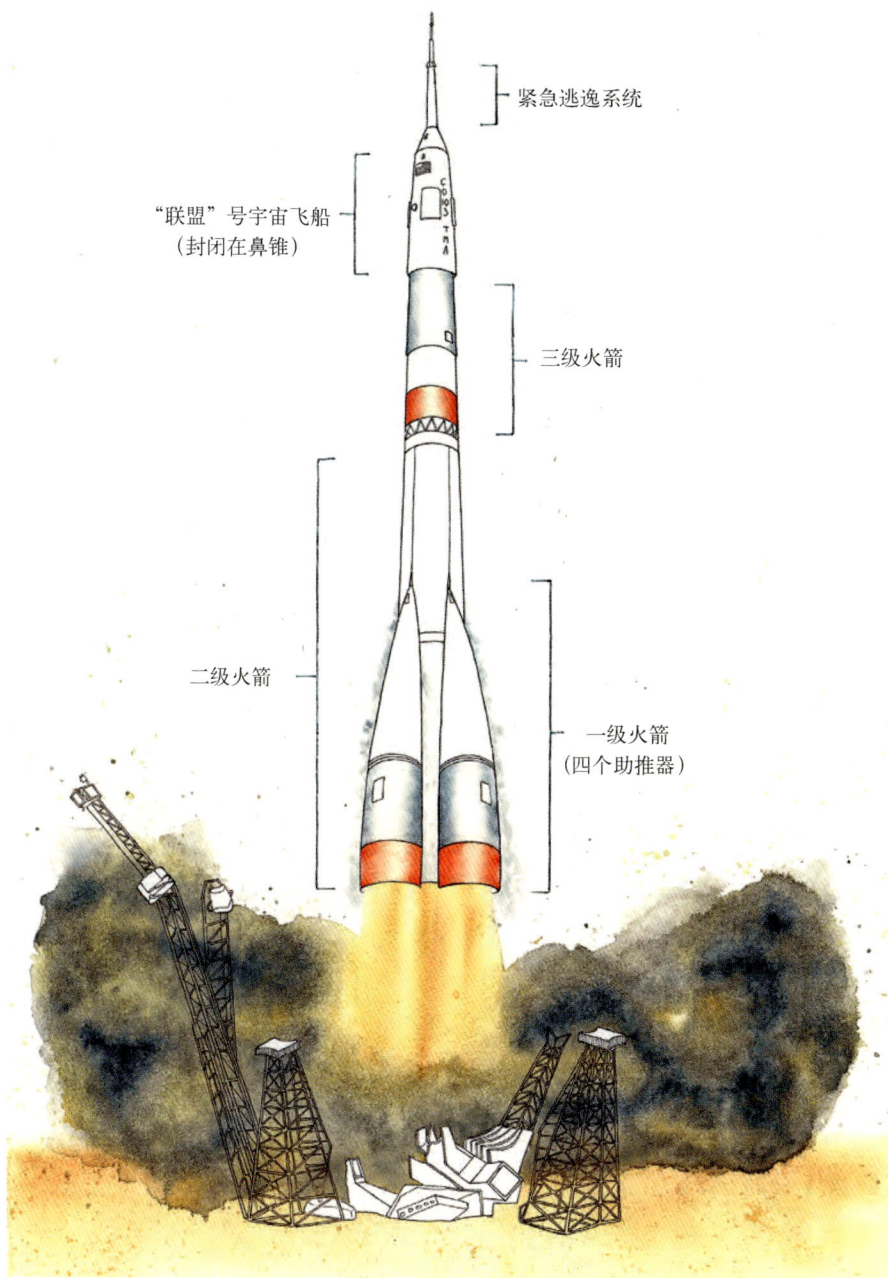

紧急逃逸系统

"联盟"号宇宙飞船
（封闭在鼻锥）

三级火箭

二级火箭

一级火箭
（四个助推器）

"联盟"号火箭

第四十二次远征海报

Main Mission	Low Earth Orbit				Conference / Workshop	

Main Mission: Low Earth Orbit   Conference / Workshop
Destination: Neutral Zone   No
Mission Detail: Launch to Low Earth Orbit from Baikonur, Kasachstan.
After landing in Karaganda, transport back to Houston!
Start of Work: End of Work:
Mission Type: Normal   3rd Party
Interview: No   Justification:
Type of Transport: Airplane

Journey (Theoretical)

From	To	Departure		Scheduled Arrival		Transport Detail
Town	Town	Date	Time	Date	Time	
Baikonur	Baikonur	11-NOV-2014	16:00	11-NOV-2014	16:01	---
Baikonur	Low Earth	24-NOV-2014	10:00	24-NOV-2014	10:01	other
Low Earth	Karaganda	28-MAY-2015	08:00	28-MAY-2015	11:00	other
Karaganda	Houston	28-MAY-2015	13:00	28-MAY-2015	23:30	NASA Plane

Planned Journey same as Theoretical

我的上司正式批准的任务申请，仿佛这只是一次普通的出差

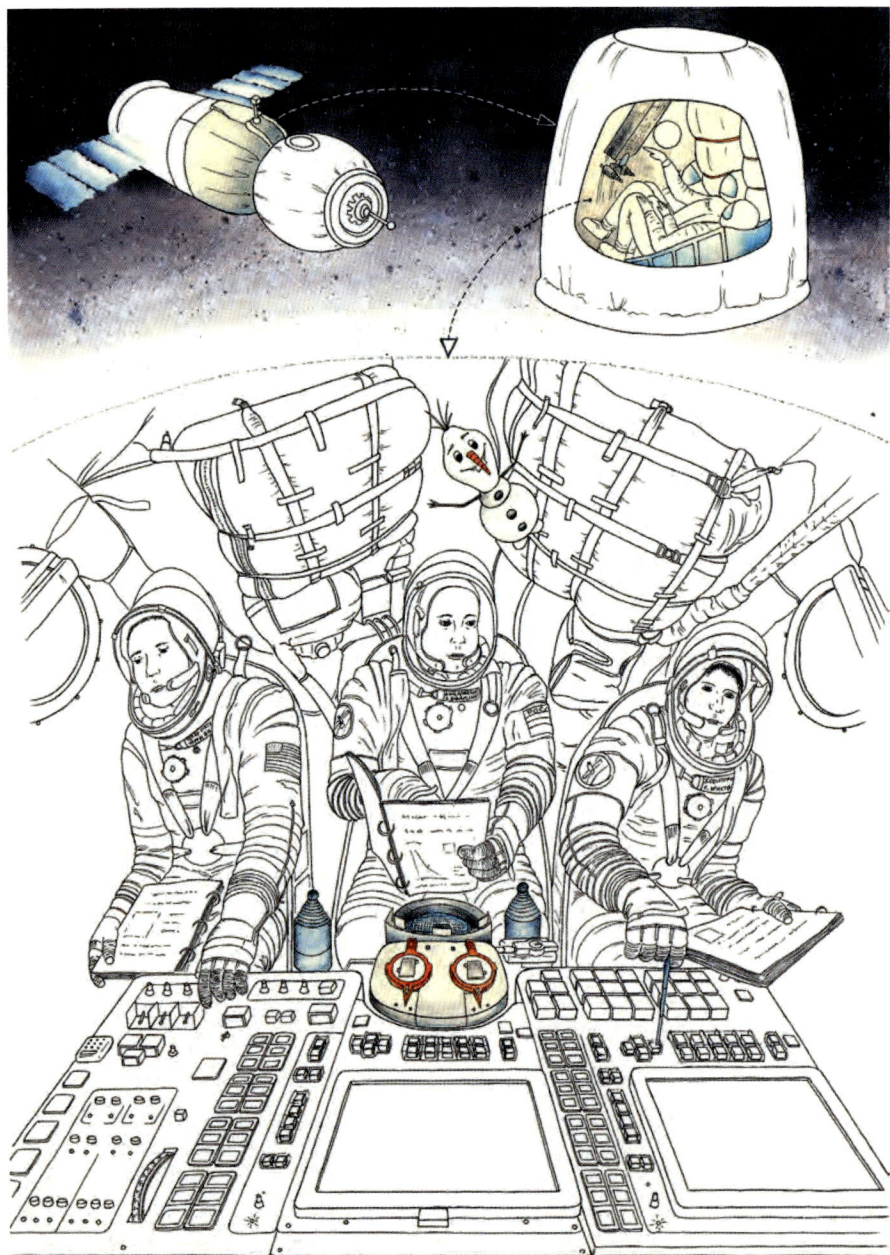

"联盟"号宇宙飞船返回舱的局部

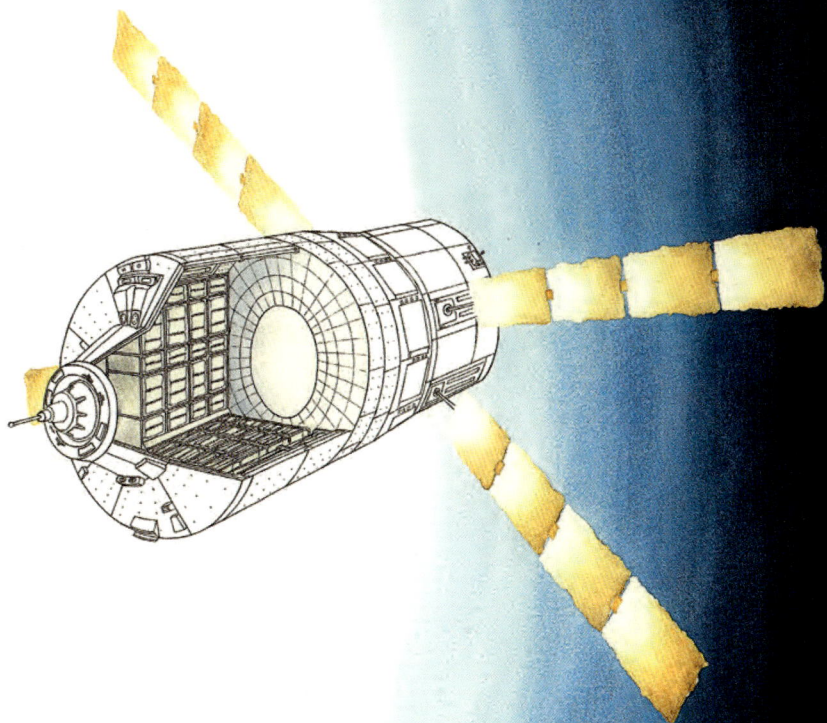

自动转移飞行器

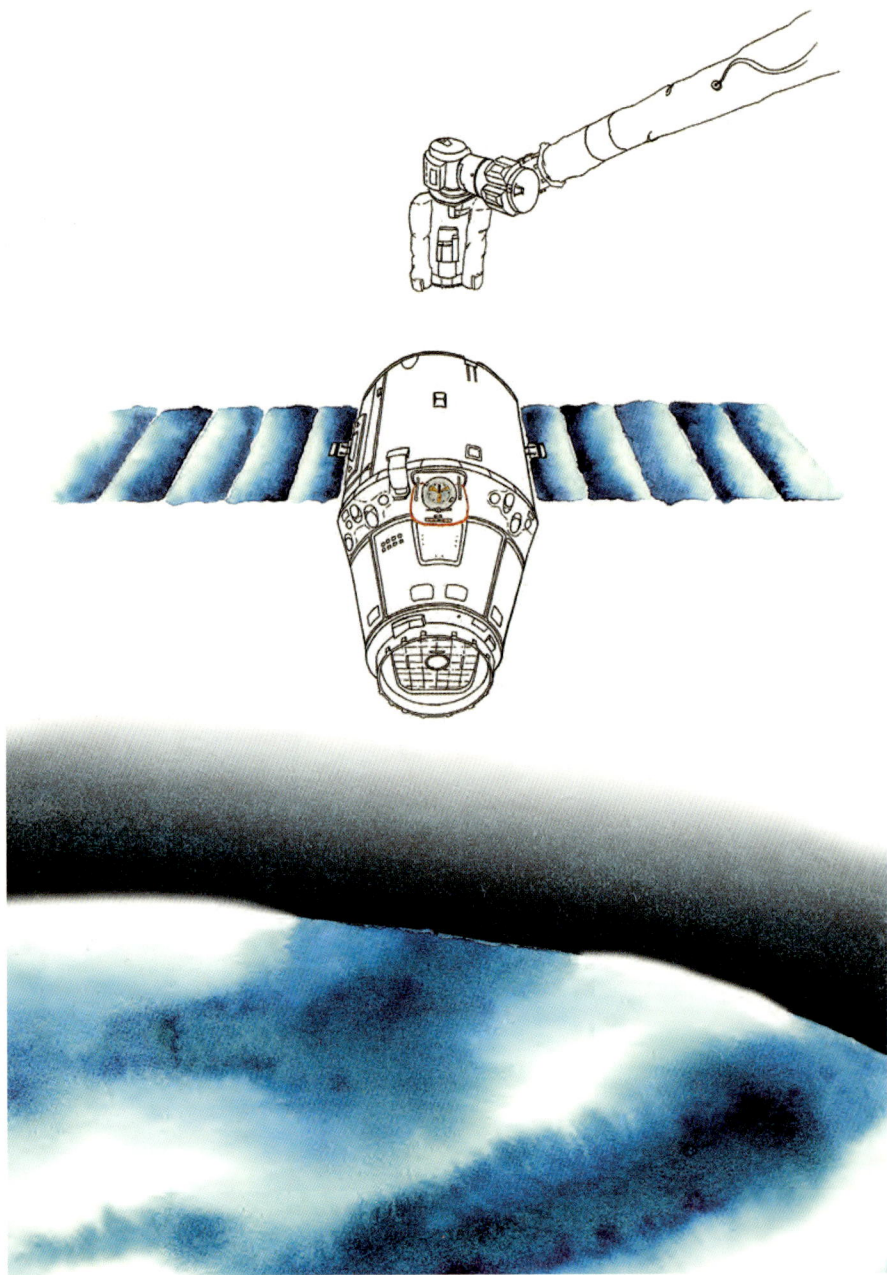

"龙"飞船

目录

献给凯尔茜·阿梅尔，
凝望星星的小女孩。

亲爱的读者，

　　这是一个关于旅行的故事。它是我的经历，却不只属于我。现在我把它交给你们。要小心一点，但也别担心它会与你们的想象混淆，它会被你们的情绪滋养，它会变个样子。这是理所应当的。

　　你们将要读到的内容都是真实的，衡量的标准在于我没有犯错。我也担心哪儿会出错，所以我先在这里致歉。要知道，我很少依赖记忆，除非真的觉得它可以相信。

　　你们将要读到的内容都是实实在在发生过的，但不是所有发生的事情，都可以在这本书中读到。谨慎起见，书里谈论到的每个人，我都只言其善，我的私事也很少提及，因为在我看来，这些都鲜有趣味。不过，我并没有为了让你们感兴趣而删掉任何内容。我不想取悦你们，也没打算教会你们什么。我只是给你们讲述这个故事，这个完整的故事，就好像我们是在长途火车上聊天的朋友。至于用它做什么，你们说了算！

我会带着你们去经历我所有的训练内容，在教室里，在模拟装置里，在游泳池里，在离心机里，在紧急逃生训练中，总有行李在手，满世界打转。这不是一本学习手册，不过我们会沿路收集许多关于宇航员这份职业的干货，不停歇，如同在林间漫步时捡起小石子一般。在少数的书页，可能需要你们稍稍驻足，这些地方会有飞船的标志。假如你们心急，大可跳过，不必内疚，径直前往发射台。最后，我向你们承诺，我们就要向太空出发了！

这场旅行我们一起度过。你和我，我们都是宇航学员！

萨曼莎

认识既不是拆分，也不是分析，而是用眼睛去看。但要看，就得首先置身其中。这是艰难的学习过程。

安托万·德·圣埃克苏佩里《空军飞行员》

轻盈之于我，与精确和果断联系在一起，同含糊和随波逐流没什么关系。保尔·瓦雷里说："你的轻盈要如同鸟儿，而非羽毛。"

伊塔洛·卡尔维诺《美国讲稿》

1

"联盟TMA - 15M"号宇宙飞船，2015年6月11日

我们是一个高速向地球坠落的炫目火球，是包裹在地球表面稀薄空气中的一处炽热伤口。我们飞速从空气中划过，而空气也在高温中化作等离子体。我们是一颗流星。假如坠落发生在夜晚，或许有人会注视着我们，同时许下一个心愿。

在左侧小小的舷窗外，天色开始暗淡下来，深浅各异的橙色火焰在我们周围舞蹈。空气中那些离子化的微小颗粒包裹着我们，阻断了电话通讯：就在回到地球人中间之前，维持着我们与莫斯科太空任务控制中心之间联系的虚拟脐带被切断了，这几乎是一次新生。短短几分钟之后，我们就将从等离子体中冲出，降落伞会打开，我们会与已经在哈萨克斯坦大草原上空飞行、承担着搜救任务的俄罗斯军事直升机取得联系。假如一切顺利，我们将作为地球人获得新生。

在过去的二百天中，我们作为地球以外的人类，身处国际空间站（ISS），航行在距离地球四百公里的轨道上。除了地球的最北端和最南端，我们飞越了这颗行星的每块土地，每片大海，每座山脉，每片沙漠，每座城市和每个港口。我们观看了一场处于永恒革新中的沉默表演。在人类的双眼注视它之前的几十亿年，表演就已经开场。作为太空中人类前哨的居住者和守护者，我们曾经生活在失重的躯体里，操纵着失重的物件，体验梦想实现之后自由而令人振奋的力量，同时也感到肩头的责任。我们的每一天都要配得上自己得到的仅仅属于少数人的特权：作为人类的代表居住在太空中，那里是最后的边界。

　　仅仅三个小时之前，我们打开了用来连接空间站的挂钩。仅仅半小时之前，我们启动了这艘小小的"联盟"号宇宙飞船的发动机，同时减慢它围绕地球不倦飞行的速度。只是稍稍降低飞行速度，便足以重新回归大气层的怀抱。现在，大气正在一点点减轻我们在极速飞行中承担的重负。减速产生的效果是将我们向座椅的方向挤压，我们将要达到第一个 3.6 g[①] 的峰值，也就是相当于我们在地球上体重的 3.6 倍。在地球上进行离心机训练时，并不觉得有什么特别。然而，经历了二百天的绝对轻盈之后，这种压力显得非常剧烈。

　　我将注意力集中在越来越困难的呼吸和面前的显示器上，后者显示出我们回归大气层的各种参数。一切都在完美运转：

────────────

[①] 在本书中，指在离心机或者处于加速中的航天器里感受到的重量的计量单位。1 g 相当于在地球表面的重量。

飞船上的计算机正在自动制定一条航线，目标是哈萨克斯坦高空距离地面十公里的一个点，降落伞将在那里打开。尽管喉咙处受到压力，耳机里指令长的声音仍旧安详而清晰。他在通报飞船下降的最新消息：我们已经靠近标称轨道，减速达到第二个峰值——4.1g，而且还在持续下降。我们被包裹在等离子体中，此刻没有人能够听见我们的声音，但很多双眼睛正准备着看到我们归来。

阿斯特赖俄斯的乘组将要回归家园。我们就是那些从天而降之人。

2

我想，这些星星闪闪发亮，

是否为了有一天每人都能找到属于自己的那一颗。

安托万·德·圣埃克苏佩里《小王子》

伊斯特拉纳军用机场，特雷维索，2009 年 5 月 18 日

那是我人生中最重要的电话，但我没有接到，因为我任由自己在莲蓬头下面多冲了几分钟。现在已经是晚上，今天我不能再寄希望于从欧洲航天局（ESA）得到消息。然而，那不可能是别的电话：一个未知的法国号码，录音电话上没有留下任何信息。在简陋的小房间里，我坐在嘎吱作响的床上，上面铺着空军的蓝色床罩。心脏仿佛要跳出胸膛，所以我做了几次深呼气，使心跳慢下来。怎么办？等他们再打过来，还是我自己试试给他们打回去？这个电话我已经等了几周，越来越强烈的

紧张情绪吞噬着我。在意大利、法国、德国、英国、丹麦和芬兰，另外九个欧洲年轻人也怀着同样的焦虑，像我一样等待着。这次宇航员选拔已经持续了一年多，我们是坚持到最后的十名候选人。我们以为选拔会在两个月之前结束，当时我们二十二个人一起参加了由欧洲航天局高级领导团队主持的面试。然而，上个月发生了最后一件意料之外的事：又一通来自法国的电话——并非通知我们一直在急切等待的那个结果，无论好坏，它都可以结束这种烦人的不确定性——要求我们去参加由局长亲自负责的最终面试。我们十个人参加了那次面试，只有十个人。在前面几个阶段的选拔中，已经有几千名候选人被淘汰。假如现在出局，那将是沉重的打击，因为梦想似乎已经变得实实在在，而并非仅仅是虚无缥缈的愿望或者想象。

在最后几天里，紧张情绪变得难以忍受。按照计划，后天将会在巴黎召开记者招待会，公布当选者。谁又能够想到，仅仅在两天之前的晚上九点，我们还在等待最后的结果？幸好我们是互联网的一代：所有人之间都保持联系，无论是直接还是间接的；而且，我们已经互相确认，没有人收到过消息。

当我仍然坐在床上不确定何去何从的时候，收到了一封邮件，我吃惊地跳了起来。邮件的主题：欧洲航天局选拔。我立刻打开邮件，确认里面只有一个回拨的号码和时间。然而，比起一个简短的句子，它干脆而又明确，立刻消解了所有的紧张。我身体里的每一根纤维和神经都松弛下来。我没有雀跃，没有大笑，也没有哭泣。一种恬静的愉快沁入身心。我静静地品味着深深的放松。没有过去，也没有未来，有的只是耀眼的现在。整个宇宙都静止了，对我报以善意的微笑。

我回复了邮件，然后打电话确认。我说：毫无疑问，我非常高兴后天去巴黎！我当然明白需要保密，以免破坏记者招待会。我早就想到会有类似的要求，所以在两天前已经向朋友们道歉，告诉他们很可能会从媒体那里得知选拔的结果。我只给父母打了电话：成为宇航员的梦想从童年开始就伴随着我，他们是这个梦想的见证人，是他们为我创造了很多机会，帮助我实现梦想。在他们的声音中，我听到了同样的释然。

然后，我给保持联系的最后几个候选人写了信。假如一板一眼地按照保密要求行事，很可能我不应该这样做，但我们曾经承诺过互通信息。而且，在最近的几个月中，我们天各一方地共同承受着等待的折磨，这也加深了我们之间的关系，以至于我觉得不信守诺言是无法想象的。深夜，他们中的两个人给我回了信，说没有收到任何通知。没有人说出口，但他们很可能被淘汰了。有时候，令人兴奋的成功和令人压抑的失望，它们之间的界限是多么细微而又专横。

临睡前，我望了一眼窗外的那一小块夜空。有一天，身处国际空间站，我也将成为天上一个闪亮的小点儿。我难以相信自己真的走到了这一步。借助天赋、艰苦的努力，还有很多很多的幸运，我实现了几乎不可能的梦想。事实上，生活赐予我的是一个强大而又艰难的梦想，成为宇航员是一件如此不可思议的事情。不过，通往太空的道路已经开启，或许我需要等待很多年，但我相信，或早或晚，会有一架火箭在发射台上等着我。

我睡着了，同时还在想着：今天，我找到了属于自己的那颗星。

　　一切都始于一年多以前。当时我正在游泳池的更衣室里，距离我服役的伊斯特拉纳军用机场不远。晚上，我刚刚游完泳就吃惊地收到一系列意想不到的邮件、短信和电话，都是关于同一个令人兴奋的消息：根据不同的消息来源，欧洲航天局即将开始选拔一批新的宇航员。家人和朋友们的话语中，无疑透露出这个没有用言语表达的信息：就在这里！实现我生命中伟大梦想的机会已经到来！

　　我的反应比较谨慎。我控制着自己的兴奋，以免为一个错误信息而失望。对于候选人的要求是什么，我够资格吗？我害怕这个时刻来得太早：当时我只有三十一岁，比大部分欧洲或者美国宇航员得到派遣时的年龄要小。而且，我刚刚开始空军飞行员的生涯，还远未拥有试飞员的资质。我希望有一天能够获得那个资质，因为那一直是通往太空的捷径，我还需要几年才能做到。

　　然而，在下一次机会到来的时候，我肯定已经超过所需的年龄。在美国和俄罗斯，选拔每隔几年就会进行一次，在欧洲却非常少。因此，对于每个想要成为宇航员的人来说，一生或许只有一次机会。上一次选拔是在一九九八年结束的，当时我

还在慕尼黑工业大学读书。那一年，国际空间站的首个组件
"曙光"号功能货舱（FGB）发射成功，而我完成了为期两年
的机械工程学课程，未来三年，我选择的专业方向是航空航
天。那一年，我二十一岁，这是一个令人伤心而又意义重大的
年纪。经历了漫长的对于军队能够向女性开放的等待，就在那
一年，我时时刻刻都在规划的道路，也就是进入意大利空军学
院成为飞行员学员的道路中断了。在我一生中遇到的众多机遇
当中，最幸运的可能就是在接下来的一年，随着意料之外而且
令人惊喜的政策转变，法律规定女性可以自愿服兵役，而且临
时放宽了年龄限制，于是一个仿佛已经消失的可能性重新被摆
在桌面上。尽管在硕士最后一年参加选拔考试在实际操作上会
遇到一些困难，但我当然还是要尽力一试。当时我正在莫斯科
撰写关于固体火箭推进剂的毕业论文。起初，我怀疑是否能够
成功。然后，八月的一天，我接到意大利空军学院的一封电
报，通知我在入学考试中名列第一，我自己都不敢相信。

　　所以，几年之后，我会出现在那间更衣室里，回想当年那
个大胆的决定：在二十四岁又从头开始大学本科的课程——不
过这次用的时间比较短——而我的同学都刚刚高中毕业，比我
年轻很多。即将开始宇航员选拔的消息让我不禁思考自己的选
择是否明智，我已经放弃了很多自由、社会关系、不同的未来
等等。这一切当然是有回报的，但是会非常慢。从空军学院毕
业之后，我在美国获得了空军飞行员执照。随后，我又在意大
利完成了预操作课程，这是成为真正战斗机飞行员的过渡。在

经历了一系列不利因素造成的几个月漫长等待之后，我终于可以前往位于福贾的阿门多拉军用机场，开始专业课程，也就是学习驾驶分配给我的 AM－X 攻击机。

当然，对此我是高兴的，但我多么希望在课程结束之后再去参加欧洲航天局的选拔！从游泳池返回机场宿舍的路上，我的脑海中出现了很多未知数。或许欧洲航天局会立刻刷掉我，因为我没有足够的飞行时长，又或者军队不允许我参加选拔，因为我还在训练当中。在这个不可思议的巧合中，存在着多少命运的讽刺。正当我准备开始一门困难的课程——它要求绝对的投入和最大限度的专注——时，公布了宇航员选拔的通知，这个我平生的梦想具有至高无上的权威，迫使我投入所有精力。我又如何能够在整整一年的时间里平衡两项繁重的任务呢？如何能够全身心投入两个目标的其中一个，而又不冒险搞砸另外一个呢？

几周之后，我带着满脑子的疑问来到阿门多拉军用机场，住进了另一个带家具的房间。从博尔扎诺到明尼苏达，从慕尼黑到图卢兹，从莫斯科到那不勒斯，从得克萨斯到特雷维索……从少年时代开始，我就总是轻装简行，很少的几个行李箱就可以消除我经过的所有痕迹，然后在另一个地方暂时扎根。除了很多年之后从太空归来时以外，我从来不曾因为怀旧而痛苦。

在那些漂泊当中，数不胜数的相遇使我的生活变得丰富。在各个地方，我的朋友圈子中不断加入新的相识。尽管距离遥远，我还是执着地与他们保持联系，与他们中的很多人分享即时的兴奋与希望，也从他们那里收获了数量惊人的鼓励。阅读收到的邮件时，我会觉得，成为宇航员现在对我而言只不过是走个形式而已。我嘴边挂着愉悦的微笑对他们的话照单全收，但心里很明白，友谊常常使客观性让位于情感。

不过，我从与毛里奇奥·切利的一次交谈中获得了很大的安慰。他曾是空军试飞员，而且有过一次搭乘航天飞机执行太空任务的经验。我通过一个共同的朋友联系到了他。对于那次长谈，我始终心怀感激。他非常认真地一边倾听一边给我建议，当谈话进行到某个时刻，他惊呼道："您是完美的候选人！"不过，他随后又说："名额很少，您这是处在激烈的空战当中。"一定会是这样。天知道有多少完美的候选人准备参加选拔，当时的欧洲航天局有十七个成员国。

那时，我到阿门多拉已经一周，与三位非常优秀的伙伴一起上关于 AM－X 系统的理论课。五月十九日，astrosel. esa. int 主页开始运行。想要获得登录密码，必须发送一份适合飞行的医生证明。这是一个聪明的办法，可以淘汰明显不符合要求的候选人。

收到密码之后，就可以进入一份很长的问卷，里面要求提供非常详细的关于中学和大学的学习以及职业经历的信息，还需要填写飞行经历和相关科研情况、掌握的语言、志愿者经历、个人爱好和从事的运动，尤其是诸如潜水、洞穴生存，或者跳伞的经历。这些细节关系到个人动手能力，以及在公众面前发言的经验。我还需扼要地解释希望成为宇航员的动机、对于宇航员使命的想法，描述我的长处和弱点，并展现可能存在的其他有助于获得候选资格的特质。

我花了好几个小时填写这份问卷，然后一再阅读，进行修改和确认、增添和删节，估算着与每个领域相关的分数，设想开放性问题的关键词，努力做到简洁而又详尽。同时，我在自己过往的人生中搜寻，以免遗忘任何东西，一门课程、一次经历，以及能够使自己显得与众不同的能力。从周一到周五，整个白天我在教室里听关于 AM-X 系统的课程，晚上还要花很多时间研究飞行手册，以应对频繁的考试。周末，我埋头填写欧洲航天局的问卷。我极其注意细节，这种做法得益于工程学的学习，更是源于空军飞行员的训练。假如说飞行中的一个细节决定着是否能够返航，那么，问卷上的一个细节则关系到我是能够参加这场空战，还是立刻放弃自己伟大的梦想。

命运变幻莫测，而且这种情况还将持续一年。四周之后，提交问卷的期限到了，关于 AM-X 主系统的第一阶段课程也已经结束，接下来是飞行训练。经过如此漫长的期待，摆在我面前供我操作的第一次并非训练飞行器，而是一架真正的战斗机。在等待获知是否有一天能够飞往太空的那段时间里，AM-X 的驾驶舱是我最渴望的地方。

两周之后，当我正在准备首次独立飞行的时候，收到了第一封回复邮件。后来，在每个阶段的选拔结束之后，我都会焦虑地等待这样一封邮件。

来自：astronautselection@esa.int
主题：祝贺！
签名：米歇尔·托尼尼，欧洲宇航员中心主任

　　我心中充满喜悦，甚至有一种劫后余生的感觉。这才是第一步，我还只是一千名候选人中的一个，这就意味着七千五百名竞争者已经被淘汰。在我看来，最需要侥幸而又最无法预料，也是最取决于偶然因素的部分，我已经通过了。现在，我真的进入了空战阶段：我的简历已经引起足够的兴趣，可以肯定，从现在开始，将不再涉及形式上的要求，而是需要展示能力与性格之间的正确配比。尽管我身上存在着局限，而且总有可能犯错误或者遇到无法控制的不利情况，但我感觉胜算很大。

　　仅仅十几天之后，我就成为被首先召到汉堡的几个四十人候选人小组中的一员，到那里进行一整天的能力测试，也就是一系列通过电脑进行的考试，考试中间有短暂的休息。那是令人疲惫的一天。测试节奏紧凑，而且要求在长达几个小时的时间内保持注意力的高度集中。在英语、数学和机械理解力方面，我感到稍稍松了口气，因为涉及的是已有知识，对脑力劳动的要求比较有限。然而，其他的测试涉及对于纯粹认知能力的严峻考验，比如说持续的注意力、三维可视化、视觉运动协调、注意力分配、视觉和听觉记忆。每一项测试结束之后，我们都会觉得自己的水平不符合要求，因为电脑是不可战胜的。

速度和难度逐渐增加，直到人脑无法避免地达到自身的极限，犯错也就越来越频繁。借助良好的瞬时记忆，以及对于联想式记忆法的一定了解，我几乎肯定自己在视觉记忆部分没有犯错误。然而，在所有其他测试当中，我和别人一样感到迷茫。我们不仅无法知晓自己在测试中表现如何，而且连打分的标准也只能靠揣测。直到很久之后，当欧洲航天局的训练已经开始、所有人都住进旅馆里的时候，我们才通过讨论确认了最可信的一个假设：重要的不是在某些测试中显示出超人的能力，而是不要在任何一项测试中得到低于标准线的分数。如今我清楚地知道，宇航员不需要在任何特定的方面才华横溢，而是需要在所有方面都能应付。

我怀着对于测试结果的某种谨慎的乐观，以及对于遇到的其他候选人的尊敬——当中也包含着兴奋和不安——离开了汉堡。候选人中很多都是工程师或者科学家，在航天工业领域非常活跃，有一些甚至就在欧洲航天局工作。能够见到这么多优秀而又对航天事业充满激情的人，与他们进行愉快而令人兴奋的交谈，发现为同一个梦想跳动的心灵中那种自发的共鸣，或者仅仅是因为接受过相似的技术与科学培养，所以都使用某种语言，具备某种思维上的严谨，并因此能够立即彼此理解，这一切都令人欣喜。不过，我也意识到，在过去的几年里，由于埋头飞行课程，专注于开启空军飞行员的生涯，我与空间探索前沿发展之间的联系变得越来越微弱。明确地说，成为宇航员的梦想对我而言从来不是一种执念。我没有收集过签名和回忆录，也不会孜孜不倦地追踪关于国际空间站的每一条小道消息，更不曾试图截获即将进行新宇航员选拔的传闻。对于我来说，集中精力于眼下的努力始终是重要的。在过去的几年里，我的日常生活就是空军训练。然而现在，展望未来的选拔，我感觉自己必须真正沉浸在航天世界当中。尽管汉堡的测试结果仍然是未知数，我还是力求为接下来的几个阶段做好准备。我觉得有很多知识需要复习，还有一系列的漏洞需要填补。

周末，我开始频繁出入福贾一家可爱的网吧，在那里如饥似渴地搜寻最近七年航天活动的消息。去海滩上晒太阳时，我会带着关于空间推进或者轨道力学的书籍。开车时，我会听"哈利·波特"第一部的俄语版有声书，这是圣彼得堡的一个好朋友送给我的。我觉得青少年读物的语言应该更容易理解，也适合我多年以来因为缺乏练习而生锈的俄语。这样做最明显的结果是，我至今仍然掌握令人羡慕的关于魔法主题的俄语词汇。

多少年时光流逝，我也已经完成了一次漫长的太空使命。如今我能够肯定，在空军学到的那些东西，是任何工程学博士都无法教给我的：纪律，谦卑，坚忍，对自己局限的认知，对细节的关注，团队合作的能力，领导力和追随力。我相信，当成绩最好的候选人进行最后的认知和心理评估时，这些能力会使我脱颖而出。我也肯定地告诉自己：假如我成为最终候选人中的一员，任何涉及开普勒定律的问题，或者用俄语交谈的要求，都不会使我感到为难。

与此同时，关于 AM-X 的课程要求我非常努力。在接下来的几个月里，我会感觉到同时跑两场马拉松的压力，艰难的时刻很快就会到来。一次持续一个小时多一点的飞行，需要几个小时的准备和计划。飞行练习、密集的课程大纲，以及介绍越来越复杂的新类型任务之前的测试彼此穿插：一次次模拟器上的训练，还有许多本涉及最先进的飞机系统、武器装备，以及使用方法、通讯程序与交战规则的厚重教材。在普利亚闷热的夏季接近尾声的时候，那是训练期间唯一的一天假期，也就是仲夏节的周五，我收到了来自欧洲航天局的那封期待已久的邮件和一个好消息：我进入了下一阶段的选拔！当时还剩下一百九十二名候选人。

我们被分成几个六人小组，前往科隆的欧洲宇航员中心 (EAC)，进行第二次为期一天的心理和认知评估。这次的重点不是个人能力，而是人际关系和沟通能力，以及在团队中解决问题的能力。

我和马丁一起参加了第一场测试。他是个可爱的德国人，数学专业博士。测试类似某种视频游戏，我们的任务是改善交通状况。每个人要单独负责城市的一半（"东城"或者"西城"），但只有对方能够看到自己做决定所需的数据，因此要迅速有效地交换信息，并且及时传达指令。沟通时表达简洁清晰，必要时进行有效的领导，这一点对于飞行员来说是至关重要的能力，也是数学家天生具有的素质。在仅有的几分钟准备时间里，我和马丁制订了一套在我们看来行之有效的沟通用语。第一次热身之后，我们俩都对这个策略表示满意。所以，当对我们进行观察的心理学家建议，在真正的测试中不要用如此不容置疑的语气，以及更多地使用礼貌用语的时候，我们都感到有点吃惊。或许从军事飞行干脆有效的沟通模式中寻找灵感，并非给人留下好印象的最佳策略。尽管对彼此表现出了无意识的粗鲁，但在后来的几年中，我和马丁一直有规律地互通邮件，而且开玩笑地继续称呼对方"东城"和"西城"。

后来，我们整个小组被要求在有限的时间内一起解决一个复杂的问题，一切在一个由心理学家、人力资源官、医生和前宇航员组成的委员会观察下进行。或许这是一个无解的问题。无论如何，到了截止时间，结束了一番混乱无序的讨论之后，我们并没有找到解决方法，这一点还是令我感到有些失望。没有人承担起协调员的角色，或许是害怕表现出过于强势的倾向，又或许是怕遭到小组其他成员的反对，并因此处于尴尬而难以控制的境地。我迅速权衡了这些风险，然后决定无视它们。我凭借直觉认为这不是看重战术的时候，唯一正确的选择是按照自己的性格行事。自从记事以来，我从来不曾腼腆或是害怕在必要的时候担任领导的角色，当然也不会从那天开始这样做。在向我们提出第二个问题时，我毛遂自荐作为主持人，而且毫不犹豫地指挥讨论，目标是使这次的讨论能够向着找到解决方法的方向，有的放矢地进行。在这次涉及认知深度的测试中，我们是否能够跻身二百名被认为最优秀的候选人当中呢？截止时间到了，我们已经商量出一个可以提交的有效建议。测试结束之后，一些候选人感谢我采取了主动，这一点使我确定自己做对了。我对自己感到满意，而这很少是个好兆头。在接下来的个人面试中，我将不走运地确认这一点，每个人都要单独和观察员委员会见面。

轮到我的时候已经是下午晚些时候了，我感到疲惫，但充满信心。在我前面被询问的候选人说，面试的气氛友好而又放松，所以，在我看来，那一天总体来说还是积极的。所以，我面带真诚的微笑，坐在委员会面前。四十分钟——我觉得仿佛过了几个小时——之后，我起身离开。告别时勉强挤出来的微笑，是我使尽全身解数遵守纪律的结果。我觉得，对于我来说选拔多半是结束了。委员会里有两个人肯定不喜欢我，这一点我能够确定。在紧张的气氛中，他们要求我总结自己在小组测试时的表现，这使我隐约觉得，在他们看来我是在欺压别的候选人。我任命自己作为讨论的主持人，满怀热情想要取得一个结果，但我可能侵占了其他人的空间，没有对他们表达的所有想法表现出适当的尊重，或许是我再一次参考了更适合军队的互动方法？或许，或许，或许……

在随后的几周里，我大概把那次面试在心中回放了几百次，而且恨自己不能不去想那些。当然，面试中不仅仅有紧张和回答欠佳的问题，其中有些阶段还是颇为轻松的。我认为给委员会中的一些成员留下了好印象，而且，我在其他人身上觉察到的敌意，或许并非当真如此，而只不过是考验我的一种方式。无论如何，十月初在科隆的那个下午，对于在短短几分钟内使我的伟大梦想化为泡影的恐惧，相当折磨人。

接下去的两个月也是在磨人的等待中度过的，那可能是我人生中最为黑暗的日子。在几周的时间里，我不得不与经常出现的头痛共处，这种头痛往往只在飞机上发作。除了避孕药以外，当时我不服用任何药物。而且我从前很少头痛。于是我与之安然相处，并没有求助于止疼药。尽管在那些天，头痛几乎成了家常便饭，我仍然天真地没有想到用任何药物去减轻疼痛。我对于现实生活的常识是如此匮乏，以至于朋友和同事总是以此为由善意地嘲笑我。

十一月，课程移师撒丁岛的代奇莫曼努，以便在弗拉斯卡角的射击场进行训练。这是训练中要求格外严格的一个阶段，指挥官曾经事先告诉我们，遇到困难是常见的事。结果我的确遇到了困难，而且几乎影响到课程的最终成绩。

一个周日晚上，家中传来丧报，令我陷入深深的沮丧。我哭了很久，甚至没有碰用来准备第二天飞行的资料。在一种宿命论的控制之下，鉴于存在着其他更加沉重的压力，AM－X的课程和宇航员选拔在我看来都变成无关紧要的琐事，我对于它们的执着也只是一种任性。

我认识许多拥有极高天赋的飞行员，他们可以在没有进行多少准备而且睡眠很少的情况下飞行，因为知道自己无论如何都能够搞定。我并非他们当中的一员。正确的做法是在第二天早上放弃飞行，但我没有那么做。由于持续的坏天气，课程预计的飞行已经推迟了很久，而且后颈肌肉拉伤使我在额外增加的几天训练里也没有能够飞行。所以，再次推迟在我看来无法容忍。我飞行时是编队里的四号，在射击场的跑道上，视野条件有限，我造成了一种潜在的危险，因此对于那次任务的评分并不太好。

从严重性来说，我犯的是射击场训练中比较典型的错误，所以并没有引起教官的特别警惕。出于善意，而且为了使我能够尽快恢复状态，他们让我加入另一个即将起飞的编队。当然，没有人能够猜到前一天晚上我经历的悲恸。我又一次做出不负责任的决定，没有放弃飞行，所以再次犯下糟糕的错误，也得到了另一个糟糕的评分。同一天里在两个任务上得到差评。很难想象会有比这更糟的状况：假如连续三次飞行得到差评，就会被课程开除。

几年之后，我可以说那个倒霉的日子是天佑，是一个残酷而明确的警示，而且明显正是我所需要的：我不可以心不在焉，或者做出轻率的决定。没有什么能够比近在咫尺的威胁更有效地迫使我们改变思路，调动所有力量，聚精会神。幸好我仍然相信，咬紧牙关自己还是可以做到的。幸好我被托付给特别能干的教官，而对于这种情况也早有预案。幸好我可以依赖三个同班同学的友谊，他们总是向我施与善意，或者简简单单用一句玩笑来化解悲伤。

我埋首于AM-X课程和射击场的飞行训练，不再去想科隆的面试。头疼过去之后，我像往常那样感到自己完全专注于唯一的目标，这对我大有好处，尽管我需要艰苦地重新爬坡。

射击场的训练结束了，我没有再犯下其他错误。回到阿门多拉，我仍旧保持谨慎，同时也找回了从前的平静。

一天，将近晚上的时候，我正在完成一张地图，也就是在我的飞行编队第二天将要经过的可能存在敌人的领土上，用红圈标出一些不存在的地对空导弹的活动范围。此时，我收到一封邮件，两个月令人疲惫的不确定就此结束。

"亲爱的宇航员候选人，我高兴地祝贺你……"

我走出房间，向天空呐喊，无法克制的喜悦突破了所有自控力的边界。等待是如此漫长，多少次我曾经想象完全不同的结果。

晚上，除了满怀兴奋地给家人和朋友发去邮件以外，我还加入了科隆和汉堡的面试之后组成的不同小组候选人之间的交流群。其中很多人收到了坏消息，因此退出了选拔，而我们这些幸运儿的告别词完全不合时宜。我们还不敢相信这个消息，就已经在继续前进了。我们不知道自己到底是在哪里表现得更好，不过对他们表示的遗憾是真挚的。

我们发现只剩下四十五个人，而且我们很快将被召去，分成七到八人的小组，进行整整一周的体检。一天，我接到布丽吉特的电话，我记得她是我在科隆见过的一位法国医生。她负责把我的体检安排在几个可能的时间段里，所以需要知道我上一次例假的时间。可能的雇主关注我的例假周期，这无疑证明

21

了，假如需要的话，宇航员的工作和其他的都不一样！在随后的几年里，布丽吉特特殊的法语腔将变得熟悉，而且我们之间很快就开始的针对个人话题进行交流的习惯，会一直延续下去。实际上，布丽吉特将成为我的航天医生。我们不仅会长时间讨论如何在宇宙飞船上避免例假的到来，而且在任务结束几个月之后，她也将是欧洲航天局第一个知道我怀孕的人。

在发出邀请的同时，欧洲航天局还寄来一份资料，里面简单描述了我们即将参加的几十项测试。都是纯粹医学上的测试，从简单的皮肤科检查到骨密度测量。里面没有出现离心机、旋转椅和隔离室，以及在众人想象中与宇航员选拔联系在一起的其他特别艰巨和惊心动魄的测试。所以，无需进行任何准备，除非你想在短短几周内改变自己的健康状况。我只是试着抽出更多时间进行体育锻炼，尤其注意健康饮食，减掉几公斤的体重，以达到理想状态。

作为空军飞行员，我定期进行体检，以确定身体状况能够胜任高性能飞机的飞行，因此我有理由相信自己没有大的健康问题。这一点令人鼓舞，当然也不能说把握十足，因为长长的体检清单令人恐惧，欧洲航天局的选拔标准可能更加严格。

在体检前夜，我和大学时代的老朋友共进晚餐。当时我已经只能喝水了，因为第二天早上要验血。然后，我到距离德国航天局营地入口仅仅几百米的一个小旅馆，与这次冒险的伙伴们会合。那里的航天医学研究所将对我们进行身体状况的评估。我认出坐在身边的姑娘是雷吉娜，她是比我晚一年在慕尼

22

黑开始机械工程学课程的学妹，这使我万分惊喜。后来我们都去了国外留学，没有再见过面。十年后重逢的时刻，我是空军飞行员，而她已经获得了航天工程的博士学位，在一家咨询公司工作。那一天，雷吉娜是我所认识的人中最幸运的一个。但之后，由于一个毫无症状、在日常生活中也不重要的医学问题，她被认为不适合承担太空任务。仅仅由于一个她完全无法控制，而且假如不是参加欧洲航天局的选拔甚至永远不会知晓的不幸细节，她的梦想破灭了。

体检和在地下候诊室等待的那些时光，时常伴随着没大没小的欢闹，那是空军飞行员——我们中间大部分人都是——特有的玩世不恭。一周的时间就这样飞逝而过。心脏病科和整形外科医生，眼科和耳鼻喉科医生，妇科和精神科医生，牙医和胃肠病学家，放射科和超声医师……在五天的时间里，我们按照严格的计划，有组织地从医院的一个科室到另一个科室，从航天医学研究所的一个房间到另一个房间，见到了各种专家。

一周结束的时候，我带着某种担忧离开了那里，这种担忧来自眼睛。在第一次持续了几个小时的深度检查之后，我被要求再增加一项检查。我的视力一直很好，然而，恰恰是眼睛有可能背叛我，这让我觉得很不可思议。尽管所有人都重复做了至少一项检查，但其他人都没有再次被眼科医生召唤。没有任何解释。只有出现需要立刻就医治疗的情形，我们才会当场被告知。否则，就像在前面的所有阶段一样，我们只会在几个星期之后获知结果。

这一次，我不需要等待很久。二月中旬，回复邮件出现在我的信箱里：

来自：astronautselection@esa.int
主题：祝贺！

最终眼睛并没有背叛我！健康的身体是我出生时就赢得的大乐透，因为它从来没有要求得到特别的关注。而且，在很长的时间里，它也没有因为紧张的生活节奏、缺乏睡眠，还有马虎的饮食和心理上的紧张，抱怨受到了虐待。只是在最近几年，我的身体才开始腼腆地向我发出一些信号，劝说我更加留心自己的生活方式。在当时，我的身体又一次全力支持我：飞往太空吧，萨曼莎！

还有一个小细节：选拔尚未结束。当天，我与其他候选人开始密集的邮件往来：谁已经收到回复，谁又只能在经历二十四小时的折磨之后，在随后的一天得到或好或坏的消息。我们的泛欧洲情报网络很快得出结论：只剩下二十二个人。很难计算成功的可能性有多少，不过我们还是进行了尝试。我们甚至不知道最终会剩下多少个候选人。四个，五个，六个？对此，欧洲航天局从来没有明确的说法。肯定会有国家之间的平衡：比如说，很难想象五个当选者里面有两个英国人，或者六个人中有一半是德国人。假如说到目前为止，选拔仅仅是以每个单独的候选人为基础进行评估，那么，我们知道从此刻开始，最终组成一个人员均衡的团队将成为首要目标。走到这一步，我们都有实力成为宇航员。现在，欧洲航天局将要组建团队。

当然，破坏好印象的方法多得是，比如说，在由欧洲航天局高级领导组成的委员会面试中，表现出准备不够充分。这将是选拔的最后一步，至少我们是这样认为的，当时我们还不知道会与局长进行一次附加面试。现在还不是放松警惕的时候，恰恰相反。我鼓起所有勇气，或者说是厚着脸皮，敲响指挥官的房门，他是负责带领我们完成这次训练的军官，一个理智的人，甚至也对航天充满热情。对我这么一个既想获得 AM-X 驾驶资格又想成为宇航员的怪咖，他表现出出人意料的善意，这不是理所当然的。不过这一次，我的要求的确过分：我想暂停训练一周，以便全身心投入面试的准备。现在不是提这种要求的好时机：由于不利因素的影响，我们的课程已经超出了通常的时长。不过，无论如何我都要试一试。还剩下二十二个候选人，梦想仿佛触手可及。

令我非常吃惊也颇为感激和欣慰的是，指挥官毫不犹豫地同意了。几年之后，已经成为朋友的他会到拜科努尔观看我起飞。几周之后，他又在给我的信中写道："你好像生来就应该做现在所做的事。"或许当时在阿门多拉的办公室里，他就已经这么想了，谁知道呢。

在一周的时间里，我忘记了 AM-X，完全投入到宇航员的世界中。我甚至花了一整个周六的时间购物，简直和看牙医一样吸引人。在福贾市中心，我向三位可爱的女售货员解释说，自己需要一套适合重要工作面试的衣服。她们对我的事情非常用心，帮我挑选了一套简洁优雅的成衣。随后，我就出发去阴雨连绵的诺德韦克。这座荷兰城市濒临北海，异常寒冷，欧洲航天局的航天技术中心（ESTEC）就设在那里。

面试重点关注的是性格，而不是技术能力，在轻松甚至快乐的气氛中进行。委员会的成员轮流提问，通常是问在人与人之间发生冲突，价值观与优先权之间发生对立，或者希望落空等各种情况下，我会如何自处。在我看来，这次面试与普通工作面试并无大异。只不过在场的是一些重要领导，我想他们通常不会参与普通的新人招募面试。

我平静而自信地结束了面试。我感受到一种和谐，而且不觉得有任何困惑。根据我当时得知的情况，选拔结束了。我已经倾尽所能，毫无保留。现在，一切都不由我掌握，只剩等待。我还不知道那种漫长的等待会如何折磨我，也无法想象最后那段紧张磨人的日子有多么令人精疲力尽：宣布最后当选者的时刻即将到来，每一个电话铃声，手机的每一次闪烁——说明有一个未接电话——都会令神经一颤。我是如此全情投入，以至于任何坏消息都会让我当场昏倒。

就这样，在那个五月的晚上，在伊斯特拉纳军用机场的小房间里，我收到了当选的消息。紧张在瞬间消散，我感到一种平静的解脱。我感到快乐，心存感激，甚至因为能够成为欧洲宇航员群体的一员而产生了一点点骄傲。这些情感将一天一天地，一个接一个地，缓缓渗入和充斥我每一条神经纤维。

3

我坐在伯尔尼专利局办公室的沙发里，突然想到：
"假如一个人成为自由落体，就不会感到自身的重量。"

阿尔伯特·爱因斯坦"京都演讲"，一九二二年

肯尼迪航天中心，佛罗里达，2010 年 2 月 8 日

"九分钟倒计时开始。"一个声音从高音喇叭里传来。刚过凌晨四点，在预计的暂停结束之后，看台前的巨大显示屏上倒计时重新开始。我们面前是一片如镜的水面，轻风微微吹起波澜，但所有眼睛都望向水的另一边。在大约六公里以外，巨大的灯塔将 39A 发射复合体照得雪亮。发射台上耸立的"奋进"号航天飞机熠熠生辉，宽大的底舱装载着为国际空间站准备的两个新舱：三号节点舱和穹顶舱。它们六月从都灵运抵这里，将会使太空中那个完美的人类前哨变得更加完整。十年以

27

来，那里始终有宇航员居住。穹顶舱有巨大的窗户，将为宇航员展现令人惊叹的地球景观，人类的目光也将第一次在地平线之间自由游荡。

我稍感忧虑地注视着天空，几片没有星星的斑块证明乌云的存在。想到就要第一次目睹太空发射让我激动得发抖，但未必会是今夜。乌云的存在导致发射在昨天的第一次尝试之后被迫推迟，今天发射成功的可能性被认为是百分之六十。航天飞机是一架奇妙的机器，但也非常复杂和苛刻：不仅需要肯尼迪航天中心的天气条件有利，而且三个紧急降落地点中至少有一个的天气条件也要良好，它们都位于大西洋的另一侧。我完全清楚存在着一再推迟的危险，因此请了两周的假，时间十分宽裕。我不想失去观看这次发射的机会，因为在基础训练阶段，我不可能再有机会来佛罗里达，而再过不多的几个月，这架航天飞机即将完成它的最后一次使命。

今天我能够来到这里，已经是一种偶然。与此同时，我的同事们正在圣彼得堡进行俄语强化学习，而这对我来说没有必要。在德国结束了第一个月的课程之后，我要求考试证明我的俄语水平，评估结果是我的俄语能力已经超出了在一架俄罗斯宇宙飞船上飞行的需要。尽管我有一个小小的梦想，那就是有一天能够用原文欣赏陀思妥耶夫斯基的作品。不过，现在可以度一个假，到佛罗里达观看"奋进"号的发射，比起二月份待在圣彼得堡上课诱人多了。

航天飞机一直都在我的世界里。"哥伦比亚"号第一次发射的时候，我只有四岁。我还清楚地记得电视上"挑战者"号失事的画面，那一年我九岁。第一个意大利人佛朗哥·马莱尔巴搭乘"亚特兰蒂斯"号进入太空的时候，我已经是少女。当时，我觉得这种幸运不太可能降临到我身上。几年之后，艾琳·柯林斯上校成为航天飞机上第一位女宇航员，后来她又成为指令长，这一切都历历在目。只可惜，我这一代宇航员在航天飞机彻底退役之前，没有机会搭乘这种非凡的飞行器飞行。在美国发明胶囊式新飞行器之前，到达空间站的唯一方法就是搭乘俄罗斯"联盟"号运载火箭，以及同名的小宇宙飞船。

在预计的暂停结束之后，倒计时重新开始。距离发射还有七分钟时，供乘组人员进入"奋进"号的登机桥撤掉了。鲜艳的橘黄色大型外储箱（ET）能够容纳八百吨低温推进剂，即液氢和液氧。一小部分不可避免地会蒸发，通过专用阀门排出，产生一阵阵典型的白色蒸气，在发射台上的灯光中闪耀。几台主发动机点燃之后，强大的涡轮泵将氢气和氧气输送进燃烧室。不过，固体火箭助推器，即外储箱两侧的两支大型白色雪茄，将在飞行一开始提供最强烈的推动力，以抵抗地球引力。

我心里想：那六名身穿橙色制服、后背与地面平行、已经以不舒适的姿势坐了几个小时的乘组人员，他们此刻在想些什么呢？其中特里·弗茨是首航，我想他非常渴望起飞。

倒计时四分钟，我看到几台主发动机被点燃了。此时尚不需要起飞。假如有一台发动机不能正确运转，还有办法终止发射程序。倒计时结束，突然爆发出的光亮将夜空照得如同白昼，固体火箭助推器被点燃，"奋进"号两千吨重的身躯飞向卡纳维拉尔角的上空，此时再也无法终止发射。尽管隔着一段距离，声音还是非常响亮，我的整个身体都在声波中颤抖。包裹在冷却水的白色蒸气中的发射台，继续散发出强烈的光亮，与此同时，航天飞机迅速飞上东北方的天空。上升的"奋进"号穿越柔软的云层，在航天飞机和它耀眼的尾巴靠近云层时，黑暗中突然出现如卡拉瓦乔作品般美丽的光影效果，随后航天飞机重又被夜的黑暗所吞噬。

两分钟后，助推器按照预定计划熄灭，坠入大西洋，随后会被打捞回来，再次使用。主发动机继续推动着"奋进"号飞向它的轨道。在差不多七分钟的时间里，我的目光还能追随航天飞机，看着它化作一个越来越遥远和无法分辨的点，最终消失在高远的云层之后。我不会期待看到一次更加引人入胜的发射。

十五年前，当我在美国的大学进行为期一年的学习时，曾经在亚拉巴马州的亨茨维尔太空营度过一周，那个地方距离此处不远。在短短的时间里，我们非常愉快地学习尽可能多关于航天飞机的知识，而且参加了一次二十四小时的模拟飞行。至今，当我想到正在进入轨道的"奋进"号上的乘组人员时，画面仍旧会与我少女时代那次经历的记忆交织在一起。

除了这次壮观的发射，我无法想象出任何更加合适的方式，与少女萨曼莎告别，并且最终从梦想中闪闪发光却又面目模糊的宇航员生活，过渡到打造一个具体的未来。又或许所谓过渡只是幻想，我始终在那里，还是那个胸中跳动着对太空渴望的小女孩，那个用梦想的眼睛埋头阅读科幻书籍中奇遇的少女。这些不仅仅是微不足道的痕迹，而是我行动和感受的奥秘源泉。

小女孩、少女、女人，如今同时生活在这个女宇航学员的身体里。

那天夜里，我尚无法知晓，在短短数年之后，我的生命将与那位首次进行航天飞行的宇航员联系在一起。我也无法想象，看台上站在我身旁的那个我刚刚认识的男人，将成为我的人生伴侣。

那时，我望向未来的目光只看到唯一确定的东西：欧洲航天局在欧洲组织的第一次宇航员基础训练。前一年五月在巴黎举行的记者招待会，是我第一次有机会同时与这次历险的另外五名同事见面。我们年龄相仿，将一起进行差不多十五个月的课程学习。我在那里认识了蒂姆、阿莱克斯、托马，而且又见到了在体检时认识的安迪和卢卡①。我和卢卡不仅同为意大利人，还都隶属空军，不过他入伍的时间比我早很多，是在高中毕业考试结束之后。在那几个月，他即将结束旋翼飞机试飞员

---

① 分别为蒂莫西·皮克（Timothy Peake）、亚历山大·格斯特（Alexander Gerst）、托马·佩斯凯（Thomas Pesquet）、安德烈亚斯·莫恩森（Andreas Mogensen）、卢卡·帕尔米塔诺（Luca Parmitano），与作者一起当选的欧洲航天局宇航员。

的课程。第二天，我们一起在罗马的意大利政府所在地基奇宫拥挤的新闻大厅里，第二次与记者见面。

在接下来的几周里，空军接到的采访和与公众见面的要求多得异乎寻常。至少在开始的时候，我们选择尽可能地迎合媒体。注意力主要集中在我身上，因为我是"意大利第一位女宇航员"。这一点令我尴尬，但其他人好像觉得理所当然。当我面对经常出现的轻率问题，以及吃惊而又欣赏的表情——这些常常让我失去现实感——时，卢卡以他特有的幽默与自嘲来应对局面。他经常会向记者自我介绍："你好，我是另外那个宇航员。"

那时我们还没有准备好面对电视和媒体。不过，有一天，我们从欧洲航天局得到了十条建议。我还非常清楚地记得其中的四条，因为我至今仍然将它们奉为圭臬：永远不要失去镇定，只谈你知道的事情，不要谈论时政，不要谈论你的私生活和家庭。

这些都是简单的常识，但确实帮助我在那个夏初令人眩晕的大海上掌舵。当时，我还没有学会将自己与媒体勾勒出的形象，或者与我碰巧成为的人们口中的谈资分开。我甚至没有决定、选择，以及要求以适合的形式进行合作的自由。如今，尽管不是每一次，但至少在大多数情况下，我是有这种自由的。所以，在那个夏天，我非常高兴可以利用积累的假期远离那几周里令人心绪纷乱的喧嚣。

鉴于要到欧洲航天局工作，我去了科隆寻找住处。在那里，我签订了合同，平生第一次租下某个比带家具的房间更好的住处。我选择了舒尔茨区的一套小公寓，那里是莱茵河左岸一个优美的街区，耸立着著名的哥特式大教堂，从那里乘坐有轨电车，十五分钟就可以到达市中心。几周之后，我开车从意大利到了科隆，当晚入住。我随身携带了几个行李箱、一把椅子、一张野营用的小桌子、一台电脑和一台打印机。我把很少的几样东西放在客厅里，那是唯一一间灯泡还亮的房间，而且准备了过夜用的充气床垫。

幸福总是令我惊喜，出其不意而又无法解释地悄悄到来。我想，它在我的内心缓慢成熟，毫无波澜，直到琐碎的细节令它溢出边界，随后沁入整个身体和灵魂。或者它始终在那里，在皮肤下面，只是等待着为它腾出一些空间。那天晚上，透过起居室宽大的窗户，明净的天空呵护着我安眠。满月带着银色的光环出现了，我突然感到幸福。

九月一日，我们到欧洲宇航员中心开始第一天的课程学习，对未来的训练充满兴奋与好奇。十多年之前，作为航天工程学的学生，我曾经参观过欧洲宇航员中心，那次机会是由《载人航天》这门课程提供的，授课者是德国宇航员赖因霍尔德·埃瓦德。我还保留着一九九八年《科学美国人》杂志一篇封面文章的影印版。那篇文章是当时埃瓦德发给我们的，美国宇航员香农·卢西德在其中讲述了她在俄罗斯"和平"号空间站度过的一百八十八天非凡的经历，那是美国和俄罗斯在太空领域合作的先锋年代。

我还发现，埃瓦德目前在欧洲宇航员中心有一间办公室，就在我的办公室对面，或者更确切地说是我们的，因为我将和安迪共用一间办公室。他是一位可爱的丹麦航天工程师，拥有博士学位，而且有多年在西非海上石油平台工作的经验。

无论如何，在十五个月的基础训练阶段，我们没有多少时间可以在办公室里度过。从第一天开始，我们每天的时间都安排得满满当当，从九点到十八点。开始的四周主要是入门课程，一些技术性课程，很多关于组织结构的介绍：欧洲航天局如何运转？主要项目有哪些？如何组织宇航员的训练？我们被关在一间专用教室里，快速观看几千张幻灯片。有时，课程计划里也包括一些体育运动：我们必须在一天结束的时候或者是午饭时间抽空锻炼。

课程并不繁重，但每天的学习时间很长。有时，我能够在回家的路上，赶在宜家关门之前在里面飞速转一圈，有时则要到深夜才能回到住处。除了家具以外，家里仍然没有网络、洗衣机和窗帘。无论如何，在科隆我立刻就觉得宾至如归。这是一座好客的城市，并不十分严肃，这里的狂欢节甚至会持续三个月。

尽管上课阶段那些深居简出的日子与太空飞行带来的激动相去甚远，我还是觉得自己犹如漫游奇境的爱丽丝。欧洲宇航员中心是一个特别的地方。在这个小小的中心里，聚集了来自整个欧洲和俄罗斯的几百名专家。中心为宇航员提供技术支持、训练，以及医学治疗。我非常高兴能够再次感受到多元文化氛围带来的益处，首先是倾听用很多种语言交谈的乐趣，课程也逐渐变得更加有趣。我们开始了一系列涉及各式各样专题的短期强化课程，从生物学到地质学，从信息网络到水晶的生长，所有课程都有一个小型的结课考试。学习的目标是为我们提供太空飞行相关学科的基础知识，涉及技术和科学的各个方面。如此一来，一旦得到前往国际空间站工作的任务，我们可以有效地与科学家和技术人员进行交流。

国际空间站仍然是一个遥远的目标，这一点我们非常清楚。最好的假设是，我们中的第一个会在四年之后飞向太空，最坏的假设是最后一个要等上十年。我们六个都是有此能力和志愿的学员，而且都将以优异的成绩完成训练，对此我毫不怀疑。我们出发去太空的顺序，取决于欧洲航天局各个成员国航空任务的轮替，而不是我们的能力。从某种意义上讲，这是一个安慰，因为我们之间没有竞争，可以毫无保留地为整个团队的成功而努力。

我们在那个气泡一样的教室里度过了最初的几个月。房间位于高处，视野开阔，可以俯视宽敞的训练大厅。大厅中央是国际空间站"哥伦布"实验舱的模型。这个模型是与在轨道上飞行的空间站舱体同样大小的复制品，一个直径4.5米的巨大铝罐，与构成空间站的其他或大或小的舱体类似。每个舱都是一个潜在的压力容器，舱体和舱门能够保证舱内具有与地球海平面一样的压力。实际上，各个舱体是连在一起的，舱门通常是开着的，构成一个九百三十立方米左右的空间，就像是一架巨大的飞机。当然，并非整个空间站都可以居住：家具占据了很多空间。在国际空间站，尤其是非俄罗斯舱段，家具由所谓的**机架**组成，类似于高大而狭窄的壁柜，前面是平的，后面则是弯曲的，贴合圆柱形的舱体。这些壁柜分布在整个太空舱里，一个挨着一个，构成有"墙壁""地板"和"天花板"的方形内部隔间。尽管有这些**机架**，能够自由活动的空间依然很大：在"哥伦布"实验舱的**模型**里，我可以站在正中间，而手不会触摸到两侧的墙壁。

我们这些宇航学员带着某种焦虑，希望能够开始在"哥伦布"号里上课。尽管沉浸在基础课程的学习当中，能够了解事物——无论是自然现象还是人类创造的产品——如何运转令我们开心，但我们仍然觉得被排斥在真正的训练世界之外，也就是那些被选中组成未来几次国际空间站乘组的宇航员，他们是美国、俄罗斯、加拿大、日本，或者欧洲的同事。有时候，我们透过教室的窗户看到他们进入**模型**上课。我们也渴望着从课桌旁移身训练厅，或者那个很深的游泳池，因为之后我们会在那里上关于舱外活动（EVA）的初级课程。这项活动通常也被称作"太空漫步"，但这个词汇体现不出完成它所需要付出的努力。舱外活动的准备是在水下进行的，在那里至少可以模拟失重的某些方面，也就是感觉不到重力影响的状况。

众所周知，我们无法摆脱重力，当然，并非只是在地球表面，甚至在国际空间站也不行，后者在距离地表四百公里的轨道上运行，这段短短的距离只能使地球引力减弱大约百分之十。另外，至少根据我们的观察和数学模型的计算结果，重力仅仅是一种引力，并不存在一种相等而又相对的力与之平衡。总之，无法将其屏蔽。

无论如何，在基础训练结束之前，我们会有几分钟处于失重状态：在抛物线飞行中，我们会发现自己在飞机的驾驶舱内飘浮，就像宇航员在空间站里飘浮。在这两种情况下，失重都是由自由落体造成的，就像电缆被切断时，阿尔伯特·爱因斯坦那个著名的理想电梯一样。他的失重是因为与电梯以同样的加速度下降。如果他站在一个秤上面，那么体重无疑会显示为接近零点。

然而，假如国际空间站里的宇航员是自由落体，为什么他们不会撞向地球表面？那是因为他们被以每小时两万八千公里，也就是差不多每秒钟八公里的令人眩晕的速度发射出去。他们的轨迹不断受到地球引力的影响，而弯曲的程度恰好贴合地球的曲率。总之，他们永远不会落到地球上，因为飞快的速度注定他们总是错过地球，又不停地围绕它坠落。月亮也是如此。后者的距离千倍遥远，但同样因为地球引力的关系，月亮围绕着我们的星球做永恒的朝圣。

4

波尔多，2010 年 5 月 7 日

今天是整个基础训练阶段最令人期待的一天：我们将第一次体验完全的轻盈。在一些短暂的间隙中，我们将摆脱自身的重量，这种重量几乎每时每刻都伴随着我们在地球上的生活。作为在轨道上航行的宇航员，我们将成为飘浮的自由落体。确切地说，就是在二十二秒里，我们像没有抵抗能力的石子那样被发射到空中，并且勾勒出一条抛物线轨迹，就像所有石子或者喷泉的水柱，除非它们刚好被垂直射出去。不过，对后面的例外情况我们暂时不感兴趣，因为我们将身处一架空客 A300，而它完全不能垂直上升。空客起飞时的仰角是四十七度，所以，它差不多会处在一个中间状态，也就是介乎水平飞行与假设的垂直上升之间，继而开始飞行，消除所有气动力，在空中画出一条抛物线，就像一块石子那样。坐在里面的我们会服从简单的力学定律，遵循同样的轨迹，结果我们将发现自己飘浮在机舱中。

起飞了。尽管我们都注射过一种抗恶心的针剂，并因此感到有些困倦，但空气中还是弥漫着明显的兴奋。机舱里只有很少的几排座位，被安置在最前面。我们要始终坐在那里，直至到达指定区域，也就是大西洋上空。事实上，并不是在随便一片空域都可以像这样开始在空中画抛物线的：飞机每次要跨越两千多米的高度，仿佛飞越一座座硕大、隐形的俄罗斯山脉。

舱内其余的空间都被保护性填充物包裹着，而且分成不同的区间，在等待着我们的三十次抛物线飞行中，我们将训练身体在太空中的灵活性和准确定位。没有什么难的，只是一些为了熟悉环境而做的小测试。我们会将不同的大立方体抛起，感受为何需要找到一个锚点将自己固定下来，以避免身体被向后推。我们练习只使用手和栏杆让身体三维旋转，就像在太空行走时一样。我们甚至可以奔跑，双腿比跑马拉松时轻盈许多。在进入机舱的时候，我看到装在墙上的跑步机，跟空间站里的一样。地板上有一条长凳，可以躺在上面，双脚放在平台上，等待抛物线飞行的开始。你们或许会问：我们如何能够在失重的状态下跑步，难道不会在迈出一步的时候就被甩出去吗？当然会，所以必须佩戴一根安全带，它的两端用松紧带固定在平台两侧。

我们终于得到许可从座位上站起来，于是毫不犹豫地分散到舱内比较空旷的区域。我们要为第一个抛物线做好准备。这二十二秒将完全归我们支配，作为自由落体去发现失重的感觉。而在一系列测试之后还有下一个，下下一个。空气中弥漫着狂喜。我们如同孩子一样，脸上洋溢着兴奋与欢笑。作为成年人，体验完全未知的感受并不常见。那是一种同时来自身心的原始的快乐，因为发现栖身于空间的新方式并且与之产生关系，这种快乐是我们幼年时拥有过又失去的记忆。现在，已经三十多岁的我们迫不及待地重新体验这种快乐。

飞机开始爬坡，我感到身体被明显两倍于平常的压力向地板的方向挤压，这意味着开始进入 2 g 的飞行阶段。按照昨天飞前简报中的建议，我将脑袋固定，目光注视前方。尽管注射了抗恶心药物，我还是不愿意向命运挑战，去冒毁掉这次体验的风险。我被压向地板，无法直接感知到任何东西，但是我知道我们正在不断上升。驾驶舱内，一个铿锵有力的声音在进行倒计时，通报着倾斜角度："三十！四十！……注入！"

这是一种温柔的过渡：我突然觉察到，一下子不再有任何东西将我束缚在机舱的地板上。我轻轻推了自己一下，随即飘浮到半空中，摆脱了重力，就像在那些不断重复的梦境中一样，只可惜这种梦随着年龄的增长而越来越少做了。又像是悬浮在海底，仿佛在潜水，但没有设备碍事，周围也没有沉重而又黏糊糊的海水。我笨拙地撞上天花板，然后我试图控制方向，避免撞到其他人的胳膊肘和膝盖。彼此相遇时，我和同事交换一些善意的推动，而这些动作使我们各自飘向机舱的一侧。有的人借助设备将身体团起来旋转，还有人摆出超人的姿势。

正当我们在舱内那种快乐的气氛中飘浮的时候，飞机到达了抛物线的顶点，随即将向下俯冲。二十二秒转瞬即逝，高音喇叭里很快再次响起："二十！"我们所有人立刻回到机舱地板上，用手和脚把住专门的带子。"三十！"机组人员努力帮助明显落后的人。"拉起！"飞行员又一次驾驶着飞机进入 2 g 的飞行阶段。我的身体重新恢复了重量和本质，一股力量将我压向地板。我身边有人从半空中急速坠下。激动当中，有人躺在地板上，也有人站在那里，等待俯冲结束。我的脑袋保持固定，但用眼睛搜寻其他人的面孔，那些面孔都因为在做一些天真又欢乐的鬼脸而稍稍变形。带着同谋者的喜悦，我们交换会心的微笑。

摆脱自身重量是一种极度的自由。

在波尔多进行的抛物线飞行是这场短途欧洲游的第一站，随后的每一个目的地都与国际空间站上的操作有关。路线的设计仿佛有意让我重温大学时代的回忆。其中的一站是图卢兹，因为欧盟伊拉斯谟大学交流项目，我曾经在那里生活过几个月，并且在法国国立高等航天航空学院完成了一篇实验论文，那是法国几所著名工程师学院之一。或许是我在动力实验室关了太长时间，忙着测量涡轮发动机，所以从来都没有遇见过后来的宇航员同事托马，尽管那些年他也是这所学校的学生。在做了几年工程师之后，他像我一样遵从自己的梦想，成为民航飞行员。

把我们带到图卢兹的是欧洲自动转移飞行器控制中心（ATV－CC）。在基础训练开始之前的几周，我们先学习了系统，尤其是与空间站交会和对接的系统。实际上，自动转移飞行器（ATV）的特点是能够完全自动地靠近和对接空间站。这种技术被认为非常可靠，所以在国际空间站内部甚至不能——像对俄罗斯的"进步"号货运飞船那样——远程手动操纵自动转移飞行器。然而，确实存在着最后一层人工安全保障。在为国际空间站的任务做准备的那些年里，我将通过几十个小时的模拟，练习把刻度尺放在摄像机的图像上，然后凭借目测估计自动转移飞行器的位置、距离和方向。这当然不是未来派的技术手段，但无疑直接而又可信。无论如何，人类的太空飞行本身就既古典又现代，是尖端技术和手动操作的结合，或许没有什么比宇航员忙着用塑料刻度尺在黑白画面上测量这样别具一格的画面，更能够体现这种矛盾。他们的目的是识别可能存在的异常参数，因为它们恐怕会导致碰撞；同时，他们也准备好在必要的时候按下大大的黄色或红色按钮。

我们在欧洲的旅行目的地还包括巴伐利亚，也就是哥伦布控制中心（COL－CC）。它位于慕尼黑以西的上普法芬霍芬，那个地区风光秀丽，布满湖泊与森林。在通过无线电与国际空间站联系的时候，哥伦布控制中心被称作"慕尼黑"，负责控制欧洲"哥伦布"实验舱的系统，以及欧洲航天局在国际空间站进行的所有实验。对于我们来说，参观哥伦布控制中心是第一次真正接触操作世界，或者说接触轨道系统和空间站上活动的实时日常管理。工作人员对于我们这一小组宇航学员非常热情，而且怀抱某种好奇，我们同样非常希望了解在小小的欧洲宇航员中心以外的整个国际空间站群体。

那时，我们已经成为一支非常团结的队伍，甚至开玩笑地给自己起了个官方名字，叫作"鬼把戏"（Shenanigans），当然，恶作剧的成分多一些。或许我们也开始有些焦虑。的确，训练中理论性的内容减少了，要求更加严格，但我相信所有人都感到能够做得更好，学得更快。当然，在哥伦布控制中心的参观，并没有使我们的太空飞行提前到来，但我们觉得与国际空间站的实际任务更近了一点。对于我来说，还有另外一个难忘的时刻：我第一次通过空对地频率与国际空间站的乘组成员通话，代表我们的"鬼把戏"小组向他们致以简单的礼节性问候。

第二天，我们离开了慕尼黑。在此之前，我们与哥伦布控制中心的工作人员共进了巴伐利亚式晚餐，其间还兴奋地观看了身着传统服装的舞蹈。大家都兴致勃勃，我们在鼓励下参与到舞蹈当中，应该说是欣然主动加入的。众所周知，尤其是作为新人，愿意偶尔在某些场合显得可笑，能够为打下和谐的人际关系创造奇迹。

接下来的几个月，我们依然在路上。首先是对休斯敦和筑波的几次短暂访问，我们在两地各度过一天的时间，以便在国际空间站的美国和日本舱段进行训练；然后是到风景如画的撒丁岛高原上，参加生存训练课程。当我们待在欧洲宇航员中心的时候，日子是在游泳池和训练大厅里度过的，也就是在模拟机械臂、自动转移飞行器**模型**和"哥伦布"实验舱**模型**之间。在实验舱里，我们可以看到致力于生物学、流体物理学和人体生理学研究的欧洲科学机架的百分百还原**模型**。最后，我们开始为两项纯"宇航员"的活动做准备，也就是太空行走和操控国际空间站的机械臂。基础训练为我们提供了针对这两项活动的入门课程，也就是最初的几块砖瓦。在随后的几年里，我们将在此基础上扩展和巩固自己的能力。

　　国际空间站机械臂的全称是空间站远程操纵系统。不过，在几乎整个航天世界，它通常是用 SSRMS 这个缩写来表示的。机械臂在加拿大制造，因而有时也会被称作加拿大臂二号，意思是它是原来的加拿大臂——也就是航天飞机的机械臂——的继任者。你们有没有想过这样一个问题：如何在太空中对国际空间站这样一个四百多吨重、像足球场那么大的结构进行组装？正是通过空间站远程操纵系统，太空舱、散热器和太阳能电池板，以及桁架——也就是用来安装前面那些东西的长长的外部脚手架——才能够组装在一起。你们可以把它想象成人类手臂的复制品，有两个圆柱轴，长约八米，三处关节，分别是肩部、肘部和腕部。它们也正是这样命名的，而且具有与人类关节相同的自由度。以肩部为例：当手臂向前伸直，我们可以把它抬起来或者降下去，将它从右向左（或者相反）移动，或者转动它，就好像想要保持手腕不动，同时转动门把手。我们很容易发现，腕部同样具有这三个层次的自由度。但肘部只有一个，也就是允许前臂向肩膀方向弯折的自由度。

很多年——也是几百个小时的模拟——之后，我将面对真正的空间站远程操纵系统，成为它的控制者，那是我在空间站工作时最为紧张的时刻之一。而眼下，在欧洲宇航员中心，每周我都要与鲍里斯见几次面，它是类似空间站远程操纵系统的模拟机械臂，只不过它所处的环境比空间站外部要简单得多。就像在视频游戏中一样，鲍里斯仅仅作为模拟存在。然而，两个手动控制器是真实的，而且与国际空间站上控制区域内的那两个完全相同。我们将它们称作操纵杆，用来对鲍里斯发号施令：右侧的操纵杆负责旋转，左侧的负责平行位移。我们需要学会谨慎而循序渐进地转动操纵杆，这是必须掌握的能力之一，而且始终有专家在评估我们的这项能力。事实上，不谨慎地开始或者停止鲍里斯的活动，会立刻引起不必要且难以抑制的震荡。另外，就像驾驶飞机那样，需要设计出某种**扫描模式**，也就是一个自动的例行程序，以便对一系列相关参数进行周期性监视。机械臂的运动是正确的吗？与空间站的距离足够远吗？我是否使一个机械臂的关节达到了它运动的极限，或者导致机械臂的两个部件之间发生了相互碰撞？我是否正在接近奇点，也就是关节的几个特殊位置之一，在那里，数学模型会失败，手臂会卡住，无法将运动继续下去？摄像机是否还在正常工作，是否需要调整它们的方向，或选择不同的相机来跟踪正在进行的运动？这些简单的练习都需要单独进行。不过，就像驾驶飞机一样，困难并不在于单个的任务，而是以迅速而连续的方式重复一系列的动作，同时永远不会将注意力停留在某一件事上。另外，在模拟练习当中，我们会立刻为每次的走神付出代价，因为教练员会确保隐藏的碰撞和奇点永远存在。

在作为宇航学员的第一个夏末，我们通过了关于机械臂的入门考试，随后出发去基础训练的最后一站：神秘的"星城"。

5

但是，萨沙……来自俄罗斯，

在那里，夕阳的时间更长，

黎明也没有那么突然。

在那里，话语时常在中间戛然而止，

因为不知如何更好地结束。

弗吉尼亚·伍尔夫《奥兰多》

"星城"，2010 年 9 月 12 日

这是我期待已久的时刻：基础训练课程结束之后，我们就要开始为期两个月关于国际空间站俄罗斯舱段的课程，以及对"联盟"号宇宙飞船上各种操作的介绍。尼古拉，一个头发雪白、笑容温柔的男人，在多莫杰多沃机场迎接我们。在艰难地穿过莫斯科环城公路缓慢而混乱的交通后，他开着欧洲航天局的小巴，行驶在人迹罕至的道路上，两侧是白桦和云杉树林。两个小时的旅程之后，路旁出现了一块白色石头，上面装饰着一颗巨大的四角星。星星上雕刻着突出的文字 Zvëzdnyj（星星）。我们终于靠近它了。"星城"，它几乎是隐藏在莫科斯以北大约二十五公里的这些巨大树林之中。这是一个传奇般的所在，大约半个世纪以来都书写着人类的太空史。从前，这里是秘密的军事小城，如今成为国际合作网络中一个关键性的枢纽，保障着国际空间站的运转。尤里·加加林和瓦莲京娜·捷列什科娃都曾经在这里训练。如今，国际空间站的宇航员在此针对所有俄罗斯的设备进行训练，当然还有"联盟"号。这一刻，我仿佛仍然置身于童话当中。在短短九年之前，我的电脑里保存着完成的毕业论文，口袋里装着航空学院的实习邀请，那是入学选拔的最后一个阶段，就这样离开了莫斯科，当时它还没有如此富有和现代化。

面包车放慢速度，把我带回现在。道路变得开阔，通往一座广场，两侧是墙壁。我们在唯一敞开的大门前停下，两个身穿军队制服的卫兵懒洋洋地守在门口。他们和尼古拉说了几句话，语调生硬而又干脆，这在俄罗斯并不意味着缺乏礼貌。他们检查了尼古拉的通行证，然后就退到一旁，让我们通过。我们沿着一条又窄又直的道路前进，道路的一侧是树木，另一侧是石头墙。因为读过太多科幻书籍，这条路令我想到通往另一个维度的隧道。我们身后是二十一世纪疯狂的莫斯科，面前却是一个神秘的所在，仿佛受到保护，时间在这里停滞。此处不存在从自然中抢夺空间的专横：树林无处不在，隐约可见的湖面上反射着俄罗斯人称为"金秋"的各种鲜艳颜色。一切都不会令人觉得，与那个能在林间遇到踩着越野滑雪板的太空探险青年先锋的时代相比，这里发生了什么变化。"海鸥"——这是捷列什科娃从"东方 6 号"与地面通话时的代号——从来都不曾离开这里，尽管她后来成为重要的公众人物，甚至进入了国家杜马，这里仍旧保留着她住的房子，而且，据说她经常参加宇航员群体的聚会和庆祝。在那次历史性飞行之后几年就过世的加加林，同样以他的方式生活在这里。他的雕像严肃地把守着入口处的道路。这尊雕像具有典型的苏联风格，他身上穿的不是苏联宇航员的航天服，而是普通劳动者的服装，背在身后的手中拿着一朵花。

我越来越急于发现这个我日思夜想的地方，但现在有一件更加紧急的事：我们因为迟到而错过了晚饭。几周前在欧洲宇航员中心结识的两位美国航空航天局（NASA）的宇航员，斯科特·凯利和罗恩·加兰，自告奋勇地在我们到达时准备了一点食物。我们立刻到自己简单舒适的小房间放下行李，然后骑上从明天开始作为在此地交通工具的自行车，请尼古拉带我们去三号小屋，大家正在那里等待着我们。

我们都听说过这些小屋，这些奇特的建筑是美国宇航员在一九九〇年代来到这里的见证，他们很多参加了俄罗斯"和平"号空间站的乘组。"星城"的居民大多住在苏联时代建设的雄伟而朴素的水泥公寓里，那些房子有一些小窗户，没有探出的阳台，而且房间内部十分狭小。欧洲宇航员住在被称作"预防中心"（profilaktorium）的大楼二层。这是一座颇为舒适的建筑，宇航员在里面度过飞行后的四十天隔离检疫期。美国宇航员则住在三栋两层的白色小木屋内。在破旧且尚未竣工的住宅大厦和新建的亮蓝色东正教小教堂之间，这三栋小楼构成了一块北美区。房子里的水槽有垃圾粉碎机，还备有一百一十伏电源插座。

晚餐愉快而又随意。其他人已经吃过了，让我们到炉子上温着的锅里自己盛饭。我们既兴奋又愉快，努力加入到交谈中，不时说一句俏皮话，引起一阵笑声。不过，我们主要还是饶有兴致地倾听。他们之中有些是正在受训的宇航员，有些是"星城"的驻站医生，还有美国航空航天局的后勤人员。他们说的一些话对我们来说很难理解，因为其中有太多我们还不知道的缩略语和尚未来得及对上号的人名。我们不时提出问题，有时某个人会回答。已经吃过饭而且认为自己为餐具洗涤和厨房清理做出了诚实贡献的人，就会到地下室去，我们也被邀请一起前往。沿着小楼梯走下去，我们来到了谢泼德酒吧（Shep's Bar）。

Shep 就是比尔·谢泼德。他是前海豹突击队队员，之后成为美国航空航天局的宇航员，担任国际空间站第一次远征的指令长。那已经是十年以前的事了，当时他和尤里·吉先科、谢尔盖·克里卡列夫一起，登上了尚属于胚胎期、仅仅由三个舱构成的国际空间站。从那一刻起，人类就从未有一天在太空

52

中缺席。为了准备那次屡遭推迟的历史性任务，谢泼德在"星城"待了很久。有一天，他想到将三号小屋的地下室改成一个聚会场所，用来放松一下，与大家一起度过晚间时光。除了吧台以外，这里还有一张破旧的长沙发、一张乒乓球台、一张台球桌、一台大电视，以及几打破旧的物件，我想都是在许多年中自然而然堆积起来的：三角旗、奖杯、照片，还有在这里多少有些名气的人们留下的签名。莫斯科的夜生活非常热闹，然而，在所有最热闹的场所中，最为独特的恐怕就是"星城"这个简朴的地下室。

晚上的聚会很快结束了，我们向住处走去。预防中心距离小屋很近，就在大广场的另一侧。但是我们这个小组人数众多，所以被安排在招待所，步行需要大约十分钟。这是一条宜人的小径，沿着湖向前延伸。没有遇到任何人，只有几条流浪狗。我们打开袖珍手电，因为路上没有照明设备，月亮已经落山。白日的激动平息，身边是寂静与安详，还有理想的伙伴，使我品尝到这个夜晚的幸福。

我们这些宇航学员对于在"星城"得到的热情接待表现出的激动很容易理解：在几乎一年的基础训练之后，我们获得了很多知识和能力，却鲜少有机会接触载人航天飞行的国际群体，尤其是非欧洲籍的宇航员。的确，春天我们曾经在休斯敦的约翰逊航天中心（JSC）住了一周，但那次访问非常短暂，而且我们的活动也是与中心工作人员分开的，所以感觉仿佛仅仅是路过的游客。我们只是从一个复杂而又忙碌的世界匆匆而过，而他们几乎没有察觉到我们的存在。

无论如何，我们已经与姐妹班级"木头人"（Chumps）建立起友谊，他们是来自美国、加拿大和日本的宇航员。和我们一样，也是前一年招募的，正在约翰逊航天中心进行基础训练。在他们随后对科隆的访问中，尤其多亏在安迪家那次传奇般的聚会，我们之间的友谊变得更加深厚。

七月底的那个晚上，我们还开了一瓶香槟，庆祝卢卡被选中搭乘预计在二〇一三年春天发射的火箭，开启前往国际空间站的第36/37次远征。这是意大利航天局（ASI）的飞行机会，注定只能派遣卢卡或者我。我们经常讨论这件事，而且非常坦诚，毫不隐瞒两个人都无条件地希望得到这个机会，因为这是自然而然。无论谁被选中，都会直接从基础训练进入出发前的训练，面对越来越刺激的挑战，并且在三年内被送上发射台。另外一个人则会陷入专属于宇航员的轻微焦虑和潜在担忧，他们等待着自己的第一次太空飞行，但无疑不能确定那个如此渴望的机会是否会到来。

卢卡被选中并不意外。假如我的军衔更高，机会很可能会属于我。选择标准是客观而无可置疑的，它使得意大利航天局能够在空军的建议下做出决定，否则事情会很棘手，因为他们拥有两个同样训练有素和跃跃欲试的宇航学员。无论如何，我还是非常失望。当然，意大利航天局预计在大约两年后再进行一次发射，这就是为什么我们的"鬼把戏"小组招募了两个意大利人。不过，当涉及太空任务时，没有一件事情是理所当然的，因为存在着太多的变数。唯一能够肯定的是，我会在很多年中受到来自这种不确定性的压力。

当然，这件事并不能阻止我激动地憧憬在"星城"的两个月训练，这个名字的字面意思是"星星之城"，但对于在那里生活的人来说，它只是 Zvëzdnyj。如今，这里的几千位常住居民并非都在航天领域工作。他们大部分人每天早上都要沿着那条小路经过大门，然后再穿过树林，到另一边的齐奥尔科夫斯卡亚站去。火车轨道旁边是两个简易站台，上面的顶棚只能遮住站台的一部分。一列朴素可靠的电动小火车从那里经过，连接着莫斯科和周围的小城市，将他们带到一个多小时路程以外的雅罗斯拉夫斯基。从那里出发，莫斯科广阔的地铁网络会将他们输送到工作场所或者大学。另一部分人的路线则刚好相反：一旦进入"星城"，他们会穿过守卫着所谓"技术区"的第二道门。这些人就是加加林宇航员训练中心的专家。他们中很多年纪大的曾经亲眼见过尤里·加加林，而另外一些又是那么年轻，甚至不记得苏联。最近二十年社会和经济的动荡，令中间的几代人悲剧性地减少。

在"星城"，与在历史书里读到的人物偶遇并不稀奇。假如在宇航员健身房锻炼之后留下来做桑拿放松，你会经常发现身边的某个老人家曾经在一九七〇年代搭乘苏联最早的"礼炮"号空间站航行。实际上，年纪最大的那批宇航员仍旧住在苏联时期分派给他们的房子里。一天，我巧遇了弗拉基米尔·

提托夫。一九八三年，他经历了有史以来唯一一次从发射台紧急逃逸。在火箭起火后，多亏飞行控制器的迅速反应，以及救生系统无可挑剔的运行，"联盟"号宇宙飞船与发射器分离，并以 15 g 的加速度远离，拯救了他和其他乘组人员。更不要说另外一次，当我从一位步行去"技术区"工作的老妇人身边经过时，俄罗斯同事平淡地对我解释说："她是捷列什科娃'东方 6 号'任务的后备宇航员之一。"有时候，我觉得好像没有人会离开"星城"。

这几周训练的主要目标，是获得俄罗斯舱段的用户资格，这些太空舱占据了国际空间站所有可居住空间的三分之一。这是最低级别的用户资格：用户应该对于空间站上的设备具有一般性了解，能够使用应急设备和进行日常操作，比如使用开关、插座、饮水机和通讯系统。通过各种在教室里进行的理论课程和在**模型**中的实践，还有典型的俄罗斯教学方式，也就是锤击般的重复，教练员使我们熟悉了这个在未来许多年我们甚至不会抵达的地方。即使到了今天，尽管再也没有复习过这些课程，我仍可以闭着眼睛找到服务舱里那些十伏电源插座。

尽管我们将大部分时间投入在国际空间站的俄罗斯舱段，但最令我们迫不及待的还是在"联盟"号模拟器中进行的训练。有朝一日，这架小型宇宙飞船会将我们带到国际空间站。我激动地得知，我们将直接使用发给乘组人员的程序手册学习飞船的操作，而这些手册是不允许带出俄罗斯的。穿上索科尔航天服（Sokol），我感到异常兴奋。尽管它并不舒适，而且尺码太大，我还是立刻爱上了它。这是我第一次透过航天服的头盔注视这个世界。

放置"联盟"号模拟器的大厅是一个宽敞而又明亮的空间，天花板很高，而且有宽大的窗户。大厅呈长方形，四个模拟器如孤独的蘑菇矗立在那里，彼此之间距离相同。每个模拟器都有一个球形轨道舱，安装在钟形的返回舱上面。几级台阶通向返回舱舱壁上的开口处，从那里可以坐到舱内的座椅上。在真正的宇宙飞船上，这种通道并不存在，进入返回舱的唯一方法是通过轨道舱，但在正常重力条件下的日常训练中，宇航员从顶部下去是非常不切实际和不安全的做法。

在同一个大厅里，我们这些宇航学员刚刚开始认识"联盟"号，与此同时，一个宇航员乘组正在进行最终考试。几周之后，他们将在哈萨克斯坦的拜科努尔航天发射场升空。尤里·彼得罗维奇建议我们在晨课之前去观摩考试的开始部分。我们认识他仅仅几天时间，但很明显，他已经成为我们的守护天使。尤里备受俄罗斯、美国和欧洲宇航员青睐，大家总是尊敬地连名带姓地称呼他。几年以来，他管理"星城"的欧洲航天局办公室，以能够细致有效地解决所有问题闻名。

早晨八点钟，一小群人已经聚集在模拟器大厅里。乘组的三名成员从旁边的一个房间里走出来，他们已经在那里换好了索科尔航天服，美国航空航天局的斯科特·凯利也在其中。想想看，他们在"联盟"号的座椅上只能保持胎儿蜷缩而非直立的姿势，航天服迫使他们行动笨拙，身体向前弯曲。他们向考试委员会的六名成员走去。这些成员衣着优雅，在木制小桌子后面肩并肩排成一列，桌上放着四个蜡封的信封。指令长从中间选出一个，三位宇航员都在上面签了名，但没有看里面的内容。

尤里·彼得罗维奇用他平和却颇具权威的声音耐心地给我们解释：那些信封里装着考试中可能会出现的场景，每一个信封中都预先设计了一系列运转问题或者紧急状况，乘组人员需要解决这些问题。负起责任的主要是两位俄罗斯宇航员，他们分别是飞船指令长和随航工程师。斯科特是空间站的指令长，在"联盟"号上起辅助作用。他被指定坐在右边的位置上，不能直接接触遥测和控制设备。而且，与俄罗斯同事相比，他接受的训练远远不够深入。但无论如何，斯科特已经在职业领域获得了很大的满足感：作为海军飞行员，他有超过八千个小时的飞行记录，而且已经是第三次执行太空任务，一路从飞行员成长为航天飞机的指令长。

下午过半，当我在下课后回到模拟器大厅时，考试已经到了最后环节：在模拟场景中，"联盟"号与国际空间站脱离，乘组人员准备再入大气层。模拟器控制室挤得满满当当，大概所有能够从工作中抽身的人都来到了这里。教练员、老师、宇航员，所有人都在观察、评判，怀着体育场中粉丝的热情参与讨论。我尚未掌握理解或者评判考试进展所需要的所有知识，但从教练员自豪的评价来看，乘组人员似乎表现得非常出色。

突然，谨慎的低声交谈被七嘴八舌的说话声以及搬动椅子制造的混乱所取代。考试结束了，乘组人员离开模拟器去换衣服，委员会成员退到旁边的房间里，以便给出自己的评价。我充满好奇地听取了总结，也就是通常在训练之后进行的讨论和分析。鉴于这是一次考试，所以也对宇航员进行了评估。听别人讲，乘组人员会被鼓励与委员会进行讨论，并且果断地为自己的操作申辩，从而得到更好的分数，据说有时这种讨论非常热烈。不过，这一次并没有发生类似的情况，因为乘组由一位非常有经验的指令长带领，他们的操作几乎无可挑剔，委员会提出的少量意见也被毫无异议地接受了。

所以，到了庆祝的时刻。按照传统，乘组人员在旁边的大楼里准备了冷餐。我们所有人，教练员、翻译、医生、宇航员，还有庆祝者的家人和朋友，围坐在一桌丰盛的饭菜旁边。我代表"鬼把戏"小组发表祝酒词。这是我作为宇航学员期间所做的一系列祝酒词的开始，它将在几年后结束，当时发射台上有一架即将起飞的火箭等待着我。另外，在"星城"，我很快明白了祝酒词是一件严肃的事。与其他的事情不同，在没有准备好的情况下草率地发表祝酒词是不可原谅的。从诙谐的轶事到睿智的哲学讲演，俄罗斯的祝酒词向勇气、忠诚、友谊、爱情和家庭致敬。重要的并非新颖，而是一番发自内心且具有说服力的阐述，所以，甚至直到几个月之后，你仍会因为一段特别诙谐和感人的祝酒词得到称赞。尤其要注意的是，俄罗斯的祝酒词不会简短。在场的人会耐心、礼貌、沉默地聆听，克制着胸中越来越强烈的激情。在按照传统的劝酒方式说过 tri

（三）和četyre（四）之后，便会响起雷鸣般的"胜利，胜利，胜利！"我还将发现，最终的考试仅仅是用来标注"星城"岁月的许多事件之一。在那个地方，呼吸的节奏是由航天任务的周期决定的。遵照几十年来的仪式，当地居民组成的小小人群兴高采烈地紧紧围绕在即将出发去太空的乘组人员周围，之后也会在归来时为他们庆祝。即使在很多年之后回到这里，依然很容易找回与那种节奏的和谐，熟悉的面孔亲切地欢迎你，仿佛你仅仅是去度了个短假。

在最终的考试之后，斯科特的乘组可以休息一周。俄罗斯人以他们的智慧，在训练结束之后为宇航员预留了一段休息时间，以便完成他们在地球上可能要办的事，因为随后他们会有很长时间离开这个星球。那一周结束之后，我们重新聚集在宴会桌边。这次是在清晨，而这顿传统早餐是为了向即将前往拜科努尔的乘组告别。在这种情况下，时间非常紧急：干几次杯不可避免，然后我们立刻就被邀请入座，尽管大厅里的椅子不够让所有人都坐下来。有的人坐在窗台上，有的坐在旁边人的腿上，重要的是在出发之前，每个人都可以坐上一会儿，这个必不可少的环节代表着好兆头。没有人碰食物。不到二十分钟之后，当乘组人员已经登上开往飞机场的大巴，我们"鬼把戏"小组带着新兵的天真回到宴会大厅，想着现在可以赋予"早餐"这个词更加具体的内容。然而，就像经常发生的那样，桌子已经清理完了。即使是在几年后的今天，我也没有给这个谜团找到确定的答案：宴会上的那些食物到哪里去了？

正如预计的那样，斯科特和他的乘组在两周之后飞往国际空间站。我格外投入地关注着空间站上的活动，因为第一次有一个我熟悉的人成为乘组的一员。当时，我还不知道未来的某一天自己将在国际空间站接待斯科特。

几周之后，他发给我来自国际空间站的第一份礼物，那是刚刚从穹顶舱拍摄的一张美丽的意大利的照片。当时我们的基础训练刚好结束，正在科隆举行一场简单的庆祝会，从俄罗斯归来后，我们被授予结业证书，正式成为"欧洲航天局宇航员"。这是与家人欢庆的美好时刻，但我并没有非常激动，因为我们知道，情感的浓度与通往目标的道路的陡峭程度有关。我相信我们中间没有任何人认为这个过程有多困难，这证明欧洲航天局选拔的人员具有很好的素质。很可能我们并非最优秀的：认为如此漫长而复杂的选拔是完美的并不理智。但至少我们显然是最适合的。

基础课程结束之后，"鬼把戏"小组的成员开始走上不同的道路。卢卡已经在为他的任务做准备，任务代号是"飞翔"，而欧洲航天局第二年的那次飞行指派给了德国航天局，所以，接下来的"蓝点"任务属于阿莱克斯。而托马、蒂姆、安迪和我的未来更加不确定。一年中我们会有几周的训练，并且参与面向中学、大学和公众的交流活动，承担欧洲宇航员中心的其他任务，比如复核技术文件，还有为新项目的准备工作提供支持。

很快，我感到焦虑。一个尚未在太空飞行过的宇航员，她身体里的每一根纤维渴望的只有一件事：得到第一次飞行任务。我知道，对我的派遣不会在两年之内到来，我仅仅希望继续训练，最大限度和尽快地开始训练。就在那时，我得知可以通过一种方式在没有得到太空任务的情况下开始真正的飞前训练，那就是成为欧洲航天局"后备宇航员"。后备宇航员将会接受一定水准的训练，大约相当于国际空间站服役准备项目第一年的水平，能够取代自己所属机构被迫放弃第一阶段准备的同事。这只是一个异常遥远的可能性，但并不重要：对于我来说，重要的是与其他得到太空任务的宇航员一起训练的机会，有资格操作机械臂和练习太空行走，了解欧洲以及俄罗斯以外的太空舱，并且感到自己真正是国际宇航员群体的一分子；最后一件事也格外重要，而这个宇航员群体的重心在休斯敦和"星城"。我毫不犹豫地提交了申请。

　　在等待决定的那段时间里，我参加了无数公众交流活动。从卡塔尼亚到柏林，从米兰到巴黎，我的足迹遍布欧洲的二十四座城市，主要是学校的见面会，偶尔参加机构活动和电视节目。时间一个月又一个月地流逝，我感到痛苦在心中增长。交流当然是宇航员的一项重要任务，而且某些阶段变得尤为重要，这一点很正常。然而，当我需要讲述我的过去、基础训练、我的未来、在空间站的飞行，却并不知道什么时候我的生活才能重新充满有意义和令人兴奋的训练，这种情形使我感觉很不好。直到一个无异于往常的日子，最后一个签字，最后一道手续，或者仅仅是最后一个一致的看法变成现实，我终于成为欧洲航天局的后备宇航员。

我不知道通往目标的道路是笔直还是曲折，也不知道它有多长，但至少我重新走上了通往太空使命的道路。

6

然而现在时间停止了那徒劳的流逝。

我终于进入角色，

不再展望面目模糊的未来……

从现在开始，用一个接一个行动，

构建我的未来。

安托万·德·圣埃克苏佩里《空军飞行员》

"星城"，2011 年 6 月 6 日

我从未害怕过变老。随着岁月的流逝，我越来越懂得与自己相处。天性促使我带着好奇注视即将发生的事情，而不是对往事念念不忘。当然，三十四岁的我不再有小姑娘时那种无穷无尽的、令人觉得能够战胜世界的活力与能量，即使碰到一只灰熊（希望我永远不会碰到），也能够用积蓄的力气去战胜它。

不过，有时也会出现今天这样的日子，我突然感觉到身体里有一股力量，它强大得如同能够冲破河岸的水流。这是我第一天回到"星城"。

昨晚，我在飞机场又一次看到尼古拉和蔼可亲的面庞，心中充满喜悦。他陪我回到预防中心，以俄罗斯人的方式坚持帮我搬行李。入口处值班的女士热情地接待了我，并且开玩笑似的责备我离开了这么久。上一次来的时候，我甚至没有住在预防中心，不过我几乎每天都会去位于大楼二层的欧洲航天局办公室在线工作。办公室位于走廊尽头，在一扇玻璃门后面，门上贴满了有欧洲参与的"联盟"号发射任务标志的贴片。走廊里悬挂着包括欧洲宇航员在内的所有乘组人员的官方照片。安德烈·柯依伯的照片展示的是二〇〇四年的"德尔塔"任务，但我们小小的公共厨房架子上放着的食品包装上的荷兰语标签，证明他现在仍在这里。再过几个月，安德烈将会开启他的第二次任务。

我住进欧洲航天局为宇航员和其他往来的工作人员租用的四个舒适的房间之一。房间分为摆放着上下铺的睡眠区和带沙发、写字台以及深色木制橱柜的工作区，一切都很老派，让人想起祖父母的家。今天早上，尤里·彼得罗维奇敲响我的房门，用一个有力的拥抱迎接我，交给我自行车钥匙。和他一起管理欧洲航天局办公室的安娜带着亲切的微笑把通行证还给我，并且拿走了我的护照，以便在当局办理必要的登记手续。我在楼梯下面的储藏室里找到了自行车，然后在门前逗留了几分钟，呼吸洁净的空气，欣赏湖边的田园风光。湖上有一座白色凉亭，木制步行小桥通往对岸的树林。安静地骑行几分钟后，我来到"技术区"，发现"星城"明亮而又温暖，与前一年那个灰暗多雨的秋天大不相同。

今天早上在"联盟"号模拟器里教授的课程也与上一次大不相同，不再像是快速而缺乏意识的冲刺，急着向前体味到达终点的感觉，而更多是缓慢而耐心的建设。我对一切都非常好奇，"联盟"号上的一切。第一步是学会叫出所有东西的名字：我跟随年轻的教练员鲁斯兰，逐一了解返回舱和轨道舱所有组成部分的名字。这两个太空舱构成了小小的宇宙飞船，也就是乘组人员活动的区域。

早晨结束的时候，我满脑袋都是名字，这些名字依然与它们所代表的那部分现实不牢靠地联系着，至少对于那一小群熟悉"联盟"号的专家来说是这样。我告别了鲁斯兰，骑自行车去食堂与卢卡共进午餐，我已经有几个月没见到他了。作为一名获得太空任务的宇航员，他的生活现在是由所谓的行程模板决定的，这是一份由各个航天局规划人员制订的 Excel 表格，其中包括从训练开始到发射当天每个乘组人员活动的信息。表格看上去像一幅五颜六色的镶嵌画，其中每个小方块对应一周，不同的颜色代表着可能的授课地点：天蓝色代表美国，黄色代表俄罗斯，绿色代表欧洲，紫色代表日本，深蓝色代表加拿大。鉴于国际空间站的训练只有短短几周在欧洲宇航员中心进行，卢卡很少回科隆。

我们再一次与其他宇航员一起度过晚间时光；在这个阶段，他们行程模板上的小方块呈现为黄色。我结识了克里斯·卡西迪，尽管举止极其温和，他其实是一位前海豹突击队队员，而且有可能是美国航空航天局最优秀的太空行走者。此外，还有卢卡乘组的女同事凯伦·尼伯格，她是一位非常有才华的工程学博士。这一次我们并不是在三号小屋聚会，而是在户外，靠近一座经营俄罗斯桑拿的小楼。楼里可以购买饮料，外面则设有 šašlik（俄罗斯传统烧烤摊）。我的话不多，只是享受着身处这里的快乐。在这个地方，在同事们的陪伴下，听着他们诉说过去几个月训练中残留的所有苦恼，就像是一个从水中出来的游泳者，感到身上被毛巾擦过之后依然湿漉漉的皮肤皱褶在阳光和微风中变干。

聚会结束之后，我独自走回住处。时间已经很晚了，但在这个纬度，夏日的白昼很长，天空中仍然存有一丝微光。在预防中心，尤里·彼得罗维奇在我的房间里留下了一个大箱子，里面是随后几个月我将学习的所有教材和"联盟"号程序手册。我把它们拿出来排在书架上，几乎有一米长。

终于可以开始工作了。

人们总说，留心你的愿望，因为它可能会变成现实。那个夏天在"星城"度过的八周非常有意义，而且趣味十足，尽管同时也很繁忙。课程安排得很密集，以免与乘组人员的日常活动发生冲突。在两周之后，其他所有宇航员都离开了，所以，三号小屋的集体晚餐也就不复存在。我每天要上六到八个小时的理论或者实践课，然后再独自学习到深夜。或许我学得太多了。考试之后的表扬令人欣喜，当然我也意识到，不是学习的所有东西都能在"联盟"号上的实际操作中得到应用。众所周知，俄罗斯的教学方法在理论方面极其深入，但并非总是适合操作员，也就是宇航员的实际需求。然而我并不介意，恰恰相反：训练刚刚开始，我精力充沛，而且，我身体里的那个工程师也很高兴能够深入了解这些系统，甚至是隐藏在机器里的那些我在飞行中永远不会接触到的部分。另外，忘记多余的内容总是比学会被忽视的内容更加容易。两年之后，我将开始与乘组同事一起进行模拟训练，而我的深入学习被证明是一项成功的投资。

另外，考试是一件严肃的事情。尤其是那些与导航、制导、控制系统相关的复杂考试。教室里总是挤满了教练员，他们好像在互相竞争，提出困难的，有时甚至是晦涩的问题。我站在讲台上回答，像个小学生，几乎有点令人尴尬。在完成一个阶段的考试——根据科目的复杂性，从半个小时到两个小时不等——之后，我被要求在走廊里等几分钟，以便教练员按照最高五分的标准给我打分。

总之，有很多东西需要学习。唯一可能的放松是每天沿着小径跑步。那些小径穿过树林，在附近的湖岸边延伸。我在那段时间寄给一位朋友的信中写道："我感觉像在修行，只有我，我的手册，还有白桦。”

那些日子非常平静，是一砖一瓦地构建自己梦想时那种令人满足的平静。

7

"星城"，2011 年 7 月 18 日

　　我获得坐在指令长位置上的特权，原因很简单：只有我一个人。我坐在"联盟"号的模拟器里，左边和右边的座椅都是空的。中间的座椅最为舒适，或者说没有其他的那么不舒服，因为空间稍微大一点。然而，俄罗斯人用 kresla 来称呼它，字面意思是"沙发"，这让我觉得好笑，因为沙发这个词唤起的舒适感可是要多得多。另外，座椅也不应该舒适，而是要在着陆触地时为乘组人员提供保护。因此，它们的形状非常特别：座椅的外部是安装在减震器上的金属外壳，内部则是蓝色保护垫，形状贴合乘客背部和头部的轮廓。实际上，将它们称为座椅也并不恰当，因为在上面并不能很好地坐着，而更多是躺着。或者说是采取胎儿的姿势，膝盖向胸部蜷缩，双脚放在臀部以外一个专门的小支撑架上。我从来没有像现在这样为自己

不太高的个子感到高兴。

按照设计，座椅要与索科尔航天服配合使用，但在训练中不会总是穿着航天服，尤其是在初级阶段。为了更舒适一点，而且距离控制面板不要太远，可以借助以最佳方式放置在座椅上的小垫子；我在进模拟器之前也拿了一个，还有一根伸缩棍。想要从中间的位置够到控制面板，这根不起眼的小棍是必不可少的工具。"联盟"号飞行过程中，你要用伸缩棍按下由金属保护罩隔开的大按钮，后者的存在是为了防止错误地从一个命令按钮滑到相邻的按钮上。当然，在我们这个大量使用触摸屏、甚至开始普及语音助手的时代，这种用伸缩棍触碰控制屏幕——就像老师面对古老的黑板——来导航的方法，令人感到有点可怜。不过我对此倒是情有独钟。必须承认，我甚至感到某种愉快的骄傲。还是小姑娘的时候，我可以说是在滑雪道上长大的。我用高人一等的目光注视着那些来过滑雪假期的游客，他们都装备了最新式的小玩意儿，但缺乏技术；我没有那些玩意儿，却感觉自己是大山的主人。今天，我同样情愿将时尚的耳机留给其他人，而自己兴高采烈地戴上 germošlem，也就是那种黑色布制头套，里面装备了集成耳机和麦克风。宇航员分为两类：一类相信那种耳机中仍然留存着尤里·加加林汗水的痕迹；另一类则更加理智，认为这一点并不确定。

刚才说过，我是坐在指令长的位置上。但能够肯定的是，我永远不会成为"联盟"号的指令长，因为那是专属于俄罗斯宇航员的位置。最近几周，我在进行随航工程师的训练，在这个开始阶段，要做的准备与指令长是一样的：大约五百小时针对各个系统的理论与实践课，每门课程结束后都要通过严格的考试。

我坐在模拟器中，进行关于导航、制导和控制系统的最后几节实践课。这是很辛苦的课程，也是最有趣的课程之一，因为它帮我弄明白"联盟"号是如何通过一系列的传感器、发动机、软件，以及从控制中心传输来的数据，将宇航员送到国际空间站，又是如何安全地把他们带回地球。因为，请注意，"联盟"号是在独立飞行，不需要驾驶员。不相信这一点的人，只管想一想它的姊妹货运飞船"进步"号，后者能够在没有乘组人员的情况下为国际空间站输送物资。我现在学习的所有操作都是为了两个目的：不断检查是否一切都在自动模式下运行良好，以及知道如何在运转不正常时进行手动操作。乘组人员的存在为系统增加了冗余，因为要引入手动操作的可能，而这种冗余尤其重要，因为乘组人员会证明自己比补给物资更有价值。

学会及时有效地应对故障和紧急情况是高级训练的科目。假如有一天，我能够像希望的那样成为随航工程师，才有机会进行高级训练。目前，我要学会理解"联盟"号的语言。它始终在与我对话，每时每刻向我讲述模拟飞行以及各个系统实时状况的无数细节，温度、浓度、速度、角度、压力……数十个重要参数向我展示飞行器的健康状况，以及正在进行的操作的运行情况。我只需学会阅读这些参数。当然，有一点必须承认，那就是"联盟"号的人机界面不太直观。屏幕上显示的主要是一串串的字母和数字。仅仅在几周前，这些字母和数字对我来说还没有任何意义。然而现在，它们向我讲述着一种准确而且可以理解的语言。比如现在，它们就用水晶般清晰的语言，告诉我"联盟"号正一边自转一边利用红外传感器寻找地平线。一旦找到地平线，它将继续旋转，以便"腹部"能够定位，从那里探出潜望镜——沿着当地垂线的方向，这条线连接我们在轨道上的位置与地心。如果你们位于地球表面，而且刚好身处那条线上，就会看到我们从你们的头顶飞过。

随着"联盟"号的转动，我看到地球缓缓进入潜望镜的视野，就好像当你们慢慢转动望远镜扫视夜空时，一颗行星出现在你们眼前。与此同时，我认真地注视着红外传感器的角度，就像教练员教的那样。第一个传感器出现了故障，而且我怀疑教练员会关闭后备传感器。不出我所料，教练员采取了狡猾的方式，没有触发警报。现在我需要握住手动控制装置，完成定向。

"联盟"号的手动控制装置非常小：两个杏子大小的旋钮位于中央观察器的两侧，安装在可伸缩的导轨上。左侧旋钮控制移动，在手动对接空间站的时候非常有用。我现在需要的是右侧旋钮，它的功能是控制旋转。从蜷缩着休息的位置看，那个按钮几乎就在我脚的高度，我把它拉向自己身边，固定在可以轻松控制的距离内，同时继续"舒适地"躺在座椅上。

事实上，我的任务相当容易。我只需要偏转控制旋钮，直到地平圈完全位于观察器的中心。这就标志着如我所愿，潜望镜沿着当地垂线方向探向地球。然而，此时地球表面是从右向左在观察器中经过。比方说，如果我们是一辆汽车，就是在沿着道路侧向行驶。因此，我逆时针旋转手动控制装置，就好像它是一个旋钮手柄，直到潜望镜视野中交替出现的大陆和海洋从上向下在观察器中经过。我们走上了正轨。我很高兴听到教练员说，剩余的误差在可接受范围内。必须训练眼睛，使它们非常精确，因为微小的错误可能会导致严重的后果。在太空飞行中，当发动机运转时飞行器驶向正确的方向，这一点至关重要，否则你会进入意想不到的轨道，或者在返回地球的时候降落在错误的大陆。在"联盟"号模拟器上进行的大部分训练可以归纳为：在任何情况下，在正确的时间，以正确的方向，启动发动机。

剩下的是完成基本任务，达成使命，但与活着回到地球相比没有那么紧要——对于乘组人员来说，这是非常自然的——这些任务中的一项是让"联盟"号的太阳能电池板朝向太阳。我重新开始练习操纵手动控制装置，这一次是通过潜望镜寻找我们的恒星。瞧，太阳出现在观察器当中，后者覆盖着保护性过滤器。然后，我设置了一系列旋转，注视着太阳能电池板不断上升的电压值：超过三十伏，任务就完成了。现在只需要确保"联盟"号开始自转，以便它在轨道上围绕地球运行时，太阳能电池板始终朝向太阳，无需主动控制姿态。

这种方法简单有效，被称作"陀螺稳定"，对卫星、火箭、导弹和其他发射物通用。尽管如此，当有乘组人员搭乘飞船时，还是会造成一些不便：很容易想象，对于宇航员的前庭系统来说，连续旋转有多么不友好。另外，刚刚进入轨道，宇航员通常会在这个阶段饱受太空反应之苦。他们向我解释说，睡觉时最好的做法是在固定睡袋的时候，尽量使头靠近旋转的中心，借此保持不动，这样可以减轻恶心的症状。

当然，在这个模拟器当中，除了确保空气流通的换气扇以外，没有什么是真的在转动。今天到这里就可以了，教练员很满意，宣布提前下课。我活动了一下大腿。在下一节课开始之前，我还有时间去找教练员以及另外两个负责模拟器的工作人员一起吃点饼干，喝杯咖啡。

严格来说是速溶咖啡。在俄罗斯宇航员训练中心，大家不去吧台喝咖啡，因为没有吧台。他们也不用咖啡机，因为唯一可供使用的咖啡机放在俄罗斯宇航员的专属会议室，而那里大部分时候空无一人。这里通常的做法是，在每个办公室或工作场所都有一个开水壶和一盒可溶性粉末，俄罗斯特有的热情好客使我经常受到邀请，在热气腾腾的杯子边上聊天。我很高兴喝这种咖啡，我既不思念意式浓缩也不思念美式滴滤。要知道，习惯与爱好是可以灵活变化的，而且与环境有关。另外，在国际空间站，我要喝几个月的速溶咖啡。时至今日，一想起在午饭后用饮水机将袋子装满水的那个仪式性动作——然后拿着它进入下午的第一项工作，一边喝咖啡，一边阅读程序——

我就会立即被带回空间站上的日常生活。我甚至在太空中喝了几杯意式浓缩，这在当时看来似乎非常不可思议。

那个夏天，我的日常生活包括上课、自习，还有在树林里跑步。有时，新面孔的到来暂时打断这种节奏。他们来参加对第26/27次远征队伍的传统欢迎仪式，这是最近从太空归来的乘组。在哈萨克斯坦着陆之后，保罗·内斯波利和卡迪·科尔曼在几周之前登上了美国航空航天局的飞机，直接回到休斯敦，而指令长德米特里·康德拉季耶夫回了莫斯科。现在，他们三个人都来到这里，接受"星城"的问候。我抽出时间观看了庆祝活动的开始，在尤里·加加林雕像旁聚集了训练中心的一小群工作人员以及当地居民，其中包括很多小学生。当我从太空归来的时候，也会参加一个同样的仪式。卡迪、保罗和德米特里将鲜花放在雕像脚下，然后跟随乐队沿着宽阔的大道短暂游行。这条道路通往城市剧院，他们将在那里聆听数小时温暖的话语，收到礼物和数量惊人的鲜花。

我非常高兴再次见到卡迪，她是化学博士，执行过两次航天任务，因为热爱长笛，还成为第一次太空地面二重奏的表演者。在我认识的所有宇航员当中，卡迪是最合群的一个，能够轻易建立友谊，慷慨和细致地为他人提供建议和帮助，对女性尤其如此。除了立刻向我表示友好以外，当她听说九月底我要去约翰逊航天中心，便邀请我到她休斯敦的家中居住。事实上，一段时间以来，**行程模板**——上面概括展示着十几个相互交织、不断移动的生命——已经为后备宇航员额外增加了一行。这一行格子并非通向一个明确的目标，或者说一个发射日期，但同样令人感到愉快。

在那幅由彩色小方块组成的镶嵌画里，在 CT 这个缩写背后，终于也包含了我的存在。

8

休斯敦，2011 年 9 月 27 日

　　美国航空航天局的中性浮力实验室被大家称作 NBL。我客居在卡迪家，实验室与我住的那条街直线距离仅仅五百米，我甚至能够看到树梢上飘扬的旗子。实际距离要远一点，因为得穿过住宅区之间迷宫式的街道，开车需要几分钟的时间。街道两旁是一层或者两层高的小民居，房子前面都有一小块绿地和两棵树。我看到人们散步、慢跑，还有父母送孩子上学。

　　第一天的训练就在中性浮力实验室开始。这是一栋巨大的白色建筑，位于约翰逊航天中心以北十几公里。我还清楚地记得去年和"鬼把戏"小组一起来这里参观时的惊奇。在听取对需要在那里进行的一系列复杂操作的解说之前，我已经被这座建筑非凡的宏伟所打动。事实上，中性浮力实验室的核心是一座巨型游泳池，可以把四层高的大厦淹没，因为它的蓄水量有十几个奥林匹克比赛用游泳池那么多。游泳池的底部停放着国际空间站非俄罗斯舱段的模型，都是忠实的复制品，大小与实物一般无二。

我焦急地期待着潜入那个水下世界，但这一刻尚未到来。今天，我甚至没有看到游泳池。在大楼入口处，我询问更衣室在哪里，然后按照指引沿着巨型游泳池旁边的长走廊前进。我感觉像是走在地下。鉴于游泳池里进行的疯狂活动，它的边缘要比走廊高出很多层。在走廊尽头，我按响了门铃，一个年轻女人打开门："嘿，我叫罗宾，是今天负责你的航天服工程师。"她指的毫无疑问就是在太空和水下训练都要使用的舱外活动服。它的正式名称是舱外机动套装（Extravehicular Mobility Unit），或者 EMU。不过，在我们这个群体中，它一般被简单地称为"套装"（the suit）。这个套装已经使用了三十年，没有进行过重大修改，看上去与搭乘"阿波罗"号登月的宇航员们的服装也没有很大区别。在太空项目中，很少有什么东西像这个白色外壳一样具有象征意义，它在开阔太空的恶劣环境中保护脆弱的人体。每个宇航员都梦想有朝一日能够穿着这套服装进入轨道，我也不例外。今天，仅仅是能够在这里穿上它，对我来说都像是一个梦。

罗宾陪着我穿过一个房间，那里既像实验室，又像裁缝铺。我稍稍驻足，带着贪婪的好奇心注视一群技术人员围着套装的躯干、胳膊、大腿，还有靴子、手套和头盔忙碌。在中性浮力实验室，套装会定期被拆解，以便进行维护，或者按照要求的尺寸重新组合。事实上，没有哪一个宇航员拥有量身定制的套装。在每次训练阶段开始之前，按照相关宇航员的个人参数，技术人员将套装一块块地组装起来。各个组件，例如躯干或前臂，应该使用什么尺寸？在大腿和靴子之间要插入多少个金属环？如何配置无数的调整点，以便将套装的相关部分加长或缩短，从而保证肘部和膝盖能够与套装里的人体关节相对应？今天我来到这里，就是要为这些疑问找到答案。

两个小时之后，我告别了罗宾。在此之前，我们做了八十多次测量，仅仅为手套的尺寸就测量了二十六次。然后，我赶去上后面的课，日程上写着《舱外活动的小型工具》。一位自称达伦的年轻教练员用戏剧性的手势，将一张大约有二十个位置的会议桌指给我看，上面完全被各种物件覆盖，有些东西的功能大致上一看便知，另外一些则颇为神秘，总之都是小型工具，我想。突然，我感到仅有的三个小时实在太短了。放在桌子和好几张椅子上的工具数量令人生畏，同时也让我充满好奇，因为面前的这些工具和辅助设备都用于组装在轨道上航行的国际空间站。或者说至少是其中的一部分，因为日程表中已经安排了在几天后进行的第二次课：《舱外活动的大型工具》。

实际上，即便是今天的这些工具也并不太小，而且也不应该太小，因为我们需要戴着舱外机动套装僵硬而又厚重的手套去操纵它们，这大大降低了敏感度、运动的精度，甚至是手上可以使用的力气。达伦向我解释每个工具的功能，然后我试着操纵它们，拍照片，疯狂地记笔记。舱外活动能够创造出一个由工具构成的宇宙，世界上任何一家工厂都无法与之比拟，这一切令我着迷。扳手、螺丝刀，或者扭力倍增器，都是相当常见的工具，但考虑到使用它们的将是置身于宇宙空间、身着舱外机动套装的宇航员，每个工具都如同一个巧妙的奇迹。

快下课的时候，达伦建议我做一项练习，而且向我保证这会对几个月后在游泳池里进行的第一次模拟训练非常有用。我们一起制作了所谓的迷你工作台，也就是一个带有T形杆的金属板，牢牢地固定在套装前部，宇航员可以根据出舱的需要和个人喜好安装钩子，将使用最频繁的工具固定在上面。有些人为了不必经常从工具箱中掏东西，会尽量往上面多固定一些工具，也有人正好相反，仅仅满足于必不可少的工具，以减少负担和被缠住的风险。有两样东西非常有用，几乎总是固定在套装上：PGT和BRT。

PGT，也就是手枪式握把工具，外表就像科幻电影里的激光枪。它是在太空中使用的电动螺丝刀，是多年以来帮助我们用一个个螺栓将国际空间站组装起来的主要工具。它通常携带在身体右侧，固定在一个枢轴上，以便不使用的时候可以旋转到紧贴套装的位置，从而尽量减少活动时的障碍。如同所有在太空中使用的物件一样，它由一根可伸缩缆索固定。达伦对我解释说，这就是舱外活动的黄金法则：所有东西都要以某种方式固定在宇航员身上或者国际空间站的舱体上，以免飘走，造成关键部件或者工具的丢失。另外，众所周知，根据轨道力学定律，看上去似乎永远离去的物件，有时会存在一种糟糕的恶习，那就是按时返回轨道，因此有可能会击中空间站。而当这个丢失的物件是一个人时，就尤其糟糕了。因此，宇航员应该通过两种方式让自己始终锚定在空间站上：第一种是缠绕在卷轴上的安全缆索，当你离开锚点时，安全缆索会缓缓展开；第二种则取决于实际情况。在从国际空间站的一点向另一点移动时，可能仅仅用一只手抓住栏杆就够了。不过，在到达工作地点之后，一般需要解放双手。为了避免飘走，可以用本地锚索固定。不过，这样无法固定姿态，一旦松手，就不能阻止自身开始缓慢旋转。

　　这时，BRT是更佳的选择，也就是身体锁定工具。这是一件沉重的工具，形状类似一条粗壮的蛇，不用时可以折叠携带在体侧。身体锁定工具自由的一端是打开的金属钳口，看起来像一张具有威胁性的嘴巴。达伦小心地把食指伸到一侧，按压下颚底部，那张嘴突然合上了，发出金属的声音。身体锁定工具就是以这种方式固定在国际空间站的标准栏杆上。然后，转动环形螺母可以使身体锁定工具变硬，因为上面套着一系列金属球，增加压力就可以阻止它松动。在必要时，这条蛇会石化，宇航员的姿态也因此变得稳定，可以与螺栓、电气或液压连接，以及任何其他需要使用双手操作的东西保持正确的距离。

休斯敦，2011 年 9 月 30 日

这是一幅可怕的图景：我在进行舱外活动，而身体与国际空间站完全脱离，也许是由于没能抓住一根栏杆，又或者是我身上的索扣没有正确地固定。对于这些偶然事件，安全缆索本来可以救助我，把我拖回锚点，但很显然有什么东西出了问题，所以，我开始一边旋转一边远离空间站。现在，回到国际空间站的唯一希望是舱外活动简易救生装置（SAFER），也就是安装在套装上的喷气背包。它有二十四个小型压缩氮气推进器，在肩膀和臀部的高度分为四束；喷气背包保证我储存有一点推力，可以旋转并返回空间站。

假如我真的身处太空，那么现在应该努力保持镇定，集中精力在最重要的事情上面，也就是取出喷气背包的控制器。我需要旋转身体右侧的枢轴，以便够到提取杠杆，并用它启动弹簧装置，使控制器从背后的隔层弹出，出现在我的视野中。实际上，及时完成这一系列操作并不简单，特别是在即将发生危险的情况下，但未来我还有机会对此进行思考。今天，我手里握着的是一个操纵杆和三个拨动开关。我将在约翰逊航天中心的虚拟现实实验室里，戴着喷气背包进行第一次飞行。

我沉浸在模拟环境中。在这里，国际空间站外部的每个细节都被完美复刻。专门的传感器在对我脑袋、胸部和双手的运动进行监测，投射到面前观察器上的画面也在据此变化。在模拟开始时，我被安置在气闸舱（Airlock）。这是一个小型太空舱，宇航员正是通过它进入太空。我立即就被丢了出去。现在国际空间站每隔三到四秒就出现在我的视野中，只停留片刻，而且距离越来越远。我试图辨别方向，弄清楚自己被丢向哪里。不过，对于国际空间站的外形我还不太熟悉：我看到一块块太阳能电池板、桁架、"联盟"号或"进步"号——看不到潜望镜我无法区分。在模拟了提取控制器所需的时间，也就是三十秒之后，我获得许可启动自救程序。

第一个步骤是停止失控的旋转，而在这一步，喷气背包使一切变得简便。我可以借助简单的命令，自动取消旋转速度。现在，我必须找到国际空间站：我慢慢旋转，直到它出现在我的视野中。我试着将自己与我离开时的那个点——也就是气闸舱——对齐。如果我能够完美地瞄准，向前的冲力将有效地抵消远离的速度：重要的是精确，因为剩余的推进剂已经不多了。氮气储备可以容许路线规划上的一些不精确，但不能是重大失误：太多错误或不必要的点火会导致空缸，无法再次设置正确的靠近。没有第二次机会。

现在我距离气闸舱仅仅几米之遥，估计很快就能够抓住一个栏杆。我低头看了看，虚拟控制器显示还剩余百分之二十的推进剂。对于第一次尝试来说，这样的结果还不赖。当然，我明白训练之初提供的场景比较简单。在真正前往国际空间站的那一天到来之前，我要证明自己能够控制几倍于此的旋转和远离速度。需要一步一步地来，事情永远是这样的。

休斯敦，2011 年 10 月 3 日

我把潜水服中所有的空气都排掉，坐在游泳池底部足够靠近气闸舱的地方，以便能够观察支持团队的各种活动，同时保持一定的距离，避免打扰他们。在我的头上和周围，是一片由水和金属构成的世界。在所有的方向，目之所及都是铁架的金属网格，空间站的宏伟复制品置于其上。距离底部仅仅几米的高度，白色的圆柱体模拟着加压太空舱，再往上是桁架，顶端几乎直抵水面。塑料管替代了电气和液压连接，一段段黄色栏杆勾勒出可以从淹没在水中的空间站的一个点移动到另一个点的路径。在太空中，同样会有一段段的栏杆，处于同样的位置，只不过它们有时会受到微陨石的撞击。

我习惯了潜入水中时的沉寂。但是，在这里，高音喇叭几乎不间断地播放着身穿套装的宇航员与教练员之间的交流，后者在控制大厅，通过摄像机拍摄的画面追踪宇航员的活动。一个摄像机安装在套装的头盔上，另外一个由潜水员来操控。一共有十几个潜水员，每两个潜水员负责一名宇航员，以确保他们的安全，并在必要时帮助他们移动；其他潜水员则在模拟中起到支持作用，负责运输工具，以及实时地进行模型各个部分的组装。

我从游泳池底部的一个角落观察着两名宇航员缓慢地移动，就像是在慢镜头电影中一样。每做一个动作，他们都要与僵硬的套装和手套、有限的视野，还有几乎六个小时水下生存带来的疲惫讨价还价。不过，缓慢也是一种战略。"慢即快"，这是舱外活动中的口头禅：不紧不慢的人，最后反倒会显得最快。

　　我要求尽可能多地潜水，以便在第一次穿套装上课——明年春天——的时候能够做好准备。我希望熟悉国际空间站的模型，也希望一次次尝试规范动作，闭着眼睛了解栏杆的布局。

　　或者坦白说，我是想尽量在水下度过更长的时间。身处水下世界时，我觉得自己在地球上最靠近太空的地方。

休斯敦，2011 年 10 月 4 日

　　中性浮力实验室的控制室悬浮在游泳池的水面上，呈现出一番迷人的景象。透过一扇大玻璃窗，可以俯瞰巨大的游泳池。当水面平静时，可以清楚地看到水下的金属世界。今天，游泳池里没有身穿套装的宇航员，但还是在进行某些活动，不少潜水员正二人一组为潜水做准备，高音喇叭每过一段时间就会播放服务通知。萨拉是中性浮力实验室最有经验的潜水员之一。她向我解释说，她的同事必须潜在水里，按照需要为后面的几次训练课程配置模型。她继续向我说明，中性浮力实验室的模型并不是绝对忠实于原型，比如，在水下要一个能够运转的泵有什么用呢？另外，宇航员永远不需要对泵进行维修，只需要在必要时出舱用备用泵替换故障的泵。该模型只需保证几何精度，并且还原宇航员的操作界面，例如手柄、螺栓、电气或液压连接。

　　今天，很多关于穿套装在水下训练的简报都由萨拉负责。她从如何度过中性浮力实验室中典型的一天开始：首先是游泳池边的工具准备工作，然后是早上七点半的体检；再接下去，是和整支队伍做简报和换装；九点钟潜水开始，第一件事是由两个分配给一名宇航员的潜水员进行池底压载。在讲解这一点时，萨拉花了比较长的时间：要想有效地进行训练，压载至关重要，而且能够避免过度疲劳。压载做得越是精心，对于失重的模拟也就越忠实于国际空间站的实际情况。首先，潜水员要建立中性浮力：他们根据需要在套装里添加或减少小块的重物和橡胶块，抵消套装——和身处其中的宇航员——自发上升或者下降的趋势。于是，重量通过水的静水压力得到完美补偿。到此为止，事情还是颇为简单的。萨拉解释说，在下面的一步，压载变成了一种艺术：为了能够模拟太空中的状况，以及能够在所有的位置和方向不加区分地工作，需要一个中性装置，也就是套装和宇航员这个组合要能够向任何方向没有阻力地转动，并且可以始终保持同一方向，同时不表现出任何自发旋转的倾向。只可惜这是一个无法达到的理想状态。不过，潜水员依然竭尽全力，重物和橡胶块被放在适合的口袋里：套装的前胸、后背和脚踝，以便按照需要加重或者减轻不同位置的重量。

　　萨拉直言不讳，对于衣服尺码比较大的宇航员来说，压载更加容易和有效，因为他们更加撑得起整个舱外机动套装。在他们的套装里，气泡更少，而且因为他们的身体足够填充套装，可以确保姿态的稳定。让我们说得更清楚一点，即便套装处于中性浮力状态，里面的宇航员却不是这样。比如说，假如他们头朝下，就会感觉整个身体都压在肩膀上，所以禁止以这个姿势工作超过十分钟。唉，尽管如此，肩膀受伤的情况也并不罕见，因为关节被迫以那种非自然的姿势工作。接替萨拉的是汤姆，作为医生和我的宇航员同事，他向我介绍了一系列注意事项。首先，好的压载是第一步，因为越是接近中性状态，保持希望的姿势所需要花费的力气就越小。其次，必须加强稳定关节的肌肉，特别是小的旋转肌群，关于这方面的建议，我当然可以向宇航员健身房的专家们请教。最后，合适的套装非常重要，换句话说，套装必须完美贴合我的身体。穿着不合身的套装工作，就像长时间穿着不合脚的鞋子走路一样，会导致疼痛和水泡。这样的描述可以使我们对此有一个概念，但我怀疑得到合适的套装比买一双鞋要复杂得多。

休斯敦，2011 年 10 月 5 日

　　得到合适套装的第一步是选择手套，而我已经知道这并非易事。今天早上，我又来到罗宾上周为我测量过一些尺寸的房间，这次是正式通知：我的手长得很奇怪。今天负责我的航天服工程师史蒂文又给我看了一张图，上面按照尺寸绘制着可供挑选的所有手套。我的手的测量值被概括成一个点：在这张图人口稀疏的区域中一个孤立的点。很明显，没有手套可以很好地贴合我的手。我大概是定制手套拥有者的最有力候选人，这倒是能使图表的那一区域变得没有那么空空荡荡。但是定制手套非常少，而且名单上有一长串宇航员已经等了很久。作为新人，还没有得到飞行任务，我排在前面的可能性自然很小。

我们需要从可供选择的手套里挑出两副过得去的：一副优先使用，另一副备用。我有点担心，因为我很清楚，这是一个棘手的选择。在太空中和在水下一样，都无法行走。因此双手总是在工作，要么操纵锁扣和工具，要么抓着握把和栏杆以便移动或者改变方向。除了保证足够的敏感和灵活以外，手套应该尽可能不要造成疼痛和擦伤，或者使双手花费不必要的力气。事实上，疲惫感主要来自手。有人曾经夸张——但或许也并非特别夸张——地对我说，在游泳池里的一次训练，相当于花六个小时努力用自己的手捏碎一只网球。有备无患，尽管我在中性浮力实验室的训练预计在明年三月进行，几个月以来，我出门都会带着一个需要握紧的橡胶环，以便锻炼双手。

史蒂文确定的五副候选手套整齐地排列在桌子上。第一双已经在技术支持人员手中，他们倾向于用它进行测试，将每只手套挂在套装的一只胳膊上，然后带我戴上。接着，史蒂文挨个提出长长的评估清单上的问题。指尖以及手指之间与面料有直接接触吗？我可以毫不费力地弯曲拇指，或者说指关节在正确的位置吗？使手套硬挺的金属条在手掌的正确位置吗？

经过一些细小的调整，我们过渡到实际条件下的测试，还原它们在太空中，即在相对于真空环境 4.3 psi① 的超压下使用时的硬度。我们可以设计一种方法来给它们充气，以获得这种超压。更加容易的做法是降低周围的压力，从而获得同样的结果。想象一下给两个氦气球充气，直到它们爆裂。在一个气球里，你可以借助加压气缸输入气体，直到获得所需的效果。在另一个里你可以充入一点点氦气，然后打结并放掉它。在上升阶段，随着大气压强的降低，气球会膨胀直至爆裂。忽略制作工艺和温度的差异，两个气球在达到相对外部条件来说相同的超压时就会爆裂，绝对压力是多少并不重要。

就这样，在某些情况下，比如在游泳池中，我们给套装充气，使它相对于周围的水压达到 4.3 psi 的超压；在另外一些情况下，我们将周围的压力降低，手套同样会膨胀变硬。

当然，我们不能降低整个房间的压力，那样做会很复杂。不过，我们使用了手套箱，这是一种圆柱形内部没有水的水箱，上面有两个相隔一定距离的圆形开口，以便双手能够舒适地插入。我把手放进去，直到装在套装手臂末端的金属环卡在开口处为止。当技术人员打开泵，内部压力开始下降，压差会

---

① 压强计量单位，意为磅力/平方英寸。

使金属环牢牢扣在上面，制造出一个不透气的封闭空间。

我感到手套在膨胀。我越来越觉得它们不再是在手指周围收紧的套，而是更像一个有着僵硬墙壁的外壳，我的手在里面有足够的活动空间，我甚至怀疑空间太大了。当泵停下来的时候，我尝试弯曲手指，握拳，并且操纵放在手套箱里的锁扣。真的很费力气，尽管这一点我早有耳闻，但想象与现实还是有出入。很难想象以这种方式在游泳池里工作六个小时。无论如何，我尽量保持乐观，提醒自己这是我试的第一副手套，或许其他的几副更加适合我的手，用起来也就没有这么费力。

又工作了两个小时之后，情况并不令人欢欣鼓舞：任何一副手套状况都不理想。无论如何，我们还是选出了一副问题比较少的。戴它的时候，还需要在里面戴上厚厚的内置手套，并在手背上加一层柔软的橡胶垫，以便填充一些空间。这只是权宜之计：史蒂文还将寻找候选手套，然后我们会在附加测试环节中对它们进行测试。

为大家增加了额外的工作，实在令我不安，尤其我初来乍到，当然不想被当成麻烦人物。幸运的是，史蒂文没有表现出任何不满，甚至为我们遇到的困难而道歉。另外还有桑迪，她以务实的态度敦促我不要满足于此，要尽可能去尝试更多的手套。

我是几天之前才遇到桑迪的，但她的名字早已经如雷贯耳。她是材料科学博士，热爱足球，甚至在校队踢过球。她是已经完成三次太空任务的老兵，其中包括仅仅两个月之前国际

空间站的一次为期四个月的远征，"亚特兰蒂斯"号 STS-135
任务，那也是航天飞机时代的终结。当听说我很快要开始舱外
活动训练时，桑迪毫不犹豫地告诉我，她会陪我去试手套。她
解释说，假如没有经验，甚至连提出正确的问题都很困难。她
这样说好像并非向我提供帮助，而只是阐述一个事实。继卡迪
邀请我住进她家之后，桑迪是美国航空航天局又一位主动向我
表示友好和慷慨的人。我不敢肯定自己有朝一日是否能够飞上
太空，但有一件事是肯定的：仅仅作为这个群体的成员就是一
种荣誉。

在我今天试过的五副手套当中，还包括 MG，也就是桑
迪·马格努斯本人使用的手套。这是推荐给我的唯一一副女性
手套。假如手指不是如此纤细的话，会非常完美。我想问题正
出在这里：我没有大部分女性那样纤细的手指，而男性手套无
论如何还是太大了。想想看，我一直都喜欢自己"工匠一样的
手"，就像我的一位中学老师所说的那样。我从来没有戴过戒
指或者留过长指甲，因为我一直希望我的手显得有力和能干，
这是我想要塑造的生活的外在标志。我从来没有想过，它们有
一天会变成美国航空航天局图表上一个孤立的小点。

休斯敦，2011 年 10 月 11 日

这样的姿势应该就是一只四脚朝天的乌龟的感受。仰卧在

灰色的地毯上，双臂伸向天花板，身上穿着超过一百公斤的套装。我怀疑在没有帮助的情况下，自己永远无法重新站起来。不过我不用去做那样的尝试，因为两位帮助我缓缓躺到地板上的技术人员，几分钟后将帮助我重新站起来。

我头上戴着一个史努比帽，也就是带有集成耳机和麦克风的布制头套，这样的称呼来自它因"阿波罗"任务而闻名的经典配色：两侧为黑色，中央为白色。我在耳机中听到史蒂文的指示。他站在我身边，向我提出一系列问题。没有无线电系统，我听不到他的声音，因为我戴着头盔，身上还穿着完全密闭的套装。在第二次密合度检查时，我们又尝试了一副新手套。今天我们要挑出将来在每次水下训练之前，技术人员为我搭建套装时需要的各个部分。"搭建套装"，他们就是这样说的。史蒂文按照量好的尺寸进行了初始配置，接着，我们在4.3 psi的超压下评估细微的调整，以便优化工作空间，也就是我置身其中并且能够有效地用手操作工具的空间。几分钟之前，到了躺在地上的阶段。

刚才说了，我的胳膊向天花板伸直，史蒂文要我感受双手是否还插在手套里。我的身体没有充满套装的躯干，仍余下很多空间。直立的时候，我可以向前移动，保证双手很好地插在手套里，手指也完全能触到手套的指尖。但是一旦躺下，我就会向后背的方向陷下去。史蒂文记录了这一点。解决方法当然不是把袖子变短，那样我就够不到手柄和栏杆了，而是用衬垫填充后背剩余的空间，以防止我向后陷。在太空中，我们飘浮在套装里，而在中性浮力实验室却有所不同：在这里，还有很多小时的训练等待着我，其中一部分肯定是在游泳池的底部，后背朝下。如果不出意外，套装躯干的尺寸没有疑问，这是一个刚性部件，只有三个尺寸：中号、大号和特大号。对于卢卡或者阿莱克斯这样的同事来说，中号非常合适，他们个子更高，肩膀也更宽。对于我，它也必须合适。

结束了他的提问之后，史蒂文示意技术人员帮我重新站起来。他们扶着我笨拙地走回穿衣工作台，这是一个带有特殊固定点的结构，无论在地球上还是轨道上都可以使用，功能是固定舱外机动套装，使人可以轻松地从躯干部分滑入滑出。现在我要脱下套装，方便史蒂文和技术人员在里面放入填充物，对手臂、腿、骨盆进行调整。

首先需要慢慢降低超压。一名技术人员教会我发出轻微而连贯的声音，以确保呼吸系统畅通，从而避免可能出现的轻微反冲伤及耳膜，然后他摘下手套，这样才能达到与环境压力的完全平衡。我把两只手套和头盔都脱下来，技术人员开始拆套装的下身，也就是骨盆和腿部，它与躯干的接口是臀部的一个密封金属环。

现在我只需要从躯干里滑出来：技术人员举起套装的胳膊，伸向高处，我弯着腿，把两边肩膀依次退出来。"太容易了。"今天陪着我的资深宇航员史蒂文开玩笑地说。我迅速地从里面出来，没有遇到任何阻碍，但对于很多宇航员来说，这个动作相当困难。至少在这件事情上，穿一身过大的套装对我来说还是有点好处的。

　　我天生缺乏耐性，经常希望事情速战速决，但在那种情况下行不通。密合度检查一直持续到下午过半，比计划长了好几个小时。接下来的一周，我得以在一门叫作之前与之后的课程中尝试这个套装，这是我第一次模拟舱外活动前后长时间和复杂的操作。这也是一个机会，可以熟悉舱外机动套装和穿着它活动的各种可能性。"不要和套装过不去"，这是开始游泳池训练后经常听到的一句话，因为赢的总是套装。相反，要学会适应它的限制，并充分利用关节所允许的运动模式。

　　在进行之前与之后训练的那天结束时，我在"切尔西"喝了一杯葡萄酒，那里是美国航空航天局群体喜欢在工作之后喝一杯的酒吧之一。得克萨斯炎热烦闷的夏天终于过去了。在那个季节，只有空调房才是唯一的避难所。十月微凉的气温让我想要穿着 T 恤坐在露台上，享受海湾风光以及下午晚些时候温柔的光线。

　　我邀请了一些朋友和熟人，和他们告别，因为第二天将是我在约翰逊航天中心度过的最后一天。尽管在休斯敦我没有经历像在"星城"一样的集体生活，但我已经开始编织未来三年在得克萨斯的关系网。另外，我也享受到了比此后无数次出差多得多的空闲时间，因为第一个月的训练要求并不严格，对于我的表现还没有太多期待。不过，我清楚地知道一个人的名声是从一开始就建立起来的，而且这与正式的考试和评估同样重要。我知道，与我一起工作过的十几位教练员都已经带着对我的想法回到办公室。无论是好是坏，他们肯定会与同事分享。每个人都对新人宇航员充满好奇，甚至其他宇航员也是如此，而且比所有人更甚。

　　带着留下良好的第一印象，或至少没有犯下重大失误的希望，我告别休斯敦的生活，回到"星城"作为"联盟"号随航工程师的训练中。离开时，我带着全新的认识：在太空行走背后，隐藏着复杂程度惊人的技术和操作，而我现在只能对它们进行猜测。我只是弄湿了脚趾，很难说那海有多深。

9

"星城"，2012 年 1 月 18 日

托马率先进入古老忧郁的返回舱，侧身躺在被踩过的雪上。我跟在他身后滑了进去，发现他以奇怪的姿势蜷曲在控制面板上。结束基础训练之后，我们还是第一次一起训练，我已经忘记他的工作方式是多么高效。我蜷缩在角落里，尽量留出空间，以便我们的指令长谢尔盖也能够找到合适的位置，并且在身后把门关上。在简短的无线电通话之后，训练开始了。

教练员对我们重复了很多次，避免失温的最好方法是保持干燥，所以要缓慢地移动，这样才不至于出汗。我果断而一丝不苟地奉行这个建议，但短短几分钟之后，我们就都大汗淋漓。在狭窄的空间里，我们在光线昏暗而且很难到达的角落寻找冬季生存服，每套衣服上都标有我们的名字：薄外套、毛衣、厚外套，然后是手套、帽子和鞋。我们互相帮助，脱下今

天早上体检之后穿上的索科尔航天服，换上最内层保暖衣。为了方便，我们把其他衣服拿到外面去穿，因为也并不是特别冷。

说实话，我们是幸运的，温度只有零下十摄氏度。假如刮一点风，晚上或许会降到零下十五摄氏度。在这种条件下，刚刚齐膝的雪在太阳底下也不会融化，我们也就可以保持干燥。最近几周我始终关注天气预报，发现温度不会降到零下三十摄氏度以下，积雪也不会齐胸，因此我不用成为那些夸耀自己在极端条件下存活下来的宇航员中的一员。那些故事事后讲起来当然非常美妙，但我很怕冷。应该承认，俄罗斯的冬天令我有些恐惧。

即使天气情况相对仁慈，接下来的两天也将是不小的挑战。实际上，那种情况不太可能出现，尤其现在"联盟"号配备了卫星电话和 GPS 接收设备。我们模拟的是紧急降落后的场景，而搜救队伍无法立刻赶来帮忙。我们必须自己想办法，使用冬季生存服、救生包、带有珍贵绳索的降落伞，以及返回舱中可以拆下来的任何其他东西：比如座椅的赋形减震垫可以用来在雪地上拖曳和运输物资，用于海上生存的"鳟鱼"防水服可以从膝盖处把裤腿切下，变成一双高效防水靴。

我们收集起生存装备和降落伞，为步行穿越树林做好了准备，白天还剩下大约四个小时。我们还有一点储备，所以不需要寻找食物；另外，也不需要担心危险的野兽，因为树林实际上是"星城"附近一片封闭的空间，周围甚至有一圈围墙。不过，我们必须迅速准备好庇护所以及作为信号的篝火，还要在夜晚降临之前收集点燃篝火所需的木柴。谢尔盖找到了一片适合的区域：那里有两棵相距两米左右的笔直大树，在它们中间迅速搭建一个庇护所非常理想。我们明白如何行动，因为圣诞节之前我们已经和教练员一起来过这里，目的就是熟悉如何搭建庇护所和使用救援装备。

坦白说，我心中常想，假如我们是在太空度过六个月之后刚刚回到地球，肌肉、心脏、大脑还很难适应重力，前庭系统也需要重新学习平衡，我们到底能做到些什么。当然，我们知道，人类会装作很高兴去做不得不做的事，也就是在紧急情况下，他能够调动起自身令人惊讶的精力。无论身体上有哪些局限，明白需要做什么总好过被迫即兴发挥。此外，除了实用的一面之外，生存课程也被认为是行为健康及执行训练（BHP）的一部分，可以借此机会了解自己在恶劣条件下会如何反应，比如疲劳与寒冷，同时为自己找到继续充当小组中积极的一分子的策略。当然，当参训的是一个真正的"联盟"号乘组，这还是更好地相互了解和巩固团队凝聚力的绝好契机。

但我们并没有被派去执行太空任务，而仅仅是一个为期三天的乘组。托马和我能够参加训练，是因为欧洲航天局定期为后备宇航员提供预备性训练的机会，而对于谢尔盖来说，这门课程是他基础训练的一部分。作为俄罗斯宇航员，他担任我们这个模拟乘组指令长的角色。在确定营地位置之后，他就开始分配任务，然后我们分头行动。我从一开始就欣赏他明确而又果断、平静而又礼貌的指挥风格。作为曾经驾驶"海盗旗"超音速战略轰炸机图-160的飞行员,谢尔盖非常喜欢野外生活,并且具有一种与生俱来的照顾每个人需求的本能。因此,我们在最开始的几个小时就建立起一种安详与和谐的工作氛围。

我们利用救生包里的小刀和大砍刀劈下一些中等长度的树枝,再用降落伞的绳子把它们捆在一起,搭建庇护所的框架。接着,我们用大量的树枝和树叶覆盖庇护所的底部和屋顶,最后将降落伞的伞面和反光救生毯铺在庇护所内部。当然,这个小小庇护所并非宫殿,但对我们来说足够了。在太阳落山的时候,我们已经准备好应对等待着我们的十六个小时的黑暗。我们收集了足够夜晚使用的木柴,并且准备好作为信号的篝火堆。一旦收到来自无线电的呼叫,或者听到附近救援直升机的声音,我们可以立刻点燃篝火,以便指示我们所在的方位。

我很高兴今天的工作结束了,特别是能够靠近篝火取暖。尽管今夜的温度相对友好,我还是觉得冷,尤其是手指,"联盟"号里过时的手套不太保暖。晚上,我们一边聊天一边吃点东西,同时确保篝火把供夜间使用的木柴烘干。几个小时之后我们就去睡觉了,但有一个人留下值班,守着篝火,并负责每小时发出三次无线电求救信号,每次间隔两分钟。

早上起床时,用树叶和树枝搭成的简易床铺,还有寒冷,使我四肢僵硬。因为饥饿没有被昨晚少得可怜的食物满足,加上睡眠不足,我觉得越发寒冷。然而,这并非一个不眠之夜,我还是断断续续睡了一会儿,每次二三十分钟。

今天，我们有整整八个小时的白日可以支配，足够搭建一座舒适的帐篷。我们在里面点燃篝火，烟从顶棚中间的开口冒出去，围绕着我们这个庇护所的两条降落伞带系在长木头框架上，带子之间的缝隙保证了空气的流通。

晚上，我们的求救信号收到了回应。就像预计的那样，我们被找到了。也像预计的那样，救援者要求我们发射一个信号火箭——它就放在求生包里——还要我们点燃事先准备好的篝火。还是像预计的那样，他们说已经发现了我们的位置，会在明天出太阳的时候来接我们。我们要准备好放弃营地；他们会告诉我们到接头地点需要走哪条路，虚拟直升机将在那里等待我们。

夜晚还很漫长，太阳快到十点才会升起来。所以我们待在帐篷里，现在主要是训练耐心和承受寒冷。事实上，里面还不赖，尽管我们可能应该把帐篷建得再小一点，以减少热量流失。我们静静地在篝火旁边坐了一会儿，享受今夜的平静。到了睡觉的时候，我自告奋勇第一个值班。现在，我已经不再感觉到疲倦，而是安静地享受火苗催眠似的舞蹈。一个小时后，我叫醒了托马，把无线电交给他。我在进入轻度睡眠之前的最后一个念头，是想象一旦逃离俄罗斯的冬夜，明天等待我们的将是温暖的桑拿。

在休斯敦进行了一个月繁忙的训练之后，我在十一月中旬回到"星城"，重新开始夏天中断的训练，也就是继续关于

"联盟"号生命支持系统的课程。这是一个由相互依存的部件和功能构成的复杂整体，从内部压力的维持，到二氧化碳的排除，还包括使用索科尔航天服和饮水机。涉及空间站上人员的生命安全，有很多需要面对的问题。比如说，当氧分压因为乘组人员呼吸造成的消耗而变得过低时，会发生什么？没什么大不了的：一个阀门会自动打开，借助专用气瓶里的储备，新的氧气会被输送进返回舱。假如自动系统发生故障呢？当氧分压低于一百二十毫米汞柱，警报器和红灯会警告乘组人员，然后，他们会手动打开阀门。但是也要注意及时关闭阀门，因为氧气过剩会带来火灾的危险。

这个内容以及其他很多东西，我在夏天的一系列理论课中都已经学过。那位具有不可抗拒热情的中年教练员维克托，用一根小木棍指着图上的管道、阀门、传感器、指示灯、风扇，解释它们之间的相互联系，日复一日地引导我在挂在墙上的图表中徜徉。理论课在模拟大厅旁边的一个房间进行，与仓库相连，仓库里存放着从前几次航天任务中回收的用于训练的索科尔航天服。负责仓库的是另一位维克托，他年纪更大，但同样热情。老维克托总是围着那些在模拟器前试穿索科尔航天服的宇航员忙碌。"维克托 & 维克托"是整个国际空间站群体最可爱的团队之一。

我永远也不会忘记，当我在秋天重新回到这里并第一次去进行训练的时候，年轻的维克托热情而且毫不尴尬地向我介绍卫生间的用途。我们一起爬上围绕着模拟器上升的陡峭螺旋形楼梯，通过一扇圆形小侧门进入轨道舱。这扇小门真的存在，从前宇航员们就是从那里出去完成舱外活动。如今，这扇门连通"联盟"号和发射台。不过，一旦乘组人员进入预定位置，它就会被负责支持的工作人员关闭，不再打开。不过，在模拟器中，它通往在轨道舱里有规律地进行的各门课程。

维克托和我像往常那样把鞋子留在外面，然后爬进舱内，在直径只有两米的球体内部直起身来。我们并肩走在可以通行的狭窄地板上，有格栅保护的圆形舱门通往下面的返回舱。多年以后，我会惊讶地看到这个狭窄的空间可以容纳多少货物，以及在向国际空间站航行期间，能够自由活动的空间是多么狭小。

当时，航程持续两天，而不是三年后我经历的那种只要六个小时的短途旅行。在那个时刻，也就是当维克托向我展示位于轨道舱中的生命支持系统时，太空中的乘组可能正在讨论如何使用堆满巨大货物的空间。事实上，前一天夜里，"联盟TMA-22"号已经出发了。从被暴风雪猛烈袭击的发射台起飞仅仅几秒钟之后，它就被风暴吞噬。飞船上有三位非常可爱的同事，他们都是第一次搭乘"联盟"号飞行，其中包括安东·什卡普列罗夫和阿纳托利·伊万尼辛，他们曾是"米格-29"战斗机的飞行员，另外，还有美国航空航天局宇航员丹·伯班克，他曾是海岸警卫队军官。夏天的时候，安东和我建立起友谊，他既阳光又善于交际的性格鼓励了我。参加欧洲宇航员中心的最后一次训练时，他在科隆短暂停留，我邀他共进晚餐。

面对我这个永远是新手的厨师做的意大利千层面，他建议干一杯，这是他对女主人表示的善意。我们为祝愿我的第一次和他的第二次太空飞行早日到来，而且最好能被分到同一个乘组干杯。假如我知道那次干杯是多么具有预言性，一定会保留那瓶红酒。

几十年来，俄罗斯宇宙飞船的内部结构几乎没有变化。与略显冷漠的西方航天器相比，它甚至显得有些居家。轨道舱的一侧有一条长凳，上面铺着用魔术贴固定的深绿色毯子：由于地球引力，再加上内部可供站立的空间实在有限，人会自然而然地坐在上面，所以，俄罗斯人将它称作"长沙发"。我蜷缩在长沙发上，为维克托留出空间，以便他能够向我解释安装在对面象牙黄和浅绿色可移动面板后面的部件。比如，在那里隐藏着氢氧化锂筒式过滤器，这种物质与乘组人员呼吸产生的二氧化碳反应，将呼出的气体囚禁在白色晶体中。另一块面板后面的容器用来收集舱内冷凝的水蒸气，以避免湿度过高，因为这不仅会造成不适，还可能会使头盔起雾。

在一个只有窗帘保护的小隔间里，我见识到了"联盟"号的"豪华"卫生间。我注视着维克托从墙上摘下一个黄色圆锥形塑料容器，它通过软管连接着一个金属容器，后者看起来像个小喷壶。金属容器与黄色容器一起旋转，因此在静止位置不会碍事。我必须承认，当维克托带着惯有的热情，事无巨细地演示这些操作时，我强忍着才没有笑出来。他显然丝毫不觉得这件事有什么好笑，甚至是当他告诉我，在必要时，金属容器可以在固定它的轴上旋转，使其黏附在臀部，与此同时黄色容器仍将保持在正确的位置，以捕获流动的尿液的时候。当然，一切都要严丝合缝。

就像所有的太空洗手间一样，即便是"联盟"号的极简主义厕所也必须解决两个基本问题：如何在一切都飘浮着的环境中，使物质朝着正确的方向前进，以及在使用后如何处理那些令人不快的产品。第一个问题的解决方法是使用风扇，它可以制造出气流，将液体和固体垃圾输送到目的地：尿液通过软管流入一个装有吸收材料的特殊容器中，粪便则进入金属容器里——必须事先套好一次性袋子，然后将其密封，外面再套上两层袋子，最后扔进垃圾袋。维克托的讲解事无巨细，比如他还建议在密封之前将空气从袋中排出，但要注意将其引向尿液容器，以便被吸入管中，通过过滤器减轻难闻的气味。很明显，在"联盟"号上没有多少隐私，假如某个人需要使用洗手间，乘组的另外两个成员便移步到返回舱，半掩上舱门。

我忙碌于"星城"的考试和各种小型社交活动，秋天就这样很快过去了。这一年的秋天异常温和，几乎没有下雪。因为不断有困难的理论考试，我并不总是能够参加桑拿聚会或者周末前往莫斯科的旅行。不过，我非常乐意在与朋友们共进晚餐后到谢波德酒吧聊天。在感恩节那天，三号小屋的晚餐达到了巅峰：我们用美国宇航员们准备的传统火鸡庆祝，他们还邀请了美国航空航天局雇用的所有俄罗斯员工及其家人。

白昼变得越来越短。尽管课程从早上九点开始，我还是很快就需要摸黑去上课了。作为随航工程师的理论培训已经在快速收尾，只剩下几门复杂的课程，比如返回地球的再入系统，还有一些更容易消化的课程，比如发射台上的紧急逃逸系统，还有降落伞和制动火箭的操作。当我进行到四场令人生畏的导航、制导和控制系统考试中的最后一场时，圣诞节已经临近。这场考试涉及国际空间站交会对接系统，包括众多可能出现的故障和相应的备用模式。

顺利通过考试令我稍稍松了口气。我回到预防中心的住处，从壁橱上把前几天粘上去的纸撕下来。我在那张纸上努力画出了一个系统的逻辑，而起初在我看来这个系统根本没有逻辑可言。然后我迅速准备好行李，尼古拉正紧张地等待着我，迫不及待地想要出发。冬天终于来到了莫斯科，而且正是在今天，这个不寻常的十二月的第一场雪也终于落下。天气非常糟糕，而我要面对前往机场不可预料的交通状况。有八十公里的路要赶，所以我们准备比预计的起飞时间提前五个小时左右出发，但尼古拉还是觉得太迟了。即使在正常情况下，莫斯科环城公路上的交通也很糟糕，更不用说是这样的天气，收音机里宣布交通拥堵程度是九级，而最高级别是十级。我拥抱了尤里和安娜，按照东正教日历的顺序祝他们新年好和圣诞快乐。在那之后我的思绪已经飞到哈萨克斯坦。仅仅几个小时之后，欧洲航天局的同事安德烈、美国航空航天局的唐·佩蒂特，以及俄罗斯指令长奥列格·科诺年科，即将搭乘"联盟"号出发。此时，他们可能正穿上索科尔航天服，做最后一次泄漏检查，然后就前往发射台。由于忙着考试和出发，我忘了给手机充电。虽然看上去非常不可能，我还是希望按时赶到飞机场，到现场观看发射。

经过两个小时令人痛苦的缓慢旅程，收音机里宣布交通拥堵级别降到了六级。我注视着交通状况，得出一个结论：六个级别的拥堵都在我要走的这条路上。在拜科努尔，乘组人员应该已经进入位于五十米高的火箭顶部的返回舱。当头上的舱门关闭时，谁知道三位经验老到的宇航员在想些什么呢。我想，他们应该感到非常轻松，因为终于可以把精力集中在唯一的一件事情上——那就是发射——而不再会有成千上万的要求。在地球上度过的最后几个月里，乘组人员始终处于那些都是出于好心却令人精疲力尽的要求的轰炸之下。终于能够专注于当下，应该是一件非常令人愉快的事。我想，有点担心在所难免，但是在模拟器中无数次重复过的发射之前平静而惯常的程序，无疑是一个坚实的锚点，使思想能够在熟悉的舒适感和对即将开启的旅行的不确定性之间安栖。或者至少我是这样想的。我没有看到发射，但是赶上了火箭上升的最后几分钟。当看到他们携手庆祝时，我也和朋友们一起享受喜悦。他们正在告别熄灭的三级火箭，迎接六个月失重生活的开始。

一月，我在约旦瓦地伦的火星景观中度过了新年，然后回到"星城"，发现那里已经完全进入冬天。我继续骑自行车，尤里·彼得罗维奇已经帮我在上面安装了镶钉轮胎。另外，自行车也是最安全的交通工具，肯定比走在冰封的街道上风险更小。有一天，我撞大运地骑着自行车穿越大广场，将一箱蔬菜杂烩从预防中心带到三号小屋，奇迹般地没有摔跤。

二月初再次离开时，我已经完成了"联盟"号随航工程师的所有课程。假如有一天，我被指派坐在宇宙飞船中左边的位置上，扮演我一直渴望的角色——在进行了如此多的学习之后，这种渴望愈发强烈——该是多么令人羡慕啊，因为我已经上完了理论课，准备好与指令长一起开始模拟训练。显而易见，我不能等太久，因为证书是有期限的。换句话说，我需要得到意大利航天局二〇一五年的太空任务。

时日无多，但我仍然在令人精疲力尽的不确定中航行。

10

"那个伟大的问题……"

"对……"

"关于生命、宇宙和一切……"深思说。

"对……"

"答案是……"深思说，然后停顿了一下。

"对……"

"是……"

"对……"

"四十二。"深思说，表情无限平静与威严。

道格拉斯·亚当斯《银河系搭车客指南》

休斯敦，2012 年 3 月 5 日

　　"EV1，"TD，也就是测试负责人，干巴巴地喊道。这是一个四十几岁、身材魁梧的男人，今天由他来负责各种操作。
"到！"特蕾茜立刻回答，就像在她前面被点到的众多训练负责
人所做的那样，他们被召集到这里，并对各自专业领域的准备
工作负责。所有人都进行了确认，从医生到设备技术人员，从
潜水员的负责人到教练员詹姆斯。在中性浮力实验室的术语里
面，詹姆斯被称作 TC，也就是测试指挥员，我和特蕾茜是测
试的主体：被称为 EV1 和 EV2。当测试负责人呼叫 EV2 的时
候，我也要果断地回答"到！"这个词表现出我所有的决心，
同时也谨慎地隐藏起所有的担忧。或者至少我希望是这样。在
经过了漫长的密合度检查和无数课程之后，期待已久的日子终
于到来，今天我将穿着舱外机动套装潜入中性浮力实验室的游
泳池。

　　简报结束之后，控制室立刻变得空空荡荡。特蕾茜和我等
待着换装，此时距离早上八点半还有十几分钟。透过大玻璃
窗，可以看到游泳池里面正在进行着各种活动：潜水员在准备
他们的设备，技术人员也已经备好工具和套装。套装的躯干部
分已经背靠背挂在置于一个平台上的穿衣工作台上。等特蕾茜
和我准备好以后，平台将被起重机抬起并放入水中。迷你工作
台都固定在旁边的一张小桌子上。在换装和加压完成之后，它
们将被安装在我们的套装上。

　　今天早上，我们一到这里就装配好了迷你工作台。我是六
点半到的，特蕾茜比我明智，她在七点到达。七点半的时候，
我们前往更衣室，进行快速体检，随后就换上太空行走需要的

内衣。首先是最大吸收力服装（MAG），其实就是一个纸尿裤。他们告诉我在游泳池里很少会用到纸尿裤，但穿上它会让人有安全感。在太空中尤其如此，因为宇航员在舱外机动套装里一待就是十二个小时。我在纸尿裤外面穿了一条简单的白色棉质紧身裤，然后又套上袜子和长袖衬衫，以免身体被擦伤。最后，我小心翼翼地穿上液冷通风服（LCVG），格外留心不损坏它。这是一套非常紧身的白色衣服，只将手和头部露在外面。上面安装了八十米长的透明软管，当中流淌着冷却水，会带走身体上多余的热量。在游泳池中，我们身穿的套装没有真正的自动救生系统，水通过脐带从中性浮力实验室的液压管道流入。所谓脐带是由一束管道和电缆构成的，它同时也保证了加压所需的氮氧供应以及音频连接。

虽然早餐吃的鸡蛋和粥使我有充满饱腹感，在跟着特蕾茜从控制室走下去换衣服的时候，我还是勉强吃了一块高卡路里的花生酱棒。无论如何，我强迫自己加个餐，因为套装里面没有食物，我担心没有足够的能量。已经有数不清的人提醒过我：穿着舱外机动套装工作会令人疲惫。

说实话，今天应该不会遇到饥饿的问题，因为第一次的课程只会持续三个小时，随后时长会逐渐增加。到第四次课的时候，时长才会到达完整的六个小时。所以，我们可以不紧不慢地穿衣服，特蕾茜也完全有时间向我展示所有的职业小窍门。她以舱外活动老手的身份对我说：她曾经执行过三次紧急舱外活动，目的是更换一个发生故障的大冷却泵。

我在游泳池边见到几个朋友，他们来与我共同度过这个特别的日子。其中包括大卫，他是我们的兄弟小组"木头人"中的加拿大裔医生和天体物理学家。在待人热情关怀方面，他是无可争议的世界冠军。大卫立即自告奋勇用相机帮我记录今天的一切。我这时才想起要把滑雪手套还给他。我借它们是为了参观器材室，这样在熟悉那些工具和钩子的时候，我至少可以在一定程度上模拟套装的手套会造成的困难。卢卡也来了，他已经在中性浮力实验室训练了一年多，而且取得了丰硕的成果。虽然我们俩都知道，他的身材参数非常适合套装，所以他可以做到的事情对于我来说却不是全都可能，他非常慷慨地跟我分享对他有帮助的一些技术。到场的朋友中当然还有卡迪，她总是能够提供建议，尤其是热情的鼓励。她还带了儿子杰米来助阵。那是一个聪明、活泼而又敏感的十一岁男孩，他毫不拘束地重复了很多遍"别紧张"，告诉我不要有压力。

特蕾茜也跟我说了很多次：今天是属于我的日子，完全属于我。他们对于我没有太多的期待，我只需要在水下熟悉舱外机动套装，如果可以的话还能玩一下。我喜欢这个想法，但我明白事实并不完全是这样。尽管没有预先安排任何正式的评估，但我还是希望能够留下良好的第一印象，这一点毫无疑问。今天，中性浮力实验室的所有人都会对我产生一种看法。

地上铺着一块专用毯子，我坐在上面，穿上套装的裤子。我把脚向里面伸，一点点在裤腿内部的黄色褶皱之间开辟出一条道路。然后，我拉着两位技术人员伸向我的手站起来，接着又蜷着身体蹲在套装躯干部分的下面，它已经悬在了合适的高度，穿上之后正好可以直立在平台上。我做出深蹲的姿势，把身体钻进去，先是一只胳膊，然后是另一只，直到脑袋和两只手都露出来。我觉得在背部肩胛骨的地方有什么东西不太服帖，又或者这是一种自然的不适。说到底，舱外机动套装本来就不该是舒适的。我毫无经验，甚至几乎不敢说出存在的问题。幸好史蒂文在现场监督换装，他立刻明白发生了什么，于是把手从脖子的开口处伸进去，寻找那些可能缠绕在一起的大型半刚性通风管。它们安装在液冷通风服上，沿着手臂和腿延伸，最后在背部汇合。在太空中，它们可以在脚踝和手腕处回收使用过的氧气，即含有二氧化碳和水蒸气的氧气，随后使其返回再生系统。在中性浮力实验室，它们以同样的方式回收氮氧，后者通过脐带回到水面，并被输入头盔的新气体取代。

　　腰部的连接处扣好之后，史蒂文和技术人员各负责一只手，在可能会被摩擦的地方贴上小块敷料，以便起到保护作用。这些敷料都是按照一张详细的检查清单准备好，再放到袋子里面的。手套戴好之后，接下来轮到头盔，在与脖子的金属环扣在一起时，发出很响的"咔哒"一声，至此就完成了套装的密封。现在可以加压了。我戴上史努比帽，耳机里传来测试负责人的声音。他提醒我，假如出现压力不平衡的问题，可以随时要求停止加压。我不希望有任何问题。我没有感冒的症状，而且，在试装和之前与之后课程的里，我已经能够利用头盔底部非常简易的装置轻松完成强力闭呼动作（Valsalva）。那是一块软橡胶，之所以做成那种形状，就是为了放在鼻孔上面，将它们堵住，使呼吸系统中产生必要的超压，平衡外部压力的增加，就像在潜水或飞机下降阶段用手指夹住鼻子，然后吹气一样。

不久之前，减压的航天服虽然特别，但在我看来仍像是一件衣服。现在，它伸展开来，变得僵硬，而且发出类似四肢伸展时的咔咔声。比起实际的样子，我觉得它更像是一艘小型宇宙飞船，能够让一个人在太空中存活。我承认，它甚至有一点像充斥我童年的日本动漫里那些由人类操纵的巨型机器人。人与机器之间的互动，以及利用科技来超越人体局限的可能性，一直都令我着迷。就像作为空军飞行员受训时一样，现在吸引着我的挑战仍然是和一架复杂的机器融为一体，深刻了解它的功能，以及如何利用它的潜力和适应它的限制。我喜欢这样的想法：这并不是轻而易举的事情，而是一个漫长的过程，一种需要克服重重困难，并且借助持续的智力、体力和心理上的努力才能获得的能力。另外，我还因为马上就要体验某种不同寻常的经历而感到欣喜和激动。为什么不呢，这是只有很少的人才能够获得的体验。就像第一次乘坐喷气式飞机时一样，身体的一部分沉浸在简单而纯粹的对于体验的渴望中。就好像那个还是小女孩的我，在大魔神的脑袋中取代了剑铁也①的位置。

在拍完一些纪念照后，迷你工作台安装就绪，所有人都被

————————
① 日本漫画家永井豪与东映动画共同企划的《魔神》系列动画的主人公之一。

116

要求退到黄线之后，以免妨碍起重机的操作。平台被升了起来，移到水面上，接着就缓缓降下。我向游泳池边的朋友们告别，随后，在头盔浸入水中的一刹那，我暂时闭上眼睛。根据得到的建议，这种方法可以避免在入水过程中产生迷失感。再次睁开眼睛时，我刚好停在水面和潜水员以下。我很高兴在他们中间看到了萨拉，他们已经开始在我周围忙碌起来。潜水员们帮我从穿衣工作台上下来，摇晃了几秒钟，以便释放被困在套装褶皱中的气泡，然后确认没有其他气泡冒出，否则就说明存在漏气。从在游泳池边观察的史蒂文那里得到批准之后，他们拉着我在水面上游泳，从游泳池的一边游到另一边，那里已经准备好了一根绳子，我们将沿着它下潜到游泳池底部。那种感觉令人浮想联翩，就像是鸟瞰一座淹没在水下的错综复杂的城市。空间站的模型就停在那里。我已经在潜水时探索过它很多次了，但这一次完全不同，几乎是超现实的，因为我是在套装里观察它，而且完全放松地把自己托付给潜水员们熟练的双手。如果不是戴着头盔，我会想要捏一下自己的脸颊。

到达泳池底部，也就是十三米的深度时，潜水员们开始压载。他们专心地工作，将我的身体转向各个方向，以便检查是否还存在多余的旋转趋势。与此同时，测试负责人在对通讯设备进行检查：他先是示意特蕾茜，然后是我，让我们慢慢从一数到十，接着要求我们确认能够听到对方的声音，同时待在控制室的测试指挥员也能够听到我们的声音。

压载操作结束之后，耳机中传来一句话："测试负责人呼叫测试指挥员，测试交由你负责。"于是测试转而由詹姆斯，也就是我们的教练员负责。现在，我今天的工作开始了：探索我的工作服，了解舱外机动套装的局限，适应它的尺寸和狭窄的视野，练习移动和改变方向，确定套装需要调整的地方。我不可能以超出套装关节允许的方式去弯曲或旋转手臂，因为强行如此会对自己的关节造成伤害。想要通过转动头部向上方或侧面看是行不通的，整个身体都要转动。身体的活动不能太快，在转动或者移动的时候，需要集中精力和有意识的努力，以及很多耐心。

他们为第一次潜水设计了一些小测试。我们从最容易的地点开始尝试移动，也就是沿着桁架的垂直面，那里有一根延续的栏杆。我们从那里下到实验舱和二号节点舱，这个过程已经非常困难，因为我需要绕过障碍物，而且要几次改变方向。然后是使用电动螺丝刀的测试。接着，潜水员们把我带到一个关节式便携脚限位器（APFR）旁边。这是一个可调节装置，能够将套装的靴子锁定在其中，然后借助坚固的锚点自由地工作。不过，把靴子插进里面并非易事。说得更明确一点，动作本身相对简单，只需要按照意愿转动脚跟，但能够正确地定位方向，并找到合适的抓地力将脚压在平台上，是一个很大的挑战。假如我能够看到自己的脚，那就容易多了，但这一点只有身材高大、脖子又长的人才能做到，因为他们的脑袋在头盔里面的位置比较高。

幸好我从未有过幻想。在套装里面的每个小动作，在我看来都是困难而辛苦的，但我没有受到打击，恰恰相反。或许是因为我的预期更加糟糕：至少我曾经有过的一些小担忧显得并无来由。比如吸管放得很好，喝水不成问题，很像自行车运动员用的那种，当吸管压在嘴唇之间时，一个裂口会自动打开，然后立刻合上。储水量是一升，在特蕾茜的指导下，我将水袋放在套装里。

在我们可以支配的三个小时即将结束的时候，还剩下一点时间来做两个示范。其中一个是倒立十分钟，因为肩膀处的压力，这个姿势不太舒适。最后，一被带回游泳池边刚好位于水面以下的穿衣工作台，就已经有人在等着为我进行迅速减压的示范。在稍稍降低套装的超压之后，出于安全考虑，一个潜水员取下了我的一只手套，套装立刻撒了气。我很有可能再也不会经历这种情况，但我很高兴有机会亲眼证实这并非一个特别戏剧性的场面。

重新露出水面时，我容光焕发，向所有靠近的人报以大大的微笑。我体验了某种非凡的东西，它与以往的任何经历都大不相同，而这样的日子并不常有。此外，对身材带来的所有困难，我并没有感到泄气。相反，我相信，通过时间和很多努力，我会找到穿着舱外机动套装工作的恰当方式。

今天，我感觉比平常更像一个宇航员。

这是我一生最令人激动的经历之一，是慢慢品尝、每次只迈出一步、渐渐接近目标的经历，以至于当它发生的时候，你会觉得一切仿佛顺理成章，只有到尘埃落定之后，才能真正发现它是多么与众不同。在随后的一段时间里，我继续回味着那天在套装里面的时光，仿佛不允许自己的记忆褪色。然而，随后发生的事情给我带来的激动，超越了一切。

我不知道出于何种机缘巧合，或许是由于与欧洲的时差，消息来自我在科隆的上司的秘书希尔科，他给我转发了几个小时之前的一封邮件。

Fwd：Fw：来自意大利航天局，派遣萨曼莎·克里斯托弗雷蒂参加 2015 年 5 月的第 44/45 次远征

等待终于到达了终点。不再有疑问、不确定，或者对于无法预知的未来的恐惧。附件中还有意大利航天局局长签发的推荐信，他分别向美国航空航天局和欧洲航天局建议派遣我参加这次任务。这是一个分水岭。对于不知道这件事情的人来说，我和前一天还是同一个人；而对于我来说，一切都改变了。倒计时已经开始：在三年多一点的时间之后，我将飞往太空。

新任务的消息为一系列问题敞开了大门，我尤其迫不可待地想知道自己在"联盟"号上的角色。我会像希望的那样成为随航工程师吗？关于这个决定，我需要等待多边乘组行动专家组（MCOP）的正式任命。作为成员的国际空间站所有合作伙伴，将一起决定乘组的人选。或许恰恰由于这个问题还悬而未决，同一天迪米特里要求我决定参加俄语考试的日期，虽然我上次俄语考试的成绩很好，但毕竟已经过了两年。幸好前一年我在俄罗斯度过了漫长的几个月，另外，一位非常优秀的俄语老师还会不时来约翰逊航天中心给我上课，在那几个星期，我的俄语达到了有生以来的最高水平，因此取得了相当不错的成绩，这当然对我希望得到的任务有利。另外，作为后备宇航员，我已经完成了随航工程师的理论课程，这一点显然也很重要。

四月四日，MCOP的会议证实了持续流传了两周的小道消息：意大利航天局的发射提前了六个月，而我将是——万岁！——"联盟 TMA - 15M"号宇宙飞船的随航工程师，出发时间定在二〇一四年十一月底。这个好消息中还增加了一抹极客的快乐：在抵达国际空间站之后，我和我的同事将完成第四十二次远征任务。读过道格拉斯·亚当斯的作品，尤其是那部《银河系搭车客指南》的人都知道，四十二是对生命、宇宙以及其他所有根本问题的回答。在书中，我们并不确切地知晓这些问题是什么，但这恰恰是最棒的地方。对于我来说，"你会参加国际空间站的哪次远征？"无疑有资格被当作最根本的问题。

弄清了"联盟"号的出发日期以及我的角色后，我最好奇的就是远征的伙伴。我会和谁一起出发呢？是富有经验的老牌宇航员，还是像我这样第一次远征的新兵？男人还是女人？军人还是平民？飞行员还是科学家？或者是医生？差不多和我同岁还是年纪更大？从MCOP那里，我也得到了所有答案：除了我以外，被派遣的还有俄罗斯宇航员谢尔盖伊·扎利奥汀和美国航空航天局的特里·弗茨。后者正是两年前我亲眼看着为执行"奋进"号STS-130任务飞往太空的宇航员之一。我们的任务还包括担任在我们之前六个月出发的"联盟"号宇宙飞船的后备乘组。因此，特里和我也将作为我在"鬼把戏"的同事阿莱克斯——他是地球物理学博士，也是活火山和翼装飞行发烧友——以及美国航空航天局宇航员和前海军试飞员里德·怀斯曼的后备宇航员。

这次任务的官方通告几个月之后才会发布，我们不能提前泄露消息。不过，两年半之后将要把我们送上发射台的机器立刻运转起来。这种运转在一开始是缓慢的，但会不可避免地加速，直到发射完成。其中一个变化的微弱信号，是派给我一位所谓的强化训练教练员，他的名字是卢卡，由他来负责规划我的训练。

在接下来的三十个月里，我的生活将属于他。

11

……假如说今晚有什么启示出现，

那一定是因为

我一直不辞辛苦地往看不见的工地搬运砖石。

我准备迎接盛大的日子。

我无权说我身上有什么东西突然降临，

因为这另一个我，

是由我自己打造出来的。

安托万·德·圣埃克苏佩里《空军飞行员》

蒙特利尔，2012 年 5 月 13 日

我来到蒙特利尔已经有一周，租住在迷人的皇家山高地区的一套公寓。如今，除了在附近的街区散步，我出门只是为了上班。我非常乐意去探索那些风景如画的小街，街道两旁是树木和联排别墅，每栋房子的外面都有一段楼梯，通过那里可以进入二楼的独立通道。这些室外楼梯或笔直或弯曲，或简单或考究，一律用金属制成，而且都是露天的。它们唤起的活力，与这个色彩缤纷的街区可谓珠联璧合。

每天清晨散步之后，我就来到加拿大航天局，进行空间站远程操纵系统的训练。这是一个为期两周的课程，深度的工程理论课与模拟器上的实操课交替进行。这个模拟器配备了与空间站相同的控制台：包括两个手动操纵杆，我在科隆基础训练期间的课程上已经对它们非常了解；一台计算机和一个控制面板，用于配置系统和输入命令；三个监视器则用来显示所选摄像机拍摄到的图像。这里没有真正的机械臂，但模拟软件确切地向我们展示了与在轨道上操纵空间站远程操纵系统时将会看到的完全相同的图像。在控制台旁边的桌子上，放着一个巨大而详尽的国际空间站 3D 打印模型。我觉得它简直完美无缺，会让每个模型制造商疯狂，但它首先是一个视觉辅助，为随后的思想体操做准备：从不同观测点预测机械臂的运动，寻找摄像机的最佳组合，在脑袋里将图像翻转，确定如何偏转手动操纵杆，以便根据所选坐标系获得特定的位移，想象在这个运动过程中机械臂的形态会如何变化……这是操纵空间站远程操纵系统的人需要在脑海中完成的任务。

机械臂没有手。在手的位置，或者说在它的两端，有两个形状相同的圆柱形装置。空间站远程操纵系统借助其中一个装置，将自己固定在空间站上，另一个则可以用来抓取物体，前提条件是物体上装备了专门的抓斗销。这个物体可能是空间站外部需要更换的大型备件，甚至是整个太空舱，例如"哥伦布"实验舱在安装的时候，就是从航天飞机的货舱中移出，随后再与国际空间站其他部分连接在一起的。它还可能是一辆"补给车"，也就是说，它必须在距离空间站十米左右的飞行过程中被"捕获"到，这就是所谓的跟踪与捕获操作。

几年以来，空间站远程操纵系统已经用于捕获日本 HTV 货运飞船，不久以后还会用于捕获美国的"龙"飞船和"天鹅座"货运飞船。下周，我正是要开始进行捕获货运飞船的训练。并非一切都是新鲜事，比如说将末端执行器与抓斗销对齐的视觉参考，与我在基础训练中进行的练习完全相同。不同之处在于，在跟踪与捕获中，目标是移动的。

这个涉及空间站远程操纵系统的入门课程只有两周，在加拿大进行，而且是在五月份，温度适中，天气宜人，实在太幸运了。大卫与我一起完成了一部分课程，而且带我参观了位于非常美丽的湖岸边的家庭小屋。安德烈是一位移居加拿大的俄罗斯朋友，从在莫斯科的大学毕业之后，我们一直没有见过面。他邀请我和他的孩子们一起到植物园散步。应加拿大航天局教练员的邀请，我还在下班后到其中一位同事家中参加小型派对。我记得那次至少有二十个孩子在花园里欢呼，花园中央是一个大型蹦床。假如是在蒙特利尔漫长而多雪的冬季，所有这一切都不可能发生，或者至少会更加困难。课程很有意思，而且在离开时，我的口袋里揣着不错的成绩单，这也使我对接下来六周在休斯敦继续进行的机械臂训练充满希望。

在舱外活动方面出现了一个意想不到的变化：鉴于得到了飞行任务，我的名字被安排到定制手套优先级列表的最前面，而且他们立刻安排了一个早上专门为我进行双手的测量和制模。需要一年时间才能做出第一个原型，然后可能又需要几年时间才能在水中使用新手套，但我已经预先感受到佩戴它们的快乐。

在此期间，我完成了四次水中入门课，包括第一次完整的六个小时训练。我很清楚，鉴于自己的身材，我从一开始就处于劣势，所以必须事无巨细地为每次潜水做好准备。卡迪现在已经习惯了在最不可思议的时间，撞见我在厨房的桌边观看水中训练的视频，以便了解如何改进。在每个训练日之前，我都会带气瓶潜水，仔细观察活动路径和训练场所，把障碍物和不可触碰区域的位置印在脑子里，戴着潜水面具很容易看见它们，而套装的头盔使视野受到限制，所以会同样容易地将它们错过。

每次在开始穿套装潜水之前，教练员都会向我解释将要操作的组件的特性，这些课程就是所谓的"1 g"。下课之后，我用晚上和周末的时间将程序一写再写，试图优化一步步的操作、工具的配置，以及工作方案，以避免安全缆索交错打结。在确定好程序之后，我会做几次椅上飞行模拟（chair flying），这是从飞行员训练中借鉴的技术，也就是在脑海中生动详尽地想象完整的过程或最关键的步骤。如今我要做的不再是从前那种飞前准备，但概念是相同的，那就是在大脑中对事先计划好的一系列操作进行练习。

因为我不是正在进行舱外活动课程的乘组成员，所以经常会和有经验的宇航员一起训练。他们甚至主动做我的伙伴，因此也就成为非正式的教练员。其中包括佩吉·惠特森，那时她是宇航员的头儿；还有苏尼塔·威廉姆斯，大家都叫她苏妮，她正在为即将到来的一次发射做准备。这些对太空行走富于经验而又忙碌的宇航员，能够抽出时间和我一起做潜水训练，真是太棒了。

结束了入门阶段，我现在开始上所谓的"舱外活动技能课"，也就是四次穿套装的潜水，结束时会有一个资格考试。我在中性浮力实验室的一天开始得很早。早上六点左右，我要去买几盒新鲜的捷克甜卷——这种糕点在得克萨斯非常受欢迎——取在附近星巴克预订的瓶装咖啡。我把一切都留在中性浮力实验室的控制室里。这些食物是对潜水员和其他工作人员的例行关照。六点半左右，我通常已经在游泳池边装配迷你工作台和准备工具包。在水中待了六个小时并快速淋浴后，我回到控制室里听取总结，与教练员一起回顾水中的活动，对其加以分析和评论，尤其注意那些必须改进的方面。

在游泳池里度过一天之后，我精疲力尽，所以通常会早早上床睡觉。第二天甚至连一些我从前不知道其存在的肌肉都会感到酸痛。或许因为跟套装颈部金属环之间的摩擦，我的下巴常常肿胀突出。我不会感到疼痛，只是在好几天里，我的侧脸看上去就像是童话中的女巫。即使在今天，假如仔细观察，我还会觉得似乎有某种不对称，好像下巴的一侧从未完全消肿。无论如何，我得到了巨大的成就感。在中性浮力实验室的每次训练，都像一座需要攀登的小山，而到达探险的终点总是令人心满意足。我得到了比较积极的反馈，所以觉得努力没有白费。当然，没有人认为我会成为舱外活动的明星，就好像我几乎不可能成为篮球或排球冠军，但我认为自己不会在完成课程和获得资格认证上遇到任何困难。唉，不久之后，事实会证明我错了。

当然，在进行舱外活动和机械臂训练的同时，我还在继续几十门涉及国际空间站系统的课程。那些课程的要求没有那么严格，但无论如何也把我的日子填得满满的，而且需要为频繁的小型考试做准备。所以，留给社交和休闲活动的时间非常少，以至于大卫可能已经算不清我拒绝了多少次他的帆船邀请。

六月底，我又回到欧洲，而且非常高兴能够暂时躲避休斯敦夏季地狱般的炎热和室内空调的寒冷，我甚至在盛夏都必须穿运动衫和毛衣待在屋里。我在等待意大利航天局七月初在罗马正式宣布对我的派遣。在罗马，我发现冷气过强总比没有要好。接下去，我将要到阿尔卑斯山度几天假，然后到哥伦布控制中心进行短暂参观，与分配给我们国际空间站远征任务的控制团队见面。随后，我很快重新投入训练，从科隆到日本，再到美国，几周后又回到欧洲。

"慢速轨道"，宇航员们如此称呼这种环球旅行。在作为宇航学员的那些年里，这样的旅行进行了不止一次。

12

专家就是在一个非常有限的领域里犯了所有错误的人。

据称是尼尔斯·玻尔所说

休斯敦，2012 年 8 月 29 日

五分钟，我简直无法相信。可恨的五分钟。我有两个半小时用来完成交给我的任务，然后回到气闸舱，准确地说，我用了两小时三十五分。所以，我没有通过"舱外活动技能"考试。

说实话，我觉得自己超出的时间更多。假如真的是那样，或许我会没有这么生自己的气。在最后几步，我已经确信没办法按时完成。假如我没有提前放弃，或许可以省出那五分钟的时间。

我无法理解为什么会花这么多时间，说到底，需要进行的操作还是挺简单的。比如在气闸舱里，除了穿着臃肿套装的我和塞雷娜，以及我们各自身上的小工具包以外，就没有别的东西了。在过去的潜水训练中，气闸舱里总是塞着更多和更大的包，但只有今天，我在离开气闸舱的时候第一次遇到可怕的缆索缠结问题。我们花了很久才解开那个结。从那时起，事情的发展就急转直下。

这还不算完。考试的一部分是模拟对无法独立回到气闸舱的宇航员施以救援。在国际空间站的轨道上从未出现过这种情况，但需要充分地准备：舱外活动总是两个人一起行动，这也是为了能够在紧急情况下相互帮助。在中性浮力实验室里，我们模拟了最糟糕的情况，也就是一个宇航员完全失去意识，因此不能为自救做出任何贡献。向我提出的要求，是在三十分钟内，从国际空间站的任何点将他带回气闸舱。

虽然总体评估已经很清楚，但模拟救援还是照常进行。潜水员把塞雷娜放在"哥伦布"实验舱的模型上。按照国际空间站的典型飞行方向，这是距离气闸舱最远的地点。她的任务就是完全保持被动，好像失去了意识。当我到达她身边时，她正漂浮在水中，靠本地锚索与空间站连接在一起，这根锚索大约一米长。我把锚索解开，以便将塞雷娜带在身边，但在此之前，我需要将她的套装与我的连在一起。我还拆除了她身上的安全缆索卷轴，因为我自己身上也有一个：全部留着会增加被缠住的风险。

接着，我向气闸舱前进，同时一边用连接我们的缆索拉着塞雷娜，一边用手抓住她的迷你工作台，以便使她固定不动，或者把她推向正确的方向。穿着舱外机动套装，一切都会变得困难，但营救的困难完全是另一个级别。我们并非处在太空的真空环境中，水对巨大的套装形成阻力，我又拉又推，还要小心避免与空间站发生碰撞，尤其是脆弱的面罩。无论是把塞雷娜带进气闸舱，还是我自己进去都不容易，因为她不能提供帮助，甚至连配合我在如此狭小的环境里腾出一点空间也做不到。进入气闸舱的部分总是最为复杂和累人的，而今天我觉得比平常更加繁重。或许不仅是因为精疲力尽和失望，我觉得情况不太正常：当我把塞雷娜往气闸舱推的时候，有什么东西在阻碍着我；而等我终于把她推了进去，竟然意外地无法找到位置让自己进去。最后，当我终于也进入气闸舱，又发现够到关门按钮是如此困难。此时，我觉得手上的所有力气都耗尽了。

我终于比规定的半小时早几分钟完成了测试，但很明显，这个部分进行得也不太顺利。在随后进行的总结中，我很快会发现到底发生了什么。

我发现，当我把塞雷娜拖向气闸舱的时候，将我们连接在一起的缆索卡在我的两条腿之间，因此妨碍了接下来的动作，也限制了我的活动能力。注视着视频的潜水员和测试指挥员立刻就注意到了这一点，但我当时浑然不知。我因此得到一个教训：当你感觉有什么东西出了错时，很可能就是因为有什么东西出了错。勉强与试图单纯借助意志力继续下去是徒劳的。停下来，分析情况，解决问题，然后再继续，是更加聪明和有效的办法。而且在时间紧迫的时候，或许尤其应该这样做。

整体来讲，考试令人失望。我如此努力，当然希望获得完全不同的结果。另外，我还不清楚这次失误会有什么影响。我知道，其他没有通过"舱外活动技能"考试的人又重新进行了四次潜水训练，然后才能再次参加考试。不过，他们是在基础训练阶段上的这门课。作为已经得到任务、要在各大洲之间辗转的宇航员，我对重复如此繁重的日程感到有些担忧。

我身体里那个骄傲的我想要立刻回到游泳池去解决问题；又或者最好不是立刻，而是在几天之后，让手和前臂得到恢复。实际上，我没有遇到任何大问题，距离目标时间也只差五分钟。如果再试一次，我肯定能够做到。然而，我身体里更加明智的那个我承认，考试结果暴露出我准备工作中尚存的不足。例如，气闸舱中缆索的缠结。从某种意义上说，很遗憾我之前没有遇到过这种情况，而这很可能是因为我几乎总是与非常有经验的伙伴合作。我甚至没有意识到，他们仅仅是遵循多年训练中养成的良好习惯，就可以确保在缆索管理上一切顺利。最好的训练就是让你能够把所有可能的错误都犯一遍，而那种错误在我身上还没有发生。总的来说，我很清楚必须提高效率：我做得相当不错而且安全，但我必须加快速度。简而言之，的确有很多东西需要改进，最好再做几次潜水，尽管再参加一次考试对我来说很不方便。

当然，成为整个舱外活动团队需要解决的问题，这种想法令我感到沮丧。在接下来的几天里，我肯定会收到关于这个话题的几十封邮件，以便通知、讨论和确定复习计划。最后，我会被告知最终决定。我热切地渴望能够在太空中进行一次舱外活动，所以，我不愿意因为这件事情引起注意。

至少我在机械臂考试中取得了很好的成绩，这一点令我感到安慰。在加拿大两周的入门课程之后，我继续在休斯敦进行关于空间站远程操纵系统的"专业技能"训练。课程计划里包括密集的模拟器训练，涉及宇航员使用机械臂的两种主要方式：以视觉运动能力为核心的**跟踪与捕获**，以及更加依赖大脑的 EVR。

EVR 指的是舱外活动机械臂。有时用于将大型备件从国际空间站的一个点移动到另一个点，例如，当在舱外的宇航员断开电缆和管道并拧下螺栓后，负责拆除一个损坏的泵；另外一些时候，它可能还需要负责移动一名宇航员：在这种情况下，宇航员可能已经在空间站远程操纵系统的末端安装了一个关节式便携脚限位器，以便卡住靴子。宇航员之间的协作是非常微妙的，因为在某些情况下，操纵空间站远程操纵系统的人会接收到舱外同事的指令，按照他们的位置需要移动机械臂。承担避免与空间站发生碰撞责任的是操作员，他必须知道何时将机械臂停下来。**跟踪与捕获**同样需要协作，因为某些监控工作是由第二名操作员负责的，也就是 M2。然而，最关键的还是手动操纵空间站远程操纵系统的技巧：需要保持适合的靠近速度，并与移动的目标对准，避免任何可能引起震荡的突然动作，从而配合需要捕获的补给舱的运动。

考试持续了五个小时，而且相当正式，有几位评估员和一位经验丰富的宇航员在场。对我的整体评价非常好："M1，优秀。"这使我有资格在飞船上对机械臂进行任何类型的操作。此外，国际空间站即将成为一座非常繁忙的港口。正是在那些日子里，"龙"飞船第一次与它对接，在航天飞机彻底退役之后，我们终于恢复了将有效载荷带回地球的能力，因为"联盟"号宇宙飞船返回舱里的可用空间过于狭小。第二年，"天鹅座"货运飞船将开始服役。

在欧洲待了几周后，我又于九月初奔赴一项非常特别的训练：与特里一起在阿拉斯加划七天皮划艇。这是美国航空航天局建议的**户外领导力**课程，帮助我们更好地彼此了解，并练习在任何类型的探险中——无论是在自然界还是在太空中——所需的良好行为。当中还穿插了一些在所谓"类似环境"中进行的特殊课程，即重现国际空间站上某些生活特点的地点和环境。例如，美国航空航天局极端环境任务行动（NEEMO）是在"宝瓶宫"水下实验室进行的，它位于佛罗里达海洋保护区；洞穴项目则被欧洲航天局安排在撒丁岛的洞穴当中。然而，在当时，阿拉斯加的课程更加符合我的需求，因为参与者是将要与我一起飞往太空的宇航员。事实上，除了特里之外，我们的八人小组还包括巴里·威尔莫尔，每个人都叫他布奇。他曾是美国海军试飞员，有超过六千小时的飞行记录和数百次在航母甲板上降落的经历，还参加过第41/42次国际空间站远征队，他将比特里和我提早几个月前往国际空间站，和他一起出发的还有我们的俄罗斯同事叶琳娜·谢罗娃和萨沙·萨马库季亚耶夫①。布奇将作为第四十二次远征队的指令长，在空间站迎接我们。离开前，他会将自己的职位移交给第四十三次远征队指令长特里。我们也会在几周之后欢迎乘组的三名新成员。

阿拉斯加课程的目的，是让我们处于疲惫和不适的状态。我们必须相互依赖，以确保团队的安全和健康。另外，我们还将轮流担任领导，指导老师随时会针对我们作为小组负责人的表现给出建议和反馈。按照这门课的意图，我认为疲惫应该首先来自身体，因为我们必须每天划皮划艇行驶数公里，而且每次都要拆卸营地，并在其他地方把它重新搭建起来。然而事实并非如此，阿拉斯加的恶劣天气为我们奉上了完全不同的冒险经历。几乎每一天，海洋的力量都显得过于强大，并迫使我们经常在同一个地方扎营。稍稍高于零度的气温和无休止的降雨是我们最忠诚的伙伴，只有一个下午，天空放晴，展示出威廉王子湾的美丽风光。另外，我们每天都要评估把这次探险继续下去的风险，因为无线电广播警告，飓风正在向我们靠近。

总之，因为总是被迫暂停训练，我们在身体上并不怎么疲惫，但还是感到非常不适，这让我们有机会表现出对逆境的耐受能力，在自己和同伴们身上发现这种特质总是让人放心的。积极为整个团队的福祉做出贡献同样重要：无论是装满水袋，

---

① 即亚历山大·萨马库季亚耶夫（Alexander Samokutyaev），俄罗斯宇航员。

还是在倾盆大雨中走出避难所，移动一顶即将被淹的帐篷，或者仅仅是洗盘子，哪怕是最令人不快的工作，总会有人自愿去做。此外，无法进行户外活动，使我们得以在公用帐篷里面进行数小时的长谈，从而比在天气好的情况下更加深入地彼此了解。我带着一种特殊的兴趣注视着布奇和特里，他们将是我的两位指令长，负责管理空间站上的生活，使团队充满活力，并与休斯敦进行最重要的沟通。在领导力方面，布奇和特里在我看来非常不同。布奇是一个充满快乐的感染力的人，具有天生的魅力，而且喜欢做出决策，或者说至少提供已经深思熟虑的解决方案。特里则更加谨慎，对所有事情都充满好奇，并倾向于让大家共同决定。抽象地讲，两种领导风格没有孰优孰劣。当然，两者各自适合不同的情况。总之，我认为我们的乘组掌握在可靠的人手中。

经过十天户外生活的磨炼之后，我回到欧洲，随后很快又出发去"星城"。在那里，作为"鬼把戏"小组的同事阿莱克斯的后备乘组人员，我会在那个秋天得到一个意想不到的机会：穿着奥兰航天服（Orlan），在俄罗斯进行太空行走训练。

13

莫斯科，2012 年 10 月 19 日

程序写在大纸板上，由环固定在一起，用绳系在支撑舱外活动控制面板的框架上。面板上布满控制键和指示灯，以及气动接口，中间有一个大大的蓝色旋钮，可以根据不同工作阶段的需求选择不同的压力设置，打开和关闭通往航天服的氧气管道。在轨道上有两个相同的接口，各自位于用来充当俄罗斯式太空行走气闸舱的两个小太空舱。

阿莱克斯阅读程序，而我要根据他的指令以及需要操作按钮和阀门。首先要进行泄漏检查：我们打开氧气管道并给航天服充气，然后在一分钟内仔细观察压力表。它移动了一点，但压力下降在可接受的范围内。在过去的几周里，我在"星城"做过许多次这种检查，但今天我格外留心。毕竟前几次没有人有意愿或者办法除去我们周围的空气。而今天，在星辰公司

（Zvezda）——它一直是俄罗斯航天服的生产商——的总部，这正是我们计划要做的事：阿莱克斯和我正置身一间巨大的真空室。

从某些方面来讲，今天的练习与之前的模拟没有太大差别。今天早上，我们乘坐小巴从"星城"出发，在经历了习以为常的严峻交通考验之后到达这里，随后在陪同下走进一间小小的更衣室，在那里穿上亮蓝色的冷却服。它与美国航空航天局的液冷通风服类似，里面装有循环水管，但同时还配有一顶帽子，不过看上去不太精致。穿成这样走在任何地方都会显得奇怪，但在星辰公司很正常。我们被带着穿过有些阴暗的走廊，这里有棕色的层压墙和印花油毡地板，通向一个宽敞高大的房间。房间中央就是真空室，它仿佛一条张开嘴的金属鲸鱼。这是一个巨大的白色圆柱体，直径约四米，长约七到八米。我们到达的时候，真空室较远的一端是关闭的，较近的一端已经打开，就像一个开盖的罐子，而盖子就悬挂在几米以外的绞盘上。

鲸鱼的腹部覆盖着灰色金属板条，航天服就在那里等待我们，它们被固定在一个悬挂装置上，与"星城"的那个类似，可以轻松地移动我们穿好航天服后一百五十公斤的体重。我们听取了关于安全的简报，确保在紧急情况下可以迅速地重新给真空室加压。随后，我们打开电源，就像俄罗斯同事喜欢说的那样，进入航天服中。事实也正是如此，我们并不是穿上奥兰航天服，而是钻进去。只有手套例外，它们是独立的部分。与舱外机动套装一样，生命支持系统位于航天服背部一个类似壁橱的容器里。不过，在奥兰航天服上，这个壁橱是铰链式的，可以像门一样打开。宇航员坐在门上，把腿伸进航天服，同时连接循环水管，以及音频通讯和医疗遥测电缆；接着，风扇和水泵也打开了；最后，宇航员把身体滑入内部，让脚找到靴子，伸展手臂，直到双手戴上手套。与穿着舱外机动套装的复杂程序相比，这些操作显得尤其简单迅速。

在确保我们已经正确地穿好航天服之后，专家们离开了。我想象着身后巨大的盖子慢慢靠近开口处，直至封闭罐子。今天要进行的是最终实践测试。我们已经通过了关于奥兰系统的非常详细的理论考试，现在我们必须证明自己能够执行所有舱外活动之前与之后的操作。只有在这个阶段结束后，我们才能穿着航天服进行水下训练。在休斯敦，一切都是同时发生的，而这里的做法却截然不同。

泄漏检查之后，我们排出奥兰航天服里的气体，从而恢复与外界压力的平衡。之后，当周围压力降至几乎为零时，航天服的调节器将进行干预，使内部压强保持在 0.4 bar，即海平面大气压强的百分之四十。如果我们在这种条件下呼吸正常的空气，氧气的分压（仅占混合气体的百分之二十一）会过低从而不足以维持生命，所以，现在我们不得不用氧气替换所有空气，就像在轨道上进行真正的舱外活动之前所做的那样。因此，我们打开氧气供应管道，将空气从我们的航天服里面排出。

低至 0.4 bar 的压强会导致潜水员熟知的另一个问题：减压病的风险。我们的身体组织中总是存在一定量的氮气，这种惰性气体占空气的百分之八十左右。如果环境压强增加，比如当我们潜入水下的时候，额外量的氮气就会扩散到血液和组织中。在我们回到水面的过程中和之后，氮气又被释放，这与碳酸汽水罐被打开时，溶解在饮料中的二氧化碳所发生的情况有点类似。为了确保释放不会产生太大的气泡并造成危险，潜水员在上升并返回水面期间，会分阶段减压。潜得越深，时间越久，减压阶段便越是繁复漫长，允许氮从身体组织扩散到血液中，并逐渐安全地输送到肺部。身着压强为 0.4 bar 的奥兰航天服进行太空行走，和从水下返回水面时的情况是一样的，因为环境压强会降低。在这种情况下，解决方案不是一系列减压阶段，而是预防性去饱和：我们呼吸纯氧半个小时，这样有助于氮气逐渐排到体外。这在通常的练习中仅仅是模拟程序中的一个步骤，但今天我们要真的那样做。三十分钟后，准备就绪：我们打开模拟排气阀，坐在外面的技术人员为我们打开真空泵。

当周围的压力降到 0.4 bar 以下时，我开始听到航天服在充气时通常会发出的噼啪声。航天服里的空间开始扩大，腿和手臂上的软膜变成了坚硬的墙壁。这些都是熟悉的感觉，但我很清楚，这一次航天服外面的压力确实在减小，就好像我真的身处国际空间站，排气阀已经被打开，空气正向太空逃逸。我甚至没有察觉到来自外部的背景噪声在逐渐减弱，直到某一刻完全消失。除了技术人员通过音频系统发出的声音外，我们与外界之间的声音已经被隔绝。

我试着吹口哨。我把嘴噘成圆形，然后使出所有的力气，但只能偶尔发出一种沙沙的声响。我在耳机中听到阿莱克斯的尝试同样不成功。吹口哨本是一件简单的事情，但当你的奥兰航天服里面的压强还不到海平面压强的一半时，就不一样了，因为可供嘴唇发出声响的空气太少了。甚至连我们的声音也变得沙哑，而且呼吸道里有一种奇怪的感觉：并非令人难受或不安，只是不同寻常。

我对声音的减弱感到满意，对嗓音的变化和不能吹口哨同样满意。我很高兴所有这些小的迹象向我证明这次经历的独特之处。事实上，我们所有人总是被真空包围，但真空是在包裹着地球上所有生命的稀薄大气之外。世界上大概没有任何人类像我们此刻这样被真空包围。宇航员的训练必须将非凡转化为普通，在体验那些与众不同的经历之前就已经熟悉它们。然而，有时候，花一点时间来品味我们正在经历的非凡是多么美妙啊！

通常只有俄罗斯宇航员才能身穿奥兰航天服进行俄罗斯式舱外活动，正如只有美国人、欧洲人、加拿大人和日本人才被训练使用舱外机动套装一样。阿莱克斯和我之所以能得到这个非同寻常的机会，是因为“科学”号多功能实验舱（MLM）。按照计划，由欧洲航天局研发和制造的欧洲机械臂（ERA）将与它一起发射。根据协议，多功能实验舱发射后，将有一名欧洲宇航员参与欧洲机械臂在舱外的最终安装。这项任务预计在阿莱克斯驻站时进行。因此，阿莱克斯是被指定的宇航员，但在太空中做任何事情都要考虑到可能的延误，所以我也会作为这次舱外活动的后备宇航员接受训练。事实上，多功能实验舱经历了一段相当曲折的历史，以至于发射被推迟了好几年。因此，很有可能这次命中注定的舱外活动会从阿莱克斯的远征推迟到我的那次。不过，它被推迟到后面几次远征的可能性也是很大的。

无论如何，我们两个都为这个机会感到高兴。首先，因为不确定是否会有其他延误，所以，对我们两个人来说，这种训练都有可能变成一次真正的俄罗斯式太空行走，谁又知道呢。但无论事情如何发展，有机会通过如此特殊的训练来扩展作为宇航员的技能，我们当然不会抱怨，而是欣然接受。此外，至少就我而言，尽管与舱外机动套装有所不同，我依然很高兴有机会穿着加压航天服在水下多待几个小时。我想，水中的时间就像飞行员的飞行时间，钢琴家弹奏钢琴的时间，或者滑雪者在雪地上度过的时间。有些事情只有通过努力训练和重复才能掌握。

对于待在"星城"来说，当时也是一个不错的时段，因为一群着实有趣、关系亲密的宇航员正在那里训练。不仅三号小屋的集体生活非常活跃，我们还经常一起度过愉快的周末，包括在莫斯科开一下午的卡丁车。那次活动毫无疑问地表明，虽然在通常情况下受到控制，但胜负欲在我们所有人身上都很旺盛，只需要一个纯粹的竞赛环境就可以立即将它激发出来。

当时，美国航空航天局宇航员凯文·福特即将出发前往太空。他在"星城"度过的最后几个夜晚之一，这里组织了一次与国际空间站的视频会议，那是发射前最后一次交流机会。在正式会议结束之后，当时的国际空间站指令长苏妮对凯文提出，希望向我们所有人表达问候。他们的图像投射在大屏幕上，仿佛国际空间站上的乘组也来到我们的谢泼德酒吧，跟我们一起喝了一杯。或者更准确地说，只有我们用的是玻璃杯，而他们用的是装满速溶橙汁的袋子和一根吸管。

同样在那段日子里，为了宣布一个重要通知，我们又在谢泼德酒吧与休斯敦进行了连线：他们会宣布两年多之后，将由谁执行一次与众不同的任务，它会持续整整一年，是通常时间的两倍。特里和我格外感兴趣，因为这关系到我们抵达几个月后需要迎接的来自美国航空航天局的宇航员。是斯科特。我已经在很多场合见过他，也很欣赏他直接的行事方式，尽管有时稍显唐突，但他善于交际，人又慷慨，我确信他会是一个很好的同伴。然而，对于谁将是我们在"联盟"号上的指令长，我们尚一无所知。与前几个月宣布的消息不同，那个人不会是谢尔盖伊·扎利奥汀。

鉴于需要等待与指令长共同在"联盟"号上进行训练，我得以躲过俄罗斯的初冬，前往气候温和的休斯敦。今年行程模板的气象情况对我很友好。这是一次相当短暂的旅行，但日程紧张：在较为轻松的课程之外，我还要在十二天中进行三次潜水训练。如果可能的话，每一次都要比平时更加谨慎地准备，因为需要弥补整个夏天的空白，而且之后还要再参加一次考试。在此之前，我每次潜水都有不同的教练员，而现在我被正式托付给负责我们远征任务的团队。法鲁克负责水下训练，阿莱克斯则负责舱外活动整体训练，包括舱外机动套装和气闸舱。他们将在未来的两年中陪伴特里和我。能够有固定的教练员连贯地指导训练，对我大有裨益，额外的潜水训练也提高了我对套装的认识和对自己的信心。考试进展顺利。

第二天，在去机场返回欧洲之前，我远程参与了评估委员会的工作，他们对我应要求提交给意大利航天局的任务拟议实验进行了评估。这只是我在空间站的六个月内需要进行的实验中的一小部分，但是，能够从一开始就参与意大利实验计划的确定过程，这一点令我感到高兴。

我的任务逐渐获得了实质性的内容。十一月三十日，特里从休斯敦发来短信，只有一句话："从今天开始，还有两年！"

14

从高高的窗户照射进来的阳光，洒满巨大的圆形房间。窗户朝向一座建筑物的后墙，那里杂草丛生，堆放着一些目前闲置的模型。有几分钟的时间，我靠着沿着游泳池周边的金属扶手驻足观看。当平台在滚动的粗大链条发出的金属噪声中缓缓向游泳池底部下降时，我总会着迷地观看。放在平台上面的国际空间站俄罗斯舱段的模型缓慢下降。由于水的折射和波纹的影响，我所看到的已经淹没的部分是变形的。它们似乎来自远方，而且从某种意义上说的确如此，因为水面以下就是太空。

这就是水下实验室的妙处——这个直径二十三米的圆形泳池是俄罗斯版的休斯敦中性浮力实验室——模型并非置于游泳池的底部，而是放在一个移动的平台上，可以在几分钟内从水中升起。在休斯敦，我在身穿舱外机动套装训练之前常常需要背着氧气瓶潜入水中，探索我将要在其中移动和工作的区域。在这里，我可以步行巡查，仿佛散步一般的日常活动与令人联想到空间站外观的迷宫般的建筑和细节重叠在一起，让人产生超现实的感觉。几天之前，阿莱克斯和我身穿潜水服在水下探索了一番，但今天早上，我们还是登上平台，最后看一眼离开气闸舱后沿着俄罗斯服务舱行进的道路。三次潜水训练之后，我们将获得身穿奥兰航天服进行太空行走的初级资格，今天是第一次。

接着，我们一起去了乘组人员等候室。那里以典型的"星城"风格装饰，与欧洲或者美国那种冰冷而又毫无特点的环境截然不同：一张长长的木桌摆在房间中央，一张柔软的大沙发——上面的树叶图案已经褪色——地板上的花色地垫对应着两个小更衣区，周围是摇摇晃晃的屏风。三名身着白色工作服的护士负责房间内的工作。她们果断而又热情地帮助我们系上带有心率和呼吸频率传感器的医疗腰带，然后又指导我们穿上打底内衣和蓝色的冷却服。

体检结束之后，我们回到游泳池边，朝着我们的航天服走去。身穿卡其色裤子和工作夹克的技术人员正在衣服周围忙碌。一些人年纪似乎已经很大了，我怀疑从一九八〇年代这座水下实验室建成开始，他们就一直在这里工作。一位技术人员提醒我们奥兰航天服在潜水训练中有什么不同：背后的"壁橱"在太空中将用来容纳生命支持系统，比如氧气的储备，而在水下实验室，那里面装的是应急空气瓶。如果从水面通过脐带进行的供给被中断，只需转动胸前的操纵杆就可以转而使用空气瓶。紧挨着它的就是大阀门旋钮，用来调节增压。我甚至可以自己动手操作这个旋钮，但我还是把工作留给了技术人员。从现在就开始浪费手劲儿是无益的，之后我有的是机会花力气。事实上，与舱外机动套装相比，奥兰航天服是在更高的超压下工作，因此更加坚硬，每个动作也需要付出更多的努力。压力表的指针停在 0.4 bar。当然，更高的压力也会带来不少好处：在泄漏时有更大的安全边际，去饱和的时间也非常短，只需三十分钟。

和往常一样，奥兰航天服的穿着速度很快：在游泳池边待了一刻钟之后，我们就已经下水了。潜水员们将我们带到游泳池底部，并开始压载工作。我们的教练员瓦莱里透过游泳池壁上的大窗户从水面以下的高度观察我们。碰巧到来的游客可以透过另外那些较小的窗户观看里面的活动，有点像参观水族馆。

压载之后，潜水员将我们带到气闸舱。从这一刻起，我们就像是在太空中，完全依赖自己的手沿着空间站移动。遵循所有的安全规范，打开舱门，走出气闸舱，是我们今天将要进行的第一套"典型操作"。我们会带着自己的包，沿着服务舱移动，然后需要彼此合作移动一个更大的重物。我们会使用小型工具和电气连接器，并且练习操作 Strela 吊臂，我们将学习如何伸展和定向。整个训练将持续大约四个小时，不会更长。

与舱外机动套装训练相比，我努力在做每个动作之前更仔细地规划，尽量有节制、缓慢而有规律，有点像是背着一个沉重的背包小步登山。在这里，沿着空间站移动的规范比美国的那些更加难以执行。没有安全缆索卷轴，取而代之的是两根连接在航天服上的缆索，必须分别解开，永远不可以一起操作，就像是某种"飞拉达①"舞蹈。当一只手将缆索解开，以便沿着路径将它向前移动时，另一只手必须握住栏杆，但绝对不可以握在固定闭合挂钩的栏杆上，以防栏杆本身脱落。在某个地方，我觉得像是陷入了死胡同：找不到足够多可以触及又能够在遵守所有规范的情况下前进的栏杆。我停下来，告诉自己不要沮丧，然后再次环顾四周。如果不是有任务在身，穿着奥兰航天服向四周看简直是一种乐趣：头盔非常宽敞，视野广阔，甚至奢侈到顶部还有一扇小窗户，可以看到脑袋上方的东西。通常情况下，最好的解决方案是改变方向，以充分利用两臂张开的长度。我不知道自己有一天是否能在太空中进行舱外活动，但水下训练无疑教会了我一件事：当你觉得没有出路时，停下来，呼吸，并改变视角。这也许又是一个微不足道的教训，但我觉得我是通过四肢而不是大脑学会的。

　　我曾经怀着好奇与担忧想象身穿奥兰航天服进行的训练，不仅因为它比舱外机动套装更加坚硬，还因为奥兰航天服是均码的。我的身高是一百六十五厘米，处于奥兰航天服可接受的

---

① Via Ferrata 的音译，意为铁道式攀登，指的是在山体岩壁上由铁扶手横梯、固定
　缆索、脚踏垫构成的爬山径道。

148

人体尺寸的下限，有很多地方需要调整，但都是同一种类型的：通过拉紧在外层产生褶皱的小绳索来缩短手臂、腿部和骨盆处的长度，有点像软百叶帘。缩得越短，外层衣料就堆得越高。对腿部来说问题不大，因为在太空中腿几乎没有用，但肘部增厚会导致手臂弯曲变得困难。手套只有三种尺寸，区别仅在手指的长度上。与舱外机动套装不同的是，在游泳池训练期间不会往航天服内插入任何类型的填充物。

奥兰航天服的简洁和坚固使它更加安全，但与舱外机动套装相比，它的功能相对有限。话说回来，在国际空间站的俄罗斯舱段也不需要进行长时间和复杂的舱外活动。另外，也不需要不时地出舱维护。俄罗斯舱段的组装只需要很少的舱外手动作业，几乎所有关键元件都位于加压舱内部，因此在维护时不需要出舱。

尽管遇到了所有这些困难，我对自己的奥兰航天服训练还是感到满意：我能够在水下和真空室中完成计划中的操作。尽管是在不同的环境中，但身穿舱外机动套装进行十几次潜水的经验，对我来说很有帮助。反之亦然：在接下来的几个月里，我注意到通过身穿奥兰航天服的训练，我获得了一种全新的认识，它对于在休斯敦的舱外机动套装训练非常有用。俄罗斯教练员重视体力管理，在必要时会求助于实时监控生命参数的医生。懂得如何以合适的节奏工作，不让自己精疲力尽，这一点非常重要。我记得第一次与苏妮一起在中性浮力实验室潜水时，她对我说过："如果你是在努力工作，那就意味着你过分努力了。"当我穿上奥兰航天服,才真正理解了这句话。

多亏冬天里相对轻松的那几个月,我得以精力充沛地进入水下实验室的课程。这种情况出现在距离发射还有两年的时候绝非寻常:通常此时已经开始不间断的马拉松式训练。作为欧洲航天局的后备宇航员,我的马拉松提前了很多,这也多亏了我已经完成的作为"联盟"号随航工程师的理论课程。可以说,在发令枪响之前,我已经跑出了十几公里。我曾经天真地梦想能够慢慢消耗这一时间上的优势,在发射前的二十四个月里将提前的时间分成一些短暂的休息,但我很快发现这是白日梦。由于实际的规划和组织原因,我不得不尽快与**行程模板**彩色方块中的其他乘组人员同步。

所以,整个冬季我只在休斯敦住了两周。在此之前,我和几个朋友安静地庆祝了新年,还在加利福尼亚的朋友家小住了几天。那两周十分轻松,没有中性浮力实验室的潜水,而是安排了各种类型的课程,大部分是和特里一起上。其中包括模拟最可怕的故障之一,也就是国际空间站太阳能电池板的一个或多个电源通道关闭。我们会定期模拟这种情况,直到发射。根据涉及的通道,后果可能会非常严重,比如在外部冷却回路中循环氨的两个泵中的一个被关闭,一系列重要设备会立即开始升温,启动所谓的**热时钟**,也就是与时间赛跑,需要赶在这些设备开始关闭或由于过热而损坏之前重新配置空间站。当然,乘组人员通常可以依靠任务控制中心的支持,那里的专家在执行复杂的计算机程序方面更为熟练。但是,在这些情况下,无线电通讯很有可能中断，那么，又该怎么办呢？果真如此，我们将不得不执行最复杂的程序之一，也就是那个长达几十页的可怕程序——"程序2.600"。有趣的是，这个程序竟然是从简单的灯光测试开始：如果你认为有一个电源通道关闭，那么首先应该把所有太空舱的灯都打开，再根据没有亮起的组合确定是哪条电路发生了故障。我怀疑地面任务控制中心的系统更加复杂，但这显然被视为最适合宇航员的方法。尽管存在着一些特别优秀的宇航员，但与我们合作的专家都明白，我们需要知道一切，又对于这个一切知之甚少。

回到欧洲，我充分利用了为期六周的休息时间，处理因为过去一年半在世界各地奔忙而搁置的事务。然后，我重新开始训练，我仔细研究了欧洲"哥伦布"实验舱的实验机架，我通过了机架系统的操作员资格考试。虽然我已经有国际空间站俄罗斯舱段的用户资格，但这只允许我进行日常操作和处理紧急情况，而作为操作员的培训，是为应对所有严重到需要立刻采取措施的故障做准备，以免空间站上的设备受到严重损坏。

然后，我就又要出发去俄罗斯。回到"星城"，我像往常一样，觉得从未远离那里。不过，这次有一个小小的不同。我不再是在"联盟"号上进行一般性的训练，而是作为乘组的一员。课程或许是一样的，教练员也是，那种细微的差别不可言喻，但在其他人与我的相处中可以清楚地感觉到。我不再仅仅是萨曼莎，而是成为什卡普列罗夫的随航工程师。是的，在"星城"，乘组人员一般被与他们的指令长联系在一起，而一段时间以来，我们的指令长终于有了名字，他就是安东·什卡普列罗夫。两年前，这同一个安东曾到我家做客，愉快地为祝愿我们有朝一日可以一起飞行而干杯。我真的感觉非常幸运：不仅因为他是一位有经验的指令长，刚刚从第一次国际空间站任务凯旋，还因为他是一个快乐、合群又亲切的人。他在无线电通讯中的代号是第一次任务时起的，阿斯特赖俄斯——俄语中提坦神的名字。根据希腊神话，他与厄俄斯的结合孕育了星辰与风，包括寒冷的北风神玻瑞阿斯，这也是我在空军学院的课程名称。按照惯例，阿斯特赖俄斯就成了我们这个乘组的名字。

我们还被指派了一位"联盟"号的教练员，名叫迪马，是一位非常尽责和友好的年轻专家。他负责管理在模拟器中进行的各个训练单元，每周安排几次时长四小时的课程，之前还有两个小时的理论准备。最初只有安东和我，随后特里也从休斯敦来到这里，加入我们中间，于是阿斯特赖俄斯乘组首次整队进行太空飞行训练。

15

　　安东宣布："我们休息一下。"然后他递给我一瓶水。我真想把整瓶水都喝下去，但只是喝了两小口。至少需要再等一个小时，我们才能打开这个古老的"联盟"号返回舱的舱门，跳到水里去。目前，我们完成了第一步操作，也就是脱掉索科尔航天服，半躺在各自的座位上，利用这几分钟一动不动的时间，努力控制心跳和体温。今天，通往太空之路要穿越距离"星城"不远的小池塘，这里是一家俄罗斯民防训练中心，安东、特里和我要模拟紧急返航后返回舱落水的情况。外面的气温是三十五摄氏度，夏日晴朗的天空万里无云。我们每个人的身体里都有一个在当天训练开始时吞进去的传感器，将我们的体温报告给美国航空航天局对训练提供支持的医生。事实上，在当天活动的风险矩阵中，居于首位的是中暑。

我们的目标是避免中暑，同时还要学会离开返回舱的必要操作，以及为接下来的水上救援做准备。尽管希望快点出去，我们还是听从安东周全的建议，相互扶持，一个接一个地离开返回舱。这种训练他已经做过很多次了。我们都像龙虾一样满脸通红，而且大汗淋漓，但我们已经在打造这支团队的凝聚力，为共同面对长期的太空任务而积累彼此间的信任和合作经验。说到底，构建一个乘组靠的是一些简单的动作：为了省些力气彼此帮忙打开索扣和拉链；轮流脱下套装时为彼此提供支撑；也会偶尔被对方的膝盖撞一下或躲过一次肘击；还有将自己通风管中的气流导向正在努力将头盔环从头上取下来的同事——即使双脚牢牢地踩在地面上，这个操作也是十分困难的。我们几乎是在无意识中感受着来自同伴的减轻不适的善意、缓和情绪的俏皮话，或者确认警惕与清醒的眼神。没有人变得烦躁或紧张。现在我们或许会觉得一切理所当然，但将来我们肯定会发现，事实刚好相反。

　　短暂的休息之后，我们开始将要穿的衣服分组。在所谓的飞行服和一条颇为轻便的蓝色工装裤外面，我们套上厚厚的冬装，然后开始穿“鳟鱼”，这是一件橙色的防水服，穿着起来比较复杂，设计也略显老旧。从现在开始，我们不能再犹豫不决或者心存疑虑，因为穿上“鳟鱼”后，体温会迅速升高。我们互相帮忙穿好衣服，然后在腰部系上一条浮力腰带，进入水中时我们会为它充气。经过最后一次快速的相互检查，我们终于准备好离开返回舱，摆脱那里的炎热。

从这时开始，训练的节奏变得更快：无线电里面传来出舱许可，安东打开舱门，我们笨拙地爬到太空舱的边缘，将救生包扔进水里。我们每个人都有一个救生包，用绳子拴在身上。我是第二个出去的。我在太空舱的边缘伸展双腿，将上身向前弯曲，以便用双手抱住自己的身体，随即向后倒入水中，注意不要令返回舱晃动，这是教练员在准备阶段再三强调过的警告。经过一个半小时要命的高温，与水的接触立刻带来清爽的快乐。

　　当然，在实际情况下，这种乐趣可能相当短暂，特别是考虑到"联盟"号不具备通常与军用飞机弹射座椅连在一起的充气式救生艇。在水中，即使在天气并不寒冷的情况下，失温也会很快出现。无论如何，今天我们不必担心这些，因为训练时间很短。我们只需要展现出使用救生包的能力，特别是用来发信号的工具，从无线电到火把，再到经典的小镜子——简单可靠，可以通过反射太阳光引起救援队的注意。我们毫不费力地完成了所有操作，并且清楚地认识到，实际情况可能会困难得多：我们也许会遇到很大的风浪，返航也许会发生在晚上；另外，我们不仅要经历再入大气层的考验，还可能在太空舱中出现晕船的症状。水上生存不能掉以轻心，我觉得所有宇航员还是宁愿降落在陆地上。而且，如果情况允许，他们肯定会避免离开返回舱。

　　相反，如果我们必须迅速离开返回舱，而且甚至连更换衣服、穿上保暖服和防水服都是一种奢侈，那该怎么办？比如说，如果发现返回舱正在下沉该怎么办？为了应对可能发生的快速撤离，昨天我们进行了所谓的"短时训练"：我们只在索科尔航天服外面系上浮力腰带，就在短短几分钟内离开了返回舱。确实，即使没有今天环绕在我们橙色练习舱周围的充气救生圈，返回舱也应该能够漂浮起来，只是没有任何保障。只要想想在降落伞打开后留下的大型外部凹槽就够了，里面很容易进水。虽然照理说那里的大部分空间会被自动充气气囊填满，但任何自动装置都会出现故障。或者想一想一九七六年降落在哈萨克斯坦田吉兹湖上的"联盟23"号宇宙飞船，那是迄今为止唯一的紧急水上降落。由于恶劣的天气条件，在数小时内都无法展开营救，浸泡在水中的降落伞开始将返回舱拖向湖底。也许正是出于这个原因，今天的操作程序要求在降落后立即解开降落伞的两条绳索。在航空航天领域，操作程序往往是在一架飞机或航天器中丧生的陌生同事留下的遗产。幸运的是"联盟23"号的乘组成员在获救时仍然活着，对此连救援人员都感到惊喜。

训练结束了，我们快速更换衣服并稍微补充水分，教练员们在池塘边的草地上放了一些椅子，开始进行总结。我们首先讨论了操作程序和技术方面的问题，然后由两名年轻的心理学家发言，其中一个笑着指出，我选择以一种特别女性化的方式进入水中。很长时间以来，我已经放弃了理解心理学家说的所有话，所以我把这当作一种恭维，并没有进一步询问。最后是主教练员的发言，他对一周的水中训练做了总结，并以仪式性的祝愿收尾：但愿这些天我们学会的东西永远不要真的派上用场。

　　这个愿望适用于大多数涉及空间站的训练。从国际空间站上发动机失火到"联盟"号失压，我们花费大部分时间准备的都是希望永远不会出现的情况。如果可以事先排除故障和紧急情况，那么训练可以减少到短短几个月的时间。因此，那些所谓的**太空体验者**，也就是少数非常富有的人——当航天飞机仍在服役，并作为国际空间站乘组人员更替的运输工具时——支付大量金钱，利用"联盟"号上偶尔空闲的位置实现进入太空的梦想。他们都具备一定的能力，但在危急情况下，还是要依赖专业宇航员，因为后者经过了许多年的训练。

　　荒唐的是，人们通常更善于面对严重的紧急情况，而不是进行空间站上的日常工作，后者往往是相当简单的常规任务，例如整理库存清单，或者进行小型维护工作。然而，不要认为这是因为训练期间完全忽视了日常的活动。事实上，在休斯敦我们定期与乘组同事和一大群教练员会面，以便进行所谓**常规操作模拟**。与通常情况不同的是，在空间站模型中进行的这几个小时模拟期间，不会响起警报，其中最可怕的意外只是更换装满洗手间固体垃圾的容器。正是在那个春天，出发去俄罗斯参加水上求生训练之前，我们进行了一次模拟，那是特里和我第一次有机会与布奇和斯科特一起训练。在此之前，斯科特有过六个月国际空间站驻站经历，可以为我们提供珍贵而又实用的建议。这次模拟由乔西负责,他是我们的**训练主管**,负责协调休斯敦所有教练员的工作。乔西制订了一个典型的训练计划,包括收集和打包预计搭乘即将出发的虚拟"联盟"号返回地球的物料,采集所需的空气样本和表面拭子用于阶段性分析;维护空间站的计算机,以及更换盛放尿液回收垃圾的罐子。所有这些都在一个专门的电子备忘录上标明,身处空间站的宇航员在所有电脑上都可以查到这个备忘录。只要点击一项特定活动,就可以访问相关材料,也就是程序、相应的执行说明和备注。尽管宇航员的形象被迷人的光环所笼罩,尽管我们接受过处理紧急情况、进行太空行走等各种困难工作的训练,但我们在轨道的很大一部分工作其实是在特定时间打开指定程序,确认是否有额外的执行说明,收集库存单上标明的工具和其他材料,然后按部就班地执行程序。难怪一位比利时同事喜欢用特有的自嘲口气说:"宇航员只需要掌握一项技能:阅读。"

每句玩笑话中都蕴含着一些真理。不过,有时我们需要多做一点。例如,在那段时间,国际空间站的驻站乘组发现了很多类似雪花的白色颗粒,似乎来自外部桁架区域。几个小时后,休斯敦任务控制中心的专家证实,其中一个供电通道的冷却回路发生了氨泄漏:这意味着八个太阳能电池板中的一个会很快停止运转。他们无法得知泄漏所在的确切位置,但怀疑是发生在保证氨循环的泵里。只有一种方法可以验证这种想法,那就是派两名宇航员到现场去安装备用泵,确认这样是否可以阻止泄漏。这次舱外活动的时间安排非常紧张，因为加拿大宇航员克里斯·哈德菲尔德和美国宇航员汤姆·马什伯恩预计下周一返回地球，随后就只有美国宇航员克里斯·卡西迪留在国际空间站。虽然后者在舱外活动方面经验老到，但单独出舱，并且身穿俄罗斯的奥兰航天服进行维护工作，是不可想象的。接受过舱外机动套装训练的新乘组要两周后才能到达，这段时间足以让循环系统中所有的氨扩散到太空中。问题不仅仅在于需要更换这个泵，而是如果没有了飘浮的白色颗粒，也就再也无法确定泄漏的位置。那个周四的分析和会议一直持续到深夜，而国际空间站上的时间比休斯敦早五个小时，所以宇航员在睡觉前无法得知决定。当他们在周五早上醒来时，发现从控制中心发来的一条消息："欢迎来到舱外活动准备日。"第二天，克里斯·卡西迪和汤姆·马什伯恩将进行紧急舱外活动。克里斯·哈德菲尔德则负责舱外活动之前与之后气闸舱内的操作，而且会特别困难：如果这两位太空行走者被氨污染，他要准备好协调整个去污染程序。

　　这是一个特例：从来没有哪一次舱外活动只经过短短一天的准备工作就纳入计划。在休斯敦，舱外活动团队紧张万分。我遇到了很多前一天晚上没有回家、面色疲倦的人，他们可能直到第二天下午才能回家。巧合的是，特里和我也为使克里斯和汤姆的舱外活动尽可能获得成功做出了贡献。

　　事实上，第二天我们的计划原本是穿舱外机动套装进行潜水训练。然而，当时中性浮力实验室的游泳池将用于测试正在制定中的紧急舱外活动程序，但又不可能用有经验的宇航员取代特里和我，因为眼下套装是按照我们的尺寸组装的。所以，尽管我缺乏经验，还是得以到水中检查操作顺序、工作流程、袋子和工具的配置，以便专家可以准备一个升级程序包，并且在轨道上的宇航员休息之前发给他们。下午过半，我们从水下出来，而国际空间站上已经是夜晚了。

在游泳池中努力工作了六个小时之后，尽管偶尔会对自己的表现不完全满意，但我还是沉浸在小小的快乐中，这是只有在完成了艰辛的工作之后才会有的满足感。在那一天，通常的满足当中又增加了一些自豪。尽管我很渺小，却为克里斯和汤姆的出舱准备做出了贡献。我从未如此接近太空中的重要行动。第二天，我起了个大早，在任务控制中心跟进舱外活动的过程，并通过聆听专家之间的私下沟通更好地了解到他们如何实时做出决策。舱外活动大获成功，备用泵阻止了冷却氨的泄漏，供电系统也得以恢复正常。正如预计的那样，汤姆·马什伯恩和克里斯·哈德菲尔德在接下来的周一返回了地面，而世界已经为克里斯在太空中重新演绎的大卫·鲍伊的《太空怪人》而疯狂。然而，对于克里斯·卡西迪来说，轨道上的经历仍在继续，而且会有更多的惊喜。

16

"星城"，2013 年 7 月 24 日

很多人在我周围忙碌着，有的身着卡其色制服，其他人穿着白色工作服。他们系紧腰带，连接缆索，安装传感器，并且根据我的尺寸对一些部位进行调节，以便让我感觉舒适，得到足够的支撑。我的姿势跟在"联盟"号里一样，背部与地面平行，双腿蜷缩，但这个座椅更加舒适。脸的上方有一个巨大的金属环，发出某种机械的光芒。"星城"的一位医生向我走来，她叫伊琳娜·维克托罗夫娜。她告诉我，我们将使用装在金属环上的一系列小灯来测试视力——它们就在我眼前，距离大约八十厘米远。伊琳娜是一个果敢和充满活力的女人，既有能力又讲求实际。不久之前的一次快速检查中，她让我躺在床上，然后把双手放在我的胸骨上，再把体重压上去，以便我可以练习正确的呼吸技巧。这对于保护心脏至关重要，使它能够

在胸腔受到异常压力的情况下始终正常工作。我将要在世界上最大的离心机中做加速度为 8 g 的转动。

准备工作结束之后，技术人员把我的座椅推进机舱，它铰接在十八米长的机械臂末端。几阵金属的声响之后，座椅锁定到位，我听到身后的舱门关上了。现在，他们肯定在关闭入口的几扇门——都开在高大的大厅的环形墙壁上，俯瞰整个大厅。我已经观摩过几次离心机转动。透过控制室宽大的窗户，可以从高处看到它飞速旋转。总的来说，那是一架简单的机器，但从质量和速度的组合来看非常强大。有些人喜欢精密的结构，比如手表的齿轮，我却一直对体型庞大的机器情有独钟。

与"联盟"号的返回舱不同，离心机的机舱非常宽敞，而且相对空旷，昏暗的光线主要照亮我的脸孔。我知道，伊琳娜和其他医护人员都在认真地注视着我。他们可以从摄像机的画面上看到我的脸，而且通过我身上的医学腰带监控我的呼吸和心脏功能。我的前臂上还戴着一个手环，它会周期性地膨胀，以便测量血压。

沉默持续了几分钟，然后，扬声器里面的声音宣布机舱正旋转到起始位置。离心机慢慢旋转起来，开始进行 4 g 的热身练习。程序预计每秒增加 0.1 g，机械臂的转速也随之提高。伊琳娜说我们的加速度正在超过 2 g，我的确开始感到胸部的压力。增加到 3 g 的时候，我仍然可以正常呼吸，但还是开始使用之前学过的呼吸法：静态收缩胸部和颈部的肌肉，使肋骨和呼吸道变硬，并且用隔膜来交换肺部的部分空气。协调这两个方面并不容易。除了几年以来在瑜伽课上进行的腹式呼吸练习在一定程度上与此类似之外，我没有对这种技巧做过很多实践。我经常从许多资深宇航员那里听到的说法果然不虚：在宇航员的工作中，以前学到的一切迟早都会派上用场。

离心机在 4 g 的阶段停留了一分钟，然后开始减速。热身旋转结束了。除去喉咙的轻微疼痛以外，我没有感到难受。下一阶段就是 8 g。

到目前为止，一切都像是从前看过的电影。上周，我在离心机中测试了正常发射和返回的加速度曲线。在"联盟"号的上升阶段，峰值正是出现在加速度大约为 4 g 的阶段，也就是热身旋转最后时刻的状态，此时侧面四个助推器提供的动力仍然存在，但火箭的重量已经由于燃料的消耗而减轻了。那种推力与离心机中推力的产生方式非常不同，但胸部感觉到的压力效果完全一样。甚至在再入大气层时，在两个典型的 4.3 g 峰值阶段，乘组人员也会同样在胸背方向感觉到减速。这并非巧合：在这个方向上，加速度的影响更容易承受，而且不需要冒额外的风险。"头—脚"方向的加速度是飞机的特性，在特技飞行或战斗时尤其激烈，也更加危险，因为它们会导致血液从大脑中流出，造成暂时的失明，极端情况下甚至会昏厥，即所谓的 G - LOC①。为了减少这种风险，飞行员要接受训练，学会

---

① 加速度引起的意识丧失。

使用特殊的呼吸法，同时收缩腿部、臀部和腹部的肌肉，避免血液流向身体下部。必要时，抗荷服会自动充气，起到压缩下肢血管的作用。尽管采取了这些措施，G－LOC仍然有可能发生，有时甚至会造成致命的后果。因此，在能够选择的情况下，航天器的设计者自然会立即决定以这样的方式固定座椅，以便加速度会压向后背的方向。

考虑到这种更有利的条件，而且我驾驶飞机时也没有在加速度方面遇到过困难，所以我从未对离心机过于担心。事实上，上周4g的热身训练并没有出现问题。不过，8g还是令我有些担心，虽然我永远不会承认这一点，也希望没有人会注意到。与此同时，我知道在某个时刻，不适感会变成痛苦。而且，我觉得实时传递给医疗控制台的那条心电图尤其阴险。在离心机训练过程中观察到心脏功能的小异常已经不是第一次了，俄罗斯的医生对此尤其注意，有时还会对不曾引起西方同行关注的细节提出异议，这一点是众所周知的。像所有宇航员一样，成为医学委员会的讨论对象是我最不希望发生的事。

离心机重新开始运转，在4g和8g之间的某个时刻，这第二次旋转开始变得相当不舒服，令人不快的疼痛集中在胸骨下部。不适，但可以忍受，而且也只持续了三十秒左右。虽然知道不是真的，但我觉得自己的嘴唇被扯到了耳朵边上。不过从左眼沿着面庞流下的眼泪是真的。我被预先告知可能会发生这样的情况：加速度达到8g时，眼球会有轻微的变形，这是一种暂时的影响，不需要为此担心，但这也说明为什么我之后将要做视力测试。在这种情况下，我还能读取仪器和显示器吗？伊琳娜通过扬声器发出指令。在我脸上方的金属环上，一些小灯快速地相继亮起，有时处于视野中心，有时处于视野边缘。当看到一盏灯亮起时，我必须尽可能快地按下一个按钮，将其熄灭。这是一项简单的视野测试，然后是另一项达标测试：我必须确定在一系列圆圈当中，开口位于哪一侧。我竭尽全力，终于看清最左边那个最小的圆圈。不过，我什么都没说。之后伊琳娜会要求我回答。虽然我有点好奇，想要尝试一下，但她的指示非常明确：在加速度为 8 g 时不能讲话。

在大众的想象当中，宇航员肯定会有规律地进行离心机训练，而且，他们之所以能够承受巨大的加速度，是因为非凡的身体素质和艰苦的训练，这对于严酷的太空飞行来说必不可少。这种观念来自太空探索的初始阶段，而后层出不穷的纪录片也越发加深了这种印象，因为离心机总是戏剧化地出现，伴随着夸张的讲述和激动人心的配乐。但就个人而言，我更害怕寒冷。任何身体健康、能够执行简单的指令，并且没有令人衰弱的心理障碍的人，只要有一点耐心和对身体不适的耐受度，都可以应对 4 g，甚至是 8 g 的加速度。8 g 的加速度不应该被理解为对宇航员耐受力的测试，而是用来熟悉弹道式再入过程中将要遇到的各种情形，那时的加速度可能会达到并超过 8 g。弹道式再入意味着无制导：在重力和气动力的作用下，太空舱被动地穿过大气层，就像一块石头那样，唯一的预防措施是围绕其轴线以每秒十三度的速度不断旋转。与石头不同的是，返回舱呈钟形，而且质量的分布是经过设计的，使得它受到热屏蔽保护的沉重底座始终朝向前进的方向。弹道式再入肯定不会舒服，但它是安全的。有很多次，在发生严重故障时，正是多亏这种强大而可靠的紧急下降，"联盟"号才得以将乘组人员带回家。

即使在下降的最后阶段，许多类型的故障都可能导致再入转入无制导模式，因此总有两个救援队在等待返回地球的乘组：第一个位于指定着陆点，也就是计划中的那个，第二个位于弹道式再入着陆点。如果返航是意料之外的，例如空间站发生紧急情况，那么弹道式再入就是唯一可能的选择，因为计算机里没有引导下降的必要数据。在这种情况下，我们必须至少尝试在正确的时间开启发动机，一个名为"表格14"的特殊表格会对此做出明确说明，它每天由俄罗斯太空任务控制中心（TsUP）发送，并由指令长打印并放置在"联盟"号中，这是他醒来后要做的第一件事情。根据"表格14"的指示启动再入发动机，意味着在激烈的弹道式再入之后，它将降落在地面与该特定轨道相对应的路线上最适合的地点，而不是——例如——太平洋上，或者喜马拉雅山脉中。无论发生什么，都不会有救援队伍在那里等候。

能否生还取决于很多因素，而并非所有因素都是宇航员能够控制的。比如，只有返回舱能够承受再入过程中的热量，所以返回舱的分离必须在"联盟"号与大气层发生接触之前顺利完成。假如在正确的时刻，使返回舱、轨道舱和设备部分分离的火工装置不发生爆炸，那么乘组人员可以手动发送命令。如果火工装置无论如何都无法触发，整个飞行器将会在大气中烧毁，而乘组人员对此无能为力。降落伞在十公里的高空会自动打开。假如它打不开，还有一个备用降落伞。如果备用降落伞也无法打开，返回舱将会坠毁。在这种情况下，乘组人员同样无能为力。

不过，在另外一些情况下，可以而且必须采取行动。假如计算机发生故障，乘组人员可以在辅助计算机的帮助下，或者完全靠手动操作再入。假如主发动机不能启动，或者提前熄灭，乘组人员可以用小型反推发动机来替代它，以便在适当的时间提供所需的制动力，并保证预期的持续时间和正确的方向。这是返回地球的关键：准确而足够地放慢速度，以便在不久之后，"联盟"号能够以精确的角度接触大气层的上面几层。这个角度要足够大，保证"联盟"号不会被反弹出去；又要足够小，保证在冲向地面时不会严重损坏。需要在正确的地点放慢速度，以便在哈萨克斯坦的指定区域降落，因为救援车辆就在那里等候。

这正是针对"联盟"号的训练中最重要的部分。在模拟器中，我们要学会应对各种不太可能发生的故障组合，从而成功地从太空返航。我们尽可能地保持峰值为 4.3 g 的自动制导再入，但也要学会迅速识别需要转入弹道式再入的节点。在这两个极端之间，存在中间程度的故障：当计算机无法进行再入制导，可以手动控制飞行器，规划降落轨迹，使乘组人员承受的加速度在可接受的范围内，同时降落地点尽可能接近预计着陆点。在"联盟"号的历史上，从未发生过手动返航的情况，但所有指令长和随航工程师都接受过这种操作训练。

我们的特殊模拟器能够制造出提前或延迟与大气层接触的不同初始条件。提前意味着你必须沿着更平缓的轨迹飞行，以便降落伞不在距离预计着陆点过远的地方打开。相反，在发生延迟时，飞行轨迹则需要更加陡直，情况也会变得更加凶险，因为如果操作不当，可能会立刻导致非常高的加速度过载。"联盟"号并不具备像飞机副翼和升降舵那样的机翼或舵面，但它能够制造小的升力。通过对质心的仔细定位——相对于对称轴产生的位移——以及使返回舱可以围绕自身旋转的助推器系统，可以对升力进行控制。沿一个方向旋转会使升力变小，轨迹变得更陡直，降落伞打开点也会更接近预计着陆点。要获得相反的效果，只需沿相反方向旋转即可。

在正常情况下，旋转由计算机控制，乘组人员只需通过命令和控制显示器上特殊格式的数据对下降进行监督：上面显示着计算出的轨迹和再入过程的实际轨迹。计算机非常精确，远远超过人类。在考试中，你只需要在下降结束的时候，也就是距离预计着陆点至少十公里的时候，打开降落伞，就能得到最高的分数。但是，还必须考虑所达到的最大加速度。根据不同的初始条件，加速度的峰值需要介于4g到6g之间。除了检查评估之外，皮肤也会明显感觉到过载的效果。事实上，模拟再入大气层时，加速度都是真实的，因为考试在离心机中进行。

两次适应训练之后，我仍会多次在长机械臂的末端旋转，但不再作为被动的乘客，而是在再入模拟中成为操纵它的人。我面前是"联盟"号的控制面板，手中握着手动下降控制装置，这是一个看起来很古老的可移动物体，通过电缆与机载系统相连，并配备了两个巨大的侧手柄，能够舒适而可靠地握住，可以想象，即便是戴着索科尔航天服的手套——套装还可能因为紧急情况而被加压——握住它也是一样。握住设备的同时可以用拇指轻松按下两个按钮：一个将返回舱向一个方向转动，另一个向相反方向转动。只有两个按钮，仅此而已。

我没有立刻明白如何将如此基础的命令动作转化为对轨迹和加速度的正确管理。在最开始的几次模拟中，我觉得"联盟"号的反应简直不可预料，这是因为它对于命令、大气层不同层的不同影响，以及模拟的不同质心都反应迟缓。有一次，在训练结束后，我在三号小屋的聚会上开玩笑地对同事们说，有几次模拟当中，"联盟"号似乎像滑翔机一样飞行，而另外几次却像一个熨斗，他们都笑了起来。这是一种善意的笑声，是同病相怜与彼此理解。在我之前训练的宇航员都经历过所有这一切。他们分享给我一页非正式说明。这页纸从一个乘组传到另一个乘组，每个宇航员都根据自己的偏好去适应它。它并不能解决所有问题，但至少可以使你在不需要过多思考的情况下正确搞定下降的开始阶段。例如，如果与大气层的接触发生了三十秒的延迟怎么办？应该立即向左旋转四十五度，尽可能陡直地下降，一旦加速度超过 3 g，便要立即向右旋转四十五度，以避免超过允许的最大值 5 g。这是一个安全的初始动作，使你有时间观察飞行器的表现：在此之后，它将成为一门艺术。

每次到"星城"去，我都会和迪马一起，每周在模拟器里面训练两到三次。他以助产士般令人感到安慰的耐心，加载一个接一个的场景。俄罗斯人喜欢说，重复是学习之母。确实如此，情况慢慢地有所改善。有一天，我发现自己不再出错，终于松了口气。我已经度过了最初的困惑，可以开始将经验传授给那些在我之后受训的宇航员，就像我曾经得到里德以及其他前辈随航工程师的帮助一样。

卢卡也与我分享了他应对再入模拟器的技巧。在过去的三年里，我们见面不多。得到任务之后，他举家迁往休斯敦，我并没有选择这样做，因为我的亲人朋友都在欧洲。偶尔，当行程模板上面代表卢卡和我的小格子颜色一样时，我们会在世界的某个地方相见。卢卡与我不同，我需要定期独处和安静的时间，而他的个性非常外向，任何时候都渴望讲述和分享。我们是朋友和同事，我跟随着他的足迹，因为我将在他之后一年半出发，他也慷慨地跟我分享自己的经验。即便是在"星城"告别之前，当我们彼此拥抱、约定在他返回地球后重聚时，他还花了点时间向我解释那些在他看来在再入模拟器和手动对接模拟器中都很有用的技巧。也许有在空军习得的术语和获得的相似经验作为基础，我们可以立刻相互理解。

五月底，我在罗马的意大利航天局观看了卢卡的发射，并解说了从拜科努尔传来的现场画面。当时在场的有他的家人与朋友，以及为数众多的观众，当从"联盟"号舱内拍摄的画面显示物体在飘浮，表明卢卡、凯伦和费多尔已经进入轨道时，大家都松了口气，并报以热烈的掌声。在众人面前，你没有权利沉浸在自己真实的情感里，但在接下来的几个小时，当大多数嘉客和记者都已经离开，得知卢卡已经在属于他的"联盟"号中追赶国际空间站，我开始感觉到这个消息对我产生的影响。卢卡是我们"鬼把戏"小组中第一个飞上太空的人。到此刻为止，选拔已经过去四年，与宇航员等待第一次飞行的平均时间相比，这仅仅是短暂的一瞬。我们一起走进科隆欧洲宇航员中心的大门，还如同是昨天的事。然而，从那时开始，我、卢卡，还有"鬼把戏"小组的其他成员，我们学会了多少东西，获得了多少经验，又遇到了多少人啊。如今，卢卡已经飞上太空，既在意料之中，又是如此不可思议。在三年前，我会很希望得到任务的是我。然而现在，从某种意义上讲，我为没有处在他的位置而心存感激。毫无疑问，卢卡已经准备好了，然而，我觉得对他来说一切都似乎来得太快。

17

莫斯科，2013 年 10 月 1 日

　　金属标签上面标明，这台秤是一九六一年启用的。当时，它曾经为加加林和捷列什科娃称过体重。如今我已经习惯了：同样是在星辰公司的总部，我用同样辉煌的测距仪测量过身高，上面的两个标签标明了那两位宇航先锋的身高。好像加加林刚好比我高两厘米，捷列什科娃则比我矮一点点。不过，我永远无法得知他们的体重。尽管我在秤上寻找相关的标签，但一无所获。

　　测量体重之后，就轮到一系列的身体测量。一位面色和善的老先生拿着尺子，另一位稍稍驼背的先生略带愠色，还有一位严肃的女士，专注地在一个厚本子上记录各种数据。我心里想，在那个本子的开始几页会不会也记录着加加林和捷列什科娃的尺寸。不，不可能。至少第一个本子很长时间以前就应该被填满了。无论如何我会去偷偷看一眼……

这一天的体重非常重要。距离发射还有一年多一点的时间，终于到了为我测量尺寸和制作索科尔航天服的日子。确切地说，需要进行七十项测量。根据这些数据，在这座地处莫斯科郊区的建筑的某个地方，一些我永远不会谋面的人会开始制作我穿着前往太空的航天服。其他人会根据我们将要制作的身体石膏模型，为我在宇宙飞船上面的座位制作赋形减震坐垫。这个场景似乎在时间中静止，任何可能的变化都无法触及它：在贴着奶油色瓷砖的房间里，有一个乍看起来似乎很小但很沉的金属浴缸。我只穿了一件白色棉质的长袖带帽连体衣。我走向浴缸周围那些穿白大褂的技术人员，按照他们的指示找到自己的位置，摆出胎儿的姿势。此时，石膏浇注的准备工作开始了：我按照命令向上伸展双臂，面色和善的先生用双手护住我的脸，表情严肃、身材健硕的女士将自己的一只手放在我的腹部，另一只放在胸部，她果断地用力按住我，确保我不会漂浮起来。两位助手布置好他们奇怪地交错着的手之后，开始从两个桶中倒出石膏，上面因为不知道多少次类似的操作而结了壳。我们分两步进行模型的制作，首先是身体的上半部分，直到胯骨，然后是骨盆和臀部。在每次浇筑结束时，我身边就只剩那位女士，她始终果断地把我压向浴缸底部。石膏一干，我就可以站起来，用速溶咖啡和饼干加餐，两名技术人员则使用刮刀打磨粗糙的石膏，去除多余的材料。对自己的作品完全满意之后，他们请我接替他们的工作，把觉得仍需完善的地方指给他们看。重要的是整个脊柱与石膏均匀地接触，特别是在颈部，以便在再入大气层和着陆时分担一部分过载，把受伤的风险降到最低。我指出了一些压力点，技术人员重新开始工作，以便进行适当的修正。鉴于脊柱在太空中会变长，我想知道他们如何决定余量。我猜他们应该是按照经验和直觉去做。对于像我这样的小个子留两厘米，而对于更高大的宇航员来说，三到四厘米？似乎没有任何确切的规则，但我不确定自己是否正确理解了整个程序。技术人员话很少，而且大部分时候只是彼此交谈。

但我并不担心，因为据我所知，在"联盟"号服役的几十年里，没有宇航员遭受过严重创伤。与此同时，我也并未低估制作一个优质模型的重要性。据说着陆时与地面的冲击力相当大，但我怀疑所有将其与车祸相比的人都在夸大其词。至少根据提供给我的文件来看，假如制动火箭运转正常，触地时的速度应为大约每小时五公里。这些制动火箭被俄罗斯人称为"软着陆发动机"，我希望这种说法中蕴含的讽刺意味是有意的。在着陆之前的瞬间，距离地面一米左右的测高雷达发出的信号激活制动火箭，使其发出转瞬即逝的光亮。假如制动火箭没有启动，那么冲向地面的速度将是每小时三十公里，造成的冲击力足以把在那种情况下起辅助保护作用的赋形减震坐垫压扁。

经过几次重复操作，包括穿着索科尔航天服的测试，我终于可以去把自己洗干净，清除身上石膏的残留物，同时那些不可避免将由我签字的协议也已经准备就绪。我的套装和坐垫还不存在，但它们已经与清晰而明确的数字紧密联系在一起：套装，编号422；衬里，编号650。

围绕着这个核心——与很多人的一样，又不尽相同——我的梦想逐渐变成现实。

在"星城"度过的几周，我又在水下实验室泡了几天。我很高兴有机会在水中训练，而且是与萨沙——在我之前出发的"联盟"号指令长——一起工作。我已经非常了解他，因为我们在夏天一起上了自动转移飞行器的第一部分课程，这是欧洲航天局负责物资供给的货运飞船。在第一次交会模拟中，我们观看了自动转移飞行器与空间站的靠近和对接。我有机会欣赏到萨沙的专业性。他作为M2协助我应对教练员设置的异常。可以确定我们在水下实验室给教练员留下了很好的印象。我们为有可能进行的舱外活动做准备，也就是出舱安装欧洲机械臂，我们被指定为后备组合，以防这项操作从阿莱克斯那次远征推迟到我们那次。延迟已经在计划当中，而且不久之后就被正式宣布，我穿奥兰航天服的训练也因此结束，真可惜。因为，正如我所担心的那样，多功能实验舱和欧洲机械臂的发射都从第42/43次远征推迟到了未来的未定日期。虽然并不出人意料，但我还是有点小失望。对于我来说，在太空中进行舱外活动的唯一可能，现在只剩穿着美国的舱外机动套装进行了。

然而，说到舱外机动套装，那些日子并不平静。除非绝对必要，套装两个月以来都不被授权在轨道上使用，休斯敦的专家们正在试图确定一次严重事故的原因，在那次事故中卢卡的生命受到了威胁。在殒命太空的所有可能性中，特别是在太空行走期间，溺水从来没有位于任何危险清单的前列，直到那一天。卢卡的头盔里积聚了大量的水。某一刻，他甚至看不到东西，也无法通过无线电设备进行交流。多亏他的专业和冷静、他的舱外活动搭档克里斯的经验、凯伦和国际空间站上的俄罗斯同事，以及休斯敦任务控制中心的快速支持，卢卡才得以安全地回到空间站，他用自己特有的幽默来淡化这次事故："现在我知道金鱼的感觉了。"

当这一切发生时，我正在"星城"上课：我在课间休息时得知舱外活动被**叫停**，得到教练员的允许后，我一边继续上课一边实时跟进休斯敦的最新消息。事实上，我当时并没有意识到事情的严重性：我认为**叫停**既不意味着**完全失败**，也不代表发生了什么需要立即返航的紧急情况。然而，存在着很大的隐患，必须确定故障的确切原因。如果卢卡的套装出现了这种不明原因的故障，那么不能排除其他套装也会存在同样的问题。如果卢卡不是在桁架靠近气闸舱的一端工作，而是在远的那一端，又会发生什么呢？

当休斯敦的一个团队还在对这种异常情况进行分析的时候，专家们已经确定了降低风险的方法，以防再次发生。很明显，水是从位于颈部的通风口进入头盔的，又从那里浸入卢卡的**史努比帽**，并开始以液态水在失重时典型的凝胶状态——因为此时表面张力占了主导——向他的面部移动。因此，从现在开始，头盔的背面都将粘上与纸尿裤相同材质的吸收带。简而言之，宇航员的脑袋后面会贴着超强吸收卫生巾。在极端情况下，假如水的泄漏量大到使吸收带饱和，继而积聚在头盔中，套装也预先设置了一个允许从胸腔区域呼吸的通气管。它很快成为中性浮力实验室的标准设备，以便宇航员能够快速适应。我在一堂专门的课上学习了吸收带的使用知识。我穿着套装的躯干部分以及头盔，教练员将大量的水逐渐倾倒在吸收带上，这让我熟悉在发生严重泄漏时，厚度可能会增加到何种程度。

与此同时，对于异常情况的分析表明，冷却水污染导致一个部件阻塞是这次事故的直接原因，而接下来几个月的进一步调查，将会引导我们发现一处地面设备的问题。在卢卡的事故发生一年多之后，一些建议得以实施，随后穿套装进行并非绝对必要的舱外活动才重新得到允许。调查还表明，专家们没有立即发现异常的性质及其严重性，是因为那种事故只有在失重的情况下才会发生，因此专家们的认识尚不清楚。这对我而言也是反思的时刻：经过数十年的光荣服务和数百次的太空行走，舱外机动套装仍然能够带给我们意外。太空飞行虽然不再处于开拓阶段，但也绝非例行公事。

无论如何，中性浮力实验室里的训练仍然正常进行，我有机会定期与特里一起身着舱外机动套装进行潜水训练。不过，在那个炎热的八月，我在休斯敦并非仅仅为了训练而忙碌。当我能够按时离开约翰逊航天中心和中性浮力实验室时，便忙着解决像内衣和保湿霜这样更加琐碎的问题。距离发射还有十五个月，涉及带往太空的行李的第一个截止日期已经到来：工作服、卫生用品、运动装。几个月之前，特里和我已经在休斯敦进行了第一场测试。在那里，我们看到了可供选择的美国航空航天局的产品。短裤还是长裤？短袖还是长袖？短袜还是长袜？成堆的问题和信息一起扑来：各种服装预期的使用时间，从过去的乘组人员那里获得的反馈，还有俄罗斯的替代产品——但后者几个月之后才会展示给我们，所以我们对产品的比较也被迫推迟。曾经在国际空间站上有条不紊地负责宇航员穿着和装备的伯纳黛特提前发送了信息，并附有照片和建议，但谁又有时间去阅读它们呢？因此，我们发现自己面前的大桌子上堆满各种物品，需要处理的问题和困惑成千上万；我们在内衣选择上的危机，比在离心机或紧急模拟器中遇到的危机更甚。

我请求经验丰富的宇航员提供建议，特别是在内衣的选择上，女性内衣只需自行购买即可。尤其是一个问题，我从未想过，但现在突然变得非常重要：在轨道上有必要穿胸罩吗？如果必要，那又选哪一种呢？在听取了几位女同事的经验之谈后，我选择了带有轻便内置文胸的背心——我认为对于日常活动来说足够了——还有一件用于跑步的运动内衣。然后，我忍受着化妆品商店里特有的各种香水混合的味道带来的轻微恶心，逛了好几家购物中心，艰难地寻找洗面奶和保湿霜，以及不含违禁成分——包括许多常用的酒精——的粉底。在八月底返回欧洲之前，我可以宣布胜利：清单已经准备好，可以提交给伯纳黛特。至少，第一份清单。在接下来的几个月里，伴随着我前往太空的道路，还会有许多其他的清单和同样多的截止日期。我开始觉得，其实训练不需要我做任何决定或者组织工作，所以可能是等待我的道路上最容易的部分。真正令我恐惧的是繁杂琐碎的准备工作，而卢卡和他高效的休斯敦同行艾丽西亚，都没有将那些写入我的日程。

像往常一样，约翰逊航天中心的训练之旅紧张而又疲劳。在那些漫长的日子里，午餐休息时间常常仅限于匆匆购买一个帕尼尼，然后在下一堂课把它吃掉。回到欧洲，我很高兴能够到西西里岛度一个短假，然后再去科隆，和布奇一起参加"哥伦布"实验舱的专业课程。有一次，我听到一位同事用洗衣机来解释国际空间站系统各种级别的资格：用户只会洗衣服，操作员了解所有功能和所有故障指示灯的含义，而专家则知道如何拆卸和修理洗衣机。在某些情况下，这种类比可能特别合适。事实上，我的其中一门专业课程就是寻找"哥伦布"实验舱的泄漏点。

与国际空间站上任何非俄罗斯舱段一样，欧洲"哥伦布"实验舱也有复杂的管道网络。流经的冷却水将热量从设备中带走，然后将其输送给冷却氨——外部冷却回路中臭名昭著的有毒物质——后者又将热量传给空间站的大型散热器，使其散发到太空当中。假如发生泄漏，乘组人员必须迅速采取行动，在设备因为过热而关闭之前找到并隔离泄漏区域。这当然是无法由地面控制人员进行的操作。实际上，各个机架会逐一与冷却回路断开连接，直到泄漏停止，这表明已经检测到发生泄漏的机架所在。

在科隆短暂逗留期间，我得以在日程表中抽出时间看了几次牙。宇航员必须拥有完美的牙齿，这当然只是神话。我的牙齿肯定不完美，但那段日子里的遭遇之前还从来没有在我身上发生过。小手术之后一周，疼痛还没有消失。靠着适当的止痛药、我的航天医生布丽吉特的祝福，以及牙医不太令人放心的保证——他说可能只需要再等待几天——我出发前往"星城"，等待我的是第二天的水下实验室水肺潜水训练，以及随后一天与萨沙一起身穿奥兰航天服的第一次水下训练。无论牙疼与否，都势在必行。像水下实验室这类复杂的训练，更换时间会很麻烦，推迟第一次训练的起始时间也是一样，可能会影响我的整个行程模板，还有萨沙甚至其他几位宇航员的模板。我们的生活相互依赖而又错综复杂。发射时间越是临近，每一次变化波及的范围也就越广。

那天晚上，多莫杰多沃机场年轻的边检警察无疑制造了某种冲击波。他久久研究我的护照，然后直视我的眼睛问道："您今天打算怎么进入俄罗斯?"我想，当然是凭借护照上的有效签证。但面对年轻警察严肃而果断的神情，直觉立刻告诉我，错的不是他。那天晚上，活了三十六年——其中最后几年更多是在各个飞机场而非家中度过——的我发现，新签证会导致旧签证被注销。我的新签证尚未生效，而旧签证已经失效。

我向尤里·彼得罗维奇求救，他碰巧和我在一起。他请求对方让我进入俄罗斯，理由是我是宇航员，马上就要搭乘"联盟"号进入太空，而且我是一个好人，但并没有奏效。我已经习惯尤里·彼得罗维奇能够解决任何问题，所以有片刻工夫，我曾经希望他能够成功。一位女性官员看守着我，并且向我宣布，他们会把我送上第一架飞往法兰克福的航班。我很怀疑当天还有没有航班，因为此时已经接近半夜。所以，还有一点时间，或许可以找到解决办法。事实上，这里是俄罗斯，那些一切都不可能、而一切又皆有可能的地方之一。当官员们彼此讨论的时候，我打电话给我的上司弗兰克，尴尬地把情况告诉了他。弗兰克通知了在莫斯科的欧洲航天局代表雷内，后者立刻赶到多莫杰多沃机场，途中还联系了"机场领事"，总之是一个具有领事职能的人物，至少我是这么猜测的。领事前来与我谈话，而且非常和气，但他也只能以遗憾的语气告诉我，他不能允许我离开机场，因为没有签证肯定不能进入俄罗斯，而他在当时那个时间也不能给我发签证。不过，他希望我能够在机场国际中转区度过一个美好的夜晚。

所以，我顺从地坐在一把扶手很硬的椅子上，在半梦半醒之间等待白昼的来临。离开之前，尤里·彼得罗维奇为我弄到了一袋饼干和一小瓶水。多亏雷内在凌晨四点向外交部发送的传真，以及不知道多少通电话，我才没有被送上次日第一班飞往法兰克福的航班。将近上午十一点的时候，我的护照上有了新签证，可以离开国际中转区，拥抱等待我的尼古拉和尤里·彼得罗维奇。在所有被牵连的人当中，我肯定不是睡得最少的那一个。

18

　　我在美国航空航天局一号公路旁的星巴克停下来喝咖啡，这里的每个方向各有四条车道，在十字路口变成六条，中间的棕榈树成为交通分隔线。街道两侧是一座座低矮和有着普通橱窗的建筑物，前面有小型停车场。当然，小是相对于得克萨斯来说的。这里有免下车服务，但店里面的队伍总是更短。我拿着外卖咖啡回到车里，心想里面的咖啡因约等于五杯意式浓缩。我需要它，因为我的睡眠受到时差的困扰，还有许多小时的之前与之后训练在等着我：今天我们将模拟舱外活动当天的程序，但不包括舱外活动本身。

　　我从美国航空航天局一号公路转弯驶向土星街，又从那里立刻向右拐，朝着约翰逊航天中心驶去。两年多以来，我经常出入约翰逊航天中心，却仅仅参观了众多建筑中的一小部分。

这里占地一千六百英亩，包括办公室、实验室、模拟器、一家诊所，以及很多其他寻常和不寻常的东西。比如，在31N建筑里保存和收藏着由"阿波罗计划"的宇航员带回地球的四百公斤月球岩石。任务控制中心（MCC）位于三十号楼：那句历史性的"休斯敦，鹰已着陆"就是发往这里的。

我把车停在已经很熟悉的九号楼附近。这是一座高大宽敞的厂房，桥式起重机的黄色导轨沿着长二百米的厂房延伸。每个人都简单地将它称作九号楼，但它准确的名称是航天器模拟设备（SVMF）。在厂房的东边放着国际空间站的全尺寸、高保真模型。从俄罗斯服务舱到位于另一端的二号节点舱，忠实地再现了国际空间站上所有由美国航空航天局提供的组件。我朝着气闸舱走去，加入已经聚集在一张大桌子周围的小组，他们就站在升高的平台脚下，那里通往各个太空舱。

距离我上一次进行之前与之后训练已经过去了几个月。当时布奇身着套装，而我是作为 IV，也就是舱内人员，负责所有与套装和气闸舱有关的出舱前后操作。很多人想要选择太空行走，或许正是因为作为舱内人员的操作程序非常复杂，而且要将同事的生命完全掌握在自己手中。拿自己的命去冒险，担忧总会更少一些。

像往常一样，里甘带来了一大盒饼干，这是典型的带巧克力屑的美国饼干。简而言之，我所有关于舱外机动套装的知识都是从里甘那里学到的。从第一堂课算起，已经过去了两年多的时间，由于某种不可思议的巧合，教练员总是他。当时他负责我作为后备宇航员的一般性训练，现在他和阿莱克斯、法鲁克都被分配到我们这个乘组的舱外活动团队。我在休斯敦的时候，我们定期在九号楼上课。在那里，除了气闸舱以外，还有一套稍显破旧的舱外机动套装，它可以在进行维护演示的时候派上用场。有时我们会在楼上的虚拟现实实验室碰面，练习背着喷气背包飞行。大多数时候我们在一个非常冷而且没有窗户的房间里共度两个小时，那里有套装生命支持系统的大型示意图，包括管道、阀门、水箱、泵、风扇、调节器、传感器和许多其他组件，它们使得舱外机动套装成为一艘小型可穿戴宇宙飞船。在小房间里，里甘操控着一套模拟程序并借此为虚拟套装设置一系列故障；而我的工作则是操控显示与控制模块（DCM），虚拟套装上唯一真实存在的部件：这个电子盒通常固定在舱外机动套装的胸部，带有开关和一个小型 LCD 显示屏，可供监控遥测数据并发送命令。

我带着袖口检查清单，也就是螺旋装订的四十来张小硬纸片，每个进行舱外活动的宇航员都把它佩戴在前臂上手套可以触及的位置，我利用它来练习正确诊断故障，并采取有效的纠正措施，脑中一直记着在飞行员训练时学到的口头禅："保持对飞机的控制，分析情况，采取适当行动。"需要严格遵守这个顺序。但假如与此同时你正撞向一座山，或者在消耗燃料的同时飞往错误的方向，那么，正确解决故障也没什么大用。当然，太空行走更加宽容，因为不存在坠落或与障碍物碰撞的风险，但始终可能犯错，而这会令风险加剧。很简单，想象一下，当需要快速返回气闸舱时，被缆索缠住会使你损失宝贵的时间。这就是为什么甚至在游泳池中时，我们也要针对故障进行训练，尽管在水下使用的套装上没有安装显示控制模块。当我们在工作时，耳机中会偶尔发出警报，那是里甘的声音向我们传达必须处理的异常情况。除了常见的故障，例如套装失压、二氧化碳过量或可疑电压以外，最近增加了一项新故障——头盔积水。

我抓起一块饼干，和特里一同走向更衣室，在那里穿上内衣以及液冷通风服。之前与之后训练日的前三个小时就在介绍性简报和气闸舱的组装中飞快过去了，现在来到穿上套装和练习 ISLE 程序的时刻。这个缩略词的发音与 file 相同，但是没有词首的 f，意思是穿套装轻度运动（in suit light exercise），这是国际空间站美国气闸舱里常用的去饱和方案。它比身穿奥兰航天服时采用的方案耗时更长，也更复杂，因为在较低的气压中工作时，患上减压病的风险更大。如今，ISLE 程序已经成为标准方法，取代了过去常用的那些需要踩踏自行车测力计，或减压后在气闸舱中过夜的方法。为了使身体组织中的氮气能够充分释放，ISLE 程序要求进行一个小时的规范准备活动，也就是通过特殊的面罩呼吸纯氧。接着要对气闸舱进行 10.2 psi——或者说大约三分之二的大气压力——的部分减压，然后再摘下面罩，穿上舱外机动套装，向里面输入纯氧，并进行五十分钟的轻度运动。"轻度"究竟是什么意思？这正是特里和我今天要学习的东西。我们被指示进行缓慢而克制的手臂和腿部运动：它们可以略微提高新陈代谢率，从而在必要时加速身体组织中氮气的释放。但不能过于剧烈，因为在真正进行舱外活动的日子里，我们需要应付国际空间站外面数小时的艰苦工作。

对于真正的舱外活动，我是多么渴望啊！我多么希望能够就这样置身轨道，穿着密闭的套装，靠在气闸舱的舱壁上，对面是特里，我们注视着彼此缓慢而可笑的芭蕾舞。今天，医生在测量我们的新陈代谢率，并且教会我们如何调节力度，以便控制在规定的范围内。在轨道上，我们将依赖运动记忆。在轨道上……

我很清楚，由我来进行太空行走的可能性不大。目前，第四十二次远征期间暂时计划进行两次舱外活动。如果两次都得到确认，那么它们将分配给布奇和特里。这个决定非常自然。我们任何人都没有在太空中进行舱外活动的经验，但我的同事们在游泳池里训练的时间更长，并且已经展现出更高水平的技能。此外，这两次舱外活动实际上是同一行动，只不过分为两次出舱。所以，两次出舱都由他们承担是绝对合理的。更不要说我还在等待套装，或者更确切地说是一个 M 码的躯干部分。当时在轨道上，所有与生命支持系统配置好的套装都是 L 或 XL 码。在我之前，没有宇航员需要更小的套装。又是一个额外的难题，因为更换套装的躯干部分很费时间，而在国际空间站上，宇航员的时间是最为稀缺的资源。

尽管如此，我还是无法禁止自己怀抱希望。况且假如不是这样，我又怎么能按照要求全身心地继续投入准备呢？舱外活动训练是唯一让我真正感到困难的部分，我必须有动力继续付出最大的努力。舱外活动对于国际空间站至关重要，因为很多关键性组件都在外面，所有三名非俄罗斯宇航员都必须准备好身穿舱外机动套装进行紧急出舱活动，以便保证有充足的人手。

另外，谁知道呢，总有可能出现一个机会。我也知道，谁也无法保证什么，但机会肯定会留给有准备的人。也许我们远征队的活动计划中会出现第三次舱外活动。那时，布奇和特里已经获得了很多经验，或许其中一个人可以带没有经验的同事一起出舱。

总之，我继续竭尽全力进行舱外活动的训练，而且我的努力逐渐获得了成果。另一个好消息是，为我定做的手套已经准备就绪，可以进行测试了。在漫长的等待之后，我很快就可以拥有完全适合自己的手套。

在中性浮力实验室中进行潜水训练的同时，我还要偶尔到九号楼去上关于高保真硬件单元的课程，它们比游泳池里的模型更加接近在轨道上使用的真实设备。有时我们会使用偏重力模拟器（POGO）：我们被捆着悬浮在半空中，尝试在没有水提供阻力的情况下，艰难地保持在一个稳定的位置。例如，在使用高扭矩设置下的螺丝刀时，需要牢牢地抓住把手，否则螺栓刚一拧到头你就会开始旋转。除了舱外活动训练之外，我们在休斯敦还进行了各种各样的活动，从拍摄个人及乘组的正式肖像照，到模拟为定期微生物和化学分析进行的水样采集。在九号楼，我们有时会谈到空间站上的日常生活，例如怎样制作铺位，或在哪里插入吸尘器的插头。另外一些时候，我们会模拟严重故障，例如 C&C MDM——国际空间站上处于命令和控制最高级别的三台电脑之一———的故障。

十一月七日，特里和我收到了来自拜科努尔的邮件，主题非常特别：Woooohoooo。当天夜里，随着"联盟 TMA - 11M"号发射升空，里德正式成为主乘组随航工程师。他写信问候我们，用玩笑的口气说："我们谦卑地把后备乘组的头衔传给你们。"不到六个月之后，我们将在"星城"抽取一个信封，里面装着我们这个后备乘组最终考试的模拟场景。短短几周之后，在拜科努尔，我们将紧跟在里德、马克西姆和阿莱克斯身后，走出航天发射场的二五四号楼，而他们将在朋友和家人最后的欢呼声中，走向前往火箭发射台的大巴。我们足够近，以至于因为共鸣而颤抖，但又足够远，不用承担任何责任。那一刻的激动，可能比轮到我自己登上那辆大巴时还要强烈。

送我前往拜科努尔的汽车正在加速，而参加第 42/43 次远征准备工作的那支小小队伍在不断壮大，我定期与他们互动。布丽吉特现在正式成为我的航天医生：我们从宇航员选拔时就已经相识，这些年里我经常向她求助，很欣赏她对健康问题的整体把握。德伊海姆将与布丽吉特密切合作，他是欧洲航天局分配给这次任务的生物医学工程师。生物医学工程师有一个工作站，在那里他们可以实时跟踪国际空间站上的操作，关注与宇航员健康有关但又并非单纯医疗问题的方方面面，从空气质量到体育锻炼，直到核实日常的工作量。

从全局上整合这次任务则是阿莱克斯的职责，他是欧洲航天局的飞行主任。我们是从同一所学校毕业的，阿莱克斯比我晚几年。他是第一次从事这项工作，但他聪明、周全、冷静，而且具备扮演这个微妙而且有时棘手的角色的所有关键技能。从他那里，我收到关于远征任务的最新消息，通常是与货运飞船发射日期的变化有关，它们将用来携带新实验设备或空间站的备件。

当我在休斯敦时，一段时间以来我从阿隆佐那里收到邮件，他负责为特里和我安排国际空间站乘组需要进行的众多医学检查。所有的预约都由艾丽西亚录入日程，但阿隆佐也会经常发来备忘录，提醒我们适当控制食物或咖啡因的摄入，以及运动或睡眠的时间。现在，阿隆佐的工作开始与马特有所重叠，后者负责安排人体生理学实验，可以说是由宇航员作为"小白鼠"去完成的实验。在前几个月，马特为特里和我安排了知情同意简报，研究人员介绍了他们的实验方案，并且强调了潜在的风险。得知我们愿意配合以及各自的偏好之后，马特开始为我们配置实验包，并且确保我们能够完成所有的行前的数据采集。它们被称作 BDC（基线数据收集），为研究人员提供基本数据，以便与我们在执行任务期间收集的数据进行对比，从而量化因为在宇宙空间逗留而引起的变化。作为后备乘组，我在理论上有机会参与明年五月的发射，所以我在当年的十一月，也就是发射之前整整一年，进行了第一次基线数据收集。就像我将在任务之前、当中和之后无数次做的那样，我把一对温度传感器戴在身上三十六个小时（包括两个夜晚），一个贴在额头上，一个贴在胸骨上，以便记录由于昼夜节律变化引起的波动。在装着**硬件**的小行李箱里有一条朴素的黑色头巾，用于遮盖前额的大胶布和——至少是一部分——连接传感器和数据记录盒的电缆，这些电缆需要固定在手臂上或腰部周围。随着基线数据收集的开始和体检次数的日渐频繁，我的生活中加入了一个需要应对的新元素。根据一套精确而又繁琐的程序，有几周我不得不提前半小时醒来，收集唾液样本。还有几天，在应付众多待办事项的同时，我还要随身携带各种不同的冷藏袋，用来收集尿液和粪便。几个月后，特里邀请安东和我一起去看橄榄球比赛。我口袋里装着美国航空航天局的一封信以及安全负责人的电话号码前往体育场，以防在入口被拦住，工作人员当然有理由怀疑从我的头巾和 T 恤下面冒出来的电缆。

安东和我对美国体育运动的了解正是在那些日子里从休斯敦得州人队的一场橄榄球比赛开始的。这是一种强制性的文化体验，不仅包括赛事本身，还有大屏幕投放的广告、可爱的啦啦队女孩精心编排的节目，以及被大量冰块稀释的超大杯可口可乐。尽管特里不厌其烦地努力解释规则，我对于那场比赛还是没太看明白。直到我向他保证，作为欧洲人，我甚至对橄榄球一无所知，他才放弃了：鉴于我承认了这一点，我的案例可以作为无可救药的情况被放心地归档。

　　结束休斯敦的训练之后，莫斯科寒冷多雪的初冬等待着我。不过，我首先在欧洲宇航员中心逗留了两周，填写表格并进行几天的自动转移飞行器训练。发射时间刚刚提前到十一月二十四日。现在距离发射还有一年多一点，之后我很少有机会待在科隆。在**行程模板**上，我只有五周的时间可以在家里睡觉。在那个家里，我的空间越来越像是杂乱仓库的一角。我的全部生活都装在行李箱里在跑道上飞驰。跑道尽头赫然而立的是发射台上的火箭，清晰而雄伟。

19

她会移动，会飞翔

她会在一颗星星上面游泳

你是如此美丽

假如你是女性，名字会是未来

卢乔·达拉《未来》

"星城"，2013 年 12 月 12 日

紧急信号响起时，我机械地将头转向服务舱的警报面板，这是在经过许多次紧急模拟训练后获得的应激反应。火警灯亮了，在旁边的控制计算机上，一个供我们识别哪些传感器已检测到烟雾的页面自动打开。要触发火警，必须至少激活两个传感器。在我思考起火位置的时候，特里负责用专门的工具测量有毒气体的浓度。那个工具就安置在舱壁上，随时可以使用。

鉴于并没有真正的火灾发生，数据是由塔尼亚提供的，她负责空间站俄罗斯舱段的训练。一氧化碳的浓度超过百万分之二百，说明空气有毒，我们必须戴上防护面罩。

俄罗斯面罩由硕大的军绿色塑料帽制成，脸部有一个透明的窗口。上面还配有一个小瓶子，一旦戴上帽子，瓶子就会悬挂在胸部。小瓶有两个开口：上部开口通过软管连接到帽子上半遮面的面罩，下部开口连接到一个有几升容量的黑色袋子。瓶中有一种化学物质，一旦小瓶被激活，它就能够通过消耗二氧化碳和水蒸气的反应，使呼出的气体重新获得丰富的氧气。我从包装袋中取出一个折叠放置的面具，快速检查它的完整性，随后深吸一口气，屏住呼吸把头伸进帽子里面，将手沿着头部从前额移到颈背，排出多余的空气；随后我收紧脖子四周的带子，移动操纵杆以便激活小瓶，最后，我果断地呼气，使化学反应开始。黑色袋子膨胀起来，然后当我吸气时，袋子瘪了下来，空气第二次经过小瓶返回我的肺中。

由于化学反应放热，空气又热又干燥，而且始终弥漫着强烈的烧焦味。是不是过热过干了，而且烧焦的味道也太大了，我一边这样疑惑一边开始剧烈地咳嗽。假如恰恰是在训练怎样保护自己免于中毒风险的时候中了毒，那就好笑了。我很难知道什么是正常情况，因为这是我第一次真正激活面罩。在之前的所有训练当中，我们都仅限于戴上帽子，通过与小瓶断开的软管呼吸周围的空气。我注视着安东，他是我们当中唯一一个有经验的人。即使是他也会不时咳嗽，但他好像并不担心。或许我没有中毒，这只是又一个需要咬牙挺过去的白天。没有人喜欢呼吸困难的感觉：昨天晚上，在三号小屋，有人将这种模拟说成训练中最令人不快的项目。即使如此，也比在真正需要的情况下才第一次了解面罩的用法要好。

随着空气中渐渐充满模拟烟雾，服务舱中的能见度正在恶化。我们必须相互靠近，以免看不到彼此。还要绝对避免压破黑色袋子，因为在我们呼出一口气之后，它会膨胀，当中包含我们所有的空气供应。通过小瓶中的化学反应产生的氧气保证我们始终可以呼吸。试剂足够使用大约四十分钟，对于像我这样的小个子女性来说可能还要长一点；但在真正发生危险的情况下，假如我呼吸急促，坚持的时间或许会变短。

我们将虚拟火灾定位在一块控制面板后面，并尝试用泡沫灭火器熄灭它：在国际空间站的俄罗斯舱段，配电系统是低压的。其余部分的电压是一百二十伏，因此会优先选择二氧化碳灭火器，通过降低氧气浓度灭火。事实上，在国际空间站火势不太可能蔓延，几乎所有东西都由不易燃材料制成，或者存放在防火袋中。此外，一旦火警被触发，会触发空间站的自动响应：计算机会立即关闭通风系统，通过关闭通风管道中的阀门将每个舱体内的各个部分隔离。在失重的情况下，没有自然对流。而正是基于这种对流现象，在我们的家中，被散热物加热的空气比周围的冷空气密度低，因此会上升，从而在房间内形成循环。在国际空间站上，无法依靠这种自然循环，因此那里始终转动着数十台风扇，确保空气的混合，使得在空间站上所有舱体内都具有相当均匀的温度和空气成分。然而，在发生火灾时，所有这些与救火相比都是第二位的。通过关闭通风系统，可以防止富含氧气的空气输送到起火点。一旦其附近的氧气耗尽，火就会熄灭。

火或许会熄灭，但现实并非总是可以预测的。一九九七年，在俄罗斯"和平"号空间站上，一个故障的氧气发生器起火。汹涌的火焰阻挡了通往两个"联盟"号之一的通道，而且温度高到足以熔化太空舱的金属。当一部分乘组成员用灭火器救火时，其他人则准备向唯一可以进入的那艘"联盟"号疏散。这样一来，如果火势无法控制，空间站的六个人中至少有一半可以存活。大火持续燃烧了几分钟，直到氧气发生器内的试剂用尽。"和平"号空间站浓烟弥漫，迫使乘组人员戴着防护面罩度过了好几个小时。然而，他们一致决定继续留在空间站内。

今天我们正是针对这种很少出现的状况进行训练：塔尼亚向我们宣布，尽管我们在模拟中努力使用灭火器救火，还是无法将火扑灭。正如训练项目预先设计的那样，火势蔓延到"联盟"号所停靠的空间站太空舱，迫使我们放弃国际空间站。在"星城"，疏散意味着首先要转移到对面的大楼，"联盟"号模拟器就放在那里，索科尔航天服也在那里等待着我们。除非特别必要，我们必须在不拆除防护面罩的情况下穿上航天服。如果中断的时间很短，化学反应就不会停止。否则，面具将无法使用。

对于这项操作，我们将在明年夏天进行更好的训练。届时，我们将作为主乘组，在发射前的几个月对疏散程序进行反复模拟。今天，覆盖"星城"街道的危险冰层成为训练中的难题：为了避免因为障碍物和面罩小窗口遮盖视线而摔伤，我们被指示在转移中摘掉面罩。在更衣室，工作人员分发给我们另外一些不起作用的替代面罩，以便继续进行训练，甚至不用体验呼吸困难。然后，我们被交到"联盟"号的教练员迪马手中，他已经坐在模拟器控制台上，确保火情会跟随我们一起进入小小的宇宙飞船。即便距离尚远，我也已经看到返回舱里充斥着浓烟。

"她的名字是未来。"备受人欢迎的歌手卢乔·达拉在他一九八〇年代的一首歌曲中唱道。一天早上，我一边走在"星城"厚厚的积雪上，前往手动对接模拟器，一边哼着这首歌。快到九点了，太阳还没有升起来，阳台上温度计的刻度显示为零下十六摄氏度。期待的消息在前一夜传来：我们的任务将被命名为"未来"。它的正式名称是第 42/43 次远征，但根据欧洲宇航员太空飞行的传统，在大西洋的另一侧，任务将有一个真正的名字。

我立刻爱上了"未来"这个名字，而且开心地与在推特上关注我更新的那群虽然数量仍然很小、但充满激情的人分享。不过，感到喜悦的同时，我还在认真倾听，凭借直觉捕捉那种勉强能够感受到的无声的情感。在得到这个名字之后，我的远征使命得以"在公众面前亮相"。在此之前,它还是一株脆弱的植物,需要得到保护和照顾,在成长和强壮的同时避开他人的目光。现在,纯真年代结束了,很多人会谈论它,很多人会以我越来越无法控制的方式为塑造它做出贡献。从名字决定的那一刻起——我甚至无权选择这个名字——就很清楚了。"未来"不再是只属于我的植物,而是变成由许多园丁共同照料的一株大树。这是正确和不可避免的,本该如此。

年底,"未来"也有了它的标志,是通过意大利航天局公开竞赛推选出来的。这是一个经典的设计:国际空间站在环绕地球的轨道上。在两位指令长——布奇和特里——的建议下,它被添加到第42/43远征的任务贴片中。我非常兴奋地看到自己和乘组同伴的名字绣在我们佩戴在蓝色工作服上的贴片上。现在就差一个,我将为它的设计做出最多贡献,也最能从中认出我自己:我们"联盟TMA-15M"号的任务贴片。一位年轻的俄罗斯宇航员向我们提出了非常独特的设计建议:借助一种参照的手法,将"联盟"号和地平仪并列,后者是飞机驾驶舱内的重要工具。安东、特里和我以前都是空军飞行员,所以立刻被这种纪念航空飞行和太空飞行之间承接的想法征服。我尤其喜欢里卡尔多的想法,他是一位热衷太空的朋友,毛遂自荐帮助我们将图案修改完美:在贴片上,"联盟"号将飞机形状的阴影投射到地球上,那个形状由米格-29、F-16和AM-X的元素组成,这些是我们各自驾驶过的飞机。

当里卡尔多为了完善我们这次远征的标志而工作到深夜

时，在不远处的帕多瓦，人们也在努力为这次任务的另一个重要部分工作，那就是食物。国际空间站的定期供给是按照标准分工进行的，一半由俄罗斯方面提供，另一半由美国航空航天局提供。理论上，菜单每八天重复一次，为的是满足乘组人员的能量和营养需求。然而，事实上每顿饭的搭配并没有严格的规定：出于现实原因和心理健康方面的考虑，宇航员可以自由地在开放的箱子中选择自己喜欢的食物袋，并且可以把俄罗斯配给和美国配给的食物相互替换，变换花样。此外，在出发前，每个乘组成员可以根据自己的喜好装满九个箱子，每一个有大鞋盒那么大，这是我们小小的个人仓库，也就是所谓的**奖励食品**。出于同样的原因，无论是在休斯敦还是在"星城"，发射之前的几年里都会组织几次品尝会，所以我们能够尝试国际空间站菜单上的所有菜肴。根据这些体验，装着炒鸡蛋和脱水芦笋的额外食物袋肯定会在我的**奖励食品**箱中拥有一席之地。得到美国航空航天局的批准之后，我还会加入另外一些市面上买到的食品：黑巧克力、芝麻酱和南瓜籽。不过，属于我的九个箱子大多装满了由斯特凡诺特别开发的菜肴，这位年轻厨师以不可动摇的热情投入一项使命，那就是通过食物改善人们的健康。我对他解释，在欧洲航天局，每次太空任务都有一小笔预算是用来开发**奖励食品**，也就是几种新的袋装航空食品。很多时候，宇航员会求助于著名厨师，选择各自国家的典型菜肴，比如卢卡的意大利千层面或阿莱克斯的德式乳酪面疙瘩。假如斯特凡诺接受的话，我对于他的要求会有所不同：我想得到遵循健康营养的现代原则的菜肴。带着谦逊和决心，斯特凡诺接受了挑战，紧锣密鼓地着手开发独特而美味的健康菜肴，以满足美国航空航天局的严格要求。在他建议的菜肴当中，我选择了三种：豆类浓汤、藜麦沙拉配圣女果和鲭鱼，以及加了豌豆和蘑菇的咖喱鸡。在短短的数月内，这些袋装食物将被送到休斯敦，再从那里装入**奖励食品**箱，以便随自动转移飞行器 ATV－5 发射。那些美味的藜麦沙拉会比我早很多到达空间站。

在各大洲之间不断地旅行令我疲惫不堪，圣诞假期我只梦想在家休息。然而，在最后一刻，莱昂内尔和我还是决定买一张机票。我们在布达佩斯歌剧院迎接二〇一四年的来临。如此期待的那一年的最初几个小时，我是在老朋友伯纳黛特的朋友梅赛德斯的小公寓里度过的。我们在熟悉而愉快的氛围中平静地玩 Risk 桌游。我很乐意沉浸在那场小小的庆祝派对的温暖当中，因为我很清楚，随着新年的到来，类似的时刻会越来越少。对于我来说，一场不间断的马拉松即将开始，直到最终的发射。实际上，我并不担心，因为我觉得自己正走在一条规划好的道路上。在训练中，我主要是复习和巩固，同时后勤准备工作也在顺利进行。我所要做的就是积蓄能量，保持稳定的节奏，并注意我的健康。

不过，二〇一四年很快会给我一个糟糕的惊喜。

20

我能够做到这些，并非因为我具有某种伟大的才能，
发生的一切就像是掷骰子。
如同癌症发展，
或者飞机上的弹射座椅正常运转，
属于一种偶然。

迈克尔·柯林斯《传播火种：一位宇航员的旅程》

莫斯科，2014 年 4 月 10 日

可以肯定，索科尔航天服从来都是不舒适的，尤其是在加压状态下。当然，那是紧急情况。在正常任务期间，航天服只在发射以及与国际空间站分离之前，才会短暂充气，以验证其密封性。在出发和返航的其余任务时间，除非返回舱内失压，航天服都会处于放气状态。在后面那种情况下，连接到飞船氧

气供应的航天服保持 0.4 bar 的内部压强，这使得宇航员即使被真空包围也能继续呼吸。

与奥兰航天服和舱外机动套装这些用于太空行走的航天服不同，索科尔航天服的设计并非为了让宇航员在加压条件下工作。在放气的状态下，它能够保证宇航员灵活自由地行动。当需要充气时，航天服的任务只有一个，那就是挽救乘组人员的生命，并保证他能够完成返回地球过程中需要做的最小动作。此时，通常情况下柔软的外壳会膨胀变硬，以便宇航员保持典型的仰卧和蜷缩姿势时下背部处于悬浮的状态。为了对此有个概念，你可以想象自己躺在地上，膝盖弯曲，小腿放在很高的桌子上，让骨盆脱离地面；另外，想象一下桌子有一个很薄的边缘，它卡在膝盖的弯曲处——那里就是症结所在：航天服变硬之后，裤腿处的压力会引起疼痛并阻碍血液循环。但是，如果航天服尺码合适，就能允许宇航员每次抬起一条腿放松一下。

这种情况我非常了解，因为二月我曾经在"联盟"号的座椅上躺了很久，测试在加压条件下座椅的赋形减震坐垫和定制航天服是否舒适。假如在太空中发生了泄漏，那么执行紧急返航所需要的最长时间是两个小时；舱内起火时也是一样，因为"联盟"号上面没有灭火器，所以救火的唯一方法是通过减压排出舱内的所有空气。这个操作会由我执行，因为只有我可以够到那些应急控制键，也就是二十四个带金属保护罩的大按钮。在安东确认命令之后，我会按下命令键 20，然后是 21：双重动作，保证安全。一旦程序启动，就无法回头了。空气将不可挽回地排放到太空中。

二月的测试显示航天服尺寸方面没有问题，所以今天我又来到星辰公司，在真空室中进行功能测试。在一位非常热情的专家的帮助下，我坐在座椅上，然后完全像在"联盟"号上面那样把自己固定好：两条腹带、两条肩带，还有两条扣住膝盖的带子。我们从泄漏检查开始。我戴上手套，压好头盔，并关闭航天服胸部的蓝色调节阀。我的手臂上有一个简易压力表，用来观察压力的增加。航天服在预计的时间内膨胀，泄漏检查通过。热情的专家向我告辞，然后关上他身后的沉重大门，离开了真空室。

不多时，我听到泵开始运转：向着大气层空气越来越稀薄的区域的模拟上升开始了。我们在五公里的高度稍作停顿，或者更确切地说，是在与该高度相应的压强下，也就是约等于海平面压强的一半。此时，航天服的通风被中断，同时开始了氧气供应。后者的气流很弱，我立即开始感到热。此外，在"联盟"号上，我们会遇到同样的问题：两个小时被认为是可以安全穿着加压航天服度过的极限时长。超过这个限制，温度会变得过高。

我们继续上升。在七公里处，我看到航天服上压力表的指针开始移动。调节阀也开始工作，当周围的压强继续下降时，它将航天服内的压强保持在 0.4 bar。我们在大约三十公里的高度停了下来，周围的压强大约是海平面压强的百分之一：对于当天的实际目标来说，这个位置代表真空。现在剩下的就只有等待，以及尽量不去想膝盖内侧弯曲处的不适。

与无线电另一端技术人员的对话迅速减少，我独自想着心事。前天，我刚刚回到俄罗斯。在此之前，"慢速轨道"上的旅行将我带到了日本、美国和欧洲。

既然现在一切都已经得到了最好的解决，我可以有些超然地回顾最近几周发生的事。在那段时间里，我经历了一个等待出发的宇航员需要面对的最大的恐惧。

一切都开始于二月底的日本，我正在那里进行有关日本"希望"号实验舱模型以及日本太空实验包的训练，我被指派为负责这个实验舱的后备宇航员。我很高兴在近两年后回到筑波，而且这次不是在闷热的夏天。日本有很多可爱之处：卫生间比飞机还要功能齐全；出租车司机都戴着白手套；食物比任何地方更加丰富而精致；优雅的服务；新干线列车出发的频率就像是地铁，每一秒钟都被他们分成了两半，以每小时三百公里的速度穿越全国；清酒和神户牛肉；富士山的温泉和夜间登山；东京那些交通大动脉两侧的摩天大楼，距离这些繁忙街道仅仅几分钟的路程，那些宁静祥和的街区就像一座村庄；在拥挤嘈杂的居酒屋里，即使地震使酒瓶和杯子晃动起来，交谈也会在几秒钟之后恢复，好像什么也没发生过。最重要的是，我喜欢那种完全日本式的举止，在我看来，它们反映出灵魂中真正的善意。

有一天，在训练结束之后，我感到下腹部有一种轻微的间歇性疼痛，于是要求进行体检。我并没有确切地预感到什么，尤其是随后发生的事情。几个小时后，当时已经是深夜，我来到筑波医院做核磁共振检查。很快，我如泥塑木雕一般呆坐着听日本宇宙航空研究开发机构（JAXA）的医生给我解释拍摄出的片子，并指出可能存在的问题。太空任务中令人恐惧的幽灵已经在我的道路上出现：距离发射还有九个月，在健康方面却出现了一个疑点，而它可能会影响我的飞行。

　　或许并非如此，或许这只是一个误会。我不确定自己是否理解，事实上我肯定无法理解其中的所有含义。我感到疲倦和寒冷，周围所有人都说着我不懂的语言。日本宇宙航空研究开发机构的年轻医生智子把他们的话翻译成完美的英语，但谁知道其中忽略了多少细微的差别。我沮丧地爬上出租车，回到酒店，心中有一千个疑问，我立即打电话给我的航天医生布丽吉特。她留在欧洲，但已经了解了情况。她试图让我安心：也许只是误诊。无论如何，医学团队将尽一切可能使我能够飞行。

　　一周之后，作为一切问题源头的轻微疼痛消失了，没有任何人能够真正说出它是由什么引起的。已经不重要了：即使我不再有任何症状，也需要对核磁共振中出现的问题进行调查。幸运的是，我的下一站是休斯敦，那里可能是世界高水平医院最为集中的地方，而且美国航空航天局拥有自己的专家网络。多年以来，他们一直照料着其他的宇航员，或者就适应太空向他们提供意见。经过两周的超声检查和尚未得出结果的实验室分析，他们决定在全麻的状态下对我进行侵入式检查，以确保得到医学委员会的认证。外科医生本人将我从麻醉后的困倦中唤醒，告诉我希望中的好消息：他现在可以绝对肯定地确认，没有任何东西会阻碍我的太空飞行。

就这样，我宇航员生涯中最黑暗的一个月结束了。在那个一周里，我的英雄是布丽吉特和美国航空航天局的航天医生戴夫，他总是很乐观，随时准备好给我安慰，还有艾丽西亚，她以惯常的熟练安排着我的日程，为医疗检查腾出时间，从没问过一个轻率的问题。多亏他们以及周围所有人的支持，我内心始终相信，事情会得到最好的解决。况且，我也没有太多时间考虑这个问题：一方面是因为意外带来的心理疲劳，另一方面，这是我作为后备宇航员在发射前的最后一次休斯敦之旅，因此集中安排了很多活动，那段日子显得前所未有地繁忙。

现在，在关于我健康的好消息发布几天之后，一件大事在等待着特里和我：对于舱外活动的评估。这是一次在中性浮力实验室进行的潜水，所有相关人员都前往观看：一大群专家聚集在控制室里，在六个小时内记录下两位宇航员在水中的每一个动作和每一句话。最后，他们撰写了一份详细的报告，针对每位宇航员对舱外活动的准备情况进行评估。不过，在潜水后的例行总结中，我们立刻被告知了评估结果的核心内容。

水下工作进展顺利，意味着在健身房的准备和训练获得了回报。我已经能够比较自在地穿着套装行动，建立起能够摆脱困境的下意识反应，学会了预测问题并用清晰和简洁的话语进行无线电通讯。当然，还有改进的空间，但反馈是积极的。考虑到过去遇到的困难，如此已属不易。成功在很大程度上也有赖于阿莱克斯和法鲁克的帮助，他们总是非常专心，而且永远不会降低标准。听到积极的评价非常令人满足，但这种满足持续的时间很短。在总结结束时，我被告知目前和在我们即将开始的远征期间，国际空间站上都不会有按照我的尺码组装的舱外机动套装。这个信息非常明确：祝贺你迄今为止在舱外活动上取得的成绩，但现在请重点关注空间站舱内的辅助工作。这不是新闻，我对情况十分了解。但是，如此干脆而又明确地宣布这个消息，对于我来说无疑是沉重的一击，夺走了战胜训练之路上最后一个主要障碍后感到的所有喜悦。

度过心情沉重的几周之后，能够回到"星城"，重新回归令人安心的日常生活，我很欣慰。其他地方可能会发生意想不到的事件，而在预防中心总能看到尤里和安娜热情的笑容，在模拟器那里也总是能见到迪马。他带着不受干扰的平静，帮助我复习已经掌握的技能，以便为即将进行的后备宇航员考试做好准备。

通往太空的漫长征程，如今只剩最后的冲刺。

21

如果我们从来不曾试着爬上月亮呢？

为什么不去做呢？

只需要乘船来到月亮下面，架起梯子，

然后爬上去。

伊塔洛·卡尔维诺《月亮的距离》

选自《宇宙奇趣集》

"星城", 2014 年 4 月 11 日

相对于地球表面来说，"联盟"号和国际空间站以每小时两万八千公里的速度运转。而当我们谈到速度，在向空间站靠近的阶段，指的是相对速度，也就是二者之间相对于彼此运动的速度。在对接时，速度非常之慢：每秒七到八厘米。当两个充满珍贵空气的金属壳在太空的真空中相互接触时，动作越轻

209

越好。

　　假如一切运转正常，那么将由计算机来确保速度和其他所有参数的正确：事实上，"联盟"号通过 Kurs 自动对接系统自动执行靠近和对接的动作。这是一个天线复合体，一旦与国际空间站上的对应系统建立联系，它就会与之进行无声的对话，交换越来越密集和丰富的信息，不仅包括速度和距离，还有相对方向。假如自动对接系统或者空间站上的电脑发生故障，宇航员就要进行手动操作，问题是无法得到靠近过程中的数据。假如这种情况发生在尚未靠近国际空间站，但可以通过肉眼看到它的时候，在某些条件下，随航工程师可以在轨道舱内移动，使用激光测距仪测算距离和速度。然而，今天的训练涉及的是距离空间站不到四百米的情况，这是靠近空间站的最终阶段。在如此近的距离，所有乘组成员需要在返回舱内各就各位，而轨道舱的舱门必须关闭。

　　如果此时自动对接系统发生故障，我们应该如何确定距离呢？可以使用最简单的工具：将一个网格固定在监视器里的空间站图像上，这个网格对应着一个将表面尺寸和距离关联起来的表格。例如，如果国际空间站服务舱的直径与网格中的小方格大小相当，表格会告诉我们距离为二百米；如果舱门的直径是两个方格，距离就只有七十米，依此类推。但是，就速度而言，我们的策略建立在对于姿态控制发动机的推力有所了解的基础之上，因为最终的靠近有赖于它：一秒钟向前或向后的推力对应每秒四厘米的速度变化。例如，如果我们最初相对于空间站是静止的，那么想要以每秒四十厘米的速度靠近，就要给出一个十秒钟的向前推动力。与手动再入不同，在这个过程中，操作命令产生的效果是直接和可以预测的，有点像在驾驶飞机。

现在距离考试只剩下三周的时间。所以，今天我请求教练员萨沙允许我做与考试当天相似的一组四个场景的训练。我坐在中央座椅上，将手动控制装置的伸缩导轨向我的方向滑动，以便能够舒适地握住两个旋钮，右侧的旋钮控制在三个轴上的旋转，左侧控制平移：高低和左右。后者的旁边有一个小操纵杆，把它往前推意味着向前朝着对接探头加速，后拉则是向后加速。就像考试那天一样，我们从最简单的操作开始，也就是改变对接舱口：空间站的俄罗斯舱段有四个可能的对接位置，尽管很少发生，但有时可能需要移动自己的"联盟"号以便为另外一个飞行器腾出位置。对接舱口的更换总是靠手动操作完成的，在这种情况下不存在自动程序。

钩子打开时，模拟正式开始。在大弹簧的推动下，"联盟"号开始远离"码头"号对接舱（SO-1），也是进行俄罗斯式舱外活动的小型气闸舱。我通过潜望镜观察到对接舱口正在远离，而附近的服务舱部件逐渐变大，出现在我的视野中。等到舱口直径缩小到相当于网格中四个方格的大小，也就标志着距离大约是五十米时，我给出一个三秒的前向推力，以便停止远离。现在，我开始靠近俄罗斯舱段的末端，然后绕过它。实际上，我是从最低点出发，也就是朝向地球的点，然后必须移动到位于空间站制高点的二号迷你研究舱。到达待泊港口之后，我与目标对齐，然后围绕着"联盟"号的轴旋转一百八十度。目标是一个顶端截断的菱形，中心十字向前延伸，因此很容易就可以识别出方向错误。我开始靠近，逐渐降低速度，以确保始终有足够的制动距离。当距离目标只有几米之遥时，我对距离的参照变成了目标本身。我想在距离目标大约两米的地方停下来。这是许多宇航员都使用的技巧：在对接即将发生的时候停下来，然后给出两到三秒的推力，以获得每秒八到十二厘米的对接速度，这是安全对接所必需的速度。我已经学会慢慢来，而不是被快速完成场景的冲动诱惑。几秒钟的额外注意力可以带来完全不同的结果。当我认定已经稳稳地对准了对接舱口而且相对速度为零时，就不再延迟，而是给出两秒的前进推力，同时继续进行必要的微小调整，以保证到对接为止都很好地对准舱口。此时，模拟停止。我放开手，等待萨沙关于瞄准、速度、时长以及燃料消耗的反馈。一切都很完美：如果这是考试，我会得到满分。

　　改变对接舱口的练习只是热身，最复杂的场景模拟才刚刚开始。萨沙在电脑上加载了下一个模拟，我有几秒钟的时间记住速度和距离，然后警报响起，数据消失。我不能再使用导航和控制主机，因此也就失去了 Kurs 自动对接系统的数据，以及可以使手动飞行变得更容易的一系列自动修正：这是最困难的场景。我关闭声音警报，激活手动控制，并快速评估自己相对于国际空间站的位置，然后设置环绕飞行，也就是围绕空间站飞行，以便找正对接舱口。我们距离空间站约三百米。训练开始的时候，我很难在这个距离辨别方向。在潜望镜的观察器上，空间站的各个组成部分在我看来就像一个尚未成形的白色斑点，但通过练习，我学会了快速理解图像。

几个月之后，我会在轨道上看到那个白色斑点。那将不再是模拟场景，而是我真正的目的地。在太空中，它将是一个拥有熟悉轮廓的好客之地，在那里我们可以拥抱其他的人类。

第二天是国际载人航天日。五十多年以来，无论在之前的苏联，还是现在的俄罗斯，四月十二日都是尤里·加加林那次历史性飞行的纪念日，那是第一次围绕地球进行的勇敢轨道飞行。那次持续一百零八分钟的飞行，开启了载人航天飞行的时代。自二〇〇一年以来，人们在世界各地数百个城市通过名为"尤里之夜"的活动欢庆这个日子。二〇一一年，联合国宣布四月十二日为国际载人航天日。在"星城"，大概没人在意：对他们来说这一直是个特殊的日子，这一天训练也会暂停，以便所有人都能参加庆祝。

那一次并不需要是四月十二日，因为纪念日恰逢周六。我打算晚上到三号小屋去庆祝"尤里之夜"，但在那之前，我在"联盟"号程序小册子的陪伴下，在预防中心度过了一个慵懒的早上。就像每次发射后一样，当我不在"星城"的时候，更新文件已经分发完毕，尤里·彼得罗维奇一如往常把这些纸留在我房间的桌子上。我沏了一大杯茶，为两个小时的艰苦工作做好思想准备，随后就一页一页地进行替换。零星的雪花在我窗前飞旋。它们是这个气温一度降到零下三十摄氏度的寒冬的最后几片雪花。小池塘周围最早盛开的花朵已经预示着春天的到来。

在这一天余下的时间里，我通过电子邮件与米凯拉远程交流。她是我的高中同学，现在是英国文学博士，移居维也纳。我曾经求助于她，因为我想要收集不同历史时期和语言领域的诗句和散文片段，作为我的太空使命的小小文学参考。我想到了那些涉及研究、探索、美丽与神秘等主题的文本，以及人类面对这些奇迹发出的赞叹。我想以迷你书的形式打印一些作品集，每页纸都只有两三厘米宽，可以藏在拳头里。它们小巧又轻便，我可以带几百本到"联盟"号上去，算在我总重量1.5公斤的个人行李配额里面。在回归地球之后，我希望这些书会成为送给家人和朋友的一份美好礼物。我是几个月之前想到这个主意的，现在依然劲头十足，但愿意印刷这些迷你书的巴黎出版社明确地表示时间很紧张。所以，我的国际载人航天日是在莫斯科和维也纳之间的远程思想交流中度过的，在歌德和艾米莉·狄金森的诗句、《神曲》中的三行诗，尤其是安托万·德·圣埃克苏佩里那些充满诗意的句子间往返穿梭。

事实上，阅读是我最早的旅行。我觉得，假如很多年以前我没有沿着梯子爬上月亮，假如我没有进入地心，假如我没有和马可·波罗一起到达中国，没有与海盗桑德坎并肩进行史诗般的战斗，今天我就不会成为宇航员。我在阅读中迷失，又在阅读中重新找到自己。我读过糟糕的书籍，也学会了如何避开它们，就像学会不去喝变质的牛奶。我读过美好的书籍，它们使我感到成为人类共同经历的一部分。与其他人那些复杂而又激烈，那些无论真实还是想象出来的故事相比，我作为个体的存在是如此渺小。不过，我能够通过这些故事成为他们每一个人，我的存在也因此变得伟大。书籍赋予我词汇与想象。在学校我把书藏在课桌下面，睡觉时则藏在被子里面偷偷地读，带着同谋与挑战的感觉。在那些独处的时刻，我从未感到孤单。

22

在沙滩上奔跑是美妙的，

学习地质是值得称颂的，

生活在丛林中是有趣的，

而做离心训练是痛苦的，

在地上的宇宙飞船进行测试是有用的，

然而，在模拟器确定你准备就绪之前，

你不能飞行。

迈克尔·柯林斯《传播火种：一位宇航员的旅程》

科罗廖夫，2014 年 4 月 21 日

今天，等待我的是在俄罗斯太空任务控制中心度过漫长的一天。它位于科罗廖夫，就在莫斯科城外。四年前的那次访问仅仅留下依稀的印象，但我立刻认出了前庭处位于参观者头顶

的巨大镶嵌画。上面呈现的是俄罗斯航天事业的万神殿：天才的空想家康斯坦丁·齐奥尔科夫斯基，他写下了火箭方程式；杰出而充满智慧的工程师谢尔盖·科罗廖夫，这座城市就是以他的名字命名的；还有年轻的飞行员加加林，他用自己的勇敢与微笑为苏联开辟了一条太空之路。

我们在陪同下穿过前庭，来到一个巨大的会议厅。特里、安东和我坐在一边，把中间的位置留给主乘组。我们对面坐着二十几位专家，每个人都从自己的专业领域出发对这次任务进行了介绍。他们首先讲述"联盟"号的飞行，我从中收集到很多有趣的细节，从燃料消耗到对接时太阳的入射角。这些都是初步计算。发射之前的几天，我们会在拜科努尔得到最终更新的数据。有关"联盟"号的问题结束之后，讨论转向国际空间站上的活动，以及只与俄罗斯宇航员和他们在俄罗斯舱段的工作相关的细节。我很快就失去了兴趣，开始神游。

刚刚开始的一周将更多用于为即将到来的考试做准备，而考试将从下周一开始紧锣密鼓地连续进行。我上周已经提前完成了手动返航的考试，因为离心机只在那个时段可用。这是一个很好的开始，我得了满分，也因此得到了与俄式考试流程破冰的机会。在下一场考试，也就是手动对接之前，还有一个期待已久的行程正等着我们：周四，特里、安东和我要访问俄罗斯能源火箭航天公司（Energia），也就是"联盟"号宇宙飞船的制造商。这是一个幸运而又难得的机会，我们将亲自去认识自己的宇宙飞船。

"星城"，2014 年 4 月 24 日

距离我的生日只剩两天，礼物已经在路上了。今天早上醒来时，我收到了布丽吉特的邮件，通知我医学委员会的医疗评估结果：适合进行长时间的太空飞行，没有异议。我之前从未格外关注过医学委员会的活动，但经过上个月的磨难之后，得知我的资质证明已经白纸黑字地写在那里，我备感轻松。

不过，最令人激动的礼物在这里等待着我：经历了漫长的孕育，"联盟"号宇宙飞船以及它的孪生货运飞船"进步"号，终于在巨大的厂房中诞生了。这里四处散落着很多宇宙飞船，有的仍然处于胚胎阶段，另外一些已经在组装当中。不过，我的目光寻找的只有一个。终于，陪同我们的专家指指其中的一艘，它垂直立在那里，周围是蓝色的脚手架："联盟 TMA - 15M"号。就是你，即将载着我进入太空的宇宙飞船，几乎已经建造完成，至少在我充满热爱的眼睛里，它显得非常漂亮。

实际上，俄罗斯的工程学是对精华的蒸馏：只留下纯粹的功能，不加任何装饰。他们在技术方面具有天才的直觉，但受到稍显老派的制造业的限制。形式主义和个人灵感的迸发以完全自然的方式共存，再加上甚至有些感人的工匠的雕琢，比如我们的"联盟"号旁边就忙碌着看上去仿佛家庭主妇的女匠人，她们正手工缝制飞船外部保温层的金属织物。在欧洲或美

国的无菌净化车间里，这是完全无法想象的景象。

在脚手架上，一群身穿白大褂的专家在等待我们。他们中间有人手里拿着文件和笔记本，那些肯定是相关程序和需要签署的协议，其中很多人似乎并不特别忙，也许我们的访问迫使他们中断了自己的工作。在三楼，特里、安东和我脱掉鞋子，戴上一顶像是糕点师的白色帽子，爬进轨道舱。一切都显得熟悉而又不同寻常。这不是因为使用多年而磨损的模拟器。这里的一切都是崭新的：因为轨道舱再入大气层时会烧毁，所以任何东西都无法回收。我们今天的任务相对简单：核实它与我们的期望有没有明显的差异。在一份专门清单的帮助下，我们一起逐个检验在飞行中将会使用的所有部件，从货舱的皮带到二氧化碳清除筒。

我非常小心地在狭窄的空间里移动，避免误触任何东西。这样做一方面是出于理智的谨慎，因为我们就要将自己的生命托付给这些金属、管道和电子器件，另一方面是出于对把钥匙交到我们手上的主人的尊重。我们真正拥有"联盟"号的那一天尚未到来。今天所要做的仅仅是一次短暂的会面，是在宇宙飞船乘坐火车开启去往拜科努尔的漫长旅行之前，与它打个招呼。

"星城"，2014 年 4 月 28 日

今天是安东和我进行手动对接考试的日子，我们裸眼飞行以及手动对接"联盟"号与空间站的能力将被评估。我没有因此失眠，但还是有点紧张。一段时间以来，我已经可以有条不紊地处理萨沙交给我的各种模拟场景。不过，这是一场有难度的考试。自从频繁出入"星城"以来，我已经看到两位经验丰富、准备充分的资深宇航员由于对接速度过快而不得不面临重考。对接速度允许的最大值为每秒十五厘米，也就是每小时0.5公里多一点点，否则就会被判为不合格。

我们已经在模拟器中待了三个小时。安东完成了他的四次对接，都十分完美，然后，我们有几分钟的时间出去伸伸腿，接着就轮到我坐到中间的位置上。开始的两次对接我得了满分，现在我要解决最困难的场景，也就是在没有主计算机帮助的情况下与一号迷你研究舱（MIM‑1）对接。而它正是我们在太空中要真实系泊的太空舱。这次操作尤其困难，因为目标相对于国际空间站的纵轴旋转了约四十度，所以需要在两个轴上进行连续校正，以补偿空间站的旋转。是的，因为国际空间站在绕地球公转的同时还不断自转，所以需要降低舱口，以便跟随轨道的曲率，从而保持相对于当地垂线的方向恒定。

"莫斯科太空任务控制中心，我可以开始靠近了吗?"我问道。我完成了环绕飞行，在大约七十米的距离与舱口对齐。耳机中传来萨沙的许可。除了管理模拟器和加载场景之外，萨沙还在模拟无线电通讯里扮演控制中心的角色。在他身后为考试专门设置的两排椅子上，坐着评估委员会，其中包括特意从俄罗斯能源火箭航天公司赶来的专家。

我将位于左手食指下方的小操纵杆向前推，以便开始最终靠近空间站，并随着目标在监视器中变大而不断提高对齐的精度。在大约两米远的地方，我像往常一样停下来，花了点时间与空间站完美地对齐。我需要不断地给出小的制动力，以便让飞船停下来，因为用于校正方向的推进器会同时产生向前的推力。由于主计算机故障，靠近过程中必须手动进行烦人的补偿。当我感觉准备好了，就给出两秒的向前推力，同时继续用控制器进行微小的偏转，以保持对齐。就在对接之前，我有一种不好的感觉：我的速度太快了。在最后一刻，我轻轻地将小操纵杆向后拉，提供小小的制动力。萨沙宣布：对接速度为每秒十二厘米。

　　我松了口气，开始准备第四个、也是最后一个模拟场景，夜间对接。按照指示，我靠近到距离空间站七十米的位置，打开灯，等待轨道之夜。一旦黑暗降临，我就摘掉监视器上面用于保护眼睛免受太阳直射的过滤器，以便更好地看到目标。现在飞行变得更加困难，我必须保持头部与潜望镜完全对齐，以便始终能够看到图像，而在最后阶段，光线变得令人眼晕。当我停在距离空间站两米远的地方时，眼皮在疯狂地跳动。我尽量不让自己因为不适而匆忙行事，因为我知道在夜间对接中，对速度的直观感知是扭曲的。我必须准确地停止靠近空间站，然后依靠两秒钟的推力。我开始移动，屏住呼吸，在几秒钟里连续校正与空间站对齐的情况，并最终完成对接。我的速度为每秒八厘米，完美！

我转身去看安东，和他相视而笑。我们的乘组在考试中获得了满分。这样做或许对主乘组不太友好，因为不成文的标签希望他们能够做得比后备乘组更好，但是对不起了。马克西姆和里德当然不会生气。

"星城"，2014 年 5 月 4 日

"你好特里，安东说他从下午两点开始有空。我们可以在预防中心见面。""太棒了。我的房间也可以。桌子大，有很多空间。""好的，那就在你房间。是几号？""五号。救命啊！我从来没在这里接待过客人！""大日子！我说，一定做好卫生。""我还要穿正装吗？""得啦，不用。也不是那么正式！"

特里和我之间的邮件用的还是平常那种轻松的口气，但内容并不平常。这是整个乘组的周日工作聚会。周末我们通常不会和安东见面，因为他要和家人在一起，但我坚持今天花几个小时碰个面。我已经用了一天时间和里德一起看书以及复习所有紧急程序。但是，后天要和我一起进行"联盟"号考试的是特里和安东，细化任务分配很重要，特别是在发生火灾或快速失压的混乱情况下。也许不是真的必要，但一起做椅上飞行模拟肯定对我们有好处。

到目前为止，所有考试都非常顺利。最近的两场考试是在上周进行的：手动对接考试，安东进行了四次靠近空间站的飞

行，距离从三公里到一百米不等；还有飞行程序的理论考试，在一个小时的时间里，我们回答了关于操作流程以及与控制中心通信内容的问题。现在只剩下两场各持续一天的大型模拟考试，涉及"联盟"号和国际空间站的俄罗斯舱段。

"星城"，2014 年 5 月 6 日

上午以安静甚至有些无聊的方式开始。我们早就习惯了迪马在一个模拟场景中设置二十几次故障，而考试时只会出现五次故障。第一个故障在三个多小时之后才出现，那时已经将近中午。在距离空间站四十米处，Kurs 自动对接系统发生双重故障，导致电脑中止了自动靠近程序，并且开始准备远离。电脑程序如此设计是出于安全的考虑，我们的任务是阻止这个操作，并且手动控制飞船。安东负责对接操作，我则为对接系统可能出现的故障做好准备，我怀疑在到达空间站之前至少会出现另一个故障。对接系统具有一系列传感器和巧妙但有些复杂的操作逻辑，只有几秒钟用来识别一个潜在问题和采取相应的措施。说来就来，一个故障使得"联盟"号认为触碰了错误的点，于是发动机启动，试图拖着四百五十吨重的飞船远离空间站，而此时后者已经捕获我们的对接探头。所以，我们中止了这个自动程序，继续手动操作，直到钩子扣紧。现在宣布午休。正如我的俄罗斯朋友都喜欢引用的那句出处不明的话：

224

"打仗是打仗，但午餐必须准时送达。"

一辆小巴将我们送到食堂，那里以前或许是某个官方俱乐部。桌子上面已经摆好了我们的餐具，阿莱克斯、里德和马克西姆已经在旁边的桌子就座，今天他们正在进行国际空间站俄罗斯舱段的考试。他们很想知道我们今天考试的模拟场景，因为这意味着他们明天不会再碰到，但我们还没有很多可说的。下午将进行返航阶段的考试，最严重的故障还在等待我们。在一道美味的罗宋汤之后，是一盘鱼和土豆，以及两个甜味俄罗斯馅饼，烤苹果馅儿的。是时候回到模拟器，重新穿上索科尔航天服了。我试着立即集中精力，因为接下来的半小时至关重要。我们很快就会发现自己是不是抽到了装着特别复杂的模拟场景的信封。

我们在模拟器里各就各位，进行泄漏检查，启动自动分离程序，为离开空间站做准备。当计算机对推进剂罐加压时，我仔细观察遥测设备，准备好发现泄露的迹象：但什么都没有发生，一切正常。于是，我们准备离开国际空间站。

烟雾几乎立刻就出现了，我们马上明白这将是一个繁忙的下午。安东大声说出六只手已经一齐在做的事情："关闭头盔。"我拉下左肩旁边的操纵杆，打开航天服的氧气供应管，并阻止空气的流通，以防烟雾污染我们的索科尔航天服。持续不断的氧气输送是必要的，不仅是为了让我们能够呼吸，还可以防止航天服快速过热，或者面罩起雾。但同时，氧气也是一种威胁：进入航天服的氧气只有一小部分被我们的呼吸消耗，剩下的则通过调节阀进入舱内，使返回舱中的空气越来越易燃。最迟在氧气浓度达到百分之四十的时候，我们就要减压，让空气逸入太空。这是与时间的赛跑。

一旦时机允许，安东就会启动所谓的"程序5"，这是一个自动程序，可以带领我们进入弹道式再入。我从架子取下"表格14"，寻找该轨道规定的发动机启动时间。只剩下二十分钟。如果我们来不及，就不得不等待下一轨道。在失压的太空舱中多停留一个半小时，这种前景并不诱人。

此刻，安东和我正同时启动不同的程序，但始终努力了解彼此的行动。在没有相互验证的情况下工作会增加犯错的风险，但在当下的场景中我们别无选择，因为时间过于紧张。当安东专注于监督"程序5"的执行时，我负责减压之前的所有准备工作。特里在心算方面非常娴熟，所以由他控制氧分压，同时帮我估计还需要多少时间就要开始从舱内排出空气。时间到了，我转动一个锁定螺丝，然后揭开两个命令按钮的保护罩。依次按下按钮之后，返回舱的安全阀会打开。"准备好减压了吗？""准备好了。"安东和特里回答道。命令20，然后是命令21。鉴于模拟器非常精确，压力指示立即开始下降。

此时，我加入安东一起执行再入程序。"程序5"在自动运行，引导着"联盟"号按照当地垂线方向前进，但速度过于缓慢。正当安东和我商量是否要用手动控制更快地完成导航时，一个新的警报将我们从不确定的状况下解放出来：主计算机发生故障。我们需要转而使用能力有限的后备计算机，这下我们不只要手动导航，还要手动启动发动机和分离程序。如果不出意外，没有其他惊喜在等待我们了：我们刚刚处理了第五个，也就是最后一个故障，即转速传感器失灵。

与此同时，航天服里越来越热。幸运的是，在长达十二页的程序完成之后，当我们已经悬挂在降落伞上面时，就只剩下几个简单的操作。评估委员会的专家出于同情宣布考试结束。我们被允许离开模拟器去洗澡。我又热又累，但心满意足：我等待他们指出操作中的微小不足，但我确信，就整体而言，我们干得很好。我们是一个协调一致的团队。

庆祝的时刻尚未到来，因为明天还有最后一场考试，但那天晚上，我感到一种轻微的兴奋。我非常高兴，因为很多人都走上前来向我们表示祝贺，我们给大家留下了很好的印象。我平生的梦想就是进入太空，而今终于准备就绪。他们将把一艘宇宙飞船交到我的手中，因为他们知道我能够驾驭它，至少是承担起作为随航工程师的责任。这难道不是最重要的目标吗？我欣喜万分，以至于真正进入太空对我来说只是其中的一个细节。

第二天，特里、安东和我一早就到国际空间站模型大厅报到，进行俄罗斯舱段的考试。"尊敬的评估委员会，国际空间站第 40/41 次远征后备乘组准备考试。"安东宣布。如今，我们已经非常了解考试的仪式。六名评估委员会成员在我们面前一字排开，他们都是经验丰富的宇航员，其中包括两位美国航空航天局的代表：苏妮，在完成国际空间站指令长的任务后，她来到俄罗斯，负责管理美国航空航天局在"星城"的活动；还有丹·伯班克，他是特地从休斯敦赶来观看考试的。上一次一同出现在这种场合时，丹和安东作为乘组同事坐在桌子的同一侧。我猜想今天丹也会很乐意交换位置。

我选择了整齐地放在桌子上的四个白色信封里面的一个，我们三个人都签了名，然后就沿着梯子进入服务舱的模型内部，等待模拟场景开始。我们的信封里包括一系列故障，除了紧急情况以外，全都只与安东有关。对于特里和我来说，这是个简单的考试：等待我们的只是一些日常活动，比如准备食物，使用饮水机和卫生间，更换洗手间的尿液和固体垃圾容器。我需要打开和关闭几扇门，使用控制电脑的俄语界面，更换过滤网，采集水样进行分析。按照计划，紧急情况发生在下午过半的时候。无线电中的一次呼叫提醒我们：任务控制中心通过遥测数据发现国际空间站出现压力泄露。出于模拟的需要，我们使用大型模拟气压表——也就是教练员们通过无线电控制的那个——对情况进行核实，当然，我们发现指针确实指向较低的压力。于是，我们启动了快速失压警报，以便激活空间站计算机的自动响应。我们重新配置了通讯系统，保证所有频道都能够与休斯敦和莫斯科联系。我们迅速转移到"联盟"号上，因为首先要确保这个逃生舱不是泄漏的源头，并计算剩下的时间，也就是假如我们无法隔离泄漏点，就必须从空间站疏散的时间。撤回"联盟"号里待几分钟还有另外一个好处，那就是可以使俄罗斯舱段的气流传感器在不受干扰的情况下工作。运气好的话，它能够自动识别出发生泄漏的太空舱。但传感器并非完全可靠，这就是为什么我们要经常模拟手动将太空舱逐个隔离，排查故障。但那一天，我抽到了一个幸运的信封：气流传感器确定了泄漏点。我们快速解决了紧急情况，于是考试结束。

总结在一间拥挤的大厅里进行，随后就是为主乘组庆祝的时刻，因为他们也同时完成了"联盟"号的考试。这只是第一次，在未来的三周里，我们还会有无数次机会围坐在桌边与阿莱克斯、里德和马克西姆一起用伏特加和白兰地预祝他们顺利完成任务，并且为他们和家人之间的亲情、训练中教练员的专业精神，以及国际空间站这个团体坚不可摧的友谊干杯。有时候，他们也会向我们后备乘组表示祝贺，并且用那种传统的学长的口吻开玩笑地劝告我们注意自己的行为，不许让任何人觉得我们能够取代主乘组。这当然只是过去时代的遗物，因为那时后备乘组通常没有自己的任务。然而，我们已经得到了任务，正高兴地等待着六个月后轮到自己出发。我并不羡慕即将出发的朋友，而是觉得接下来的这段时间会是我生命中最幸福的几周。

庆祝活动一直持续到深夜，以至于第二天早上我们都昏昏欲睡地出现在评估委员会面前，后者要正式对我们的训练成果给出认证。从形式上讲，我们还没有准备好飞行，还没到时候，但我们被允许参加"在拜科努尔的下一阶段训练"。在发射前两周，另一个评估委员会将正式确认我们分别成为主乘组和后备乘组。不过，实际情况是除非发生特别严重的意外，已经没有什么能够阻止阿莱克斯、里德和马克西姆出发前往太空。直到五月二十八日他们到达发射台为止，我们都会是他们的影子。我们将注视着他们升上天空，飞向国际空间站。

在评估委员会的会议和漫长的记者招待会之后，是时候参加一系列仪式活动了。如同在我们之前飞往国际空间站的所有乘组一样，我们也在尤里·加加林办公室的参观者留言簿上签了名。"星城"的博物馆精心重建了他的办公室。我们还在克里姆林宫墙旁他的墓碑前献上了红色的康乃馨。我不知道其他乘组是否也像我们这样幸运：在那个晴空万里的灿烂春日，红场空无一人。通往广场的道路都被栏杆挡住，因为第二天是五月九日，会举办胜利日的庆祝活动。我们从南侧进入广场，那里耸立着圣瓦西里升天教堂，它缤纷的颜色在明媚的光线中闪闪发光，仿佛也想要参加我们的聚会。我回想起第一次参观红场的情景。那是十四年前秋天一个灰暗的周日下午，教堂几乎湮没在多雨的空气中。女孩们穿着红色迷你裙和细高跟，顶着寒冷向路人兜售罐装可口可乐。那时我完全没有想过有一天能够在明亮而又空无一人的红场上散步，身边是正在与我一同前往生命中最伟大的冒险的人们。

23

$$\triangle v = v_e \ln \frac{m_i}{m_f}$$

$\triangle v$＝火箭加速后速度的增加

v_e＝火箭排气速度

m_i＝初始质量

m_f＝最终质量

K. 齐奥尔科夫斯基《理想火箭方程》，一八九七年

"星城"，2014 年 5 月 15 日

聚会地点在户外，是一条穿越树林的小径，面对着一座朴素的古老建筑。阿莱克斯和我在尤里·彼得罗维奇的陪同下到达时，那里已经聚集了一小群人，其他人正在三三两两地前来，男人西装革履，女人身着优雅的裙装，还有几个小女孩。

一些人带来了大束的鲜花。假如不是其中有几个人穿着"星城"典型的卡其色工作服，我们简直像一群参加婚礼的宾客。仔细观察之后，我看到很多人胸前佩戴着奖章和荣誉勋章。在他们当中只有一两个年轻人，大都上了年纪，或许是退休宇航员。胸前奖章最多的是阿列克谢·列昂诺夫，尽管他戴着墨镜，还是与众不同。阿列克谢·列昂诺夫是一个神话：一九六五年，他在自己的"上升2号"宇宙飞船外逗留了十二分钟，那是人类历史上第一次舱外活动。

一个小时的问候、拥抱和热情的交谈之后，我们这一小群人进入室内，开始早餐仪式。加加林宇航员训练中心的负责人尤里·隆恰科夫带领我们快速地逐个完成强制性的干杯，同时倾听各个机构和行政部门的代表以及特邀嘉宾的讲话。除了对主乘组的祝愿以外，他们还反复地忠告我们后备乘组不要过于放松。永远不要。在祝酒词中，苏妮的那一段特别感人，让我们想起在过去的很多年里，从我们还是眼睛里闪烁着惊奇的光芒的年轻宇航员起，就频繁地出入"星城"。在场的很多人不仅相识，而且是老朋友。最后，她动情地总结道："这是一个无与伦比的地方，在这里我们一同老去。"三，四……胜利，胜利，胜利。

在聆听了二十多段祝酒词之后，我们都被邀请按照俄罗斯的传统坐上几秒钟。据说，在开始旅行之前没有默默地坐一会儿，会导致可怕的后果。况且，这样的旅行并非每天都会发生：我们即将前往传说中的拜科努尔。一到大街上，特里、安东和我就跟在里德、阿莱克斯和马克西姆后面，这将是接下来的两周里我们的位置——忠实地跟在主乘组身后。我们以巨大的列宁雕像为背景拍了最后一张合影，然后就被带到一辆准备出发的小巴旁边。那里已经聚集了一小群人，有些拥挤。里德停留了片刻，最后一次拥抱他的女儿，然后我们都上了车，车门随即关闭。不久之后，"星城"侧门通道的栅栏在我们身后落下。

两架图-134客机在附近的奇卡洛夫斯基机场等待着我们。需要两架飞机，因为按照规定我们不能乘坐同一架飞机。特里、安东和我登上了第二架飞机，在主乘组起飞十五分钟后出发。我们坐在机舱前部，某种程度上可以说是头等舱，巨大的沙发使它像一间小客厅。同所有人一样，按照传统我没有碰送别早餐会上的食物，所以希望能够快点吃饭。同时我也很好奇：传说在去往拜科努尔的三个小时飞行途中，会供应丰盛的食物。有人推测早餐会上的食物被搬到了飞机上，但这或许只是为了回答那个老问题：乘组人员离开之后，所有那些没有碰过的食物都到哪里去了？无论如何，我急切地期待着美味佳肴揭开面纱。飞机后部是像正常航班一样的一排排座椅，"星城"的几十名专家在那里就座，其中包括教练员、司机、医生和翻译，他们将和我们一起度过发射之前的隔离期。这就是所谓的"操作团队"，或者说是半个团队，因为另一半在前一架飞机上。他们已经拿出了许多瓶子、水果、肉肠和罐头蔬菜，但我们婉拒了邀请，因为你知道的——丰盛的大餐正等待着我们。

从食品舱传来餐具的嘈杂声,安东向我们保证:空姐肯定会马上准备就绪。安东应该了解这一切。在过往的任务中,他已经经历过两次这样的旅行。不过,我好像远远地看到了伏尔加河,这标志着我们正在离开俄罗斯,而说好的大餐还没有到来。快速调查之后,我发现我们的旅行似乎一开始就在饮食服务上遇到了小问题。今天早晨,在结束早餐会之前,所有人都坐下来了吗?不过没关系,因为操作团队的同事们非常高兴地接纳了我们。在经济舱,食物丰盛,笑语欢声。这是一个和谐的团队,其中大部分人已经很多次一起经历飞往拜科努尔的旅程。现在,他们看起来就像是郊游的学生,但他们每个人都是阿莱克斯、里德和马克西姆这次发射任务最后准备阶段不可或缺的一环。

吃饱喝足,活跃的人又干了几杯,我请求到驾驶舱转一圈。最好能去机头。这款图-134拥有玻璃机鼻:仿佛有人切掉了最前端,并用一组窗户取而代之,从而重塑了它的空气动力学机体形状。那里有一个位置,过去用于侦察和视觉导航。我从驾驶舱穿过隧道一般来到这里,坐在那个位子上,感觉就像是坐在悬崖边缘,但没有任何坠落的危险。哈萨克斯坦草原在我脚下一闪而过,平坦的棕色土地构成一片单调的风景,一直延伸到视线可及的远方,似乎永远不会结束;很多风景消失在我们身后,很多类似的风景又在地平线上出现,千篇一律。在这里,人类的存在罕见甚至不值一提,但太空探索的冒险已经在这片土地上开始。栖息在飞机的机鼻,我想象着国际空间站的穹顶舱，从那个玻璃突起同样可以欣赏世界。谁知道会有多少相似，又会有多少不同。失重，更远的距离，更快的速度。如果我们能飞得和国际空间站一样快，今天的旅程将持续不到五分钟。

开始下降时，我被召回驾驶舱，并被允许留在那里，直到飞机降落。某一刻，副驾驶引导我沿着锡尔河向前望去，它是中亚的主要河流之一。现在我知道要看向哪里：越过一个拐弯，我发现了拜科努尔，它就如同干燥空旷的草原上的海市蜃楼。着陆之后，我们一路滑行到停机坪，然后在唯一的一架飞机旁边停下，正是主乘组乘坐的图-134。特里、安东和我率先走下梯子，迎面走向小代表团，他们列队站立在不远处。在距离几米远的地方已经开始了第一次正式问候，现在代表团的负责人面带开朗的笑容迎上前来，我们热情地握手。他叫谢尔盖·莫洛夫，是俄罗斯能源火箭航天公司在拜科努尔的最高领导。我们"联盟"号的最终准备工作将由他负责。他给人的第一印象是既聪明又善良，我相信自己的命运掌握在可靠的人手中。

欢迎仪式十分简短：我们与代表团合影，然后与当地学校的代表短暂地寒暄，他们布置了闪闪发光的花彩迎接我们。随后，我们就走向在广场上等待的大巴。陪着我们的是萨文医生和瓦莱里·科尔尊。尽管天气闷热，瓦莱里还是身穿无可挑剔的西装和领带。他是一位经验丰富的宇航员，在搭乘"联盟"号宇宙飞船、"和平"号空间站和国际空间站在太空飞行之后，如今负责"星城"的训练工作。在拜科努尔，他是操作团队的负责人。我在所有考试中都会与他相遇。他表现得像一位严厉而苛刻的评估者，然而我知道，他会不顾一切地保护乘组人员。我一直觉得，在他粗犷的外表之下，有一颗温柔的心和对他人的热情与同情。萨文医生更加难以琢磨。在我们的相识之前很久，我就得知他以 Doctor No 的绰号而闻名。他在执行隔离规定方面的严格，使许多乘组感到沮丧。然而，也有很多人注意到他是如何努力永远不出现在某些地方，以免不得已地成为某些轻微违规行为的见证人。眼不见，心不烦。

我们在蓝色的工作服中已经大汗淋漓，所以很高兴发现大巴上有空调。当然，里德、阿莱克斯和马克西姆不在车上。我们必须乘坐不同的交通工具，他们乘坐的是为主乘组准备的车子。送我们去发射台的也是这些车，所以上面配备了带有气动连接的大型座椅，可以为航天服通风。和我们一起从莫斯科来到这里的司机已经准备好把我们带到隔离区。那个神秘的地方虽然不是太空，却已经远离正常的地球生活。我们三个人都稍微有些兴奋。

半个小时的旅程之后，前面开道的哈萨克警车停在一扇大门前。大门在我们到达的时候打开，放我们通行，然后立刻在我们身后关闭，将我们与城市的其他地方隔离。事实上，这并不是绝对的与世隔绝。明天我们就会从这里出去，在发射之前还会第二次从这里离开，前往航天发射场，参加"联盟"号的检验活动。另外，特里、安东和我将依照传统参观拜科努尔，这是后备乘组的专属特权。拜科努尔是一座只有几万人口的小城。从飞机场进城的路上，我看到的几乎都是破旧的房子，有些可能已经被废弃了。无论如何，这次参观只与太空有关，而不涉及建筑。我已经在前几个乘组的照片中看过无数次，所以了解参观的几个站点。我们将在谢尔盖·科罗廖夫和尤里·加加林雕像的脚下献上红色康乃馨。在后一座雕像前，我们会模仿在石头中得到永生的尤里的动作，双臂伸向宇宙。我们还会参观拜科努尔历史博物馆，然后，在出口的哈萨克蒙古包复制品前，我们会在蓝色工作服外面套上传统服饰，拍摄另一张经典照片。我只需要把我们的脸放进那些仿佛从一开始就熟识的场景中，就能预先体验那些即将到来的时刻。当然，这些场景当中还缺少声响、对话和气味，缺乏激情和精神。会是怎样的呢？好奇、兴趣、喜欢、担忧、颤抖、疲惫、渴望，还是欢欣？我迫不及待地想要完全沉浸在那些场景当中，体验与之相关的所有生活片段，包括那些没有出现在官方照片中的。

说实话，我对拜科努尔的历史非常好奇，它与俄罗斯航天事业的黎明时分紧紧联系在一起，当时苏联的太空任务还处于保密状态。在一九五〇年代这座城市建成的时候，这里还只是被称作秋拉塔姆火车枢纽。拜科努尔这个名字属于几百公里以外的一座采矿小城。当时一些外国情报机构试图定位新的苏联航天发射场，而这种命名的方式正是迷惑他们的策略。甚至有人说，为了误导间谍飞机，在真的拜科努尔城里还修建了一些假的建筑，但这种说法可能只是传说。

不过，关于隔离期我听到的说法并非传说，那里非常惬意，日常生活也很舒适。我们宇航员和俄罗斯医生都住在一幢二层的白色建筑里面，周围是树木丰茂的美丽花园，相对拜科努尔干旱的气候来说，这一点很不寻常。分配给我的房间位于底层，宽敞而又舒适，包括一间卧室、一间大客厅，以及一间卫生间。主乘组住在二楼。刚刚到达，我们就聚集在马克西姆的房间里，举杯庆祝隔离期的开始。阿莱克斯已经把他和里德带到这里的浓缩咖啡机安装在楼道里面，他们有意将这台机器作为礼物留给未来的乘组。几个月以前，里德甚至预订了胶囊咖啡。鉴于拜科努尔与莫斯科有三个小时的时差，这一天变得很短，晚饭时间很快就到了。我们在小而优雅的餐厅里吃饭。就像 Doctor No 给我们解释的那样，餐食都是按照严格的卫生和品质标准专门为我们烹制的。显然，我们不能吃其他来源的食物，但我认为这对于我们不成问题，因为菜单丰富而且美味。我们都知道，在拜科努尔最大的威胁是发胖。

　　晚餐之后，我们在花园里散步，而且很快就走到了宇航员大道。这是一条笔直的道路，铺着灰色的方砖，两侧的树木是从拜科努尔出发前往太空的宇航员们种下的。第一棵高大繁茂的树脚下有一个牌子，上面写着："尤里·加加林在一九六一年种下此树。"我不知道这是不是真的。我想，即便尤里的那棵树因为寒冷、干旱或者疾病而死掉，也会立刻有人换上一棵新树。不管怎样，我还是请安东在白昼最后的柔和光线中给我拍了一张照片，然后我们就到最新种下的那些树里面去找安东的那一棵。这些年轻的树苗都种在与主街道垂直的一条小路旁边，小路的一侧是花园，而在另一侧，在那一排小树的尽头，是向锡尔河延伸的缓坡。在两条小径的交会处，有一座圆形平台，上面耸立着一架"联盟"号火箭模型。从这里看过去，大草原异常壮观。我们倚在栏杆上，沉默许久，享受夜晚的凉爽和生活的质朴。

2014 年 5 月 29 日，拜科努尔航天发射场

发射预计在当地时间凌晨一点五十七分进行。还差一刻钟的时候，我们在陪同下爬上梯子，然后穿过一扇小窗户，来到窄狭的阳台上，阳台环绕着矮小的白色建筑的穹顶。此处是搜救队伍的所在地。假如在向近地轨道攀升的阶段发生紧急返航的情况，对于里德、阿莱克斯和马克西姆救援的协调工作将在这里进行。与火箭飞行线路相对应的地面路径长度超过五千公里，沿途部署着直升机、飞机和水陆两用车，在日本海上还有救援船"格奥尔基·库兹明"，它们都处于警戒状态。我们希望能够在两点零六分举杯为又一个不需要它们提供服务的乘组庆祝。所有人都可以庆祝，除了在哈萨克斯坦附近待命的那些人，他们要为"联盟"号在进入第一个或者第二个轨道后可能会发生的紧急返航做好准备。今天晚上，我比任何时候都更加清楚地认识到，规划一次载人航天飞行任务，比建造火箭和宇

宙飞船要困难得多。

火箭就在那里，距离我们大约 1.5 公里，美丽而又闪闪发光，发射台上强烈的灯光使它从黑暗中脱颖而出。勤务塔如同两个外壳，用稠密的脚手架网将它包裹起来，宇航员使用的电梯就在其内部运行。现在勤务塔已经撤回并放置在水平位置，只剩下两个脐带塔与之连接，用来为储罐加满液氧，补充蒸发的氧气，后者变成白色的烟雾在风中翻腾。此外，液氧储罐的温度极低，导致大气中的水蒸气在上面凝结成冰，如同一袭白衣包裹在火箭外面。

两天以前，当火箭首次露面，也就是将它从装配大楼运送到一号发射台时，我们第一次见到了它，当时它还是绿色的。一列老旧的火车载着它缓慢前行。天知道他们为什么要在火车上涂那么鲜艳的色彩：红色、蓝色、绿色和黄色，简直像是动画片里面那种拟人的小火车，而且不是现代动画片，是古早的手绘动画片。一列由巨大的眼睛代替了车灯的火车气喘吁吁地抱怨着，它已经在这条路上跑了很多年，却一无所获，连一句小小的感谢都没有。所有人都在欣赏火箭，尽管它并没有给人留下很深的印象，只是放松地躺在那里。

事实上，这种放松不会持续很久。一旦火箭到达发射台，就会开始带有工匠味道的程序："前面一点，停下，左边一点，这样可以了。"火箭被垂直立起。我们看到燃烧的气体从导流槽——火箭下部大约六到八米插入其中的巨大圆形坑——内部通过一个专门通道逸出，弥漫在发射塔的下面几层。虽然是亲眼所见，那种景象依然令人难以置信。总之，在火箭被垂直立起的过程中，我们就站在火箭下面围绕着导流槽设置的狭窄服务平台上。最后，我们发现自己面前是一级和二级火箭发动机的二十个喷嘴，它们就悬在与我们视线水平的地方。是的，悬着，因为"联盟"号火箭并非放置在地面上，而是被置于发射台的四个支架上，它们围绕在火箭四周，支撑着火箭的中部，使它就像悬在空中的芭蕾舞演员，舞伴们的双手托着她的腰肢。当火箭开始上升时，这些支架会如花瓣一般自动张开。但并不是由于机械结构的主动作用，因为任何结构都有可能出错，它们是被动张开的，是简单的平衡作用。女士们，先生们，俄罗斯空间技术的聪明才智，就这样在你们面前一览无余。

第一个脐带塔被撤回，这表明距离发射还有不到一分钟。再过不到一分钟，我们将不再是后备乘组。这真是一生只此一次的经历。我们将在六个月后回到拜科努尔，一切都会以完全相同的方式进行，但又并不相同：不再是春天，我们也不会像现在这样无忧无虑，以至于活动日程之间空出的时间，在我们看来将永远不够完成所有悬而未决的事情。我们不会在操作团队的小楼里面庆祝到深夜，跳舞跳到筋疲力尽，也不会夜晚在熄灯后到花园散步，在繁星满天的大草原上开玩笑和聊天。后备乘组的很多小违规可以得到原谅。两天之前的深夜，安东和我，还有一小群年轻教练员一起撞见俄罗斯联邦航天局的负责人。他从莫斯科赶来，跟我们一样在宇航员大道上散步。令我们松了口气的是，他看到我们后发表的唯一感想是："第三个人去哪儿了？"他一边说，一边用目光搜寻着特里，当时特里正在远处打电话。在拜科努尔，大家喜欢看到完整的乘组，即使是在深夜，他们本该睡觉的时候。

　　为了纪念我们即将结束的后备乘组身份，今天下午，当主乘组在休息的时候，我冲到安东和特里的房间，拉着他们钻过栅栏上的一处开口，来到锡尔河边。到对岸跑步是允许的，虽然我们或许不应该独自出来。我们把一张照片放进瓶子，然后把它扔到河里。那张照片是在无穷无尽的会议中我们签过名的几千张乘组照片之一，这些会议在日常活动日程上被称作"象征性活动"。我们在照片上留了一条信息，包括临时邮箱地址。真是太傻了。假如所有人都抱着这种想法，那么河流中会充满垃圾。我天真地为自己辩护：在这个如此人迹罕至的地方，事情是不一样的。幸好不时会有一艘宇宙飞船从天而降。我不知道有一天，是否会有一个草原上的神秘居民给我们发一封邮件，但至少此刻的河口呈现给我们一片美丽的景致：再往下游一点，一群马儿正在喝水。这个场景中蕴含着力量与美，预示着今晚的发射。

　　发射的时刻终于到来，我们开始感到不安。我已经亲眼观看过一次发射，但这一次截然不同：当时我不认识任何乘组人员，甚至特里，而命运的随机安排让他现在就在我身边。今天，在火箭上有我的三个朋友，就在两个小时之前，我们还在发射台边像兄弟一样拥抱。我想在这个时刻，没有人能够像我们这样，对发生在他们身上的事情感同身受，甚至他们的家人也做不到，尽管注视着发射的他们无疑心怀更大的担忧。我想象他们低着头，目光专注，程序手册摊在第二十九页，上面那张著名的图表展现了发射的各个阶段，以及在紧急情况下需要采取的关键措施。这些在训练时很少提起，因为模拟器无法复制火箭上的故障，但在隔离期间，所有的细节都已经被清楚地剖析。

看见标志着发动机点火的第一道闪光之后，我按下手机通话键，上面已经输入了安东的号码。我们决定听着他的手机铃声度过发射前的最后几秒，这个声音在上课时曾经是一种折磨，但如今已经成为我们乘组的背景音乐，因为安东的手机永远处于开机状态，而这个习惯从未被质疑。于是，随着《最后倒数》的旋律，最后的脐带塔被撤回，我们注视着发动机全速运转，伴随着爆炸发出的噪声和振动，草原上升起一轮小太阳。这是一次温柔的分离，火箭似乎犹豫不决，好像在最后一分钟还在重新考虑。现在火箭的一半已经被燃烧气体的白色云雾吞噬，不见踪影。接着，它不再迟疑，开始上升，缓慢但又决绝，完美地行驶在自己的轨道上，载着三个脆弱的人类，逃离他们生活在地球表面的命运。

我们保持着适度的兴奋，因为通往轨道的上升才刚刚开始。两分钟后，我们观察到一级火箭发动机的分离，四束光芒静止不动，随后熄灭，而中央的小太阳继续燃烧，在天空中上升，变得越来越小。里德、阿莱克斯和马克西姆很快就会成为一个小点，消失在我们的视野中。于是，我们迅速从屋顶下来，进入操作室。所有眼睛都转向一个大屏幕，上面显示出火箭内部摄像头拍摄的图像，扬声器里面传出令人安心的无线电通讯。经过八分四十八秒，我们看到他们在跳跃，这是震荡的明显标志，伴随着三级火箭发动机的熄灭，也就是最后阶段的结束。即使航天服和手套使他们显得笨拙，里德、阿莱克斯和马克西姆还是兴奋地把手交握在一起。他们已经成为地球的一颗新卫星。

在操作室里，搜救队伍为我们进行了第一次祝酒，这一次是致主乘组：三，四……胜利，胜利，胜利！

在拜科努尔经历了极度兴奋之后，再回归日常训练并不容易。说实话，的确令人沮丧。这种情形是已经预料到的，也不可避免，但仍然令人沮丧。在发射后的四天里，我们的眼睛里仍然充满了闪闪发光的图像、拥抱和微笑、夜晚的闪光、锡尔河上映出的第二天绚丽的黎明。四天之后，我来到科隆的欧洲宇航员中心，对自动转移飞行器进行为期一周的复习。虽然我的思绪仍旧在哈萨克斯坦徘徊，如同身处一个拒绝从中醒来的神奇美梦，我的心却在前行，想象着十一月寒冷多雪的拜科努尔。于是，模拟器中只剩一个懒惰的傀儡，机械地执行着如今已经烂熟于胸的操作，我认为对这些东西已经不需要再进行进一步的训练。我花了一段时间来消化飞往太空之前等待着我的六个月平凡生活的痛苦。平凡生活。我不知道会有多少人同意这个定义。令我痛苦的或许是极端的享乐适应？事实上，里德和阿莱克斯警告过我们：从拜科努尔回来同样曾经令他们感到沮丧。

幸运的是，我得到了十几天的假期。很早以前我就知道，这将是最后一次与平时相隔万里的家人和朋友道别的机会。所以，我在几个月前就发出了邀请：六月七日，十二点三十分，未来派对。这次盛大的派对是我父母组织的，在沐浴着初夏灿烂阳光的花园里重新见到童年、少年和长大后的朋友尤其令我高兴。他们中的大多数人，我都不常见面，但情感的共鸣能够在不定期的联系以及充满分离和新起点的生活碎片中留存下来。在这种生活中，我始终随身携带着自己的家，就像是一只蜗牛，在身后留下一道银色黏液的痕迹。如今看来，这些痕迹似乎都由对于那个不可思议的目的地——也就是太空——的执念引领着。蜗牛时常会迷路，但有时及时雨会从天而降，有时一双友好的手会把它往前移一点，适时地避开拥堵的道路，而所有这一切从远处是看不到的。那些面孔和交谈，令人回忆起往昔的时光，而所有往昔又似乎都暗含着对于一个必将到来的未来的承诺。明知是幻想，但那一天，我没有抗拒这种不理智的想法，而是沉浸在快乐当中，感觉过去、现在和未来都融合在生动、黏稠和闪亮的银色痕迹当中。

意想不到的过客为美好的一天画上完美的句号。当晚餐结束，黑暗即将降临的时候，有人在手机上收到通知，国际空间站很快会从我们头顶经过。在指定的时间，数十双眼睛开始仔细观察天空，寻找一个自西向东移动的小亮点。我是第一个看到它的人，又或者没有人想要跟我争夺那份小小的快乐。随后，我们为"未来"任务、国际空间站以及现在驻守在上面的六个人干杯。我感到自己活着，全情投入地活着。

24

一个飞翔的灵魂

被天空或大海吞噬

像我一样，她有一个飞翔的梦

如同飞向天空的伊卡洛斯

挥着美丽而愚蠢的翅膀

阿梅莉亚，这只是一场虚惊

琼尼·米歇尔《阿梅莉亚①》

休斯敦，2014 年 7 月 2 日

我得到的指令是在"哥伦布"实验舱里等候，特里在附近的日本"希望"号实验舱里，另外四位同事则分散在国际空间站模型的其他部分。模拟开始之前总是需要几分钟的准备，尤其是一天里的第一次模拟。教练员小队需要进行一些安排：有

人坐在位于模型脚下的模拟器指令长位置上，就在实验舱和三号节点舱旁边，另外几个人戴上耳机，模拟休斯敦和莫斯科的任务控制中心；其他人则分布在不同的模型里，从近处注视着我们的行动。我们所有人都佩戴着间谍麦克风，以便教练员能够听到我们的对话。今天遇到的所有危险都是模拟出来，只有去卫生间时忘记关闭麦克风的危险是绝对真实的。这种情况应该已经发生过，因为距离最近的卫生间门上有一条提示，提醒进去之后关上麦克风。我听说类似的情景在国际空间站上也发生过：那里到处都是摄像机，如果碰巧其中一个的设置发生了错误，会将画面和声音都传回地面。

除了这些尴尬情况以外，空间站上的活动很少会出现事故。说到工作场所的安全性，可以说很难创造出比国际空间站更好的条件。不可能从台阶上跌落，也不可能触电，因为所有的高压连接（无论如何都不会超过一百二十伏）均采用极其安全的军用标准电缆和连接器。在空间站内部，没有可以撞上去的尖锐物体，或者可能导致灼伤的裸露表面。实验中使用的任何有毒物质都用三层包装隔离，极其稀少的可燃物质则保存在NOMEX绝缘纸制作的袋子里面。如果一项活动有潜在的事故危险，无论多么微小，程序中都会包含适当的警告信号，建议乘组人员特别小心，这些有时甚至会让宇航员开起善意的玩笑：哈，手指夹在裂缝中的巨大危险！

---

① Amelia Mary Earhart（1897—1939），美国女性飞行员，第一位独自飞越大西洋的女飞行员。

但玩笑之余，我们所有人都明白，待在太空中的时间极其珍贵，自然不能把它浪费在处理伤口或者烫伤上。另外，虽然国际空间站能够提供最低限度的医疗救治，但受伤严重的宇航员必须返回地球，同时也就迫使"联盟"号的所有乘组成员返航。所以，采取一切合理的预防措施是理所当然的。

　　另外，还存在一些特殊情形，它们有可能立刻对宇航员的生命造成威胁，这就是国际空间站行话中所说的"紧急情况"。有时，现实超乎想象：可能有一天乘组会面对任何人都没有预料到的危险——或者人们觉得它发生的可能性极低，以至于可以忽略不计。比如，小行星撞击国际空间站，不能排除这种可能性，但概率不大，所以不值得为之担忧。

　　不过，有三种紧急情况被按顺序编入训练计划：火灾、快速失压，以及来自外部冷却管道的氨污染。针对今天上午的模拟，我们马上就会发现哪一个是教练员计划中首先出现的紧急情况：我等待着警报响起。在分布于空间站里为数众多的所有报警面板上，三个红灯中的一个将开始闪烁。除非紧急情况以不同的形式出现：我发现相邻的二号节点舱出现了训练用的模拟烟雾。特里先我一步手动启动了火灾警报，这样一来警报器会通知其他人，计算机也会自动关闭通风。

　　一旦看到火源，特里和我会立刻用灭火器救火，但烟雾来自其中一个机架面板的背后，因此无法立刻看清楚火源。所以，我们必须与乘组的其他成员聚集在一起，为了穿过目前烟雾弥漫的二号节点舱，我们每个人都拿了一个防护面罩。在空间站的非俄罗斯舱段，准备了实用而轻便的氧气面罩，可以在几秒钟之内单手将它戴好。当然，它们不具备俄式面罩的独立性，也就是密封的空气再循环系统。但这些面罩能够保证大约八分钟的连续供氧，并在面罩中制造一个小的超压环境，防止燃烧产生的有毒气体进入。对于今天的需求来说，只要模拟就足够了：我们戴上面罩，打开固定在腰部的氧气瓶的阀门——虽然它是空的——然后向舱尾移动，关闭我们身后的二号节点舱和实验舱之间的舱门，防止烟雾扩散。

在发生紧急情况时，乘组人员会聚集在所谓的"安全避难所"，一个不会立即发生危险的地方，从那里可以自由进入"联盟"号宇宙飞船——也就是我们的救生艇——的各个对接点。假如条件允许，安全的避难所一般在俄罗斯服务舱："联盟"号宇宙飞船就在附近，命令和控制计算机始终处于开机状态，还备有紧急程序的纸质文件，以及很多无线电终端，可以当场重新配置，用于与莫斯科和休斯敦进行实时联系。另外，墙上一直备有两个随时可供使用的便携式工具，用来测量燃烧产生的有毒气体的浓度，尤其是一氧化碳。叶琳娜和安东已经对情况进行核实：此处的空气没有污染，特里和我可以摘掉面罩。

服务舱实在拥挤，我不习惯待在那里。今天早上八点钟，当我们像往常一样聚集在模型脚下的大桌子旁时，位置已经不够坐了。同每个此类模拟一样，至少有十来位教练员参加，准备回答可能出现的涉及他们各自系统的问题。不过，今天还有一些不寻常的访客，比如我们的医生和两位飞行主任。然后还有我们，第四十二次远征的全体乘组。六名宇航员一起进行紧急情况训练是一件大事，围绕着这个目的建立了一个行程模板，以保证两个"联盟"号乘组同时在休斯敦出现。今天，特里、安东和我第一次与布奇、叶琳娜和萨沙一起训练。下周，我们将与第四十三次远征的同事们重复整个模拟练习。

我们所有人都曾经两人或者三人一组参加过很多次类似的训练，如今我们早已能够正确地执行紧急程序。不过，六个人一起进行模拟会使互动大不相同。可以依赖更多的人当然是一个有利因素，但我们不能互相妨碍：有效的沟通和明确的任务分工至关重要。在紧急情况下协调乘组人员的活动是国际空间站指令长的特殊职责。在日常操作中，往往是由地面的飞行主任来做出决定，他是操作的真正负责人。但是当危险一触即发，指令长有义务和权利做出必要的决定，以确保乘组人员的安全。因此，在模拟开始之前，布奇花了一些时间来明确在各种紧急情况下我们每个人的分工。如上所述，萨沙和叶琳娜负责取出可以长时间使用的面罩，并安装防火过滤器，然后，特里和布奇各自抓起一个面罩，返回空间站前部，以便对火灾进行定位和扑救。我的工作是告诉他们到哪里寻找起火点。

我坐在电脑前的位置上，打开火灾搜索程序，开始仔细分析所有可能对我有帮助的线索：烟雾探测器处于警报状态，电气安全装置已经切断，设备故障。我努力快速操作，但并不慌乱。对大部分的程序而言，只需要懂得阅读和执行，但对于眼下这个程序，还需要能够正确理解和选择优先级。当我认为找到了背后起火的机架时，就向布奇和特里发出距离最近的防火门的识别码，这样他们可以插入专门的探头，并测量面板后面燃烧气体的浓度。一旦确认起火位置，就又轮到我上场了：程序在手，我耐心地向那个区域内所有的电气设备发布关机命令。但是如果火势持续下去，就只能使用二氧化碳灭火器了，它上面连接着一根刚性管，可以通过防火门插入机架背后。二氧化碳是电绝缘惰性气体，能通过冷却和窒息作用将火扑灭。

第四十二次远征队全体出现在休斯敦也是一个机会，可以完成我极客的一面十分热衷的活动：拍摄第四十二次远征的海报。作为国际空间站的传统，海报将以诙谐的画面和构图展示乘组人员的形象，灵感通常来自某部电影的海报。指令长布奇让我全权负责此事，于是我向"未来"任务的伙伴们推荐了《银河系搭车客指南》中以数字"四十二"作为对生命、宇宙和一切根本问题的回答的著名段落。影片的海报非常适合展现我们六个乘组成员。其实海报上只有五个人物，但其中一个人的身上恰到好处地装了两个头。不过我不是唯一对这个想法充满热情的人。负责这个项目的平面设计师肖恩最近在深夜发邮件给我，他正在重温那部电影"做准备"；另外，我们的教练员之一格兰和他的妻子梅丽莎几个月以来都在为服装和道具忙碌。拍摄之前的那个夜晚，我到他们家彩排，家里到处都是孩子和宠物，以及在这些年里为派对和戏剧表演制作的道具。格兰的最新作品——我想它很快就会被挂到墙上——是"观念枪"的复制品，这是一件想象出来的武器，在电影中被击中的人马上就会同意射手的所有观点。梅丽莎负责为所有人准备服装，她一方面自己动手制作，一方面光顾当地的跳蚤市场。第二天，她在我们之前来到摄影工作室，准备好指挥拍摄工作。特里炫耀着长长的金发，萨沙身穿蓝色长袍，还戴着一副粉红色的"约翰·列侬"眼镜摆姿势，那场面真是千金不换。然后我看到了布奇，简直不敢相信自己的眼睛：他已经扮成阿瑟·邓特，手里拿着一个茶杯，正在镜子前面尝试摆出他所扮演的人物那种困惑和迷失方向的表情。他神情专注，我想不亚于他在航母上着陆时的投入。道格拉斯·亚当斯本人绝对会赞同他的表情。

然而，美国航空航天局的法务办公室没有批准这张海报。没有知识产权所有者的许可，我们无法公布海报，得知这个消息令我大失所望。说起来容易做起来难，几周的沟通尝试未果之后，我们的项目似乎真的要因为知识产权的问题而搁浅了。**王法无情**。直到有一天，执行过五次航天任务的资深宇航员玛莎·艾文斯无意中听到了我们关于这个话题的沮丧的交谈，难以置信地问我们为什么不早点告诉她。难道我们不知道她是道格拉斯·亚当斯一位家族成员的多年好友吗？啊，我们怎么没想到呢！我决定在将来只要有疑问或者任何看上去无法解决的问题，都给玛莎打电话。

尽管她离开美国航空航天局已经有一段时间，我们还是经常见面，因为在我们那次以及随后的一次远征期间，将会在国际空间站上拍摄一部 IMAX 电影，而玛莎正是该片的顾问。在背后推动整个项目的是托妮·梅耶斯，从耐人寻味的《别了，和平号》和《宇宙心》起，她就开始创作并在太空拍摄 IMAX 电影。还是小姑娘时，我曾经在太空营看过这些电影，而且非常着迷。比传统电影更大的尺寸和分辨率为观众提供了引人入胜和回味无穷的体验。最重要的是，由于布奇和特里为拍摄所做的不懈努力，《美丽的行星》将于二〇一六年四月上映，并在世界各地的 IMAX 电影院里向我们展示这个星球的美丽，以及为了让我们的子孙后代继续在地球上安居乐业人类所面临的巨大挑战。电影还讲述了一些我们在国际空间站上的历险。

对于叶琳娜、萨沙和布奇来说，历险将在不到两个月之后开始，而他们在休斯敦最后阶段的训练充满了各种传统活动，比如与教练员的纪念照和切蛋糕仪式，更准确地说是两个装饰着第四十二和四十三次远征队标志的大蛋糕。布奇和特里轮流在麦克风前发言，感谢在场的所有人，因为他们都以各自的方式为我们任务的准备工作做出了贡献。然后我们又逗留了一个小时，用来聊天、道谢和告别。

很快就到了与布奇告别的时刻。他要离开休斯敦到欧洲和日本进行为期两周的训练。在他的火箭发射之前，我们将会在世界各地彼此追逐，但不再有机会见面。听到他说"咱们太空见"这句话，让我深有感触。一方面，因为不是每天都有机会同人约定在地球以外相见，另一方面，这句道别和即将到来的太空旅行，都意味着一段非凡的经历即将结束。随着最初的几声道别，过去几年我在三大洲的奇特生活开始分崩离析。我会想念那种生活。在那之前，我从来没有如此无条件地放松，感受激励和支持，并对我所属的集体充满信任和钦佩。

比如认识美国航空航天局宇航员群体中的女性，并与其中许多人成为朋友。这是一种荣幸，使我体验到某种默契，它超越了同其他飞行员和宇航员同事在一起时体验到的同志情谊。我不能说在男性主导的环境中工作给我造成过麻烦，恰恰相反，这样的环境可能反倒特别适合我的性格和偏好，我是这样觉得，但不知道如何解释清楚。除了舱外机动套装以外——它们显然没有考虑到普通女性的人体测量指标——我从来没有遇到任何明显与性别有关的障碍。即使是高中毕业后无法进入航空学院这件事，回头看来对我而言也很幸运，因为这让我能够获得工程学学位，并在开始军事生涯之前获得丰富的国际交流经验。

不过，我好像真的观察到，确实，平庸在女性身上更不容易得到原谅，而我们人类大多数本就是平庸的。但我从未遭受过有意识的性别敌意，更多是来自老一辈男性那种偶尔的家长式的态度。坦白说吧，我不认为性别完全无关紧要：它是我们身份中最为重要和明显的因素；在很多情况下，尤其是在私生活中，它塑造了人与人之间的关系与期许。在职业领域，我们当然向往追求男女平等的理想，但在建立良好的意愿和提高自我意识的同时，要明白这只是一种理想。所以，有可能我会不时遭受歧视，但它微不足道，就好像我同样有可能在其他情况下得到微不足道的青睐。既然无法用客观的标准进行衡量，而且过分地关注感受也是徒劳的，我一直认为权当这种影响对我来说几乎为零才是切合实际的做法。

我不知道的是——因为我从来没有过这种体验——拥有很多更有经验的同事可以请教，并从他们身上得到建议或者鼓励，是多么令人愉快和安心的事。我会怀念这些相交过的人。我这样想着，心中充满感激和眷恋。在中性浮力实验室进行了一天的潜水训练之后，我去参加了"女宇航员之夜"，这是为了欢送叶琳娜和我出发前往太空而举办的派对。从安娜·费舍尔一九七八年传奇般的当选美国航空航天局宇航员，到二〇一三年最近一次的选拔，八位女宇航员中的四位，三十年里几代女宇航员的代表参加了派对。当中就包括佩吉，她在自己家里招待了我们。几年后，她将重返太空，进行第三次长期飞行任务，而这也是她第二次作为空间站指令长执行任务。由于俄罗斯方面的决定，一艘"联盟"号宇宙飞船只能载着两名乘组人员离开，也就意味着她可能要推迟返航。佩吉表示愿意停留更长时间，她在国际空间站上连续驻站的时间达到二百九十天。到今天为止，她在太空逗留的总时长比任何其他非俄罗斯宇航员都要多，而且还进行了十次太空行走。在约翰逊航天中心的走廊里，人们低声说，超人的飞行服只不过是佩吉·惠特森的睡衣。

接近七月底的时候，特里和我也离开休斯敦前往莫斯科，在那里我们将更新"联盟"号的相关技能。几天之后,在俄罗斯的深夜,一枚阿丽亚娜5型运载火箭从法属圭亚那的库鲁升空,将货运飞船ATV-5"乔治·勒梅特"送入轨道。它携带着七吨物资,从空间站需要的推进剂和氧气储罐,到所谓的干货,也就是设备,还有备件和乘组需要的消耗品,比如衣服和食品。我的几乎所有奖励食品箱现在都已经抵达轨道。醒来的时候,我毫不意外地收到了斯特凡诺的邮件,主厨先生现在已经成为我的朋友。为了目送盛着珍贵食物的袋子起飞,他肯定一直等到凌晨。为了那些食物,他热情地工作了一年多。斯特凡诺的信里充满欢乐,尤其是感激。许多年后,我会发现斯特凡诺就是这样的:他把一切都看成礼物,而且总能找到感谢的理由。如果这是一种疾病,我会很高兴被传染。

货运飞船ATV-5在几周后才会对接。同时,为了测试一系列激光传感器和红外摄像机,它进行了一次行动,从国际空间站下方仅仅五公里处飞过。在"星城"的一个美丽的夏日傍晚,当我们在三号小屋前面围着篝火闲聊时,看到它们穿越天空:空间站稍稍靠前,亮光比货运飞船昏暗一些。这让我想起了四年前的一个晚上,当时莱昂内尔和我碰巧看到国际空间站和"进步号"货运飞船穿越夜空,货运飞船先是脱离国际空间站,然后飞到了前面。在目睹这两次结伴飞行之间的四年,我认识了很多人,也体验了各种经历,我在想自己是否还是之前的那个我。

我从"星城"回来的旅程还要途经日本,因为特里和我要在那里训练几天，以便执行我们任务计划内的实验。我们的后备宇航员油井龟美也和我们一起训练，并且作为东道主接待我们。他曾是日本自卫队 F‑15 战斗机飞行员，将与美国航空航天局专攻急诊医学的前航天医生谢尔·林德格伦一起作为我们的后备乘组。在日本，一天晚上，我收到噩耗：在意大利，空军的两架"狂风"战斗机在飞行中相撞。我被一种可怕的预感攫住，立刻打电话给玛丽安杰拉，她是我非常亲密的朋友，也是"狂风"战斗机的飞行员，我们是航空学院的同学。手机无人接听，而且她部队里我认识的其他人也没有接电话。惴惴不安的一夜过后，我从一位共同朋友那里得到确认：玛丽安杰拉已经去世。与她一起罹难的还有另一架飞机的飞行员亚历山德罗，以及两名领航员：皮耶罗·保罗和朱塞佩。

这件事情的打击是毁灭性的。玛丽安杰拉和我在四年里同住一个寝室。她很年轻，但一直是沉着和端正的典范。她阳光、坚强、聪明，非常有才能，而且也遵守使这一切开花结果的纪律。在另外一个可能而且没有太大不同的平行世界中，我们完全可以互换身份。她才三十二岁就去世了，这种想法折磨着我。我留下特里——尽管他也同样失去了伙伴——向日本教官解释我为什么泪流满面地离席。无论是在日本还是在科隆，在那天和接下来的几天里，他们都很善解人意。我继续进行训练。最后，就像经常发生的那样，我是从比其他人痛苦百倍的人那里得到了安慰。事故发生两周后，在殡仪馆，我见到了玛丽安杰拉的母亲和她的伴侣。虽然被痛苦折磨，但他们坚强冷静，已经准备好安慰其他人。一方面是他们的话语，一方面是那场葬礼的象征性力量，使我终于能够从悲伤中走出来，向前看。

我带着新的决心出发前往休斯敦。

25

我是自己全部经历的一部分，

而全部经历也只是一座拱门，

尚未游历的世界在门外闪光，

而随着我一步一步地前进，

它的边界不断后退。

阿尔弗雷德·丁尼生《尤利西斯》

法兰克福飞往莫斯科的航班，2014 年 10 月 8 日

　　安全带的指示灯熄灭了。许多年以来，我第一次没有立刻拿出电脑工作。我甚至没有向窗外看，反正天已经黑了；也没有试图和邻座的人聊天，反正早晚他都会问我为什么要去莫斯科，我也会像往常那样被迫编一套谎话。我很少说出实情，因为一旦交谈中突然出现"宇航员"这个词，它产生的冲击波就

261

会使人类之间任何正常、和谐，包含着对彼此兴趣的对话变得不可能。我坐在这里，注视着虚无，使呼吸平静下来。我如同在一条湍急的河流中度过了过去几周，不停地从一个目标奔赴另一个目标。现在，河床终于变得宽阔，河水平静地流淌。我可以什么都不做，就这样顺水漂流。

我在休斯敦度过了异常忙碌的九月。所有教练员都要求乘组在尽可能接近发射的时候做最后一次复习，仿佛不这样做任务就注定失败：最后一次佩戴喷气背包的虚拟飞行，最后一次之前与之后训练，最后一次对紧急情况或者一名同事心脏骤停的模拟，最后一次在断电或者类似的严重情况下拯救空间站。

进行人体生理学实验的科学家们也想在尽可能接近发射的时候得到最新的飞前数据。所以，我带着更多冷藏袋和装着实验材料的小行李箱走在路上，几乎不堪重负。不过，某些检查可以使我获得半小时的睡眠。比如，无数次的核磁共振：操作员非常高兴，因为他们喜欢静止的物体，而我总是会在几分钟内睡着，尽管扫描期间机器里始终回响着轰鸣声。还有最后几项按照规定仅仅针对空间站乘组的体检，比如我再次进行了骨密度检测。在我返回地球后，他们将把这些数据作为参考，量化六个月失重导致的矿物质密度损失。同样，等速检查收集了我们肌肉力量和耐力的初始数据，而且，我还针对神经前庭器官，也就是平衡，在移动平台上进行了一系列的专项测试。

在所有这些密集的飞前准备当中，艾丽西亚还不得不在日程中腾出一整天，使我能够在真空室里面穿着舱外机动套装再进行一次训练。矛盾的是，在俄罗斯，这种训练安排在舱外活动课程的开始，甚至作为开始潜水课程的必要条件；而在休斯敦，却是在训练达到完美的时候，仿佛是用来结束为太空之旅所做的准备。在去年七月的第一次尝试中，真空室出现了技术问题。直到去饱和阶段开始之前，一切顺利。在那之后我呼吸着纯氧，等待了整整四个小时，因为在真空室中不允许进行ISLE程序规定的会加速新陈代谢的轻度运动。为了帮助宇航员消磨时光和忽略身体的不适，通常会在特意安置在窗前的屏幕上放映一部电影。我从我的必看片单中选择了一部美国邪典喜剧——《公主新娘》。电影刚刚开始，我就意识到套装变得越来越热。这很奇怪，因为在完成所有需要花费力气的操作之后，我已经有好几分钟时间一动不动，我本来还打算，如果有必要的话，减弱制冷。无论如何，我还是把旋钮转向更低的温度，而且稍感困惑地翻阅 LCD 显示屏的页面，直至找到循环水的温度。温度下降了几分钟，然后又开始上升。这时，我通过无线电报告了问题，训练被立刻终止。经过核实是冷却回路发生了泄漏。

所以，我不得不在两周前重新进行训练。至于《公主新娘》这部电影，我是通过倒影看的，因为我们是在备用真空室里，窗户在我背后，但我津津有味地观摩了一切美妙的物理演示：水被盛在一个开放的容器中，一旦压力充分下降，它就会在室温下沸腾。受制于备用真空室的局限性，我不得不放弃第二场常规演示：让两个重量和形状差别很大的物体同时下落，以验证在没有空气的情况下，它们是否会同时落到地板上。总有一天，我要到月球去做这个实验。耐心等待吧。

现在我要去"星城"。从很多方面来讲，这次旅程与先前几十次并无差异。我还是在最后一刻收拾行李，当我盖上行李箱时，出租车已经在家门口等候。我还是坐着往常那趟列车去法兰克福飞机场，如今我已经对延误习以为常。我登上往常的那班飞机，手上拿着一份俄罗斯杂志，以确保我的俄语水平仍然能够阅读，而不是退化到仅仅认得"联盟"号手册上的词汇。一切都和往常一样，但这又不是一次普通的旅程。通往太空的旅行已经开始，我不会再回家。我的飞机票是单程的，护照上面有哈萨克斯坦的签证。实际上，我去拜科努尔不需要签证，因为那个城市地位特殊。然而，假如发射后出现紧急情况，使我们无法继续执行任务，我们将不得不立刻降落在哈萨克斯坦的领土上，这个签证也就会派上用场。严格地说，没有签证，我们在那个国家的逗留就是非法的。我已经想象过那个场景：我们从小小的宇宙飞船上下来，惊心动魄的降落使我们感到些许沮丧和痛苦，而他们做的第一件事就是向我们索要证件。另外，我们已经开始询问那些幸免于难的人，从太空紧急返航到底会是怎样的。

最近，我有越来越多的机会对自己说：这是最后一次。最后一次到某个地方，或者见某个人，或者做某件事。并非是永远的最后一次，我希望不是。仅仅是出发去太空前的最后一次。另外，对于这次任务之后的生活，我想得很少，因为它仍旧隐藏在一团厚厚的迷雾背后。

昨天，我最后一次去了欧洲宇航员中心，并且在传统的小型聚会上向同事们道别和致谢。周末，我最后一次回到意大利，并且在短短的几天中奔波于罗马和米兰之间，日程上排满了各种交流活动，一些很有趣，另一些并非如此。最后，我设法挤出几个小时去享受地球上的一些小小乐趣：与朋友在特拉斯泰韦雷最后一次吃披萨，最后一次在周日的圣皮诺公园散步。在此之前，我还告别了休斯敦的生活。这可能真的是最后一次，谁知道呢。我可能再也不会被派往国际空间站。但我是乐观的，我愿意把它当作暂时的"再见"。亲爱的玛丽和斯泰西让我深受感动，她们为我组织了一场欢送会，邀请朋友和我弟弟一家到休斯敦度周末。玛丽和斯泰西是一对医生。很多年以来，她们的家都是一群特别情投意合的宇航员聚会的场所。她们自称"坦克女郎"，这是一部难看的末日喜剧电影的名字，但用卡迪的话来说"它糟糕到最终竟显得美丽"。据说这是帕姆最喜欢的电影，他曾经是一名飞行员，后来成为航天飞机的指令长。在这些年里，玛丽和斯泰西家的晚间聚会始终是快乐、温情和友谊的基石，而且始终令人憧憬未来。有时玛丽不能按时回家吃晚饭，因为她在手术室工作到很晚。玛丽是休斯敦一家著名儿科医院的外科医生，以救助儿童和新生儿为天职。当她回到家，身上还穿着绿色的工作服，却满脸诚挚地对我说，我所做的工作是多么与众不同。或许是吧。

飞机在莫斯科降落时，机舱里响起一阵掌声。这个举动标志着人们终于解放了，迄今为止我只见过俄罗斯人和意大利人这样做。我越来越确信，这是两个孪生的民族。下飞机之前，我一再检查是否忘了东西。我随身带着珍贵的手提行李，尤其不能在去莫斯科的路上弄丢，因为在整个太空旅行——往返——中我都要带着它。行李里面放着首饰和照片，还有航天服上的贴片、石子、小玩具和小朋友画的画。这些都是具有重要感情价值的物件，是家人和朋友托付给我的，我被允许将它们带上"联盟"号，只要总重量不超过 1.5 公斤。除非有特殊情况，它们会和我一起回到地球。另外还有一百五十本迷你书，里面是我收集的文摘。我将这个文集称作《未曾旅行的世界》，封面上那幅漂亮的插画是我的笔友乔琪亚画的，她在数据可视化领域工作。乔琪亚是我在这个碎片式交流时代的笔友：我们从来没有通过信，只是在推特上互发私信。我有几千册这种迷你书，因为印数不能更少了。这其中有五百册是有编号的。几周前，谢尔·林德格伦的三个小儿子在上面盖了章，或者至少他是这样向我保证的。不过，我怀疑是他自己做的，以便尽快消除我的担忧。他始终是那个非凡的谢尔。我把三百五十本带编号的迷你书留在了休斯敦。如果一切按计划进行，它们将打包进我的宇航员关怀包，也就是按照家属的嘱托送到国际空间站的心理支持包。运气好的话，也可以设法让它们搭乘"龙"飞船返航。

在手提行李中，还有我将随身带到"联盟"号上面的零星物品。按照我几个月之前在一份专门制定的表格中填写的内容，他们将这些东西放进一个袋子里面，然后在休斯敦把袋子交给了我，包括可以箍在大腿上的十张白纸、钢笔和铅笔、两根系它们用的细绳、袖珍手电筒、两个回形针、一包方形魔术贴、价值几美元的秒表，还有一些相当昂贵的呕吐袋——至少他们是这么说的。我要了四个，但之后有点后悔。按照预计，我们将飞速抵达国际航空站，从发射到对接仅仅六个小时。但三月出发的乘组也是这样预计的，然而由于电脑故障导致发动机无法正常启动，他们不得不将对接推迟了两天。九月，萨沙、叶琳娜和布奇搭乘的"联盟"号也有些任性：到达轨道后，只有一个太阳能电池板伸了出去，而另一个太阳能电池板在与空间站对接后才展开。总之，最好准备周全。还是要四个呕吐袋吧。

　　"星城"随后五周的训练从许多方面来讲都是在重复春天作为后备乘组的经历：最后的训练课、周日的复习、参观俄罗斯太空任务控制中心、六次考试，以及出发去拜科努尔之前的告别仪式。奇怪的是，如今在真正的仪式上，我却没有感到当时的那种激动。没有第一次那种孩童般的热情，没有从里德和阿莱克斯身上感受过的无拘无束的同袍之情，甚至没有考试前的忧虑。重复令一切减弱，甚至连缤纷的色彩也很快消失：金秋结束了，第一场雪在十月中旬降临。现在，我感觉倒计时已经正式开始。

　　然而，出发前往太空之前，生活依然为我保留了意外。十月二十八日，在和训练有素的后备乘组工程师油井龟美也一起整晚复习"联盟"号的程序之后，我睡得很沉，而在世界的另一边，一枚安塔尔火箭在发射几秒钟后爆炸，幸运的是没有人员伤亡。火箭上搭载了一艘"天鹅座"货运飞船，里面装的两吨以上物资本来要送到国际空间站，现在全没了。第二天早上，我在邮箱中收到了许多消息，其中包含来自美国航空航天局、欧洲航天局和意大利航天局的第一手的信息。几个小时过去了，每个人都在努力评估这次事故造成的影响，并开始草拟计划，取代已经被摧毁的计划。

就我而言，刚得到消息时，我并没有提起警惕，甚至有些心不在焉，因为按照计划第二天我们要参加关于国际空间站俄罗斯舱段和"联盟"号宇宙飞船的最终考试。所以，我决定专注于最后的任务，将"天鹅座"的问题暂时搁置一边。况且，事件本身在我看来也并不值得大惊小怪。美国商用货运飞船代表了美国航空航天局为支持国家航天工业发展所做的努力，同时也意味着对于风险的自觉接受。我相信空间站的后勤保障链在规划上可以承受一艘货运飞船的损失，毕竟造成的后果有限。直到后来我才发现，这些后果之一当然与空间站的大局无关，但会令我大失所望。

俄罗斯舱段的考试跟上次一样，对特里和我来说是小菜一碟。使这一天变得难忘的是模拟开始之前的采访，从中诞生的笑料我们至今还会时常想起，并为之开怀大笑：有位记者一脸严肃地问我，与两个如此迷人又有如此健壮的肩膀可以依靠的

268

男人一同前往太空,感觉如何。从那一刻开始,只要特里以暗示的眼神看向自己的肩膀,就足以让我们整个乘组哄堂大笑。

第二天,我们又一次站在"联盟"号最终考试评估委员会面前。经过三年半的训练,最后一天终于到来,真正的最后一天。瓦莱里·科尔尊一如往常,以善意的玩笑——介于责备和鼓励之间——开场。随后,安东选择了一个装有模拟场景的信封。谢尔、油井龟美也和奥列格——我们的后备乘组——在前一天抽到了火灾的模拟场景,所以我们肯定地知道不会再遭遇火灾。相反,安东选到了一个非常幸运的信封,一如既往有五个故障,但都很容易解决。因此,我们不费吹灰之力地完成了考试。

庆祝活动令人难忘,像往常一样以附近会议室的茶点开始,特里、安东和我跟后备乘组一起坐在一张长桌的尽头,桌子上满是盛着水果、圣女果、黄瓜和香肠的塑料盘子。还有水、果汁和很多伏特加。几个小时和无数的祝酒词之后,我们又来到三号小屋,这一天的欢庆一直持续到深夜,包括庆祝考试结束、周五晚上的聚会,以及为美国航空航天局工作人员及其家人组织的万圣节派对。入口处的台阶上有一个南瓜,上面雕刻了数字42和43,那是我们的手动对接教练员萨沙的杰作。我们就像嘉年华会上的小孩子一样快乐。

周末,可能还没有完全清醒,我开始仔细阅读前几天关于"天鹅座"爆炸的电子邮件。当然,最直接的影响涉及目前国际空间站上正在进行的活动,它们将被重新规划,确保乘组不会浪费宝贵的时间。我想象得出数十个人正在热火朝天地着手重新制定日程，同时考虑到程序之间的彼此依赖性、冲突、各自的成熟度，以及地面所能提供的支持等等。

不太紧迫但同样重要的是评估如何以及在何时替换失去的物资：实验包、备件、舱外活动设备。幸运的是，我们都没有因为"天鹅座"而失去太多个人物品。我的那个所谓"乘组人员自选包"，也就是一个尺寸类似大鞋盒的袋子，里面装的大多是柔软保暖的工作服和运动衫，已经抵达国际空间站了，阿莱克斯甚至发来照片让我安心。至于那三个盛着**奖励食品**的箱子，开始我不太肯定，随后也确认它们已经在空间站上了，还有我的一半衣服。另一半被烧毁了，但还有时间补上新的。接下来发射的是我们的"联盟"号以及它的小小货舱，还有执行SpaceX-5任务的"龙"飞船，这将是随后第一次对空间站进行大量供应补给的机会。它计划在十二月发射，在那之前，空间站上有足够的物资。值得一提的是纸手帕是个例外，会发生短缺。我们也只能将就。

另外，还有一系列与我的舱外活动装备有关的电子邮件。除了手套以外，还会为每位宇航员向国际空间站运送一个绿色的大网兜，里面装着各自的衣物，比如内衣、手套内部的填充物、保护性敷料，尤其是液冷通风服。我的网兜恰好在炸毁的"天鹅座"上。这不是好消息，尤其是那些天里正在讨论我们远征任务的第三次舱外活动，让我重新燃起了希望。但我并不过分担心。我对心里的想法坚信不疑，那就是为了使行动有必要的保障，我们三个人必须都有能力执行舱外活动。这就是我如此努力训练的原因之一。如果我不为太空行走做好准备，那么一旦布奇或特里健康状况出现问题，国际空间站就会丧失身穿舱外机动套装进行舱外活动的能力。邮件来自休斯敦，有官方邮件，还有朋友发来的，内容都是一致的：各个团队已经在制订输送替代品的计划。几天后，我收到更加准确和令人放心的消息：为了给紧急物资腾出空间，他们把我的手套从"联盟"号上取了下来，之后会通过十二月发射的"龙"飞船，将手套和替代的液冷通风服一起送上空间站。如此一来似乎不存在任何疑问，我说服了自己，一切都会安排就绪，这样的想法也许有点天真。

在最终考试之后，是俄罗斯民族统一日的两天假期，再加上几个周末，这意味着在离开这里去拜科努尔之前，我们理论上有整整十天的自由活动时间。应安东的邀请，我和他、奥列格以及他们的家人，在一家疗养院待了两天。这是一家一半空空荡荡的大酒店，有点令人伤感的苏联时代建筑风格，介乎诊所和健康中心之间，宇航员们都喜欢在这里度过休息的时光。我们在途中停下来参观美轮美奂的谢尔盖耶夫颇沙德修道院。我们的导游是约阿夫神父，他住在修道院里，但也负责教会和"星城"的信徒。他穿着一袭黑衣，蓄着长长的胡须，是那种充满温柔与慈爱的宗教人士，以至于让人想要仅仅为了取悦他而去分享他的信仰。我经常在预防中心碰见他，他喜欢跟我讲他在巴里的旅行，他经常去那里的圣尼古拉大教堂朝圣，那是天主教和东正教的礼拜场所。在发射之前，会为宇航员提供与神父在修道院一起祈祷的机会。

我想他总是接受所有人，不论是不是信徒。

26

阁下，我要称呼你，尊贵好运夫人，
你的仁慈难捉摸，人们祸福不均。
子弹呼啸胸前过，但愿好运，
战场命悬一线，情场我顺心。

布拉特·奥库扎瓦《尊贵的离别夫人》
电影《沙漠白日》①插曲

拜科努尔，2014 年 11 月 23 日

倒计时结束了。今天，我在地球上醒来，但我将要在太空中入睡。当天的日程要求我们休息：在开始精心设计的发射前的舞谱之前，需要五个小时的睡眠，直到下午五点。我很乐意休息一下，因为当我在国际空间站再次闭上眼睛的时候，应该差不多已经是明天中午了。尽管布丽吉特给我开了小剂量安眠药，我还是在预定时间之前醒来。也许仅仅是出于习惯，已经定型的生物钟在抵制强迫的午睡，又或者我比自己愿意承认的还要紧张。无论如何，我醒了。由于床脚的床垫被抬高，床单下面的腿也抬高了几厘米，帮助身体适应失重的小花招之一。另一种方法是头朝下躺在倾斜四十五度的桌子上，保持大约半小时。我在隔离期间做过几次，然后给自己拍了张照片。从照片上，我看到了自己的脸在太空中可能呈现的样子，体液流向头部会让脸部肿胀，眼睛也会变窄。

我喜欢赖床。这是我最大的弱点之一：假如没有时差问题，我每晚都会瞬间入睡，但早晨总是在被窝里逗留很长时间。我不知道在太空中是否也会这样，感觉不到身体陷入床垫我是否能睡好。据说许多宇航员都不喜欢飘浮在空中睡觉，而是用弹性绳索将自己固定在墙上，好感受到来自墙壁的压力。

我在地球上的最后一次小睡非常奇特，好像身体的一部分一直醒着，注视着睡梦中的另一部分。实际上，过去的几周都是如此：我在上课，参加各种活动和仪式，但我同时也在其他地方，仿佛在观看滚动的电影画面。距离发射的时间越近，我就越是感觉到身体上发生的这种分离。也许潜意识里的智慧正在慢慢塑造我的精神，使我为即将来临的事情做好准备：像过去作为旁观者那样为太空发射而兴奋是一种奢侈，这一次我不能这么做。对于身处火箭内部的乘组而言，发射应该只涉及程

---

① 苏联电影，摄制于 1970 年。本段歌词翻译来自老李、夏懋文、鲍里斯。

序和技术层面的问题。不是一定要在欣喜若狂的眩晕和超脱的清醒之间做出选择，而是要在适当的时刻让最适合的态度占上风。

在半梦半醒之间，我不确定是该起床还是尝试再睡一会儿。我回想起在拜科努尔作为主乘组的经历，想象它被绘入一系列的壁画，就像教堂里面那些讲述圣徒生平，而且永远大差不差的壁画一样：出生、遭遇、奇迹和殉难。我们不是圣徒，没有创造奇迹，当然也不希望殉难，但是会有一些适合的场景。从"星城"出发的时候，在前往奇卡洛夫斯基机场的大巴上，我们隔着窗玻璃将手与亲人的手交叠。而在一个角落里，还描绘着同时发生的另一个场景——这正是壁画的美丽之所在——在告别之后，奥列格、油井龟美也和谢尔正往回走。事实上，有一架直升机出了故障，他们要到第二天才能跟我们在拜科努尔会合。在下一站，我们当中的一个人身穿蓝色工作服，头戴糕点师的白色帽子，爬过轨道舱的舱口，在他身边戴着外科口罩的技术人员忙碌着。在另一幅画面上，我们正把索科尔航天服穿在身上。下一幅画面上的我们则身处返回舱，在那里，我们要绑紧所有皮带，确认各种尺寸、活动半径和操作机械装置的能力。继几个月前在莫斯科分别之后，这是第一次进行检查工作，也是第一次与我们的飞船重逢。

接下来是一系列专门展示隔离期的壁画：我们与迪马一起上课，复习一些程序；在一幅画面里，我们正通过安装在桌子上的便携式模拟器训练手动对接；在另一幅画面上，我们坐成一排，就像在流水线上一样。我们在乘组的官方照片上签名，成百上千，也许是成千上万张照片堆放在桌子和椅子上。最后，在一个几乎有些居家的场景中，迪马和我在检查个人物品的重量，它们都分门别类地装在小塑料袋里，而且编了号。

很奇怪，发射的时间越是接近，我们越是在更多平常到令人惊讶的细节和疑问中迷失。我要到宇宙飞船上的什么地方找我的衣服？前段时间伯纳黛特给我们发送了一张 Excel 汇总表，但是它去哪儿了？如果感到恶心，或者患上臭名昭著的太空病，我应该服用什么药物呢？在发射前采取一些预防措施是否合适？布丽吉特的建议是什么？里德和阿莱克斯对这件事有什么看法？他们身在太空，但发封邮件简单说说也行。还有，如何携带电话号码和密码？我将所有内容都记录在一小页纸上，一旦国际空间站上的邮箱激活，莱昂内尔会通过电子邮件发送给我。但我也保留了一份纸质副本，我把它交给迪马，以便他能够将它放入程序手册。上面还有我的信用卡信息，但由于几天前在世界另一端的一次可疑操作，卡被冻结了，所以我不能在国际空间站上购物了。我会忍住的。

对我们的"联盟"号进行第二次也是最后一次检验是在几天前。宇宙飞船已经插入火箭的白色鼻锥。只差最后一步：我们到场在协议上签名，然后就可以将其安装在火箭顶部。像往常一样，我们登上包裹着它的黄色脚手架的第三层，然后爬过鼻锥上通向"联盟"号内部的小门。轨道舱内几乎没有移动的空间，因为大量货物被仔细地放置在舱中，其中大部分装在透明的防静电袋里。我认出了自己的运动鞋和骑自行车时穿的鞋子，这是我在太空中唯二需要的鞋子。没必要寻找我的舱外活动手套。我非常清楚它们不在那里，在"天鹅座"货运飞船爆炸后，为了给紧急物资腾出空间，手套被从货物清单中删除了。如果它们能按原计划在数周后搭乘"龙"飞船离开地球倒也不错，但这同样不会发生。它们会留在地球上。我在隔离期第一周平静的例行公事中得知这个消息，但它带给我的那种黏稠的苦涩至今仍在我的皮肤上残留些许痕迹。对于由谁在何时把这个消息告诉我，在各大洲之间似乎有些分歧，结果我得到消息的方式冷酷而又突如其来：我打开一封电子邮件的附件，是一份重新规划过的未来几次发射货物的表格。在涉及"龙"飞船的那一栏，我的手套和装有我的个人舱外活动装备的袋子被划掉了，在页面旁边附有简短的红色说明：由于空间不足，空间站指挥部决定取消发射，并且接受仅有两名乘组人员能够使用舱外机动套装进行舱外活动的风险。我反复读了几遍，但毫无歧义，毋庸置疑。信息非常明确：我的舱外活动装备将不会被发射到国际空间站。我体验到一种可憎的感觉，其中包含着愤怒与自怜：认为舱外活动能力的冗余必不可少，以至于如果没有在训练中表现出具备太空行走的能力，就无法进入国际空间站的乘组，我果真是大错特错了吗？把所有那些漫长的夜晚和整个周末都花在准备中性浮力实验室的潜水训练上，果真是不合时宜而又毫无意义的努力，而且仅仅是误解的结果吗？此时这些问题都显得毫无意义，却又不断地出现。我无法阻止它们，就像无法阻止汹涌的海浪不断拍打海岸一样。

　　显然，我没什么好生气的。没有人委屈我，无论是世界还是国际空间站都不会围绕我的个人抱负旋转。我关于太空行走的梦想因为现实中的不利因素而破灭，仅此而已。失望折磨着我，而且会持续很长时间，但是人不可能事事如意。我的人生已经很幸运了。矛盾的是，在两周的时间里，甚至连"天鹅座"的爆炸都变成了一种幸运。事故以及由此引起的大量实验和维护部件的缺乏，缓解了困扰我们这次任务的时间紧张的问题，计划组装一件 M 号套装的工作也会更加轻松，这是前所未有的好消息。如今，第四十二次远征的第三次舱外活动的可能性越来越大。然而，正当机会之窗似乎要打开时，所有希望都消失了。

　　也许我如此强烈地渴望舱外活动是不对的，已经有许多人告诫过我不要对任何东西期待太过：即使在最有利的情况下，有些事也是完全不确定的，并且会受到无法预料的计划变更的影响。事后看来，你很可能会后悔当初没有保持淡定的态度。事实上，如果结果不同，我会为自己的坚韧而感到高兴，我的毅力也会得到赞扬。我不想陷入根据成功与否来判断努力的价值的陷阱。我也不想接受用成功与否来判断对于一个不可能的目标的追求是果敢还是天真，是坚韧还是执念。我提醒自己曾经说过的话，那些我喜欢对遇到的年轻人重复的话：从一个雄心勃勃的目标中，我们会获得动力，全情投入，去选择最困难的道路，也是那条使我们成长的道路。拥有梦想很重要，但为的是过程，而不是目标。正如在休斯敦人们常说的那样，舱外活动训练可以塑造人的性格。它使我变得更加坚强，更加了解自己的极限，以及自己的能力。它教会我分配精力，优化动作，以深思熟虑和有意识的方式行动，管理挫败感，改变方向（是字面上的），找到解决困难的不同方法，建立坚持不懈和寻找替代方案之间的正确平衡。我希望即将开始的任务不是最后一次，也许在下一次我将有可能进行太空行走。就目前而言，得益于舱外活动的训练，我已经成为一个更好的人。

　　没有办法重新入眠，就只好随它去了。我起身拿电脑，发现房间几乎是空的，就像无人居住的酒店房间。所有行李都在门口准备就绪。我准备了两个手提箱和几个包，并根据目的地精心分配：有些东西可以直接寄回家中，有些东西返回地球时需要在休斯敦使用，因为着陆后特里和我将被直接带到那里。我清楚地标记了——至少我希望如此——必须保留在"星城"的东西。返航的那天，它们会被分别送到标称着陆点和弹道着陆点。根据收到的指示，我在每个包中都放了墨镜、运动鞋、备用内衣、在官方欢迎仪式上穿的蓝色工作服，前往休斯敦的长途旅行中需要的运动服、牙刷牙膏、除味香水，以及六个月后我第一次真正洗头时用的洗发水。还有一些零食。两周前，在莫斯科，当我想象从太空回来时要吃些什么时，正好在一家超市里面。我敢打赌应该是地中海风味：迷迭香薄脆饼干和橄榄油塔拉利饼干。

　　我回到床上，调整靠垫，让自己坐得舒服一点，然后打开笔记本电脑。我仍然不停地收到祝贺邮件，许多是来自与我多年没有联系的人。这些邮件令我开心，但我不再回复任何人。从昨晚开始，我设置了自动回复："我会离开地球一段时间，将于二〇一五年五月返回。很遗憾，在那之前我无法阅读您的邮件。"虽然在国际空间站，我会得到一个有效的临时电子邮箱地址，但我只会收到来自授权地址的邮件。在过去的几周中，我所做的众多事情之一就是编制我的收件人名单，其中包括工作团队中的关键人物，以及我的家人和朋友。

其中一些人现在就在拜科努尔。总共十五个人，包括莱昂内尔，以及我的父母和弟弟。俄罗斯联邦航天局给每位宇航员的邀请名额很多，但无论如何这样一次旅行的费用对大多数人来说还是非常昂贵的。在莫斯科和"星城"度过几天之后，他们前天来到哈萨克斯坦，被委托给莱昂内尔在欧洲宇航员中心的同事罗曼和马努埃拉照顾。二人不知疲倦地为这一小队客人安排参观和预订餐厅。由于隔离的限制，我无法直接与他们见面，但我们有两次隔着玻璃墙交谈半小时的机会。我坐在一侧，他们坐在另一侧会议室的椅子上，轮流用麦克风和我讲话。不可否认，这种局面造成了某种尴尬，但是所有人都表现出开心和理解，尽管他们许多人在莫斯科见面之前彼此并不认识。莱昂内尔为每个人准备了一份小礼物，因为正如《银河系搭车客指南》所教导的那样，"毛巾也许是银河系搭车客可以拥有的最有用的物品"。如果这次发射出了什么问题，绝不会是因为缺少毛巾。

在与萨文医生进行过日常体检，并被他反复建议避免任何身体接触之后，我被允许与父母、弟弟，当然还有莱昂内尔，一起度过一段不被玻璃墙干扰的额外时间。我们在合理的范围内遵守了指示。我们沿着宇航员大道散步，我带他们去看几天前种下的那棵小树，然后我们在娱乐室聊天，最后，父母和弟弟把时间留给莱昂内尔和我单独相处。昨天晚上，莱昂内尔最后来了一次，我们一起看《沙漠白日》，放映这部电影是这里的传统。这部苏联时代的经典作品总是在发射前夕为乘组人员放映。我们看了一部分，然后花了些时间私下道别，再让自己摆脱离别的情绪。

我仍然坐在床上，写我的航天日记。这是在地面上完成的最后一页，我在上面写了一些发自内心的感谢之词。这是我在一年多前——当时距离发射还有五百天——创建的博客，几乎每天都会更新。今天，这条漫漫长路把我带到这里。我甚至无法回忆起所有帮助过我，鼓励过我，以善意的目光注视着我，对我的错误和过分——我肯定算不上温柔的性格使它们变得更甚——表现出耐心的人。当我的个性招致某些敌意时，或许也有它的好处。生活是由复杂且不可预测的关系构成的，而我今天在这里，是从前发生的一切事情的结果，无论在发生的那个瞬间，它们在我眼中是好还是坏。即使是那些想阻碍我的人，也最终成为我故事的重要组成部分。我将他们与我认识的每一个人，我学到的每一件事，还有每一次经历，都一起带到太空。

时间到了，他们在敲门。是欧洲宇航员中心负责为乘组人员提供支持的代表安东尼奥，他陪我度过了整个隔离期。安东尼奥一如既往地准时到来，取走我的行李，然后让我独自一人和布丽吉特去进行最后的身体检查。几分钟后，俄罗斯医生奥尔加也来与我们会合。她来这里是为了进行在这天的日程上被委婉地称作"特殊医疗程序"的事情：灌肠。这不是强制性的，但被强烈建议，而且我知道没有一位宇航员会拒绝接受，所有人都希望不必使用"联盟"号的洗手间。奥尔加是一位专家，快速高效地完成了这项令人不快的操作，然后我退回浴室。萨文医生在那儿留下一瓶酒精和一些大餐巾，我必须用它们对全身的皮肤进行消毒。不过在那之前，我在淋浴下面待了很久，沉浸在热水从发丝间流过的快感中。在未来的很长一段时间里，我不再会有这种感觉。

　　完成卫生程序后，我穿上索科尔航天服的内衣，以及长袖汗衫和简单的白色棉质打底裤，又在外面穿上 T 恤和运动裤，然后就到小餐厅里和特里与安东会合。最后一餐正等待着我们。外面已经天黑好几个小时了，而我们的一天才刚刚开始。距离发射还有八个小时。对于隔离期间的所有餐食，他们都事先询问了我们的喜好，但这一次没有。厨房有明确的指示，我不知道是出于传统还是理智的选择。为我们提供的是两道相似的菜肴，分别是加馅薄饼和一种又厚味道又浓的乳蛋饼。我记得在里德、阿莱克斯和马克西姆的火箭发射之前就吃过这些。这不是令人难以忘怀的一餐，但是没关系。如果我会不走运地成为因为太空病而感到恶心的宇航员之一，我愿意吃掉俄罗斯人凭借智慧认为在几小时内不会反胃的任何东西。我们吃得都很快，仅仅交换了几句话，然后回到各自的房间稍作停留。当地时间十九点四十分，我们离开了宿舍大楼，再也没有回去。

尽管空气刺骨，但寒冷并非令人不快，刚好足以将我喜欢向前奔跑的思绪拉回当下。两分钟后，我们到达了主楼，然后登上二楼，来到直到几年之前乘组人员还在其中居住的配楼。我们走进当时指令长居住的房间，聚在那里致祝酒词。幸好是最后一次。我的想法，可能还有耐心，都已经枯竭了。在场的有特里和安东的妻子，莱昂纳尔，美国航空航天局、欧洲航天局和俄罗斯联邦航天局的代表。我们用果汁干杯，而后备乘组喝的是起泡酒，象征性地确认一个事实，那就是今天他们不会出发前往太空。在走廊上，一小群家庭成员和各个机构的代表在等待着我们，还有一些摄影师准备定格另一个仪式性的动作：在门上签上我们的名字。继续往前走，在一间小小的会堂里，身穿黄色法衣的东正教神父正准备为我们祝福。当我们在他面前停下，他将一个大型洒水器浸入镀金的杯子中，然后以强劲的势头对准我，因为我是一行人中的第一个。

因此，我脸上和头发上滴着圣水，带着神的保护，离开隔离区，迎接我一生中最重要的夜晚。扬声器以最大音量播放的是摇滚混音版俄罗斯著名歌曲《我家附近的草地》，它被视为俄罗斯宇航员的官方歌曲。伴随着这个背景音乐，安东、特里和我快速并排走下楼梯，望向正门。院子里传来鼓励的呼喊声：我们看不到他们，因为只有车道被灯光照亮，但我们知道栅栏后面是我们的家人和朋友，他们在为我们欢呼。我们行走在寒冷的空气中，挥动着双手告别，并盲目地冲着人群微笑，音乐、尖叫和颤抖交织在一起。然后，我们上了车，把手放在车窗上，与挚爱之人的手隔窗相遇。几分钟后，我们的车驶向航天发射场，穿越草原，再驶过一条荒芜的道路，沿途只有散落在四处的警车，以及站在车旁的警官，当我们经过时，他们向我们敬礼。

四十分钟后，我们到达已经非常熟悉的二五四号楼。与往常一样，在入口处，我们将脚放在分配器中，后者将它们包裹在塑料鞋套里。随后我们来到乘组人员的房间。在"联盟"号检验期间，我们总是在那里度过等待的时光。像往常一样，那里有几张人造革沙发和一个带小电视的柜子，电视始终开着，而且锁定在一个音乐电视频道。隔壁房间里有茶和饼干。等待的时候，我吃了几块饼干。这就像是平常的一天。

二十几分钟后，他们给我打电话。作为随航工程师，由我首先穿上索科尔航天服。我在卫生间里待了一会儿，这也是最后一次。我花了一点时间欣赏在地球上使用卫生间是多么便捷。谁知道在太空中会是什么样子。这正是令我担心的事。如果火箭爆炸，那只能自认倒霉，对此我无能为力，但我想确保自己在太空中撒尿时不会有不体面的事故发生。几乎可以肯定，第一次将要尿在纸尿裤里。俄罗斯宇航员似乎不穿纸尿裤，也许是觉得尴尬。但是在宇航员群体中，大部分人还是使用它的。这个习惯可能是在第一位美国宇航员艾伦·谢泼德的飞行后诞生的，他被迫在等待发射时往航天服里排空他的膀胱，因此导致医疗传感器短路。

除了内衣以外，我脱掉鞋子和所有衣服，然后将它们连同文件、手机和钱包一起放到委托布丽吉特带回的袋子中，它们将被保存在"星城"的保险柜里，等待我归来。到目前为止，除了身上的一点点东西以外，我已经将自己与世间的一切分开。技术人员正在隔壁房间等我，他们将帮助我穿上航天服。索科尔航天服是一款连体服，从腹部到两侧肩膀有两条大拉链。我从前部的开口处伸入大腿和躯干，然后把头套进去穿过颈环。最初的几次会有被卡住的感觉，但后来就习惯了。一旦将手、胳膊和头穿进衣服里面，就会发现肚子上堆积了很多多余的用来保持气密的内膜材料。我用居家的动作——与房间里的温暖光线、复合地板和带有花卉图案的大地毯十分相衬——仔细地将内膜折叠起来，像他们教的那样用结实的弹性鞋带绑住。我可以闭着眼睛将动作继续下去：扣上皮带、锁扣和拉链，这一系列动作我已经烂熟于胸，我的双手在忙碌，注意力集中在当下，去完成一项简单而受限的任务。今晚，身为"联盟"号的随航工程师，我要做的第一件事就是穿上航天服。操作已经开始。我感到安详而又成竹在胸。

三个人都穿好衣服后，我们开始进行航天服的泄露检查。出于一种怪异的习俗，这件事要在记者和我们的家人面前进行，他们在玻璃墙后面站成一排。我们逐一慢慢地进行检查，随后被邀请坐在由玻璃墙分隔成两半的桌子的一侧，轮流用麦克风与对面的亲人交谈。这是一个不受乘组人员待见的场景，我也感到不舒服。我已经有机会与莱昂内尔、我的父母和弟弟告别，现在还能当着记者和摄影机说些什么呢？我们强颜欢笑，说点有的没的。一段仿佛永无休止的时光之后，终于传来了令我们解脱的消息，可以去见我们的火箭了。

等待我们的是将近一个小时的车程，因为附近从尤里·加加林时代就用于发射的一号发射台正在维护中，所以我们要前往约四十公里以外的三十一号发射台。在大巴上，我们关了灯。我们交流了几句，但大多数时候都保持沉默。旅程中的一部分时间，我决定坐在车前部的驾驶员旁边，凝视着外面的道路，静静地与地球道别。一架警用直升机为我们开道，用探照灯从道路一侧扫到另一侧。这种节奏具有催眠的效果，我觉得就要睡着了。距离发射还有三个小时，我不是应该肾上腺素飙升、紧张爆棚吗？我从来没有过多地考虑风险，但我以为自己会有些担忧，毕竟出发的时刻即将到来。当然，众所周知，"联盟"号火箭早已被证实是十分安全可靠的火箭。也许发生过两次灾难性事故的航天飞机会使我更加紧张。我还想知道，作为年幼孩子的父亲，离别对于特里和安东来说是否更加艰难。即便果真如此，他们也不会表现出来，但我们从来没有真正谈论过这件事。我认为任何人都没有谈论过。我坐在宽敞舒适的座位上睡着了。

俄罗斯医生奥尔加在到达发射台前几分钟叫醒了我，递给我一瓶水和布丽吉特托付给她的两片药片。第一片用来预防可能出现的太空病症状，第二种是普通的止痛药，因为我们会有很多个小时将身体蜷缩成胎儿的姿势。不一会儿，大巴停了下来，让我们完成最后的仪式，也就像尤里·加加林在一九六一年做的那样，往车轮上撒尿，似乎所有从拜科努尔出发前往太空的男性宇航员都会这样做。考虑到完全脱掉航天服的困难，我相信没有女性宇航员做过同样的事情。我知道有些同事会把小便装在瓶子里，然后撒在车轮上，但是通过象征性地参加仪式来祈求好运的想法从未诱惑过我。我怀疑这种传统的延续并非出于迷信，而是因为它有实际的好处。此刻，当我近在咫尺地欣赏黑夜中灿烂发光的火箭时，不禁羡慕特里和安东得到的释放。

27

今夜，我将让自己享受这美好的时光。

我感受到活着。我将把世界翻过来。耶！

在狂喜中飘荡。

所以现在不要阻止我，不要阻止我！

因为我正享受这美好的时光……这，美好的时光。

我是流星，划过天际，

像老虎一样，违背万有引力的定律。

皇后乐队《现在不要阻止我》

拜科努尔航天发射中心，2014 年 11 月 24 日

风突然吹起来，在发射台的脚手架之间舞蹈的白烟仿佛把我们包裹进冰冷的怀抱，让我们从那些陪伴我们来到这里的人们的目光中消失。这是地球最后的善意举动，好像要用无情的强制干预，让分别变得更容易些。所以不是我们想要结束这仪式性的告别，火箭在黑夜里闪闪发亮，我们站在它脚下有黄色栏杆的台阶上，戴着洁白的手套挥手作别，唇间露出的笑容是真切的，但疲惫也是真切的。不是我们想要错过最后的照片，错过最后在因发射台沉闷的轰鸣而振动的空气中回响的我们的名字。抱歉了！不是我们多么渴望转身离去、继续攀升，和火箭融为一体。是火箭在呼唤我们，把白色的冰冷雾气吹在我们身上，一道幽光将我们吞没。那是最后的场景，电影结束，结束的还有考试、仪式、问候、采访、准备、照片、庆祝、祝酒词……一切都那么美妙，可是现在，请原谅我们步履匆忙。火箭正等着我们，带我们飞往太空。

我瞥了一眼火箭，它离我们是那么近，几乎能触摸到。因为液氧储罐极低的温度，它的外面包裹着一层冰。那是霜，我的思绪开始飞扬。我们的火箭上结了霜，像极了我在孩提时看到的冬日早晨窗上的霜，让人着迷不已。在穿着索科尔航天服笨拙地迈出几步以后——那套衣服不适合直立——我们进入了有点儿摇晃的小型电梯。一开始，电梯运行缓慢，还发出叮叮当当的声音。护送我们的年轻技术员答应用手机给我们拍张照片。如果在发射中遭遇什么不测，那将会是我们最后的影像。我很欣慰，照片中我们光芒四射，行动一致。

电梯停下，技术员打开门，领我们走进一个空荡荡的狭窄隔间。我们的"联盟"号正等着我们：栖息在三百吨煤油和液氧之上，封闭在火箭鼻锥保护壳内部。作为随航工程师，我会第一个进去。我摘下套装上的便携式风扇，那是一个灰色的金属盒子，之后会留在地面上，因为在"联盟"号上，我会和飞船的通风系统实现连接。接着，我脱掉靴子，现在它们没用了。我匍匐钻进鼻锥入口，进入通向轨道舱的舱门。

一切都和我料想的分毫不差。补给包都打包好固定在原位，和四天前我们最后一次检验系统和货物装载时一模一样。这类检验在俄罗斯被称作 primerki，这个词通常是指试穿一件衣服或者在裁缝店里量尺寸。事实上，我们的飞船很小，把它比作一件穿在我们身上的衣服不需要多少想象力。飞船的气味很独特，立刻——只有嗅觉刺激才有这种即时性——在我心中唤起一种令人平静的熟悉感。尽管我即将开始的旅行很特别，尽管今夜可能有丧生的风险，事实却是，我觉得自己像在家里一样。在这个世界上，我没有别的想要待的地方，没有比这艘宇宙飞船更熟悉的地方，没有任何一种情况让我觉得完全无条件地得其所哉。是时候开始这场历险了！

我控制着自己的身体滑入返回舱，当心不损坏敞开的舱门：在必须从它旁边经过的时候，我先下到中央座椅，接着再从侧面进入我的左侧座椅。我做的第一件事就是通过航天服上的配件和"联盟"号宇宙飞船连接：氧气管和通风管、音频和医疗遥测电缆。我已经戴上配有无线电耳机和麦克风的布制头套。

在电缆接好以后，我滑进座椅，让背部紧贴座椅上的赋形保护坐垫。在蜷缩成熟悉的胎儿的姿态以后，我让技术员帮我固定，这样就避免了许多为了自己够到腰带和肩带而不得不做的"柔体表演"。现在，我宁愿放松安全带，没道理过分限制自己的活动自由。发射前大约四十分钟，我们会收到把安全带系到最紧的明确指示，并注意将肺里的空气排出。只有在我们确认以后，应急救生系统（SAS）才会启动。应急救生系统由助推器和火工装置组成，必要的时候，它会通过猛烈的加速度让我们得救。如果安全带松脱，是不可能在紧急逃逸的冲击力下无恙幸存的。

技术员回到轨道舱，把程序手册递给我。我现在需要使用的章节叫做速读概述，其中包含所有常规操作，一直到与国际空间站对接为止——也就是在发射后六小时，即我们常说的四圈轨道运行以后。速读概述由一百页比 A4 纸略小的纸张组成，装订得像文具店的线圈本，前后的封面是彩色硬壳。前些天，迪马用专门的胶圈加固了所有的孔，避免戴手套翻阅时脱页的风险。

继程序手册之后，技术员又递给我一根伸缩棍，我需要用它按控制面板上的命令键。通常，只有指令长才会用到它，因为他坐在中央，位置会偏后。在我的要求下，"联盟 TMA‑15M"号宇宙飞船上有两根伸缩棍：这当然是写在某份签字盖章的协议上的。

现在，轮到特里从轨道舱进来了。技术员协助他固定的时候，我开始和发射控制中心建立联系。打开并调试好通讯设备以后，我准备拨打这漫漫长夜的第一通无线电电话。我们阿斯特赖俄斯乘组的声音就要在这个悬在太空与地球之间的不确定的地方被聆听。这个地方就是火箭，它装载着推进剂，即将发射。"16－3°，我是阿斯特赖俄斯二号，你们能听见我吗?"

16－3°是与发射控制中心工作人员交流的电台的神秘无线电呼号。至于为什么叫这个名字，我一直没找到答案。或许，我没有用足够的耐心去寻求，就像我原本能在前往发射台的途中提出的其他成千上万个问题一样，因为时间关系，我来不及问。作为一名宇航员，我的工作不是满足自己的好奇心，而是要在堆积成山的信息中筛选出能够为我所用的部分，完成使命。这项工作需要的是实际操作的视角，而不是学术视角。

这会儿，安东也已经下到返回舱，他把身后的舱门关上。特里和我尽我们所能帮他固定好。16－3°告知我们，医疗参数的录入马上就要开始。我们大约要有十来分钟的时间保持不动。在这段静止的时间里，火箭的存在感愈发压倒一切。这头野兽仍旧岿然不动，但已逐渐蓄势待发。我闭上眼睛，尝试将注意力集中在噪声上，那是来自发射台深处的声音，打断了航天服通风系统单调的嗡鸣。低语声，振动，金属声，口哨声，排气声……这只吞噬了我们的强壮金属野兽，正在伸展它由泵、管道、阀门、喷嘴和传动装置构成的肢体，再过不到两个小时，它就要将地狱之火中五百吨的推动力释放出来，照亮拜科努尔的草原。

发射控制中心通知我们，他们正在检查两台内置摄像机的运行情况:第一个摄像头可以看见安东和我，第二个可以看见特里。安东借机询问"零重力指示器"会不会干扰拍摄。"零重力指示器"指的是一只白色玩偶，名叫雪宝，我们用一截绳子把它挂了起来。我想安东是想知道雪宝能不能在镜头里被看到。在最后一级火箭熄灭的时候，雪宝会开始飘浮，表示我们已经进入轨道。安东一定是在想他最小的女儿基拉，她会跟其他家庭成员一起在拜科努尔观看发射。雪宝就是她选的。

医疗参数录入完成以后，我们开始系统地进行发射前的检查工作。安东一行一行地大声念出手册里的内容，我们一起核对实体和虚拟开关的位置、参数数值，以及通知和警报信号指示灯的状态。作为指令长，安东负责操作以及大部分与发射控制中心的通信。我作为随航工程师的首要任务是协助他，同时密切关注系统的状态。除了程序手册中明确写出的内容以外，我还会定期检查参数，在警报响起之前及时发现任何即将超出正常值范围的趋势。一些较为严重的问题——比如为"联盟"号发动机加压的氦气罐发生泄漏——甚至没有相应的警报，唯一及时发现故障的办法就是不断检查。对于其他问题，特别是与生命支持系统相关的紧急情况，控制面板上会有一组红色的指示灯亮起。其中尤其可怕的是"发射故障"。火箭是不能驾驶的。从乘组人员的角度来看，它要么正常运行，要么故障；因此，它不是把你带上轨道，就是让你丧命。没有第三种可能。

我们有条不紊地继续推进操作。在十几项检查当中，最重要的是对将我们和轨道舱隔开的舱门密封性进行检查。如果出现紧急情况，迫使我们在上升期间或进入轨道以后不得不返航，"联盟"号宇宙飞船会分解成三个部分，这扇门将使我们与太空中的真空隔绝，充当再入过程中抵御大气层的冲击力和高温的屏障。因此检查它的密封性，确保完全没有泄漏，是至关重要的。接着，我们格外留心地输入进入轨道后前两次自动执行的操作的相关数据。我们要告诉计算机点燃发动机的时间、持续燃烧的时间，以及方向：在这些数据中，任何一个错误都会危及整个发射任务，因为它会让我们把燃料浪费在错误的轨道修正上。

最后，当我们成功完成索科尔航天服的泄漏检查后，再也无事可做，只剩等待。我感到很平静，稍稍有些兴奋。对于我们等在外面的朋友和家人来说，已经过了凌晨两点，不过，在莫斯科，时间刚到十一点十五分，在我们这个依然属于地球的十几立方米空间中，以"联盟"号的金属外壳为界，运行的是莫斯科时间。发射会在午夜十二点之后的一分钟进行。

医疗参数再次更新。随后，16-3°建议播放我们选择的用于等待期间的歌曲。没人知道其他人选了什么，不过安东会选《最后倒数》并不让人意外。下一首是《噢！多美妙的夜》，我的曲目赢得了特里的热情赞许。当真如此，这个夜晚美妙至极！它的美好超乎想象，我从未像此刻这样平静。

接下来播放的是一首乡村音乐。我从没听过，但歌词让我会心微笑："过来，握好方向盘，我要让你第一次开车。"这是特里为我选的歌。我是乘组中唯一的新手，唯一一个头一次执行任务的新人。午夜十二点零四分，在经历大约二百秒的上升后，我将第一次飞越一百公里的高空，那正是公认的宇宙的起点。我成为欧洲航天局的一分子已经五年了，但从那一刻起，我才会成为一名真正的宇航员。

不过，首先，我有件非常重要的事情要做：去洗手间。虽然我还没觉得特别需要，但这是一种预防措施。太多有经验的宇航员提醒过我，一开始，在失重的情况下清空膀胱是件很困难的事情，特别是在不得已的情况下要用尿不湿解决时。要知道作为随航工程师，在到达国际空间站以前，是不可能离开座位的。所以，我最好利用在发射台上的最后几分钟，做好去太空的准备——清空膀胱。

现在，只剩下二十分钟。我正准备再做一轮参数检查，突然忍不住笑了起来。这打破沉默的爽朗笑声是因为安东选的另一首歌。像大多数与他同龄的俄罗斯人一样，安东也是看着圣雷莫音乐节长大的，那时的苏维埃电视台总转播这些。安东很迷阿德里亚诺·塞兰塔诺的音乐。到这里为止都没什么奇怪，只是他选的歌着实让人忍俊不禁。我们待的地方，是密闭的火箭顶端，发射台此刻已经撤离。在经历了几年的训练、几个月的准备、几周的考试和官方活动，以及发射前疯狂的几天之后，我们终于可以享受到这完全属于我们的时刻，任何人的要求也无法抵达这里，而我这位不懂意大利语的指令长，竟然选择了如此开头的一首歌："在这里不需要花招，没人会打开门，我们把世界和它的纷扰一并关在外。"

不止塞兰塔诺，空气中还有某种愉快的因子。我们像往常一样说笑，成为一个团队的两年里一直如此。我们打趣这让人缩成一团的坐姿，特里最为痛苦，他像我一样窝在侧座的狭窄空间里，而他的身材可比我高大健硕许多。我们笑他为了分散注意力玩起了数独，却解不出来。我们笑我们开的玩笑，也笑眼下的事实，距离发射还有一刻钟，飞船上的气氛并不像外面的人们想象得那般庄重。或许，我们是个格外玩世不恭的乘组吧，我不知道。或许其他乘组在这个时刻会表现出更多的庄重。或许是，但我不大相信。太把自己当回事是宇航员的大忌。让冲淡庄重的时机就这么溜走，着实是格调上的滑铁卢。

　　距离发射大约十分钟的时候，我们收到了合上头盔的指示。这个简单的动作让我们的注意力重新集中。我拉下面罩，用航天服前臂上的小镜子查看一番，确保严丝合缝。我把所有系统都重新检查了一遍，又填写了一张表格，这张表格是我准备用来在起飞前记录主要参数状态的。然后，我把程序手册翻到关于发射和上升阶段的页面。

　　此刻，飞船上一片寂静。几分钟后，16-3°的声音打破寂静，它用中性的语气宣布："执行命令已发出。一切正按照计划进行。准备就绪。我将通过无线电宣布发射。"安东确认我们已经准备就绪。除非出现技术故障，否则，不论我们是否准备就绪，火箭都将会在几分钟后发射，但我还是高兴听到他用比平常更笃定的声音说出这句话，从他的声音中，我能感受到思想和精神上的清醒和警觉。或者至少这是我此刻的状态，清醒和警觉，我身体的每一根纤维都紧绷起来，感知火箭的苏醒；我的每一个思想都集中在这为时空中的一瞥而燃烧的生命精华之上；我以平静从容的精神状态，去迎接之后的九分钟和六个月的时光。

发射前几秒钟，无线电里传来通知。"Zemlja－Bord，" 16－3°清晰地播报。这句简明扼要的话告诉我们，发射台最后的脐带塔已经撤回，连接火箭的最后一根脐带被剪断了。"Pusk，"启动，煤油和液氧开始向燃烧室输送。"Zažiganie，"点火，推进剂开始燃烧。自此，噪声和振动达到高潮，发动机全速运转。从火箭深处传来猛烈的震颤，午夜十二点零一分十四秒，和预计时间一模一样，16－3°通过无线电向我们确认起飞。"Poechali!" 我们出发！安东喊道，就像尤里·加加林当时所做的那样，我们也和他一起欢呼雀跃。我不知该把它安放在哪里——我的幸福，它变得大到放不下了。我感到它溢出笑容，想收也收不住。

在这个完美的夜，阿斯特赖俄斯乘组离开地球。

28

生命的目标在于，

让你的心跳契合宇宙的脉搏。

约瑟夫·坎贝尔《关于生活艺术的思考》

"联盟 TMA‑15M" 号宇宙飞船，2014 年 11 月 24 日

火箭以坚定、温和的力量将我们带离地球。它不时地调整姿态，让我们保持在预期的轨道上。接着，我们遇到一个颠簸，伴随着些许震荡。但在飞船内部，我们的感受很轻微。"联盟"号的液体燃料发动机，不像一般航天飞机的固体助推器那样强劲，因此也不会使显示屏在宇航员面前晃动。对特里这样习惯了猛烈起飞的宇航员来说，我们仿佛还没有移动！

但是，我们真的已经启动了！每过一秒，我们就会减轻一吨半的重量，因为燃料在燃烧，并通过喷嘴喷出。于是，火箭

开始加速，一股逐渐增加的力量将我们紧紧压在座椅上。并不是特别难受，至少现在远非如此。我感觉自己的身体向火箭深陷，几乎要与它融为一体。

"三十秒，发动机运转稳定。"16－3°通过无线电信号播报道。

安东机械地回答："飞船一切正常，乘组人员感觉良好。"

如果不是已经发生，我们也应该正在超越音速的过程中。对于火箭的结构耐受力来说，这是非常关键的拐点，但对于在飞船内部的我们来说，什么也感受不到。很明显，音爆已经被我们远远甩在了身后。

在程序手册上，发射环节被压缩在一页纸上。一个简单的图示标出随着时间流逝，火箭在上升过程中需要经历的各个阶段。比如，一百一十四秒以后，在距离地面一百四十公里的高空，逃逸塔会脱离。控制面板上不会显示速度或加速度，也没有任何关于火箭运行的遥测数据。身体的感觉、噪声，以及把我们压在座椅上的不断增加的力量，一切都令人安心，而关于我们上升状态的唯一客观的信息是通过无线电信号传来的。

"六十秒。配置正常。"16－3°说。

我知道，在接下来的一分钟，由于火箭的重量已经减轻了一百吨，在五个发动机的推动下，加速度过载会迅速增加。作为预防措施，我开始用在离心机中学到的呼吸技术，挺直胸廓。振动变得愈加强烈，我们开始颠簸，好像正骑着没有减震器的自行车在崎岖不平的道路上全速行驶。雪宝也在疯狂地晃动，垂在紧绷的细绳上。我手中的程序手册在颤抖，我把它举在半空中，页面上半部分在加速度的作用下向前折叠。我只能伸手把它压平继续阅读。现在要抬起胳膊还真是不容易，控制动作就更难了！当一级火箭就要熄灭时，我们被一股四倍于体重的力量紧压在座椅上。

在我感觉到第一次震荡时，我想，成了！但是，火箭仍然以同样的力量压着我。这只是逃逸塔的分离。不一会儿，又迎来一阵震荡。此时，侧面的四个助推器已经熄灭。我感到自己被推着向前，好在安全带把我牢牢地固定在座椅上。在主发动机的作用下，我们仍然在上升，但加速突然消失了，与此同时，我感受到的压力也随之消失。一瞬间，我有些晕眩，但大脑很快调整过来。这时，16‑3°发来消息，确认二级火箭完美运行。

按照上升图示显示，下一个步骤是鼻锥——也就是在穿越稠密的低层大气时负责保护我们的整流罩——的分离。我拿起小手电筒，把它夹在大腿和小腿之间，光束射向我左侧的圆形舷窗。金属外壳就在几厘米远的地方。我静候着。火箭剧烈晃动了两下，伴随着火工分离装置爆炸的巨响，金属外壳突然闪着光消失在黑暗中。我不能说自己目睹着它远去：上一秒它还在，下一秒就没了踪影。窗外仍旧是黑夜。我再次把精力集中到发射上。

和预期的一样，在控制面板上，"下降引导"指示灯亮起。这就意味着，从这一刻起，如果发射器出现任何故障，我们可以考虑以受控的方式返回地球，而不是弹道式再入。在火箭自动分离后，我们仍有三分钟的决定时间。在这三分钟内，我们需要观察窗外，以确保侧倾角小于四十五度。否则受控再入会让我们因为加速度丧命。关于这个问题，过去几天里我们讨论了很久。考虑到此前的训练并没有涉及对侧倾角的估量，再加上外面一片漆黑，我们还是会选择弹道式再入。在这种情况下，尽管加速度会让人感到极其不适，或许还会有危险，但不会致命。

经过四分钟的飞行，二级火箭的发动机很快就要熄灭，在最后一个阶段，分离的震荡与其他更有规律的运转交替发生。在预期的时间，发动机熄火，我们的身体向前扑，而安全带将我们拉住。几次晃动，几声沉闷的声响，伴随着我们的欢呼，我们上升进入轨道的又一个步骤完成了。

我感受到三级火箭的推动力，也听到 16 - 3°的声音，确认发动机点火正常。程序手册中的图示显示，我们在距离地面一百六十公里的高空。不管怎么说，从这一刻起，我是一名真正的宇航员了。在上升的第一阶段，我们沿着几乎垂直的轨迹攀升，以最快的速度穿过稠密的大气层，而在剩余的四分钟内，第三阶段的推动力将主要帮助我们获得留在轨道上需要的水平速度。抵达太空很容易，困难的是保持足够留在那里的速度。

根据程序手册发射页面最后一行的文字所说，如果在这个阶段遇上故障，降落会变得无比复杂。我们会先翻过山峰，再跨越大海。广阔的哈萨克斯坦高原从原先迎接我们的姿态，逐渐被我们抛在身后。16 - 3°通过无线电持续播报着发动机的运行状态。安东继续向总部发出飞船上一切正常的讯号，而我也不断定期检查飞船的参数。到目前为止，还是教科书般的发射。我的面罩甚至没有起雾，不少宇航员报告过这个困扰。

在发动机预计熄火的三十秒前，我抬起了KO指令键——也就是所谓的"分离开关"——的保护罩。一旦我们处在失重的状态，假如控制面板上的指示灯没有发出与发射器分离的确认信号，我就需要在十秒钟内手动发送命令。这是个简单的操作，也正因如此，我更不愿出任何差错。如果我们今晚没能抵达国际空间站，那十有八九是因为我没有及时按下KO指令键。

不过，我显然多虑了，"联盟"号独自完成了所有操作。三级火箭发动机熄灭，把我紧紧压向座椅的无形的手松开了，我被甩向安全带。我看见雪宝开始在空中盘旋，一团白色颗粒组成的云从我的舷窗前飘过，它们是因为发动机熄火而被推到前面的细小碎渣。一阵颠簸后，我们和三级火箭分离，紧接着，一系列沉闷的震荡宣告着天线的伸展和太阳能电池板的展开。几秒钟后，我们的"联盟"号飞船已经准备好自主飞行了。

接下来是一片寂静。当然，通风系统的嗡嗡声仍然存在，像一群蜜蜂在我的脑后盘旋。不过，在发动机的响声和火工分离装置的爆炸声之后，寂静显得格外明显。我的手裹在厚实的手套里，几乎与双眼平齐，仿佛它们已不再是我身体的一部分。顷刻间的翻转，竟颠覆了数百万年来人类的身体记忆。现在，为了让它们好好贴在我身上，不得不费点力气。我怔怔地看了它们一会儿。安东的声音让我记起自己还有别的任务。"继续看第三十三页。"他说道。他的指令让我们心情愉悦。我们跳过了程序手册上的四页内容，它们在火箭发生故障时才用得到。我们的任务只不过刚刚开始。但我们已经度过了两个极其危险的阶段当中的一个——发射。另一个是六个月以后的返航。那时，我们要以受控的方式消除火箭通过高度，尤其是速度积蓄在我们小小"联盟"号宇宙飞船上的能量。

而目前，我们已经在轨道上，朝着国际空间站的方向全速驶去。在发射前的两分钟，当我们还在拜科努尔的时候，国际空间站曾从我们的头顶经过。如今，我们和它进入了同一个轨道平面，只是它在我们前方三千公里处偏向东北的地方，位于蒙古上空。现在，所谓的"相位角"是二十五度，在接下来的六小时里，我们会把它调整至零度。和国际空间站相比，我们所处的轨道更低，因此速度也更快。

"阿斯特赖俄斯，俄罗斯太空任务控制中心。你们能听见吗？"发射结束，任务的责任也从拜科努尔航天发射场转移到俄罗斯太空任务控制中心。两天前，迪马回到了莫斯科，他将是接下来几个小时和我们对话的人，我们熟悉他的声音。他平和的声调会伴随我们最初的操作。目前，时间很紧张，几分钟后，"联盟"号就要自动开始准备两次发动机点火。安东的任务是监控这些环节，而我的任务则是检查系统的运转情况，同时进行泄漏检查，以确保我们不会在太空中失去空气。幸运的是，我的状态还不错。当然我挪动头部时非常谨慎，我不想冒险，好在并没有什么恶心的感觉。我的铅笔飘浮在空中，我通过连接它的绳子把它拉下来，在一张特殊的表格中记录下系统参数和泄漏检查所需的压力值。

"萨曼莎，快看外面！"几分钟后，特里催促道。我正埋头于任务，竟没注意到，轨道之夜就要结束了！最后几颗星星也消失了，外面的世界被染上蓝色和红色。这是我在太空中见到的第一个黎明。在晕眩的前庭系统和待完成的任务夹缝中，我用极不舒服的姿势向外瞥了一眼。真是太美了！几分钟后，我再次向外看去：我们正迎着太阳行驶，黑暗的地毯在我们下方消退。下方，是地球。那蓝色的水球上，白色飞溅物在海面投下长长的影子。

我们就要离开俄罗斯无线电的覆盖范围了。迪马打来最后一通无线电电话，这是告别之前的仪式：

"阿斯特赖俄斯，飞船已经作为地球的人造卫星在轨道上运行。天线和太阳能电池板也已经展开。轨道运行周期为八十八分钟，倾角为五十一度，高度为一百九十九到二百四十二公里。现在你们可以解开安全带，打开头盔的面罩。下次无线电通讯再会。"

"再见，迪马，"我想，"就让我们绕地球转一圈再联系吧，后会有期。"我关掉无线电，为了确保自己不会忘记打开它，我定了个闹钟，在下次经过俄罗斯电台前一分钟提醒我。半小时后，我终于可以宣布，我们的"联盟"号没有任何泄漏，按照程序，我们可以摘掉手套。特里和安东立即照办。我真的受够我的手套了。接着，我开始自我检查：总体还不错，只不过我开始感到头部有恼人的压力，这是流体移动的开始，在失重状态下体液会发生转移。前庭系统也开始捉弄我，我有一种明显的向前方做自由落体运动的感觉，仿佛如果没有安全带的阻止，我就会扑向控制面板。我决定重新把安全带收紧，以限制飘移的空间，我觉得这会有帮助。

做完系统检查以后，我跟安东一起监控发动机的运转状态。第一次点火的时间已经临近。点火会持续一分半，这一操作将把我们带到更加靠近空间站的地方。推动力很微弱，却足以让我再次体验前庭系统的紊乱。我强迫自己直视前方，不转头，慢慢地，眩晕感消失了。

在经历了诸多让人紧张的环节后，眼下并没有太多要做的事。下一次的发动机点火要在大约一小时以后。太阳落下，标志着我第一天轨道飞行的结束。这时，已有最早的星辰亮起。特里建议把灯关上几分钟，消除太空中唯一可能的光污染。我瞥了一眼银河，认出了仙后座。在地球上的时候，它们很遥远，而现在的距离，却似乎可以和它们交谈。不，所有人都可以和星空对话，在任何地方都可以。只不过，在天上，通过这个集成了并不多么先进的技术的金属盒子，我们得以待在本不应该有人类出现的地方，此时此地与星空的对话，更加令人心潮澎湃。

我注意到返回舱中的压力有点可疑：下降，上升，再下降。如果我们是在模拟器中，我会开始为失压做准备，但真实的传感器在运转中没有那么精准。我还是把情况告诉了安东，我们决定继续监控。与此同时，我在空中翻转程序手册把玩着。总体来说是件有趣的事，脑袋中的压力只是有点烦人。此时，地球上像是在上演一场精彩的表演：先是雷雨，继而是狂怒的闪电，像极了迪厅里的频闪灯。压力指针还在继续摇摆，不过没有下降的趋势。退一步讲，就算真的有问题，我们也能听见。第二次点火时间到了。和以往一样，安东负责监控方向和加速，而我负责运转过程中的压力检查。一切都教科书一般进行着。特里用杠杆式手动泵从空调系统中抽取冷凝水，导入其中一个专门储罐。闹钟响起，我再次打开无线电。

　　"阿斯特赖俄斯，俄罗斯太空任务控制中心。是否收到?"

　　运行了两个轨道，并且经历了两次发动机点火，无线电信号的接收变得有些困难。我们需要和国际空间站建立联系。目前，我们相距二百公里。国际空间站需要通过休斯敦的任务控制中心作为无线电信号中转站，与莫斯科取得联系，从而使我们不再受俄罗斯电台覆盖范围的限制。距离对接还有一个半小时。我们终于听见了迪马的声音，很微弱，难以分辨。我们没办法对话，不过安东一直保持着信息的传递，每隔一段时间就会播报距离和相对速度。我们处在制动抛物线上：通过一系列短暂的发动机点火，计算机把我们带到了与国际空间站同样的高度，并逐渐减缓靠近的速度。在距离国际空间站大约一百公里处，无线电通讯终于稳定了。最先从空间站传来的是萨沙的声音："伙伴们，快点！我们等你们！"

疲惫袭来，我们互相帮忙保持清醒。在发动机点火的间歇，我们有很长的时间用来休息。在其中一个休息时段，迪马关切地问我们是否都有机会去过轨道舱。这个问题的潜台词是我们有没有去过洗手间。发射后的两个小时是专门预留解决这个问题的时间。不过，安东花了很久用来安装通过前置舷窗拍摄对接现场的 GoPro 相机，已经没有多余的时间了。在操作阶段，我们是不能离开座椅的，因为飞船上的任何颠簸都会被计算机解释为姿态控制的故障，从而拒绝以任何方式点燃发动机。迪马告诉我们，在开始最终靠近国际空间站的操作以前，还有另一个休息时段，安东可以允许随航工程师进入轨道舱。"马到成功！"特里说，他的声音有些倦意，但十分愉快。"马到成功，特里，是吗？""是的！"特里骄傲地说，"百分之百成功！""完美！"安东补充道。我们咯咯地笑着：我们、迪马，还有世界各地任务控制中心的工作人员，在对话翻译成英语的瞬间一起笑了起来——就像在所有通过国际空间站中转的空对地交流中发生的那样。

这一夜，我第二次羡慕特里和安东空荡荡的膀胱。我没法进入轨道舱，不过，我起先也不曾奢望。随航工程师没有多余的时间。我所期望的只是能够在纸尿裤中释放，不算什么过分的要求，不是吗？然而，连这都很艰难！没有人向我解释过这种难言之隐，但问题是显而易见的。发射前的几天，有几位宇航员建议我尝试练习躺在浴缸里小便，希望借此建立一种积极的条件反射，或者降低那种神秘的无意识的抗拒。我试了几次。马到成功，特里会说。然而，现在，不管我怎么努力，仍有某种独立于我意识的东西阻止我清空膀胱。我试图放轻松，我告诉自己，问题会解决的，稍晚一点我可以使用"联盟"号的卫生间，只不过我很清楚，还有最糟糕的场景：导尿管！他们都告诉我说这种情况已经发生过，而且不止一次。在医疗训练期间，特里和我用一个模特练习将导尿管插到另一个人的身上。我还开心地接受了额外的训练：练习如何将导管插到自己身上，我甚至把额外的练习套件带回家实践。只不过，任何事情在这里都会大不相同：一切都处在飘浮的状态，作为太空中的新手，我连站立都有困难。

为了分散我对生理不适的注意力，安东向我展示了外部摄像机传来的国际空间站图像。飞船外一片漆黑，那是绝对的黑，空洞又似乎满怀敌意。我们的"联盟"号信心满满地瞄准唯一可能的目的地：人类在太空中的前哨——国际空间站。在那里，萨沙、叶琳娜和布奇已经准备好热饭迎接我们了。目前，我们的通讯已经稳定，无线电发射机一直开着，国际空间站和地面各任务控制中心都能够听见我们的对话。万事俱备。对接探测器已经伸出，Kurs 自动对接系统天线工作正常。在距离国际空间站三公里的地方，发动机再次自动点火。从现在起，如果有必要，我们还可以执行手动操作。我摆脱睡意，努力集中注意力：如果在这个阶段出现故障，需要迅速反应，手动完成对接。

我决定向外看看，我们已经完全与一号迷你研究舱的舱门对齐，正在缓慢而稳定地靠近它。这一时刻并非偶然：我正在寻找国际空间站。我不满足于相机拍摄到的间接的黑白图像，我想用双眼去感知它真实的色彩。尽管永远无法一览它的全貌，我仍期待着它的一部分能够出现在我的舷窗外。几位资深宇航员曾建议我在最后四十米内寻找它。我把安全带放到最宽松的位置，飘浮在我的座椅上。当我转身看向舷窗时，映入眼帘的第一样东西是"联盟"号宇宙飞船的一个小型太阳能电池板。这不是什么新鲜东西，我以前就已经看到过了。不过，在有限的视野边缘，有什么东西吸引了我的注意！我慢慢转过头，不禁惊喜得倒吸了一口气。或许是因为积蓄的情绪突然决堤，或许是因为困倦终于战胜了我的自制力，又或许，很简单，只是因为我没有准备好，才被突然出现在眼前的景象所震撼。"噢，我的上帝！"我大声惊呼，安东立即要求我闭嘴。无疑，他是对的：无线电发射机还开着，地面上的人不知道这里一切安好，更不知道我是因为幸福才兴奋地叫了起来，实际上并没有突发状况。空间站就在那里，气势雄伟，光彩夺目，散发着温暖明亮的橙色光线。那些大型太阳能电池板似乎正在燃烧，发出白炽一般的光芒。当我片刻之后再回头看时，橙色的光芒消失了。此刻，空间站沐浴在金属的冷光下，很快就被黑暗吞没。又一个轨道之夜开始了。

我意识到，在白天和黑夜过渡的几秒钟内，我已经捕捉到了我的新家泛着橙色光芒的第一张图像。我萌生出一种荒谬的想法，今晚太空——它对全人类的全部事件漠不关心，更不用说一个人了——想要送我一份礼物。

29

一个人的一生是各种事件的集合，

其中最后一件事可能改变整个集合的意义。

这倒不是因为它比之前的事件都重要，

而是因为各种事件组合成一个人的一生时，

要遵循一定的内部结构，

并非按照时间排列。

伊塔洛·卡尔维诺《帕洛马尔》

国际空间站，2014 年 11 月 24 日

"Kasanie!"对接！安东欢呼，激动和放松让他有些难以自抑，我们终于无惊无险地抵达了目的地。他很快恢复专业和冷静，通过无线电继续播报飞船上的情况，确认各种信号灯的亮起和熄灭，它们会显示自动对接系统是否在正确运转。实际上，我们正在将屏幕上的图像传输到地面，因此俄罗斯太空任务控制中心会看到我们所看到的一切内容，但他们还是继续任由安东播报。太空播报对俄罗斯人来说是神圣的，也许是从遥测传输不那么可靠的时代流传下来的遗产。

接触指示灯一亮，就意味着我们的对接杆已触及一号迷你研究舱的接收锥，姿态控制发动机启动，发出最后一次短暂的推力，直至捕获信号亮起：对接杆已经到达锥体的底部，并且被捕获钩抓住，这就是所谓的"第一机械耦合"。现在，我们的对接杆缩回，这一过程会持续十几分钟。就好像我们试图把四百吨重的国际空间站拉向我们。就实际情况来说，是我们被拖向空间站，越来越近，直到对接系统的挂钩扣紧，对接界面封闭。现在，我们和空间站成为一体了。

至少从机械角度说是这样。实际上，距离真正进入空间站还有两个小时。我们要利用这段时间进行泄漏检查，仔细核实通道中有无泄漏。从对接的那一刻起，我们就通过它与国际空间站连接在一起。一旦两扇门打开，我们将飘向萨沙、叶琳娜，还有布奇。

"噢，天呐！空间站就在外面！"特里突然说道，由于流体移动，他的声音鼻音十足。"噢，天啊！黎明！天呐！天呐！噢！"我也欣喜若狂地惊呼，再度任由审美的狂喜压倒职业的冷静。这一次，我有足够的时间，让自己沉浸在窗外这场光与金属的无声演出当中：空间站的轮廓正在轨道的夜色中显现出来；太阳的光芒映照出亮斑，这儿一块，那儿一块，揭示出人类太空前哨的复杂几何结构。慢慢地，太阳爬上天空，它的光芒勾勒出各个舱的完整轮廓。"'哥伦布'实验舱、气闸舱、永久性多功能舱（PMM）"特里指向窗外看见的东西。从我这边看到的是俄罗斯舱段，还有巨大的散热器。每个细节都令我着迷：在这么多年的训练之后，现在空间站就在那里，在离我的舷窗几米远的地方。对这个渴望已久的地方，我怎能不爱！更重要的是，置身其中是一种特权。迄今为止，只有二百一十五个人登上过国际空间站，而我，将成为第二百一十六位！

不过，在那个光荣时刻到来之前，我必须面对一个庸俗的问题，随着时间的推移，问题在加剧。安东已经进入轨道舱开始进行漫长的泄漏检查。"呃，安东……能由我来处理吗？我需要使用卫生间。"我问道，同时把麦克风从嘴边移开。这是一个不寻常的请求，因为泄漏检查通常是指令长的工作。在训练中，一直是安东在模拟这个程序的操作。不过，他没有犹豫，立即要求俄罗斯太空任务控制中心授权："萨曼莎可以进入轨道舱吗？"没问题，只要继续传送压力值就行。对于这些数据，俄罗斯太空任务控制中心完全依赖于我们，因为只能在机械压力表上读取它们，这是一种不能发送遥测数据的手持工具。在开始测量之前，甚至需要用手指敲击几次，以防指针被卡住。这是我第一次离开座椅。我飘浮着，笨拙地朝安东的方向推动自己。失重，多么奇妙！即便只是为了这奇妙的体验——通过敞开的舱门毫不费力地爬上轨道舱——上来一趟也值了。"爬上"，多么地球的一个词啊！几天、几周，或者几个月以后，或许我不会再想起这些词。现在，我很清楚，安东和我如何飘浮在轨道舱底部的圆形开口上方，而在地球上训练时，却需要十分小心，稍有不慎，就会跌入返回舱。安东偶尔会抓住我，帮助我稳定站位。他已经适应了，知道该如何移动。飘移大概像骑自行车一样，学会以后便会有肌肉记忆。

　　把我独自一人留在轨道舱之前，安东帮我拆除了索科尔航天服。我们总是互相帮助，以免因为钩子、带子或是拉链浪费时间。不过，眼下尤其令我感到愉快的，是安东帮助我保持静止。接着，他将有关泄漏检查的说明递给我，然后快速把自己推向返回舱，优雅地落在自己的座位上，半掩上门，为我留够必要的隐私。我花了点时间研究了一下境况：尽管需要马桶来救急，但眼下最重要的，是弄明白控制装置。目前，我们的任务是进行对压力表本身的泄漏检查，我必须每分钟传输压力值的更新数据。接下来，我将打开一系列的阀门，测试将我们连接到空间站的通道的气密性。宇航员什么都能拿来开玩笑，但对待阀门我们总是很严肃。当我们听到正在进行的压力平衡过程中的嘶嘶声，我们希望可以确定——绝对地确定——这不是我们呼吸的空气正泄漏到太空中。从作为随航工程师的基础课程结束以来，我已经很久没有使用过这些阀门了，不过，好在系统本身做足了防护。我清楚地记得，不可能同时打开一系列阀门，建立通向外部的通道。但我还是快速研究了阀门旁边的气动连接图，确定自己理解了程序。与此同时，迪马通过无线电呼叫，要求读取压力值。"莫斯科俄罗斯太空任务控制中心，阿斯特赖俄斯二号，六点五十六分压力表显示稳定，三毫米汞柱。"距离下一次读取还有一分钟的时间。我在半空中笨拙地盘旋着，无头苍蝇一般一下子推这里，一下子蹿那里，我脱掉打底裤，摘下纸尿裤，半裸着悬浮在半掩的返回舱舱门上方，通过无线电播报压力数值。令人尴尬的喜剧场景并没有放过我，好在这是一种孤独的尴尬：毕竟没有人能看到我，他们只能听到我的声音。为了保持住尊严，我只需在无线电通讯中表现出自在的状态，仿佛除了每分钟读取压力值，生活中没有其他可操心的问题。很久之前我就知道，最好的宇航员和最好的飞行员一样，要学会在恰当的时候做个好演员。于是，我准时播报压力值，使用那些惯于在太空中进行压力检查的人的语调。奇迹般地，在一个数值和另一个数值之间，我成功地使用了"联盟"号的简陋洗手间，惊奇地观察到风扇的气流是如何让液体朝着正确的方向移动。随着空间液压技术的成功演示，导尿管的幽灵逐渐远去：接下来的任务变得轻而易举。

对接后两个小时，我们终于确定没有任何泄漏。萨沙通过无线电向我们确认一号迷你研究舱的舱门已经打开。现在，在我们面前还有最后一道屏障——我们自己的舱门，机械锁和"联盟"号的超压使舱门牢牢保持在关闭位置，将我们与空间站隔开。只有大约三十毫米汞柱，相当于晴天和阴天之间的气压差，却足以让我们不敢立刻打开舱门。因此，我们打开对应的平衡阀，允许空气流向空间站，期望两侧具有相同的压力。

手持压力表的指针在动，但没有我们期望的那么快。我们开始频繁地看向时钟。实际上，最后期限正在逼近：KU 波段的覆盖范围就要结束。与 S 波段的连接仍在，允许音频通信和关键遥测数据的传输。但视频传输是通过会出现更频繁和长时间的信号中断的 KU 波段进行的。好吧，几分钟后我们就没有信号了。在家人和朋友颤抖着等待了一夜之后，我们进入空间站，却没有将实时图像传输回地面，这是不可想象的！我们必须加快速度，及时打开舱门，否则我们还要再等二十分钟。"七百四十五毫米汞柱，"安东报告说，并补充了一句隐含的请求，"实际上和空间站一样。"坦白说，还差几毫米，但是俄罗斯太空任务控制中心允许我们打开舱门。这时，一切开始变得令人兴奋。我帮助安东安装舱门开启手柄。几圈后，锁钩松开，安东试图打开门，但微弱的超压仍然让门保持锁定状态。来自空间站的撞击让我们明白，萨沙正试图从他那边协助。他向外推，安东向里拉，特里和我在等待。现在，我们已经认命地准备好等待下一次连通 KU 波段了。突然间，门开了。"萨曼莎，你准备好了吗？"我有点愣住了。我们从来没有谈论过谁将第一个走出飞船，但我显然从未奢望过这份殊荣会属于我。安东是"联盟"号宇宙飞船的指令长，而特里将会成为国际空间站的指令长。我应该感谢并礼貌地拒绝，但在那个激动的时刻，推三阻四在我看来似乎是最不合适的事情。并且，我得承认，我很开心。当舱门开到足够大时，安东轻轻地将我推向空间站。"萨曼莎，去！去吧！"

这仿佛是重生。我从我们小小飞船的狭窄空间钻出去，准备迎接我的新生活，也去圆人类的梦。这是一个激动人心的时刻，是过去和未来之间罕见的接点之一，它为即将发生的一切提供动力，但同时也在瞬间的后退审视中回溯时间，为此前的一切勾勒出轮廓，赋予它们完整性。我紧紧拉住萨沙、布奇和叶琳娜，同时尝试沿着狭窄的一号迷你研究舱移动，尽量不妨碍身后的安东和特里，以及正在记录这一场景的摄像机。我们必须立即前往服务舱，在那里，我们可以和正在等待的家人取得联系。叶琳娜带领我们沿"曙光"号功能货舱前进，这是另一个狭长的舱体，里面布满了可以推动的手柄，接着，我进入服务舱。这是我第一次发现自己飘浮在一个宽敞的空间中。我找不到任何可以倚靠的点：在所有我能触及的墙壁上都挂着相机、镜头、笔和其他用魔术贴固定的物件。接着，我看到一个窗口，那个小小的圆形窗口位于服务舱的地板上。我终于设法抓住了栏杆，发现自己倒立着，甚至不知道是怎么回事，脸正对着窗玻璃。在我的下方，地球的一角正缓缓经过，像是平原上的河流，缓慢壮阔地流淌。我看到大片红色和沙状的东西，此起彼伏，附着在干旱的黑色土地上，多么贫瘠的景观！可突然，一排云彩的出现让一切变得柔和起来。我区分不出城市和街道。树上的男爵曾说："任何想要仔细观看大地的人，都需要保持必要的距离。"我尽了自己最大的努力。

萨沙提醒我，在拜科努尔还有视频连线等着我们，他催我快点移动到服务舱尽头。安东正在空中翻筋斗，像杂技场的孩子一样喜气洋洋。叶琳娜帮我在桌子后面站定，布奇优雅地从我的头顶经过，接着落在我身后。不一会儿，我们所有人都排成一队，我们新人在前排，摇摇晃晃的，后面是老兵，稳稳地飘着。我戴上配有麦克风的耳机。一切进行得非常快，从我们抵达到现在才过去五分多钟。很快，无线电波中传来呼叫："国际空间站，休斯敦呼叫，你们准备好了吗？"安东准备用英语作答，他显得有些犹豫，于是特里接过来，他或许很高兴，因为经过几周的时间，无线电耳机中终于有人用他的母语和他交谈。"国际空间站已经准备好。"特里确认说。"拜科努尔，休斯敦呼叫，请呼叫国际空间站进行语音测试。"于是，与空间站的第一次公开联系就这样开始了。只不过，对面没有学生、记者或嘉宾，而是我们的家人，他们有些疲惫，但十分兴奋。尴尬在所难免：在众目睽睽下能说些什么呢？可爱的基拉因为年纪小反倒没有顾忌，她先把大伙给逗乐了："爸爸，这次我看到了火箭，这次我没有睡着！""基拉真棒，我等你们的发射照片！""基拉，再见！"我们一起说道。"我很快会打给你们。"安东补充道。当然，空间站上是有电话的，这是一个VoIP 系统，可以让我们连接到地面电话网络，而且——锦上添花——只能单向拨打：我们可以呼叫所有人，但没有人可以给我们打电话。

当特里与他的女儿谈话时，我们有一刻钟的时间失去了KU 波段。布奇、萨沙和叶琳娜已经为我们准备好一场小宴会。桌上有一个隐藏的烤箱，里面已经有几盒肉和鱼在加热了，布奇从一号节点舱的炉子里取出了美国航空航天局的食品袋。所谓"炉子"是一个带电阻的金属箱子。片刻之后，我们的面前摆上了一张展开的桌子，信封和盒子被折叠起来——以便让有黏合剂的部分暴露在外面——的布胶带固定在适当的位置。桌子的一角有一个垃圾袋，用松紧带紧紧封住。有人递给我一袋水，喝完之后我把吸管留在了原处——立刻证明我是个新来的。尽管疲惫不堪，时间也很尴尬，但我们都兴高采烈。空间站上已经是上午六点。对于萨沙、布奇和叶琳娜来说，这也是一个漫长的周日。不过，一切并没有结束。在休息以前，我们还有近两个小时的任务，例如紧急情况简报。安东在这里有自己的床铺，就在饭桌旁边，叶琳娜的对面。而特里和我会和萨沙与布奇一起，住在二号节点舱，那儿有四个放射状排列的铺位。

连接恢复以后，是我和家人的通话时间。我们激动地交谈，但不免又有些尴尬。还是莱昂内尔轻松解决了这个问题，他说："我有一个问题，想问问你、特里和安东。现在你们在上面，能告诉我关于生命、宇宙和一切根本问题的答案是什么吗？"能够以一个玩笑结束，真是一种解脱："四十二！"

几个小时后，当我即将入睡时，特里急切地叫我："萨曼莎，快来！"我能预感到是什么事。特里曾开玩笑地让我没有他的允许不要从穹顶舱向外看，他要为我选择一个完美的时刻。我觉得自己像一个孩子要打开期待已久的圣诞礼物，兴奋的同时又有点担心，生怕礼物不及想象中美丽。在穿过三号节点舱以后，我跟在特里身后，潜入一个广阔的空间。我终于进入穹顶舱——空间站令人梦寐以求的小阳台。四周都是窗户，大约到我胸部的高度，窗户下方安装着机械臂的主控站。沿着墙壁，其余空间被无数的相机和镜头所占据。我自顾自地转着，透过六个舷窗可以一览太空的全景。接着，我朝面向地球的圆形大窗看去。此时的地球一片漆黑。尽管有星星环绕在周围，但在我们下方，是绝对的黑暗。特里选择了绝好的时间。现在，我们正位于太平洋上方。在那片广阔的水域上，没有一丝光亮显示人类的存在。东边，地球的轮廓被一道柔和的蓝色弧线勾勒出来，仿佛天光透过一道薄钩般的狭缝射入黑暗的房间。慢慢地，狭缝张开，蓝色的镰刀在地平线上悄然伸展，如爱抚一般。几分钟后，橙色的丝状笔触逐渐晕染扩散，色彩也愈渐丰富，宣告着黎明的到来。起初，太阳穿着朴素的外衣登场，像一团颜色，像一个蛋黄，轮廓紧凑，正卧在地平线上休憩；接着，温暖的光线冲出河岸，漫上黑色的幕布。这是光的胜利：地平线仍被无限的蓝色和橙色包裹着，但舞台的中心沐浴在明亮的黄色阳光中。尔后，仿佛黑色的幕布从中间拉开，我被完全升起的太阳的耀眼力量击中，光芒播撒到地球表面，将黑暗驱散。

伴着初升的太阳洒在脸上的温暖，我终于睡着了，带着一点点遗憾，告别这漫长又完美的一夜。

30

那三个冒险的同伴，

尽管有着科学的理论根据，

可当真在这奇妙的地方体验失重时，

仍旧觉得十分惊讶。

伸在前面的胳膊并没有要放下去的意思，

肩上脑袋摇来摇去，脚也没能触到底部……

儒勒·凡尔纳《环绕月球》

国际空间站，2014 年 11 月 24 日

　　我试着打开灯，但在黑暗中找不到任何参照物。然而我的铺位只有电话亭大小，我清楚地知道开关的位置，找到它能有多难呢？我在黑暗中摸索，终于在无意中推到了门，光线从缝隙照了进来。这时我才明白，原来我颠倒了方向。我感到不可

思议，空间如此狭窄，我是怎么睡成头朝下的样子的呢？我想说"颠倒"，但这个词毫无意义，以什么为标准去判定呢？我的铺位在地板上，或者说是传统上认为的地板，即落脚的那个面，这样说只是为了让描述空间站的词语与眼睛采用同一个定位系统。

在两次精准的推力作用下，我快速穿过实验舱。布奇恰好看见我的头探出地板，他是从一号节点舱过来找我的。"下午好！睡得怎么样？""好极了。"我回答道。但实际上，我睡得并不怎么样。因为我没有用弹力绳把铺位固定在墙壁上。现在这样说可能为时过早，不过我觉得自己更喜欢这样飘浮着睡。布奇给我展示当他偶然想感受到身体的压力时是怎么睡的，他用背抵住一面墙，再把腿伸向另一面墙。我记下了。

我是饿醒的，所以我叫布奇教我快速准备点吃的。我跟在他后面朝一号节点舱飘去。我笨拙地向前挪，像婴儿刚开始蹒跚学步。布奇宽慰我说，两周以后，我一定会像一名太空芭蕾舞演员，翩翩起舞，来去自如。而此刻的我只希望，在这一路上可别弄碎了什么！在一号节点舱，食品袋是按种类摆放的：早餐、肉和鱼、配菜、蔬菜和汤、水果和坚果，最后还有甜品和零食。现在已经是午后了，但我想吃早餐。布奇指了指一个临时储物柜，这是一个用胶带封起来的白色大盒子，上面贴着"早餐"的标签。这样的盒子有十几个，对面墙壁上另一种更小的金属容器也有十几个，它们共同构成了一间临时食品储藏室。很显然，这是从前住在这里的宇航员留下的智慧结晶，而非什么刻意的设计。我挑了一袋燕麦片和一袋炒鸡蛋，都是脱水的。在对面的墙上，我从盒子里拿出热饮。热饮除了茶包外，还有不同种类的咖啡，有加糖的、不加糖的，有加牛奶的，也有不加牛奶的。在我寻找黑咖啡时，有几个袋子飞走了；在我试图把它们拽回来时，炒鸡蛋又从我手中滑落；在我试着追赶鸡蛋时，只落得在半空中转圈儿，迷失了方向。我一会儿上，一会儿下，一会儿朝前去，一会儿向后扑：真是忙乱成一团！

布奇手里拿着丢失的咖啡袋看着我直乐。他问我感觉怎么样：恶心吗？头痛吗？好在都没有。不过，我兜里一直装着呕吐袋，以备不时之需。我的头部感觉到压力，这是真的，而且是一种持续的感觉。布奇说他一开始也有同样的感觉，不过过一周就好了。我跟着布奇朝饮水机飘去。饮水机在天花板上，位于实验舱的正中央。布奇向我展示了如何把脚插进固定在墙上的支点，来保持自己的站位。有点像穿游泳脚蹼，只它是牢牢固定在栏杆上的。

食品袋像空间站里任何可以移动的物件一样，上面贴着魔术贴的毛面。十五年来，空间站里更替的众多宇航员则是通过魔术贴的勾面把自己的痕迹保留在了这里，它们在空间站的内壁上无处不在，尤其是那些经常使用的战略要地，其中一处就是饮水机的旁边。在给鸡蛋恢复水分的时候，我把燕麦片固定在那儿。按照袋子上的说明，需要添加一百五十毫升的热水，实际上只是温水，为了防止烫伤，而燕麦袋里冲兑的凉水几乎达不到室温。幸运的是，这个机架上放着一台小冷柜。在没有实验需求的时候，我们可以在里面放些软饮袋。一般情况下我只喝水。不过空间站上也有果汁和奶昔，都是粉末状的，就差碳酸饮料了。

　　按照说明，我的食品袋要等上十五分钟，于是，我利用这点时间进入三号节点舱，去使用卫生间。"联盟"号的卫生间简单地由两个连接在软管上的容器组成，和它相比，三号节点舱的卫生间让我想起地球上的卫生间。不过，两个指示灯和开关板还是暴露了隐藏在机架后面错综复杂的管道、泵、风扇、水箱和过滤器。跟它相比，连日本的卫生间都显得无趣了许多。出于隐私保护，它安装在一个隔间内，把三号节点舱分成两个空间。卫生间有一个折叠门，还有装干、湿纸巾的袋子，一个乳胶手套包和一个用于回收使用过的纸巾的垃圾袋。代替金属杯的是一个粗短的圆筒状金属容器，用来收集固体垃圾。在它的上面，安装着一个白色小座椅。不用的时候，盖子紧紧关闭。布奇给了我们一些轻松有效的使用建议：虽然固定脚的把手有很多种，用来帮助保持姿势，不过，用手抵着天花板似乎是更容易的办法。无论如何，还是下次再说。目前，我只是从墙壁上取下软管，在它的末端安装着用于尿尿的黄色锥形容器。在空间站的某个地方，有专门为女宇航员设计的其他形状的容器，更适合女性的解剖结构，而且带有侧孔，因此贴身放置时不会阻挡气流。我四处询问过，但没一个同事认为那是更好的选择。我还没什么经验，但我想我可以肯定，即使没有人为的方向控制，气流也可以在几厘米之外完成它的工作。

炒鸡蛋和燕麦片仍然在我离开时所在的地方，我用布胶带把它们固定在了一号节点舱的桌子上。看到它们时，我有种成就感。我用剪刀打开装鸡蛋的袋子。小剪刀是太空中桌子上最基本的工具，还有长勺，用来食用大袋子里的食物。我还是忍不住让食物飘浮，再用嘴在半空中捕捉它们。奇怪的是，在这里，一切都既陌生又熟悉。我知道每个地方和每个物件的名称，我可以看向任何方向，包括在我的脑海中看到舱壁的后方，那里有给空间站输送空气的通风管道。我知道这段舱壁是三文鱼的颜色，并且只有在一号节点舱这里如此，两个检测燃烧产物的工具用魔术贴贴在那里，一旦发生火灾，我们所有人都要去寻找它们。然而，当我想打电话给莱昂内尔时，我不得不再次向布奇求助，请他示范一下 VoIP 电话的用法。

莱昂内尔和一同观看发射的亲友团一起回到了莫斯科。现在他们已经非常亲密。当我从我的铺位打电话给他时，他们正在一家高加索餐厅吃饭。我想象着他们面对堆成山的烤饼和烤肉。就在昨晚，我们真的是一起在拜科努尔吗？在我看来，一切已经像是一个梦：隔离、告别、发射。我几乎想回到我们的"联盟"号上转一圈，呼吸那种不会认错的气味，抚摸我的索科尔航天服。在它们开始变得模糊之前，我停止了回忆。我从来不曾擅长记忆。过去像一条长裙一样从我身上滑落。

国际空间站，2014 年 11 月 25 日

"休斯敦、亨茨维尔、摩纳哥、筑波和莫斯科，早上好！第四十二号远征队已经为每日计划会议（DPC）做好准备！"布奇用他的田纳西口音，以及充满活力和热情的标志性语调说道，这也开启了我在太空工作的第一天。和在地球上一样，布奇睡得很早，他早上五点起床，通常在做两个小时的运动以后，才开始新的一天。即使在宇航员这个对工作不乏奉献精神的团体中，这种仿佛由不同寻常的宗教狂热所滋养的热情依然让他显得与众不同。精准细致是布奇一贯的风格。他会在上午七点零五分整拨打无线电电话，不会早一秒，也不会晚一秒。特里和我离他很近，在实验室的办公角。除了邻近的无线电面板，这里还有一张小桌板和许多文具，从便签到笔，都用魔术贴粘在墙上。就是在这里，每个工作日的早上，我们以每日计划会议开始一天的工作，和分布在世界各地的任务控制中心一起协调当天的活动。

第一个接听布奇电话的是珍妮特，她是一名宇航员同事，今天由她担任指令舱宇航员通讯员（CapCom），也就是在休斯敦的太空任务控制中心，通过无线电与空间站对话。"计划已经发送。"珍妮特开始说，她指的是当天的电子议程更新。她迅速谈到各种主题，提出问题，也对一些悬而未决的问题做出

328

解释。大部分时间都是布奇在讲话，特里和我都还不太懂。布奇已经和控制中心的同事们一起工作了好几个月，他们像是一群在一处劳动的手工匠人，相互攀谈，做出总结。渐渐地，我们也开始有了眉目，多亏了第一周日程上穿插进行的交接会议。

"如果你们没有其他问题，今天的有效载荷通讯员（PayCom）是克里西。她已经做好准备，从亨茨维尔和你们通话。"珍妮特最后说道。"感谢休斯敦，我们之后再会。亨茨维尔，第四十二次远征队向你们问好，早上好!"布奇说道，并开始与克里西讨论美国航空航天局的相关实验活动。在我们的行话里，空间站首先是一个研究平台，实验被称为 Payload，即有效载荷，因此 PayCom 成了亨茨维尔通讯电台的名称。如果国际空间站是一个地球实验室，我们可以说，休斯敦负责的是基础设施，确保建筑不会倒塌，提供热水和暖气，而亨茨维尔则负责研究活动的实施。在欧洲"哥伦布"实验舱和日本"希望号"实验舱，这两个角色是合并在同一个任务控制中心的：通过 EurCom 和 J-Com，我们既讨论系统又讨论实验。最后，布奇呼叫了莫斯科，并把话筒递给萨沙。萨沙和安东、叶琳娜一起在服务舱参加了会议。众所周知，俄罗斯人的无线电通话时间很长，因为俄罗斯太空任务控制中心较少依赖日程和其他电子文件传递信息。由于这个原因，像往常一样，布奇取消选择空对地一号频道（S/G 1），它在这一天的剩余时间将用于与莫斯科的通讯。留给我们的频道是 S/G 2，S/G 3 和 S/G 4。

对于每个人来说，当天的第一项活动是对紧急程序的回顾。我们一起转了转空间站，查看设备：通风截止阀、固定在每个舱口旁边的大手电筒、便携式仪表、灭火器，还有应急面罩。巡逻之后，我们一起重温了操作程序和任务分配。这些是夏季模拟期间在九号楼里确定的，现在看来似乎已经是非常遥远的地球生活了。尽管抵达不过是昨天早晨的事，我却觉得那似乎已经是遥远的记忆。也许这是正常的吧！我不断地学习，在大脑中吸收图像和感知，学习在太空中控制身体的新方法。我感觉时间被拉长。

与此同时，在空间站的生活时常提醒我，自己还是个新手。我继续笨拙地移动，跌跌撞撞，飘浮在半空中，在撞到东西之前总没法及时校正。在实验舱里，移动尤其困难，因为墙壁、地板和天花板上的自由空间非常小。到处都安装有设备：粗电缆和大型连接器，带有突出手柄的抽屉，笔记本电脑，每台电脑都有一团盘绕的电源线和一个笨重的变压器。尽管看上去混乱，但我知道，一切都在它应该在的位置。只要我别七荤八素地撞进来，把只用一小块魔术贴固定在舱内准备使用的物件撞飞就好！我开始有些怀念那些在地球上熟悉的动作。有一天，一位同事给我描述在空间站的前几周生活，他说那就像是试图从消防栓里喝水。这个描述还真是贴切。尽管对于空间站上工作的方方面面，我都接受了完善的训练，但是只有通过实践，我才能真正掌握它们，并在工作中很好地运用。现在，我还在用问题轰炸布奇，好在他很有耐心。

国际空间站，2014 年 11 月 27 日

今天没有每日计划会议。这是我在太空中的第四天，空间站上在庆祝一个美国节日——感恩节。我一直觉得，在一年中有一天专门用来表达感激之情，是个不错的主意。比如说，在任务刚开始的一周，我过得可谓岁月静好，对此我十分感恩。相反，可怜的布奇就没我这么幸运了，他到了以后，一个月都没真正歇过一天！

昨天，我做了第一个实验——盲视与想象（Blind & Imagined）。空间站上的首秀可真不容易，因为需要安装许多设备，还要花些工夫校准四台摄像机，这样它们才能在之后准确地记录我在日本"希望"号实验舱精心划定的空间内的运动。我想，几周以后也许就没什么困难了吧。不过，在空间站的第三天，完成这样一个漫长而复杂的程序，绝对是个挑战！花费的时间比预期要久得多，不过，最终还是成功了，所有数据都被成功抓取。

我希望研究人员将能够得出关于神经系统对失重适应的有趣结论。或许，有一天，它可以应用在运动和平衡问题的康复领域。就我而言，我更喜欢以非科学的方式来观察我的大脑给我开的玩笑。比如，如果我的脚朝向天花板或是一面墙，那么大脑会自动认定那里就是地板。这可能是一个有益的反应，会

331

减弱迷失感。不过，我同样感觉到，它会干扰空间站的布局在我头脑中的印象。当要转移到侧面舱体时，我常常会弄错方向，比如要去"哥伦布"实验舱，却偏偏走去了"希望"号实验舱。布奇向我保证说，两周之后，当我对空间站更熟悉的时候，我的大脑会学会动态捕捉视觉参考物，而不再仅仅依赖脑海中的地图。但安东常常善意地开我的玩笑：为什么我就不能老老实实地待在地板上呢？好吧！可能由于初来乍到的新鲜感，我真的很喜欢探索这个三维空间自娱自乐。毕竟我的余生都将在地板上度过。我经常在天花板上吃饭，头朝下，像蝙蝠一样倒挂着。安东坚持认为，几周以后我就会厌倦。那我们拭目以待吧！我认为，安东的观点应该是受了服务舱内部结构的影响。现在他大部分时间都待在服务舱里，那里的布局有明显的上下高低之分，就好像在地球上一样。俄罗斯人应该从来没想过把饮水机安在天花板上，把铺位放在地板上，把跑步机挂在墙壁上。而我特别喜欢这样！

就在今天，特里和我开始体育锻炼，这是我们在返回地球以前需要进行的日常项目。如果没有持续的训练，失重不仅会导致肌肉萎缩和心血管功能失调，还会造成明显的骨质流失，这是一种加速骨质疏松症。幸运的是，在国际空间站上有非常有效的训练器械。最简单的器械，也是我尝试的第一台机器，是具有隔震和稳定功能的自行车测力计（CEVIS）。简而言之就是一台动感单车，但那些寻找车座的人恐怕会很失望：因为在失重状态下，"坐"是没有意义的。我只是用一双自行车鞋把自己挂在踏板上——这是我离开发射台以来第一次穿鞋——并在腰间系上一根带子。在 CEVIS 上运动和我预期的一样累。从来没有人能够给我一个准确的解释，但是它的运动力学与地球上的自行车有着明显的不同，所以很难按照你习惯的模式锻炼。为了帮助自己踩踏板，我将双臂向下推，握住安装 CEVIS 的金属框架。一切都固定在侧面的机架上，但有一个窍门：支架是独立的，可以减轻机械应力。长远来看，这保护了空间站，延长它的潜在使用寿命，同时，短期来看，它也满足了科学家们的需求：如果在实验过程中，我们在国际空间站中制造出震荡、冲击和颠簸，他们恐怕不会高兴。当然，对空间站不施加任何外力也是不可能的，因为它毕竟不是抽象的数学模型，而是一个有限延伸的实体，一些小的扰动在所难免。因此，如果想要尽量精确，我们要讨论的不是失重，而是微重力。当然，并不是说我真的能感知到这种差异。重力的微小残余只能由分布在空间站中的灵敏加速度计记录下来。

布奇为感恩节派对做了布置。在一号节点舱中，他为我们摆了桌宴席，有焦糖红薯、玉米面包、蘑菇，当然，还有烟熏火鸡。甜点是樱桃和蓝莓塔。食物很丰盛，都是用袋子装起来的。布奇为空间站菜单的轮换做好了准备，一些是冻干食品，一些是即食的，在便携旅行炉里加热一会儿就好。我们一起打趣着阅读《每日摘要》给出的怪诞烹饪建议。这是一份每天从休斯敦发来的文件，主要是为乘组人员更新空间站系统情况，解答悬而未决的问题，再告知各个任务控制中心轮班人员的姓名。它的结束语是："操作内容结束。"通常，在这句话之后还会有插图和笑话，任务控制中心希望我们的每一天都能伴着开心的笑声开始。今天，他们怕是玩疯了，为我们画徽章贴片的朋友里卡尔多甚至还放进了一份"毫河"餐厅的感恩节菜单。这个名字来自道格拉斯·亚当斯创作的"银河系搭车客指南五部曲"的第二本《宇宙尽头的餐厅》。

当然，我们也会给任务控制中心的同事们带去些许快乐。特里和我通过无线电主持了一场公平的竞赛，在他们毋庸置疑的评判下，布奇被迫当选整个近地轨道上最佳火鸡叫声模仿者。

国际空间站，2014 年 11 月 29 日

"永远记得，在这里，我们就像在水族馆。"这是到达空间站以后布奇给我们的第一个忠告。我没有立刻明白他的意思。难道是因为我们像鱼一样漂在水中？不，不！是因为墙壁像玻璃一样透明，我们就像水族馆里的生物一样总是被观察着。每天早上，每日计划会议一结束，一个广角相机就开始向地球传输实验舱和一号节点舱的图像，另一个相机则负责拍摄日本"希望"号实验舱，以及远处的"哥伦布"实验舱。在二号节点舱和三号节点舱也有摄像机，不过由于涉及居住、卫生和运动场所，它们通常朝向一面墙，只在有特殊需求的时候调用。

不过，今天，所有摄像机都是关着的，或者至少它们不会将图像传输到地面。太空中安静的周末开始了。

我醒得很晚，休息得很充分，状态不错。现在，我不再感到头部的压力，也不再为了预防在口袋里装着呕吐袋。我穿着睡衣走出铺位，穿过实验舱。我已经开始习惯飘浮，虽然还是会偶尔撞到东西，但碰撞的次数少了，动作也逐渐连贯起来。我正在学习怎么精确地给自己推力：只消用上必要的力量，轻轻一推。我记得，卡迪几年前曾试图向一位准备扮演宇航员角色的女演员描述失重的情景。"想象一下，你的指间夹着一根头发，你用头发给自己一个力，很轻微，甚至不用拽断头发。但在太空中，这样的力道就足以让你缓慢地飘到太空舱的另一端。"

在食品储藏室，装着早餐袋的盒子差不多空了。于是，我潜入永久性多功能舱（PMM），准备拿些新的。这是一个大型存储舱，由意大利航天局提供给美国航空航天局。布奇还巧妙地把它改造成了淋浴房，在入口处安装了一块临时窗帘，必要时可以拉上。我想这是出于对我的善意，或许也是为了自己自在一些。永久性多功能舱是个不错的地方，但也相当冷，没有真正的栏杆：我迟早得告诉布奇，我宁愿放弃一点儿隐私，去三号节点舱洗澡，那里更舒适宜人。当然，那里也非常繁忙，至少在工作时间总有其他人在。看到别人的肌肤多少是件敏感的事儿，每个人有自己的尺度，尤其是异性之间。总之，是个棘手的问题，还是等我们对彼此更加信任了，再探讨才好。现在，我暂时在永久性多功能舱洗澡吧！

"早上好，萨曼莎！"安东突然出现在我身后，他从俄罗斯舱段飘来，心情和往常一样好。我们很少在空间站上遇见。俄罗斯宇航员几乎完全在俄罗斯舱段工作，我们很少去那儿，除非是晚上一起吃饭或聊天。我们一起在拜科努尔共度了几周时光，但在分享了发射的紧张经历之后，几乎就见不到安东了，这真是有些奇怪！这会儿，他出现了，是来给我送勺子。第二次了。这周勺子已经飘走过一次，不可避免地飞向俄罗斯舱段，因为空气在通风管道中会向美国舱段循环，然后通过敞开的舱口返回俄罗斯舱段。正如所有丢失的物品一样，我的勺子也被气流运送到邻近的"曙光"号功能货舱的通风格栅，安东是在做清洁的时候找到它的。在把这个宝贝工具递给我以后，他回到仍然开着的真空吸尘器上，轻松地飘进了连接美国舱段和俄罗斯舱段的漏斗形通道中。

周六是整个空间站大扫除的日子。晚些时候，我也会尝试吸尘器。在今天的电子日程上，除了与家人的每周视频通话外，没有别的活动。这与地球上进行的视频通话没什么太大的不同，只不过空对地无线电信号会通过保密频道传输，以确保地球上无人能够窃听。而在空间站上，空间礼仪规定了不应该听别人的谈话。

于是当我潜入穹顶舱时，赶紧取消选择了音频终端上的S/G 4频道，萨沙正在另一个舱内通过它和家人聊天。约莫十分钟以后，就要轮到我了。我希望和莱昂内尔的第一次视频通话能在这儿进行。我登入电脑，开始等待，享受日落的最后时分。不一会儿，我看到它在远处朝北的方向：绿色的火焰悬在地平线上，跳动的火舌，催眠的舞蹈，像轻薄亮丽的面纱，随着芭蕾舞者曼妙的舞姿轻轻摆动。

这是我第一次见到北极光。

31

我讲的似乎是个无趣的故事。

但也是一次伟大的冒险。

我的房间在我面前是透明的。

它向我展示了，假如有一天，

我以游客身份来参观农场，

恐怕永远也不会发现的东西。

安托万·德·圣埃克苏佩里《空军飞行员》

国际空间站，2014 年 12 月 2 日

太空上，我一觉醒来，就在工作岗位上了。我只需伸出手，抬起电脑的盖子。空间站大约有二十来个这样的笔记本电脑，分布在各个舱中。电脑上装的是普通的 Windows 系统，我们用它们来查看日程、程序、库存记录，收发电子邮件，拨打

电话，管理照片，简而言之，可以处理一切与空间站指令和控制不密切相关的事情。在我的铺位上，还有另一台笔记本电脑，与空间站网络完全隔离，可以远程控制休斯敦的一台计算机，然后访问互联网。不过经常遇到问题，运行的时候速度慢得着实令人痛苦。最糟糕的时候，写一篇一百四十字的推文就要花十分钟的时间。通常，我先在键盘上敲几个字，然后在另一台电脑上写一封电子邮件或阅读一份文档，与此同时，以三个或四个为一组，我敲出的字母才缓缓出现在屏幕上。

今天早上，电子日程告诉我，在收集唾液样本之前不要吃饭、喝水或者刷牙。昨天，我准备了拭子。我很清楚这个程序，因为在地球上我做了好几次，每周一次。我把第一根棉签放在嘴里，然后把门打开，好表示我已经醒了。在我对面的天花板上住着萨沙。他的门关着，也许他已经在俄罗斯舱段了，又或许他还在睡觉。距离每日计划会议还有一个小时。特里住在我脚下的一堵墙上。打开门，我们就像共处一室的室友躺在床上交谈，更确切地说，是躺在袋子里！这情景有点儿像是大学宿舍。"嗯……"我一边回应他的问候，一边指向我的嘴，用手指比划了一个四。第一根棉签要在舌下待上四分钟。"啊，好的。"我们的实验包不一样，特里不用参与这个项目。这个项目是研究在宇航员身上观察到的免疫系统失调如何使他们更容易受到感染。

在电子日程上，有一些活动是用粉红色写的，表明活动的时间是灵活的。如果我愿意，在不妨碍他人的情况下，可以换个时间再进行。比如，体育锻炼就是粉红色，两个半小时的训练时间分为心血管训练、动感单车或者跑步机，以及在高级阻力运动装置（ARED）上进行的阻力训练。最后这一项是一台举重机。你也许会说，在失重的情况下举重，那还不容易？诀窍就在这里，显而易见：我们面对的是两个大型真空气缸产生的阻力，最大可调节至三百公斤，从而有效地弥补无需大量体力劳动的生活造成的影响。每天，我都会穿上运动鞋，进行一次体育锻炼。训练程序是从几种不同形式的深蹲开始的。深蹲可能是最重要的运动，它可以抑制臀部和骨盆等重要部位的骨质流失。当你在高级阻力运动装置上进行深蹲训练时，不仅活动杆会向上移动，双脚所在的平台也会同时向下移动。为了保护空间站，使正在进行的实验免受震荡的干扰，整个机器可以自由摆动，并在特殊的轨道上滑动。进行这项起伏不定的运动时，偶尔会有晕眩感，一开始的时候，我常常感觉自己要向前扑倒。现在我自如多了，只是有点担心最近常常断掉的负载传输缆索。我一直盯着它，好确保它能按照指示自由滑动。最后，我仔细检查了一遍，发现没有损坏的纤维，这才放下心来。我们的备用缆索并不多，而且几周内都没法获得新的缆索。

我还是非常缺乏经验，并且经常发现自己在徒劳地追逐电子日程上的红线，时间一去不返。好在，布奇总是帮我。一般来说，我需要的并不多，只要有人肯定我在做的事情是对的就好。他的一句"看上去不错"，会让我省去再读一遍程序以求验证的步骤，不紧不慢地往下进行。我真的很感谢他。"你可以的!"每次他要离开去工作时，总会这么说。"在一开始的时候，我们都需要肯定。"没错，就是一个肯定。肯定我的大脑在正常运转，肯定我不会切断实验的电源——比如，切断了错误的连接器。在太空，我常常有不确定的感觉，我变得不太相信自己的记忆。对一个刚刚读过的数字，我常常会倒回去检查三遍。难道真如旁人说的，在太空中我们都会变蠢? 可是，我的 WinSCAT 测试结果和飞行前相比，并没有太大的不同。WinSCAT 是我在空间站上进行的一系列月度测试中的第一个，客观检测一系列认知能力。测试的结果只显示出稍微降低的反应速度，但我认为这是因为我飘在键盘前面，没有坐在椅子上的缘故。那么，为什么会产生这么多的不确定呢? 也许是因为我感到肩上的责任重大? 或者更有可能这只是暂时的过度刺激? 我的大脑正在这样一个在太空纪元开始之前从未有人类和地球生物生存的环境中，学习处理几何和运动的问题。数百万年的进化和三十七年的生活，并没有让我为失重做好准备。然而，半个世纪的太空飞行史告诉我们，人类是可以适应的。我只需要有耐心: 当大脑忙于将我变成一个太空生物时，我不必想太多，我必须允许它在记忆刚刚读过的数字时没有那么精准。为了避免出错，我都会再读一遍，因为这个特殊的人类太空前哨从现在起也掌握在我的手中，马虎不得。

白天，我一会儿飘到这儿，一会儿飘到那儿，时间眨眼就过去了。晚上的每日计划会议结束后，我去翻找我的东西，寻找那件写着"答案是四十二"的 L 码 T 恤。这是我为今天将满四十七岁的特里准备的生日礼物。我想，多一件衬衫总是方便的，还可以打破工作包里每周一件的简单纯棉单色 T 恤的单调。我们会在服务舱为特里庆祝生日，那里已经成了我们乘组晚宴的主要聚会场所，有最温馨、最舒适的氛围，墙壁上的黄色织物，以及能飘在一张桌子周围这样简单的小事，让我们可以在完美的服务舱中愉快地共度几个小时。

国际空间站，2014 年 12 月 3 日

处理完唾液样本以后，今天，我还为科学界贡献了五管血液，其中包含大量生物标志物，用于了解对失重的适应过程。特里负责协助我，他飘在"哥伦布"实验舱，看上去有些睡眼惺忪。实验舱里有采集血样所需的一切。地板上，有一个大方袋子，里面装着各类材料，机架上已经放不下了。我把腿滑到固定在地板上的弹性绳下面，再把绳子拉到股四头肌上，这样我几乎可以保持坐姿。在几次笨拙的尝试之后，我们的第一次采样成功了，当然成功与我有两条胳膊这个幸运的事实不无关系。接着，特里和我把小瓶子整理好，粘在一条布胶带上，然后飘去吃早餐，准备每日计划会议。

经过半小时的凝固，再在离心机中处理半个小时，血液小瓶就可以冷冻了。空间站上有三台冷柜。让温度保持在零下九十四摄氏度会消耗很多能量，因此，对开放时间的限制非常严格。打开冷柜时需要戴上很厚的手套，以防手被冻坏。拉开一个长长的抽屉，一团冷凝云会立刻窜出来，六十秒的倒计时就此开始。在程序手册中确切地写着样品存放的位置：哪个冷柜，哪个部分，哪个抽屉，以及内部的哪个包装盒。我最担心的就是这些小细节上犯错。一个样本放错地方，那么就得有人，也许是我自己，在几周以后去把它们找出来，前提是在指定的返回飞行器离开之前还有时间。或者，等样本到了地球才有人察觉到缺失。那么，结果就是：实验失败。这几个字可没人愿意听。

睡得怎么样？胃口怎么样？消化如何？上次我们说的药，你吃了吗？真的没什么可抱怨的，我非常好。但布丽吉特还是不断向我提问。这是她的工作。我们每周见一次面，所谓的"私人医疗会议"。十五分钟的时间，讨论各种可能存在的健康问题，还有工作量，以及宇航员想和能够保密的人聊的所有话题。当然，对任务可能产生影响的问题不在范围内：在这种情况下，指令长会立即得到通知。

布丽吉特问我，有没有注意到眼睛有什么问题。没有，我也从没提到过任何让她担心的事，但她的问题并不让我感到惊讶。多年来，在空间站上，眼睛一直受到特别的关注，因为已经发现许多宇航员的视力会下降。到现在还没有人弄清楚原因。一些假设认为，这与颅骨压力增大有关，也有认为是和遗传易感性有关，这可以解释为什么这个问题会困扰一部分宇航员，而其他宇航员则不受影响。为了弄清楚，我们会使用大量工具监控眼睛，从拍摄视网膜的检眼镜，到进行三维成像的光学相干断层扫描仪。

今天，特里和我互相帮忙进行超声波检查，一位地球上的专家远程协助我们，教我们如何放置探头。我发现，在太空中，不需要地球上用的超声波扫描凝胶：用水就行了。特里从一个袋子里取出一些水，创造出一个飘浮在半空中的泡泡，我仔细盯着它。只要不做出剧烈的动作，水会一直留在那里，像地球上的一块凝胶状物质一样。

今天晚上，我终于及时到达了穹顶舱，可以鸟瞰着整个意大利。我认出了特兰蒂诺的阿尔卑斯山峡谷，那是我长大的地方，而我的家乡米兰是一个巨大的黄色斑点，被遮住波河平原的薄薄云层笼罩着。靴子的其余部分，点缀着密集交错的光影。如果说地球是一位身着晚礼服的优雅女士，那么意大利就是她身上最璀璨夺目的宝石。我用目光拥抱着整个国家。那是我生活过的地方：那不勒斯、莱切、福贾、特雷维索。这些地方，我曾经以超过七百公里的时速从三百米的高空驾驶飞机飞过。而现在，我以两万八千公里的时速，沿着亚平宁山脉飞过，却没有感受到任何速度。在这里，没有眼前的风景呼啸而过，只有遥远的海洋和大陆，在我的下方，雄伟壮阔地缓慢铺展开来。

国际空间站，2014 年 12 月 8 日

早上的咖啡是太空和地球共通的乐趣。在每日计划会议前，我会把我的袋子在饮水机接满水，然后带着它和其他工具，朝着一天的第一项任务飘去。有一个大家一直在说的段子：在空间站，我们会把昨天的咖啡变成明天的咖啡，这是对水的循环的有趣解释。的确，因为马桶下方机架上的一个复杂设备，就连尿液都可以循环利用。不能回收的残留物会被存放在一个大型圆柱储罐里，定期清空到自动转移飞行器的三个储罐中的一个，后者会按时到来，将满载的水输送给俄罗斯储罐。自动转移飞行器只负责俄罗斯储罐，因为那些水是银离子灭菌过的，而美国航空航天局的水中含有碘。不过，这一过程也有潜在的风险，比如在清空装有尿液残留物的罐子时，把它倒入了错误的储罐，而那个储罐中还有没转移到空间站的饮用水。所以，我总是至少检查三次，以确保导管连接在对的位置。储罐可以说是空间站上要处理的最重的物品之一。或者更确切地说，在这里它虽然没有重量，但保留了质量和惯性。换句话说，如果我给储罐一个推力，让它飘过狭长隧道一样的"曙光"号功能货舱，它会倾向于保持同一方向稳定向前，而我应该可以像骑着扫帚的女巫一样坐在上面前进。这事儿怕是

346

会非常有趣。当然，只是个假设。

我必须承认，今天我没有为水循环做任何出贡献。不过，我有充分的理由：我把小便赠给了科学。实际上，我参与的几个实验需要二十四小时尿液收集。这是另一件让我有点紧张的事情，因为在失重的情况下，尿液收集比在地球上用塑料小杯收集要复杂得多。几天前，还在拜科努尔的时候，我用在休斯敦得到的一些收集袋做了些练习。好在一切顺利，不仅是在地球上，在太空上也一样。

今晚，我终于给玛丽和斯泰西打了问候电话。有趣的是，由于她们住在休斯敦，所以接听来自太空的电话就像是接听本地电话。经过几次呼叫失败，我才发现这一点：我一直多加了区号。后来我发现，只有往美国以外的地方打电话时，才需要加区号，或者说是国际区号。在空间站上，用这些术语思考是件多么奇怪的事情！更奇怪的是，有一次，一个地球人的声音机械地对我说："请说明您紧急情况的性质。"在试图给玛丽和斯泰西打电话的时候，我多加了一个零，竟然拨到了911。

国际空间站，2014 年 12 月 10 日

我觉得，没有什么比在使用卫生间时不得不追逐着飘浮的液体或者固体更糟糕的事了！也没有什么比向乘组同事坦白他们不得不忍受一次特别不愉快的亲密接触更尴尬的事了！空间站上流传着诸如此类的倒霉传说，我怀疑有些可能真的发生过。有一次，我听见在我之后进卫生间的布奇用他特有的斯文怒吼道："袋子！"我意识到我犯了后一个最尴尬的错误。在马桶的固体垃圾收纳容器上，固定着一个带着盖子的小座椅，这是一个迷你马桶座圈。因为并没有真正坐实，几乎所有人都觉得把它抬起来，让臀部直接对着下面的圆孔要更舒适些，这是伸到容器里的一个短管的开口。在管子末端，有一个半刚性的帘子，容许你把东西推进容器，同时避免反弹。最后是一次性袋子，这一步非常重要，它由厚厚的透明塑料制成，多孔且能透气，可以在每次方便后让马桶保持洁净。一位航天飞机的指令长曾说过："我会忍不住在上面吃东西。"除此以外，太空礼仪规定，在每次用完并拿走用过的袋子后，要套上另一个，好方便下一个使用的人。可那次，我竟忘记了这个环节，而布奇也没有及时发现。"对不起，布奇！"我冲着卫生间的隔间喊道，试图盖过风扇的噪声。好在布奇已经从起初的惊诧中回过神来，说道："啊，别担心！我有两个小女儿，我已经习惯手沾大便了。"父亲是生活的老师，还真是！

　　我等着布奇出来，好再次向他道歉。接着，我继续做样本采集。这个实验叫作微生物群研究，主要针对国际空间站的非人类居民。我指的不是外星来客——如果有，他们应该隐藏得很好——而是与我们共享空间站的数十亿微生物，它们当中的大多数生活在我们的肠子里，影响着我们的健康状况。除了采集血液、尿液和粪便样本外，微生物群研究还要对我们经常接触的组件表面进行采样，例如穹顶舱护窗板的旋钮开关。我借机向窗外看了一眼。我们在一片广阔的水域上，地图显示我们正飞越巴塔哥尼亚。这是我最喜欢的地方之一，白雪皑皑的安第斯山脉，点缀在深谷中的湖泊群，还有呈现出浓郁绿松石颜色的细腻冰川沉积物。我拍了几张照片，这次最南端的部分还是让人失望，著名的火地岛再次被云层覆盖。下次还有机会，我还有五个月的时间。

国际空间站，2014 年 12 月 13 日

周末，无线电会沉寂几个小时。我甚至想说，沉默笼罩着一切：对十来个持续运行的泵和风扇的嗡鸣声，现在我已经习以为常了。只有发现从一个舱和另外一个舱里的人交谈有多么不容易时，我才意识到它们的存在。不过，从某些方面来说，也是有好处的。持续的嗡鸣声会盖住说话声，所以你可以在不紧闭铺位的情况下，和家人或者航天医生进行私密谈话。为避免线路拥堵，我们经常会使用位于侧面舱体——"希望"号实验舱或"哥伦布"实验舱——的某台计算机。在"希望"号实验舱中，有个我最中意的地方，距离两扇小圆窗不远。我常常把双脚插进弹性橡皮绳，一边视频聊天，一边用脚在墙上做悠悠球运动。当然，力道很轻。如果推力过重，恐怕会在一直监

测空间站加速度的休斯敦任务控制中心引发警报。当然，我还会接到一通电话，即使在周六也不例外。空间站的微重力可不是闹着玩儿的！

周六，在大扫除的时候，我们偶尔会寻求远程帮助。在移除面板和把吸尘器对准某个特定舱体内的滤网之前，我们会请求休斯敦关掉烟雾探测器，以避免误报。我们也可以自己操作，但任务控制中心非常乐于帮助我们。周六的轮班对他们来说其实有些无聊。指令舱宇航通讯员通常会在几分钟后打电话确认关机并宣布："乘组人员负责检测烟雾。"也就是说，在重新打开探测器之前，要确保周围至少有一个人的鼻子保持警惕。

虽然今天是周六，但还是有工作要做的。因为"龙"飞船几天以后就要到了。这对我来说是个大日子：经过多年的模拟，我将第一次真实地操控穹顶舱舷窗前真真切切、令人震撼的国际空间站远程操纵系统。我不知给它拍过多少张照片！在地平线的映衬下，它美妙非凡。我的任务是把机械臂的一端从五米的距离移动到用于练习的指定抓斗销，在捕获过程中会按下触发器并触发夹钳，然后停止。先由布奇操控几秒，完成我也帮他进行过的预设：他小心地将机械臂偏离抓斗销，而我则把目光移开，不去看他手上的动作。这太容易了：根据目标传送给我的围绕抓斗销绘制的几何示意图，我在靠近过程中了解哪些校正是必须的，并在移动中进行校正。布奇对自己的起始位置很满意，并把操控权交给了我。我有点儿紧张。这可不是模拟，外面移动的机械臂有十四米长，是空间站最关键的组件之一，对于捕获货运飞船和舱外维修至关重要。征服手动控制器之后，我欣慰地发现，机械臂是一头驯服的野兽：它可以按照我的命令乖乖地移动，比模拟机械臂更加稳定，在控制震荡方面也更加精准。努力训练，轻松战斗！

在一天的活动结束后，休斯敦方面提醒我们，今天要度过一个格外平静的夜晚。"马兰戈尼之夜"即将开始。在此期间，我们要尽量轻手轻脚地移动，还要特别注意远离日本 Rytuai 实验机架，那上面正在进行由地面控制的实验，对震荡非常敏感。实验研究的是马兰戈尼对流，也就是由于温度引起表面张力差异而在液体表面发生的对流。好比在装满水的容器中，油会从中心向边缘移动。

国际空间站，2014 年 12 月 18 日

"该计划尚未发送。"指令舱宇航员通讯员在昨晚的每日计规会议上对我们说。他想告诉我们不要依赖电子日程，因为它会在一夜之间改变。本来预计在明天进行的"龙"飞船的发射，被推迟到了一月，现在我们所有的活动都需要重新安排。真可惜！在已经放进"龙"飞船肚子里的宇航员关怀包中，有我给同事们准备的小礼物。我只能解释说，圣诞老人摊上事儿了。

我早上的大部分时间都耗在了为一个复杂的气体测量装置更换故障的传感器上，这个装置很快就会用于呼吸实验。现在，跑步时间到了！如果不是因为两点，空间站跑步机 T2 与普通地面跑步机差别不大。一来，它安装在墙上，由一个浮动支架支撑，使它独立于空间站结构。二来，是它的绑带：T2 在臀部的高度有两个侧环，上面连接着两条弹力绑带，另一端固定在平台的静止边缘。绑带会阻止我任意飘动，通过改变它的长度，还可以调整脚部受到的压力。现在，我的体重大约只有在地球上的百分之六十，和登山背包的原理一样，绑带最好分布在臀部和肩膀。事实上，我是通过频繁地收紧和松开前带，来实现两个部位的交替放松。经过三周的训练，我想我已经得出了一个明确的结论：T2 的绑带不太适合我。不过，这种腿部没有任何重量感的奇怪跑步锻炼对心血管调节和维持骨量至关重要。每次脚与踏板的接触，调节信号都会被输送到细胞，刺激我们体内的骨骼建设者——成骨细胞——工作，以维持骨组织在生成和破坏之间的微妙平衡。所以，我很勤奋，一周能跑上四五回。为了分散注意力，减缓绑带导致的疲劳，我要求的《太空堡垒卡拉狄加》被送上了空间站，可以每天在锻炼的时候看上一集。真是明智的选择！

　　跑步结束后，我决定换一条新裤子。整个任务期间，我们有六条裤子，都是非常实用的战术裤，卡其色或者军绿色，防水，布满口袋，美国航空航天局给口袋上增加了魔术贴，使它们保持封闭。在空间站上，东西不翼而飞的机率高得简直难以想象！只要半开着口袋，或者分一点心，一瞬间的疏忽就要花好长时间去寻找。有一天，我在找一把棘轮扳手，还不算小，但直到它飘到我面前半米远的地方，我才发现它。我的眼睛总爱盯着几米外的墙壁：它们还没习惯在空中寻找物体。

一有机会我就会潜入穹顶舱，有时只是为了迅速看上一眼，有时拍几张照片。计算机上的地图显示着我们的位置和我们的轨道对应的地面图像，不过我更喜欢自己猜测。自然，我心向往着那小小的、挚爱的欧洲，大约十分钟内我们就能飞越它。有时，我将目光投向那些形状很有特点的湖泊、岛屿或半岛，有时却又发现想要在无边无际的海洋和大陆上辨出那些已知的参照物是多么徒劳的事情！然而，每一天，地球对我来说都变得越来越熟悉。那些出现在地平线上的色彩、纹理和图案，如今，我会像老朋友一样向它们问候。我怎么会辨别不出加勒比海的蓝，那无限的有深有浅的靛蓝色、祖母绿、绿松石色和钴蓝？或者喜马拉雅山那岩石与冰雪的大教堂和它的冰川湖？还有纳米比亚沙漠柔和起伏的浅棕色？有些轨道几乎只飞越海洋。于是，我目不转睛地看着地平线上时隐时现的大海和云层，时而是奶油泡沫状，时而又轻盈如随风撒落的糖粉，或开拓出笔直的道路，或形成螺旋漩涡，要么有明显的裂痕，要么是模糊的过渡，有时锋利如刀刃，也有时柔软如白色泡芙。云间，那遥远而美妙的环礁，时而探出头来，精致又易逝，也许永远不会被人踏足。

国际空间站，2014 年 12 月 22 日

在空间站上，活动很快接踵而来。除了紧急情况警报，我们对所有活动以同样的细致和关注予以执行，但也不必过于费心。这一点同样适用于与一些重要人物的实时连线，我们称之为"VIP 活动"。这类事件要是在地球上，总免不了让相关工作人员过上几天不安和焦虑的日子。而在空间站上，你只会收到一个简短的书面介绍，然后在电子日程里找到一个十分钟左右的版块，被蓝色方格框住，表示时间已经锁定。可以说，同和一所学校的连线相比，没什么不同。我们和意大利共和国总统的会面就是这么进行的。那是在圣诞节，他作为武装部队统帅，向在国外服役的意大利士兵送去问候。还多我一个，在近地轨道上。在意大利，政府更替频繁，但共和国总统任期很长，至少七年。他们劝诫、敦促、安抚，或是根据形势的需要保持沉默，让自己远离无关紧要的政治纷争。最重要的是，我相信，他们是国家稳定的象征，并提醒我们，尽管存在分歧，但我们在一起总比分裂更好。这也是为什么当总统放弃用正式的军衔称呼我时，让我深受感动，他甚至有些动情地对我说："我称呼你为萨曼莎，因为现在你是所有意大利人的萨曼莎。"当然，连线同往常一样，只有音频传给我，几分钟后就结束了。我几乎没有时间收起相机、麦克风和国旗，就赶紧飘走，

354

为我的下一个任务做好准备。在空间站上就是如此：每个活动都是一个肥皂泡，在它消失后，不会留下任何痕迹，好为下一个活动腾出空间。

但我时常回想起那些话，言语虽然简单却颇具力量，出自一个德高望重的人。面对如此殷切的感情，我自然不能免于虚荣。但是，我第一次发现自己也会害怕未来，害怕返回地球，害怕我从未真正想过的太空任务结束以后的生活。回去以后，我在街上会被认出来吗？在地球上，在我的祖国，我不再是默默无闻。在那儿，或许我会成为人们茶余饭后的谈资。人们会主动上前来帮助我，再要求与我合影吗？我的太空之旅的代价是不是要过上小有名气的生活，不断被上千种压力挤压得失去平衡，就好像即使没有名望的陷阱，单单过着以他人为中心、受他人尊重的有道德的生活还不够累似的？"名望是一种会永远留下痕迹的疾病。"奥莉娅娜·法拉奇①在"阿波罗任务"的时代写道。

无论如何，现在去想这些是多余的。在自动转移飞行器里，我们还有一大袋的垃圾，布奇已经在等我了。

---

① Oriana Fallaci (1929—2006)，意大利记者、作家。

32

有两种东西，

我们越是经常、越是执着地思考它们，

我们的心中就越焕发赞叹与敬畏：

头顶的星空和心中的道德。

伊曼努尔·康德《实践理性批判》

国际空间站，2014 年 12 月 31 日

空间站的时钟设置的是协调世界时（UTC），也是本初子午线上的平均太阳时。当时钟指向二十一点时，恰好是莫斯科新年伊始的时刻。空间站上大伙互致祝福之后，萨沙、叶琳娜和安东便打电话给他们的亲人。在俄罗斯，这不是个轻松的时期，几周里，许多人为他们的储蓄担心。不过，来自太空的美好祝愿总是令人愉悦。在服务舱布置好的餐桌上，作为背景，

一台计算机上正播放着《命运的反讽》。这是一部苏联时代的浪漫喜剧，温暖又令人宽慰，每年的最后一天总会在俄罗斯电视台播放。我们所有人都看过这部电影，最有趣的片段出现时，常常会打断我们的对话。电影结束以后，我们和着片尾曲来了一段KTV演唱，当中穿插着塞兰塔诺的歌曲和某个人的即兴创作。唱到兴处，萨沙还拿出了吉他。我们的派对应该是地球内以外最尽兴的：我们可以任性狂欢，在空间站的金属壳之外，没有人听得见我们的声音。我们被包裹在太空密不透风的寂静之中。

谁能料想，假设有外星来客，当他们用我们在科幻电影里看到的那些技术靠近太阳系时，会有怎样的困惑呢？如果他们对地球这颗几乎完全被薄薄一层清澈的水覆盖的小行星产生好奇，恰巧就在这新旧年之交，决定派出一支先遣队来一探究竟，会怎么样？毕竟这一天从天文学的角度来看，只是一个完全随机的时刻。我想象着外星人的先遣队用超越光速的神奇推进系统回到航母以后所做的报告："这颗星球被一群微生物统治着，很明显，它们已经成功培育出大量其他物种，来满足自己对移动、营养和繁殖的需求。其中，值得注意的是一种几乎没有毛发的双足物种，它们占据了所有陆地。每隔一小时，它们定居于某条经线上的群落，就会沉迷于令人费解的仪式，它们消耗乙醇，向空中发射光源，制造噪声和烟雾，但这一切显然和战争无关。最令人诧异的，是在距离地表四百公里的地方，有一组六只双足生物被关在一个金属容器当中。没有人造

358

重力生成系统，这似乎是一个惩罚性拘留所。这也可能是一个隔离场所，因为它们感染了传染病或其他危险。我们谨慎地避免了任何接触。"

在空间站上，我们并没有那么孤立。除了每周日和家人的正常视频通话之外，圣诞节和明天也都有另外的安排。我和家人通话的时间，恰好是我从他们上空飞越的时候。我幻想着在天地之间的目光交汇。莱昂内尔把圣诞树布置在了家里的天花板上，他是在模仿布奇前阵子在实验舱一角的做法。布奇甚至把六只袜子悬在舱门上，我们每人一只。于是，最近几周，当我们的偏好食品袋到来时，我们就把食物放进自己的袜子里。比如，叶琳娜喜欢卡布奇诺，而安东则喜欢美国航空航天局提供的肉制品。我还在每只袜子里放了几袋我的奖励食品，实用又美味。我装有巧克力和糖果的圣诞礼包还封存在地球上，或许下一个圣诞节——东正教圣诞节——的时候，它们能派上用场！当然了，要回报萨沙、叶琳娜和安东送给我的精美礼物，怕是有些难。那是一条长长的围巾，展开之后，它蜿蜒着飘浮在太空舱里，成了一块神奇的飞毯。在那种气氛中，布奇交给我一枚镀金胸针，上面写着"宇航员徽章"。按照美国航空航天局的传统，在宇航员完成第一次太空飞行后，便会给他们授予这枚徽章。

当空间站的时钟指向夜里十一点的时候，是欧洲大陆迎接二〇一五年的时刻。可以想象，在科隆、罗马、巴黎，正上演着一场场烟火秀。在闲聊与走调的歌声之间，我们也迎来了空间站上的零点时分。闪闪发光的喜悦笼罩着一切，安东和我甚至在服务舱的窗户上方跳起了滑稽的舞蹈。我们想要用在世界上空的舞蹈来迎接新的一年。后来，我们都开始感到疲倦，没人觉得能撑到早晨六点，那时，二○一五年会来到休斯敦。再后来，夜深了，我们渐渐散去。我拥抱了叶琳娜和安东，给了他们最后的新年祝福。接着，我和二号节点舱的室友们一起飘走离开。我不再笨手笨脚，我已经学会了用精准的推力在空间站灵活移动。如今在空间站，我就像在家里一样，以至于无论我多么努力，也没能再真切地还原出走路的样子，感知到自己的体重和脚触碰在地板上产生的作用力。我脚上的老茧正在脱落，过不了多久，它们就会像新生婴儿的双脚一样柔软。

在抵达我的铺位之前，我去穹顶舱看了新年的第一眼。现在，我在空间站上的生活更加自如了，我不再疲于奔命地追逐着电子日程上的红线，"龙"飞船任务的推迟和圣诞节的到来让日程不再那么密集。现在，我有更多的时间欣赏我们美丽的地球。有时，临睡前，我会在穹顶舱停留一整个轨道运行的时间。当空间站把地球环绕在它的怀抱中，我沉默地看着这部无声电影呈现在我面前：海洋、大陆、沙漠、山丘、湖泊、冰川、森林和城市渐次出现。在地球的曲率将陆地和海洋隐藏在地平线后之前，我的目光延伸到约莫二百公里远的各个方向。我的视野广袤，同时也很有限。对于习惯了地表有限景致的人类双眼来说，这是多么的宽广无垠，而相对于地球的广博，它又是多么的有限。假如地球只有台球那么大，而我们又恰好在几毫米之外的地方，那么，我们眼中的地表，恐怕会比一枚硬币还要小。

我不能否认，于我来说，最珍贵的轨道飞行是飞越欧洲的那一段。有时，我们会从东北而来，跨越大洋，目光先触及爱尔兰西南部半岛的土地，手指指向大西洋，紧接着是不列颠群岛。很快，我们来到大陆上方，随即向下，朝地中海的方向飞去。夜晚尤其动人：伦敦和巴黎璀璨夺目，在英吉利海峡两岸遥相呼应；从加莱经过科隆再到阿姆斯特丹，都笼罩在密集的暖光下；接着，有人类活动的地方开始减少，直至跨越阿尔卑斯山，万家灯火的意大利那独有的轮廓才显现出来，美艳绝伦，一动不动，仿佛沉睡的公主。地中海像一口黑色的井，有时，月光照在上面，映射出壮丽的光影奇观，神秘绝美的乳白色光芒把整个宇宙的注意力都引向那片海，仿佛维纳斯正从水中诞生。有时，我们会从偏东的地方飞过，在希腊和土耳其之间。我好像能听见荷马在唱歌，一座接一座的岛屿、一片片土地出现在视野中，沐浴在皎洁的月光里。再远处便是开罗。蜿蜒的尼罗河流向非洲的心脏，宛如黑色晚礼服上耀眼的钻石项链，抢尽风头。远处，才刚升起的星星出现在幽灵般的绿色光带后，绿色逐渐变成黄色，像一个透明的壳，包裹着地球。光带有时宽些，有时窄些，通常由清晰的线条勾勒，颜色更深，标志着向太空的黑暗过渡。但并非总是如此，有时这色彩的奇观会往更高的地方延伸，将紫色光晕的条纹或斑点悬在地平线上。这便是高层大气的夜间发光。白天几乎不可见，那时的地球仿佛被一个蓝色细环围绕。夜晚，高层大气将被太阳辐射激发的分子的光子之舞呈现给眼睛，在太阳落山后，这曲色彩的交响乐无声地响起，仿佛钟琴仍在继续演奏着，即便那旋紧发条的人已经离去。

不过，今天我什么也没有看见。这几天，我们在一种所谓的"高贝塔"条件下，绕地球飞行。这是用希腊字母来标记我们的轨道平面相对于太阳的方向。目前，由于角度很大，我们总是置身于阳光之下，就像在午夜时分依然被太阳照亮的极地夏天一样。对于空间站来说，这种日子不好过，持续的光照会让温度调节系统经受严峻的考验。今天，俄罗斯舱段尤其热。空间站的其余部分保持在恒定的二十二度，但也并不轻松。地面控制中心需要仔细调节散热器的方向，并采取一系列措施，确保我们和设备都处在舒适的温度下。由于条件所限，此时迎接"龙"飞船恐怕不太可能。

对于居住在太空的我们来说，"高贝塔"意味着有几天时间我们都看不见真正的黑夜。我们沿着晨昏线飞行，这是地球上昼半球和夜半球的分界线。在我们前方，羞怯的太阳低伏在地平线上，投射出长长的影子。在我们身后，是黄昏，天黑得并不彻底，星星和城市里的灯还没有亮起来。日落时分，夕阳持续很长的时间，仿佛饱含眷恋，依依不舍。当然，这只是说笑：太阳在地平线下方徘徊片刻，在黑暗降临地球以前，它再次探出头来，把整个世界都染成炽热的橙色。这时的我们，像是永恒黄昏的俘虏，目光不论是看向地球或是太空，都同样徒劳，但由于永恒的光照此刻从地表更容易看到我们！

因为身体的眼睛暂时"失明"，我发现自己在这些日子常常使用想象的眼睛，时不时地把目光投向暮色的长长阴影。在玫瑰色的细腻光线下，回忆的气泡在我面前浮动：新年派对是少数比较近而且清晰的气泡，在三十岁以前我从来没有庆祝过新年！多少个漫长的夜晚，我都是在山村里，在我父母的旅馆中努力工作。在那里，我度过了无忧无虑的童年，冬天滑雪，夏天丛林探险，想象着每条小径上可能发生的奇遇。然后，从博尔扎诺的寄宿学校到中学，我尽情地学习、玩耍，十二年充满活力的时光，许多同龄人的身影一一浮现。我每项活动都会参加，总期待能多拥有几分钟，再玩一局，我总是想要赢。在语言高中时期，我发现了空手道并爱上了它。为了能够在晚上训练，也为了逃离对我来说束缚得很紧的学校，三年级的时候，我搬到一个老奶奶的出租房里，从周一到周五我会住在那里。我骑着自行车，梦想通过交换项目去美国。第二年，在文化交流协会的帮助下，我真的去到了航天飞机和星际迷航的故乡，回来后我坚定了想要成为宇航员的愿望。还记得要上大学的时候，我不确定是选工程系还是物理系，高中的最后一年我搬到了特伦托，读理科高中。一周有两到三次，我继续在博尔扎诺练习空手道，深夜乘火车返回。我骑着自行车全速前进，穿越荒凉的市中心，返回公寓，那时我有三个大学生室友。当我的同学们都在考驾照时，我在上潜水课，也刚刚开始学习俄语。

国际空间站，2015 年 1 月 8 日

　　东正教圣诞节也过去了，圣诞老人依然没有带来任何东西。确切地说，这个圣诞老人应该叫 Ded Moroz，严寒老人。按照俄罗斯的传统，他才是那个带礼物来的人。他还在"龙"飞船上，等了有些时日了。不过，再次推迟的发射让特里、布奇和我有空闲时间加入俄罗斯同事的特殊视频会议：约阿夫神父组织了谢尔盖耶夫颇沙德修道院的唱诗班，在俄罗斯太空任务控制中心献上一场"太空—地球"同步直播的小型圣诞音乐会。其中有一个节目，他们用无可挑剔的意大利语发音，演唱了一曲饱含深情的《星光洒落》。

　　如果"龙"飞船是去年十二月抵达，那么在两个圣诞节之间，我们的日程安排会几近疯狂。"龙"飞船的任务将持续一个月，在那几周里，需要非常小心地卸载和装载重达十吨的物资，并完成大量的实验，采集好的样本再由"龙"飞船带回地球。但随着事情的发展，这段紧张的日子又推后了几个星期，以至于几乎要与其他重要的任务重叠，比如自动转移飞行器的发射和舱外活动。总的来说，等待我们的将是两个月不消停的日子。

　　在等待期间，我们度过了一段相当平静的欢聚时光，日程表上都是例行的活动。回首我们做的所有定期测量和检查，简直可以说我们给空间站做了手术。我们还完成了救生设备检查、水样采集，并通过测量通风格栅附近的气流速度识别出堵塞的过滤器。我还测量了空间站在二十四小时内的噪声水平。我们都知道，噪声最大的地方是三号节点舱，因为那里有用于尿液循环、去除二氧化碳和通过电解水生成氧气的再生设备。如果再有人在 T2 上奔跑，声音会变得震耳欲聋，连医生都建议给耳朵戴上保护设备，比如耳塞或者耳机。在这一方面，新的一年里我打算加强保护。在此之前，只有独自在 T2 跑步时，我才会戴保护耳机，在屏蔽掉外界噪声的同时，也可以听音乐或者看电影。

音乐也成了我在洗澡时的一部分仪式。现在浴室已经搬到三号节点舱，就在洗手间后面一个角落的隔间。如果有人想要去穹顶舱，浴室就在隔壁，当然，不太方便。但我通常只在一天结束的时候洗澡，晚间的每日计划会议一结束我就会去，免得妨碍别人。虽说叫"洗澡"，但可别想着会有水哗哗地流淌：你要在取水处接上一袋子热水，然后弄出来一点儿，沾湿一次性野营毛巾，再在皮肤上擦拭。空间站上的物资配额每两天给我们一块毛巾，跟内裤的更换频率一样。总而言之，我觉得是很卫生的，不过，在这里洗澡，体验的是一种相当节俭的乐趣。然而也是乐趣，以至于当我确定不会妨碍别人进入穹顶舱时，我会延长这种乐趣，比必要的时间待得更久些。我喜欢让它成为一天工作的收尾项目，带上一点儿肥皂的香气，从大大的舷窗里瞥见经过的地球，听几首歌。我总是以保罗·孔蒂的

《巴塔里》开始，陶醉在自娱自乐当中。

　　相反，洗头是件让人闹心的事情，结果总不尽如人意。因为无法真正地冲洗，很难完全去除污垢和洗发水的残留物。因此，我很高兴自己留着短发，但剪头发同样也很困难。我的同事有留长发的，她们可以简单地把头发绑起来，不需要在空间站理发，而我则需要定期修剪。新年的第一天，特里美发沙龙在三号节点舱开张。特里曾为这项棘手的任务接受过适当的培训。几个月前，我请艾丽西亚在我们的日程里加入了一次相关训练。那是在休斯敦一家我常去的尼姆理发店，特里也去了。尽管在尼姆的高手眼中，特里的天赋立刻被发掘，但他依然以对待事业的严肃完成这项任务：尼姆的理发师用二十来分钟剪完了我的头发，特里用了两个半小时。在空间站的美发沙龙里，他花了同样多的时间。当然这里一切都要更复杂。我想，即便是专业理发师，也会遇到些困难。比如，不按照常理贴在头皮上的头发，还有刚刚剪下的碎发——要立即用吸尘器吸走。特里感觉肩负重任：在他看来，我简直是摇滚明星，全意大利的女人都在模仿我的发型，简而言之，他会凭借自己创作的"特里式"发型走红。我试图跟他解释，意大利女人是地球上最优雅的女性之一，她们可不会模仿一个旅行箱里连把梳子都不放的人。尽管如此，特里还是觉得自己有使命在身。不过，我想说结果还不错，因为这些天我收到了不少赞美的邮件。当然，我也注意到，恭维都来自我和特里共同熟识的人……

节日的几周里，邮件总是很密集。我不仅收到和回复了一些问候性的邮件，我还给家人和朋友寄去一张他们托付给我的私人物品的照片，照片的背景是地平线。我原想早点儿拍照，好尽快把它们放回"联盟"号上，免得在紧急疏散的情况下遗落些什么。然而最初几周，我一直在犹豫要不要把它们从密封袋里取出来。不论是从情感角度还是物质层面，它们都是些珍贵的小物件，有些只有一枚硬币大小。弄丢一个用不了多久。一个疏忽，它们就可能飘到穹顶舱里，调整相机时眼睛一分神，一枚戒指、一块奖牌、一只手镯随时可能飘走，被一个缝隙吞噬，永远消失在某个机架背后。是的，永远消失，因为在空间站上有很多隐藏的角落，在空间站完成它的使命——坠入大气层，分解和燃烧——以前，是不可能被碰触的。一些碎片会散落地球，或者深入海底，因为返回时肯定会预先规划使碎片坠入海洋。或许，在那些碎片当中，夹杂着在火焰和撞击中幸存下来的曾经遗失的戒指或奖章。有谁知道，未来的一天，当某个探险家发现它，会引出怎样的故事呢？如果被发现的是莱昂内尔托付给我的叠层石——我们这个星球上最早的简单微生物在年轻的地球上形成的沉积结构——那将是一个多么美妙的轮回故事！数十亿年之后，我以蓝色的大气层为背景为它拍了一张照片，而正是它的存在使大气层充满氧气。

几天来，繁星漫天的夜晚又回来了。闪耀的城市、交错的灯光因此重新显现出来，这便是人类存在于地球的标记，白天是很难看到的。我是多么想念夜晚啊！尤其是当我们飞越海洋，当云层反射着明朗的月光，我真的宁愿沉醉在感知的幻想当中。我在穹顶舱待了一会儿，倒立着看向地球。对于从太空看向地球的人来说，地球成了我的天，那是一片云朵快速游走的天空。与此同时，宇宙变得深邃无比。我看到的不再是苍穹，而是我自己也沉浸其中的黑色海洋，浩瀚无际，星辰在其中畅游。现在我很清楚，想要唤起这种幻想，只消把目光投向空间站的俄罗斯舱段，它那不规则的形状和怪诞的外观令人神往。就这样，空间站之于我，成了一艘具有古老气息的船，它经受了岁月的沧桑，依旧坚韧地矗立在那儿。我乘着这艘船滑翔在黑暗中，星辰为我指引方向，仿佛是在远古时代一样。对于我们的祖先来说，夜空是怎样一种存在呢？那时来自人类的光源尚且稀少和微弱，人们靠着星宿的指引航海，它们的升起和降落影响着人们的作息。多么奇妙！人们会有多少的疑惑投向苍穹，而这又会引发多少遐思，酿成神话、诗歌和哲学！无独有偶，也会形成科学。科学正是从疑惑中诞生的。若非有待改进，便没有答案。通过缓慢而耐心的努力，知识之光逐渐彰显，缓解着物质上的困苦，让我们的生命更加持久，也让生活更加舒适，生活方式更加丰富和高效。即便如此，也没有消除黑暗。随着光的蔓延人们望向神秘的边界也在扩展。科学并不意味着傲慢。它观察、测量，大胆解释和预测，犯错、再纠正，但也明确地接受限制和不确定性。它拒绝接受无法解释的存在，但它同样知道，理解一切的道路或许是如此的漫长，以至于想象它的尽头竟是多么徒劳的一件事情。

对于那些自负地认为能够解释一切，幻想着能够掌控人生的人来说，苍穹便是既让他自惭形秽、又能给予他安慰的导师。这关系就好比上帝之于信徒。我很久没有这样想过了：我继承而来的宗教信仰没能挺过青少年时代，而今天，我已经很难去想象，上帝这样一个人物形象，或者说宗教，不是人类历史的产物。如今我并不觉得遗憾。我相信世俗伦理，在生活中，我看见的美德和卑鄙，在信仰宗教和不信仰宗教的人当中，不分伯仲。但一开始是的，我是羡慕他们更容易接触到超然的思想。像我这样很少去教堂、犹太会堂、清真寺或者寺庙的人，至少应该孜孜以求，仰望苍穹。

33

国际空间站，2015 年 1 月 14 日

如果任务控制中心想要通过任何未经通知的模拟给我们惊喜，它便会选择这样的时刻，以免干扰空间站上的活动。但是，在空间站上突然的紧急演习是不会发生的。因此，警报在早晨我们都处于非关键性活动的时刻响起纯属偶然。情况也可能恰恰相反。我们可能正分散在空间站里，彼此相隔很远，忙于细致棘手的工作。或者，就像昨天那样，我们可能手上拿着一个装满实验样本的保温袋，需要从"龙"飞船快速转移到机载冰柜。又或者，我们可能只是简单地在使用 T2，或是在洗手间，操作才刚开始，离结束还很远。总之真实的情况是，特里、布奇和我都飘在二号节点舱和实验舱之间，手上没有什么碍事的东西，而萨沙、安东和叶琳娜都在俄罗斯舱段。

当间歇的警报响起时，我第一个意识到这不是那个听腻了

371

的火灾警报，对它，唉，我们已经开始不当回事了，因为有好几次都很快证明是俄罗斯烟雾探测器的误报。不，这次和平常不一样！从远处看，在实验舱后方的警报面板上，我清楚地看到左起第三个指示灯亮着！这真是让人胆寒的一个指示灯，因为它的点亮意味着：氨泄露！"快戴面罩！"我使尽全身力气喊道，同时打开最近的备有氧气面罩的隔间。特里和布奇二话不说，立刻做了同样的事。很快，我们移动到舱尾，他们停在连接一号节点舱和俄罗斯舱段的狭窄漏斗形通道，而我则潜入更远一点的地方，好能看到萨沙、叶琳娜和安东，确认我们全都在安全的地方。接着，特里和布奇关闭了一号节点舱的后门，又后移关闭了下一个舱门。现在，我们被隔离在俄罗斯舱段。

这里不使用氨进行冷却，因此不会有泄漏的危险，但是，我们不能简单地解除保护：俄罗斯舱段的空气在舱门关闭之前可能已被污染。我们的氧气面罩只有七八分钟的作用，因此，最紧迫的事情是准备呼吸器，安装氨过滤器。为"联盟"号乘组准备的设备都在一号迷你研究舱。我打开袋子，寻找部件，特里向休斯敦汇报情况，试图在戴着面罩的情况下让声音通过无线电传输出去。布奇还飘浮在舱体交叉节点处，在那里，他可以看到我们两个乘组的行动。我们正要更换面罩，休斯敦的指令舱宇航员通讯员打断了我们："空间站，休斯敦呼叫！警报误判！"我们似乎是进行了未经预告的演习。

行动暂停，正在打开、翻阅、组装、翻找的手停了下来，像被操纵者突然丢下的提线木偶。我们犹豫了几秒钟，每个人都暗暗地向其他人寻求肯定，好确认自己理解得没错。接着，我们摘下面罩。我们松了一口气，但并没有真正劫后余生的感觉，因为没有感知到临近的危险，也没有什么中毒症状。或许，在匆忙的执行烂熟于胸的操作时，在撤往俄罗斯舱段的过程中，没有人来得及停下来思考那个无解的问题：如果说在另一端确实存在氨污染，那我们还有机会重新打开这些舱门吗？

现在，我们回到了实验舱，空气中笼罩着一种不自然的沉默。警报一响，空间站的自动响应就已经关闭所有通风扇，现在将由地面控制中心重新将它们开启。但我们也不能简单地继续之前的活动：空间站中物件庞杂，隐藏在混乱表象之下的是令人有些抓狂的严苛秩序。休斯敦和莫斯科想确切地知道：哪些面罩是使用过的，现在至少有一部分是不能用的；我们还使用了其他什么设备；阀门和舱门的配置是怎样的。休斯敦的指令舱宇航员通讯员还提出了一个让我很奇怪的问题："你们有人启动人工警报吗？"当然没有！警报是自动触发的。我想，应该是由于传感器故障。这种事情是会发生的。但我开始觉得事情比这更复杂。似乎有许多疑问在任务控制中心徘徊。休斯敦还是半夜，但我想，在许多郊区的木屋车库中，许多专家正在上车，可能是一辆SUV，赶去工作的地方。没有多么紧张，因为毕竟是虚惊一场，但也不能耽搁，因为有必要弄清问题。

对我们来说，一旦完成严谨的警报后统计，将使用过的面罩和药筒的序列号传送给控制中心，只需再针对损失的时间稍做调整，我们的一天就可以恢复正常。我们还花了几分钟时间进行简短的讨论，提前准备对飞行主任的汇报。为了能够快速回答有关的问题，我们一起复盘了整个事件的顺序和我们的行动，此时我们还没想到这只是一次彩排。事实上，我们被指令舱宇航员通讯员的声音打断："指示有变。氨泄漏，执行应急响应！我再说一遍：氨泄漏，执行应急响应！"

我们相视一怔，有些难以置信，但立马反应过来。这次看起来好像真的是模拟。自第一次报警以来，已经过了半个小时。如果真的有泄漏，我们此刻不会很难受吗？我们不是应该至少在空中嗅到明显的刺激性气味吗？在训练中，我们都闻过氨的气味，以确保能够辨认出它。但也许泄漏发生在外围舱体，通风系统的关闭阻止了氨输送到我们这里。无论如何，我们立刻重新回到俄罗斯舱段，关闭身后的两扇舱门。现在，只有唯一一件事要做：继续执行我们都熟知的应急响应。特里、安东和我在一号迷你研究舱的橙色箱子上方忙碌，那里面装着设备。当呼吸器准备就绪，我们相互帮助，按照模拟过十几次的程序挨个穿戴上。在氧气面罩中深吸气，屏住呼吸、闭上眼睛更换面罩，穿戴上有帽子的呼吸器，在收紧颈部周围的系带以前，双手用力地抚摸头部，从额头到颈背，以排出可能受污染的空气。最后，呼气。接下来，再通过过滤器呼吸几次，从而净化内部的空气。最后，我们睁开眼睛。

在我们全部切换到过滤式呼吸器之后，是时候弄明白空气中是否真的存在氨了，至少要明确在俄罗斯舱段是否还有残留。我们有一个电子芯片测量仪，简单易用，但我们失望地发现电池没电了。关于这一点，在汇报中我们肯定会详细讨论。但目前必须完成工作。没有电子仪表，那么就需要一个更加费劲儿的系统，不过可以完全不考虑电池：德尔格（Dräger）试剂瓶，里面装着一种在接触氨时会改变颜色的物质。在极端情况下，德尔格试剂瓶会告诉我们必须撤离空间站。或者，它们可以告诉我们氨的浓度，在合理的时间范围内，我们可以继续穿戴好呼吸器通过呼吸过滤它。空间站上没有其他的氨过滤器了。但眼下，根据德尔格试剂的确认，我们可以脱掉呼吸器。

发生了什么事？为什么休斯敦明明说紧急情况结束了，几分钟后却又改变了主意？很明显，地面上接收到的遥测数据留下了不确定的空间。如果确实没有大规模的泄漏，那么可能会存在狡猾的小泄漏，它正慢慢使空间站两扇紧闭的舱门的另一侧变得不再适宜人类生存。我们当中没有人真的相信会糟糕到那种地步，但怀疑在悄悄扎根，坚持不懈。偶尔，它从某些未经思量的话语中找到出口："如果我们不能回到那边，怎么办？"或者，也会说些玩笑话，化解紧张的气氛："布奇、萨沙、叶琳娜，你们准备好提前回家了吗？"也可能会是这样的场景：我们被困在俄罗斯舱段，在寻找解决方案以恢复空间站的其余部分的同时，不可避免地，空间站上的乘组会减少到三个人。也许他们会让叶琳娜留下来，以确保有两名俄罗斯人留在空间站，然后会要求我代替她，去担任"联盟"号的随航工程师。

当然，这都是胡思乱想。没人认为真的有氨泄漏，不是吗？他们从休斯敦告诉我们，只是产生了一个可疑的遥测数据组合，并且还没有令人信服的解释。一台低级别的计算机在警报发生前出现了故障，很可能正是这个故障引起了第一次警报，很快便被判断为误报，因为没有确认泄漏的证据。因此，这似乎只是一个涉及地面上谨慎调查事件链的问题。而我们也可以回到"龙"飞船带来的众多科学实验当中。在第一次警报之后，当我们正在重新安排事情，任务控制中心的专家们却观察到舱内压力增加。压力从何而来？一个不容忽视的解释是，可能真的存在氨泄漏。在这个阶段，不可能排除它确实存在。而且一旦有疑问，他们要立即让我们执行应急响应。最好是强制休假一天，因为事情摆在眼前，总好过六位宇航员因为低估了不一致的遥测数据而丧命吧……

被迫迎来的假期也没能过得平静。这是第三次触发火警了。现在，服务舱的警报墙就像一棵圣诞树。我们继续仔细地执行程序，得出的结论仍然是没有任何火情。俄罗斯舱段的烟雾探测器本身就容易出现误报，面对眼下这种不寻常的拥挤，更容易出现状况。另一方面，莫斯科正在尽最大努力让我们被迫逗留的空间更加舒适。除了一些明显而且重要的细节，比如如何获得足够的空气用来呼吸——俄罗斯的二氧化碳去除系统和电解水制氧设备迅速重新开启，保证了这一点——俄罗斯太空任务控制中心甚至还允许提前打开几个食物容器，以确保特里、布奇和我宾至如归。我们俨然成了自己宇宙飞船上的难民。

在空间站上，我们没有太多事情可做，但在休斯敦，活动就密集多了。为了安全起见，外部冷却回路 B 已经被隔离，泵也已经关闭。好在似乎没有必要让氨外逸到太空，那将长期危及空间站，但影响仍然是多方面的，因为数十个有过热风险的设备已被关闭。现在，专家们正在逐一重新配置系统以恢复所有关键功能，我们尽可能保持无线电静音，让他们安静地工作。我们知道，他们准备好后，会向我们通报情况。

下午晚些的时候，KU 波段连接重新建立，让我们拥有了奢侈的电话和互联网连接——尽管非常慢。我向叶琳娜借了电脑，跟家人短暂通话，接着写了一条推文。我的家人很快与欧洲航天局取得联系，从那里获得了令人欣慰的消息，但我不知道媒体向世界播报了什么，我怕朋友和熟人会担心，于是写道："我们在俄罗斯舱段，这里一切都很好，我们很安全。"我仓促地发送了推文，完全排除了某天就此构建一个惊心动魄的英雄故事的机会。真是缺乏远见……

晚上的每日计划会议，我们仍然一起在服务舱中进行。指令舱宇航员通讯员告诉我们，还需要两个小时。因为任务控制中心希望在让我们回到可能遭受污染的舱体前，收集最新的一组遥测数据。不过，在睡觉以前，他们保证，我们可以取回牙刷。休斯敦方面要求布奇指定两个人离开俄罗斯舱段，去测量实验舱中氨的浓度，其他人在各自的"联盟"号等候，随时准备撤离。今天就要撤离空间站的可能性真的不大，我们都清楚，但也必须考虑到这一罕见的情况。布奇决定由他和特里前往，以确保每艘"联盟"号里都有一位清醒的指令长和随航工程师。大约一小时以后，在休斯敦方面的授权下，我们所有人都穿戴好呼吸器，然后分头行动。有人向上，有人向下，有人往前。过了一会儿，我们终于收到了最终的确认：没有氨泄漏。

当我从漏斗形的通道中钻出、离开俄罗斯舱段时，突然有种不寻常的感觉。一号节点舱的气味不对。或者更确切地说，一号节点舱里有种从未有过的气味。经过几秒钟的深呼吸后，我明白了这种差异。真蠢，我自语道，没救了！这里的空气滞留了一整天，通风系统才刚刚恢复。我闻到的是陈旧空气的潮湿气味：空间站有股老旧地下室的味道。

现在是深夜，但经过一天的等待和被迫停工，特里、布奇和我已准备好采取行动。我们回收使用过的所有应急设备，仍可重复使用的留在原处，需要扔掉的就收进垃圾桶。我们还和休斯敦方面就氧气面罩的问题讨论了很长时间，比如，还剩下多少，以及如何用最佳方式在空间站重新分配。我们在各处重新配置电源线，以便控制中心可以重启关键性设备。最后，我们找到了一个适合的地方过夜。今天，我们没法在自己的铺位上睡觉，因为二号节点舱还没准备好接待我们：大多数灯和电源插座都无法运转，没有冷气，通风扇也是关闭的。"希望"号实验舱和"哥伦布"实验舱也是一样。布奇把他的睡袋安置在了三号节点舱，以便明天早晨像往常一样起来锻炼时不打扰任何人。我选择了实验舱的一个角落。在空间站上露营很轻松：只需要把睡袋挂在某个地方，一个简单的钩子，一切都妥了。

空间站恢复常态还需要几天的时间。冷却回路 B 要逐步恢复，并且要非常谨慎，以免热交换器中的水冻结，导致断裂。那样的话，我们真的会遭遇氨泄漏。

34

飓风来袭，大雨倾盆。
蓝天碎裂，仿佛世界将要改变。
我们会开始像耶稣说的那样彼此关心。
我是万事通杰克，
我们会没事的！

布鲁斯·斯普林斯汀《万事通杰克》

国际空间站，2015 年 1 月 17 日

"龙"飞船在二号节点舱的最低舱口停泊了几天，现在已经成了我们空间站的一个额外房间。穿过总是打开的舱门，仿佛经过舞台上的大型活板门，我们会进入一个装满货架的小地窖。"龙"飞船的内部加压空间没有真正的架子，却密集而又整齐地填充着各种形状和尺寸的袋子，个个符合标准，整体牢固地用厚实的绑带固定，形成墙壁、地板和一个立方体形状的自由活动空间。在这里，你可以毫无约束地移动，但也仅限这一小块地方而已。"龙"飞船抵达的时候，这个空间是被完全填满的。接下来的几周，要轮到我们复制这种最佳包装，因为要装载运回地球的物资。应该会很有趣吧！

在对接后立即卸下来的优先货物袋中，有果蝇标本。它们似乎是研究中最常用的动物模型之一，因为它们的基因组是众所周知的，并且与人类共享了大量已知或怀疑与遗传原因导致的人类疾病有关的基因。它们的繁殖非常迅速，因此也是多代实验的理想选择。我们希望能够在适当冷冻的条件下将此刻在盒子里无忧无虑扑腾的快乐宇航蝇的子子孙孙运回地球。就在昨天，我布置了它们的栖息地。为了有一个对照组，只有一部分果蝇处于静态位置，暴露于失重环境，其他果蝇则置于小型离心机中，当中模拟了地球表面的重力。

与果蝇一起，"龙"飞船还给我们带来了一些真正的水果，少量的苹果和橘子。我们怀疑——但又无法确定——它们是不是一个月前为原定发射日期准备的苹果和橘子，不过没关系：在空间站上享用新鲜食物仍然是一种奢侈。我们说，得赶紧消灭它们！让布奇更加满意的不是橙子，而是小瓶芥末。或许有点儿夸张地说，为了这些小瓶儿，布奇与地面团队密谋良久，他把对芥末的渴望变成了这最后一个月等待"龙"飞船的口号。就我而言，我对吃没什么特别的欲望。空间站上的各种食物和我的奖励食品袋就已经让我很满意了，特别是藜麦沙拉和豆子汤。作为一个优秀的意大利人，橄榄油对我来说就足够了。当然，我有点儿想念面包，因为在美国航空航天局的菜单里只有玉米饼。幸运的是，俄罗斯食品储藏室里有真正的面包，萨沙、叶琳娜和安东总会单独给我留一些。那些面包做成小立方体，可以一口塞进嘴里，没有面包屑。当中甚至有我最爱的俄式黑麦面包。

午餐后，我来到"希望"号实验舱，参加 Zero Robotics 决赛。这是一项针对学生的国际赛事，他们为球体编写程序，这是一个篮球大小的多面球体，带有由二氧化碳驱动的操纵马达，能够在空间站内部移动和确认方向。我们在"希望"号实验舱内为决赛提前准备了一个指定空间，在这个空间里，球体的位置会被专门的传感器监测到。在每次直播比赛开始时，我们会在中央放置两个球体，然后让两个队编写的代码开始控制它们的运动。在比赛的虚拟环境中，他们必须拍摄小行星的照片并发送到地球，同时还要避开偶尔出现的太阳耀斑。决赛队伍正在观看直播，他们有的来自麻省理工学院（MIT），有的来自荷兰的欧洲航天局总部，还有的来自莫斯科。布奇、叶琳娜和我则进行业余的实况报道，特别是当 KU 波段覆盖消失的时候，孩子们只能听到我们的声音。成为宇航员真是很棒的一件事：你最后会做所有的事情，甚至是成为体育记者！

国际空间站，2015 年 1 月 19 日

这个周日的早晨，我再次穿上实验服去照看果蝇。它们诞下了幼虫，第二代样本诞生了。但状态不是很好，它们已经不再是第一天那般快乐的宇航蝇了，很有可能是水分过剩的缘故。按照任务控制中心的指示，我拆除了它们栖息机架的前面板，并安装了一个风扇：让我们看看这个临时解决方案是否能拯救我们扑腾的朋友。然而，它们并不是空间站上正在进行的唯一一个多代实验。"龙"飞船还给我们带来了秀丽隐杆线虫，这是一种长达一毫米的蠕虫，同样具有众所周知的基因组，是绝佳的动物实验模型。我们会培养四代，在"龙"飞船返航之前，每一代的样本将被化学固定，并冷冻保存。这个实验要研究代际表观遗传适应性问题，即与 DNA 本身的变化无关，但会影响基因的表达，决定哪些基因在细胞中被读取和实际使用，作为产生蛋白质的指导手册。

结束了早晨的工作，我终于有点儿时间打开我的宇航员关怀包，这是心理支持团队发送的包裹。里面有我在离开之前准备好的东西，包括三本枕边书。除了《银河系搭车客指南》，还有伊塔洛·卡尔维诺的《帕洛马尔》，以及《空军飞行员》。我希望能够拥有帕洛马尔先生那种描述细节的能力，拥有圣埃克苏佩里那种深入体验、并将经验升华至普遍的能力。在包裹里，还有莱昂内尔准备的一份惊喜，这原本是给特里、安东和我的圣诞礼物。他送给我们每人一个乐高小人，穿着我们各自的索科尔航天服。乐高小人很小，可以藏在紧握的拳头里。每个细节都很精致，从徽章到铭牌，甚至连发型都和我们一样。每个小人的手里都拿着一个有特点的物件。

特里喜欢典型的美国运动，他手上拿着一只橄榄球；安东在读一本手册——《傻瓜"联盟"号》——封面上是他在科隆餐厅的一张照片，面前摆着一个巨大的猪肘。而我的手里则拿着智能手机，很明显这是莱昂内尔一直认为让我上瘾的东西。在这里，我摆脱了它，没有任何戒断症状。事实上，我一点儿也不想念手机。

"龙"飞船还给我带来一件奢侈的睡衣：是一件睡眠研究T恤，我已经连续穿了两晚。说实话，不是很舒服，因为它非常紧，但这是必要的，只有这样其中的传感器才能够正常运转：用于传统心电图的电极和位于胸骨上的小型三轴加速度计用以观察心脏的机械运动，即心脏瓣膜的开与闭。研究是想验证一个假设，即心脏功能的微小变化与睡眠质量有关，这是许多宇航员多年来一直抱怨的问题。对我来说，从纯粹主观而非量化的角度来看，必须说我在这里睡得很好。多年来我辗转各个大洲训练——一直被时差困扰——而在这里，我已经按照UTC时间生活了两个月。这种选择不是出于操作或技术考虑，也不是由于在空间站上使用通用参考时间的特殊吸引力，据说是由地球上的通勤需求决定的：空间站上宇航员的一天不能比莫斯科的一天结束得晚太多，以便俄罗斯太空任务控制中心的专家可以乘坐地铁回家。在休斯敦，没有地铁，每个人都开车，因此在凌晨一点开始任务控制中心的轮班问题要少得多。我们欧洲人则很高兴发现自己处于中间时段。

国际空间站，2015 年 1 月 23 日

我常常是最后去睡觉的。当没有人再将贪婪的目光投向窗外时，我会关上穹顶舱的护窗板，以免它们受到小陨石的撞击。如今，我已经对背景噪声习以为常了，那是空间站运行正常时的声音。最初的时候，情况完全不同：那时一切都有待发现，我还不知道什么声音是正常的，什么可能是警报。比如，有天晚上，我打电话给休斯敦，报告来自洗手间地板的声音比平时要大得多，脚放在上面可以感受到振动，像是一台失去平衡的机器。不过那是正常的，噪声和尿液回收过程有关。现在回收机器坏了。几天前，休斯敦方面打电话给我，当时我是唯一一个还醒着的人，他们要求我重新配置阀门，以免尿液转移，现在尿液都收集在一个内部容器当中。无论如何，我们仍然可以继续使用洗手间。不像上个月，化学处理液的计量泵坏了，洗手间完全不能用，好在服务舱中还有一个洗手间，我们所有人共用了几天。安东和叶琳娜都没有抱怨，但他们肯定不会开心：他们就睡在隔壁。

实际上，俄罗斯舱段的洗手间是最初的原型，三号节点舱里的是一个几乎一模一样的复制品，但由于隔间更宽敞、明亮，使用起来也更舒适些。不过，有一点很大的不同：服务舱的洗手间没有连接到回收系统。于是，我偶尔会飘浮在俄罗斯舱段，进行怪诞的以货易货：我飘进服务舱，手里拿着一个液体容器，里面是空的，再换回一个相同的、满满的容器。选择不是随机的，而是由俄罗斯太空任务控制中心的专家在他们的"无线电报"——我们这样称呼莫斯科向宇航员发送指令的文件——中指定序列号。在这种情况下，指令涉及珍贵材料的递送：三号节点舱中需要回收的俄罗斯小便。交易时间通常是几秒钟，需要迅速完成易货，接着，我带着尽在掌控的容器飘走，通常是立即转移到收集尿液的储罐，然后进行回收。在这个简单的操作中，布奇作为一名优秀的指令长，看到了一个机会，可以引入和地面控制中心人员一同娱乐的有趣元素。实际上，该程序规定，当储罐被填充至百分之七十一时，尿液转移就要中断。考虑到计算机上数据的更新会有轻微的延迟，以及需要在跟三号节点舱有一定距离的地方执行某些手动操作，想让指针准确停留在理想数值上并不容易。两个月来，每次成功，我们都会获得一分，任务控制中心会严格记录。比赛恰好在今天结束。我敢肯定赢的是布奇。但是飞行主任从电视节目里引用了一种复杂的计算规则，可能是《价格猜猜猜》，最后宣布我是胜利者。指令长不能获胜，否则就不好玩了。

国际空间站，2015 年 1 月 25 日

安装风扇也没能拯救果蝇，我们不得不中止实验。好在蠕虫都成长得很好，至少筑波方面是这么告诉我的。每次我把它们从恒温箱中取出来，筛选出幼虫，并将成虫放进冷柜时，他们会要求我把袋子靠近相机。我不会和他们直接说话，但我知道，研究人员正在观察。到目前为止，如果没有意外，蠕虫的颜色让他们相信，多代实验进展顺利。我也说不清，真的，因为它们小小的躯体和营养成分混合在一起，从那一团白色糊状物里很难用肉眼分辨出秀丽隐杆线虫，但我确定自己正尽可能严谨地照料它们。在失去果蝇以后，我更加在意我的蠕虫。

　　"龙"飞船的到来，终于给空间站带来了 Drain Brain 实验的备用设备，原先的设备去年十月在安塔尔火箭事故中损失了。主要是三条弹力材料绑带，在实验期间，我得把它们戴在脖子、手腕和脚踝上，这是一个非常简单的系统，可以用来测量静脉血液流量。实验的目的之一是验证这种方法是否可以在实践中成为超声波的替代方案。第二个目标是研究血液从头部到心脏的回流，这是一种受呼吸影响的机制，而且——很容易理解——同样受到重力的影响。在这个实验里，我依然充当小白鼠，总之，我需要完成一系列的强制运动和呼吸，戴上鼻塞，嘴巴紧闭，口中插着一根长长的管子，另一头连接到肺功能测量仪。这个实验还会进行颈动脉超声波检查，这是相对容易实现的一个目标。

　　获取正在工作的心脏瓣膜的图像要困难得多。今天，我们几乎要放弃了，因为可用的时间已经不多，当布奇移动探头时，他甚至没太仔细听无线电中的指示，可是，梦寐以求的图像出现了！"我不知道你做了什么，但别动，就这样保持住！"来自地面的超声波检验师连忙说道。远程操控不容易，特别是当超声波检验师本身还要仔细寻找图像的时候。此外，对于这张图像我是有名的困难户。这个实验名叫 Cardio Ox，研究的是在太空停留期间心脏和动脉的变化与炎症和氧化应激之间可能存在的相关性。

　　遥望海洋总能让我感到平和。此刻，已近日落，水面染上了青铜和金的颜色，上空飘着低矮的云朵，每片云都携着自己黑色的影子，有时很明显，有时又与云朵本身融为一体。从透视的角度来看，就好像一位画家想要用黑色的笔触强调周围的轮廓。伴随它们的是用白色的笔触迅速渲染而成的山丘。随着太阳落向地平线，云朵在背光中变暗，直到金色的水面上点缀着黑色的斑点。日暮时分，我的目光在地平线上徘徊，我看见在白日最后一缕暖光的戏剧背景上，出现了孕育着风暴的积雨云，高耸于其他云层之上，似乎对企图靠近的一切怒目而视，但于数百公里之上的我们是无害的。旋风也是一样，它在海洋上空盘旋的情形并不罕见。地球上毁灭和死亡的播种者，在太空中看，展现出的是一种平静收敛的力量。有时，我们会被要求拍摄一系列照片，以协助有关这些现象的研究活动，或监测特别危险的旋风。到目前为止，我已经拍摄了许多气象照片，包括所谓的超级飓风，它的范围之广，几乎覆盖了我所能看到的整个地球。不过，前几天，我拍到了一张非常特别的照片：

当附近一道闪电闪过，照亮它的轮廓，我捕捉到了"班西"的气旋眼。不经意间，得之偶然。

国际空间站，2015 年 1 月 28 日

时间差不多了，还有几秒。我飘向实验舱，尽可能不给自己任何推力，布奇和特里在远处也做着同样的事。慢慢地，非常缓慢地，我们都开始向一号节点舱移动，好像有一股神秘的力量正在轻轻地推动我们。实际上，情况恰恰相反：当我们悬空，和空间站分离的时候，自动转移飞行器的发动机会给空间站施加推力，让它绕着我们移动。这种情况时有发生，有时，假如它发生在夜里，或者是我们正在努力工作的时候，我们甚至不会察觉到。通常，自动转移飞行器的发动机开启是为了避免和太空碎片发生碰撞。或者为了实现所谓的再次助推，提升空间站的轨道：即便在四百公里的高空，仍然会有稀薄的大气产生阻力，随着时间的推移，轨道会不可避免地发生下降。然而，今天，我们做了相反的事情——制动，也就是稍稍降低轨道，以调整轨道力学，从而有助于接下来与"进步"号货运飞船的对接。为了能够使用自动转移飞行器的发动机进行制动，且这么说吧，空间站暂时旋转了一百八十度，所以，现在自动转移飞行器处在空间站前部。体验这种旋转很有趣，只不过，也有很多严苛的规定：在发动机点火期间，我们必须保证空间

站的护窗板处在关闭状态，以保护窗户免受排出的高温气体的影响。因为不能向外看，旋转本身是完全无法察觉的。

制动一结束，我们就都回到了各自的活动中。今天，我放弃了实验服，穿上后勤人员的服装。几个小时以来，我手里拿着一叠厚厚的文件，在空间站飘来飘去。成页的表格上字都很小，有时甚至难以阅读。也许是因为我们的打印机不够现代：它似乎来自一九九〇年代的某个办公室，布奇甚至拒绝称它为打印机，因为这个设备时常拒绝打印，这是无可争议的事实。不管怎么说，我们还是设法拉出了长长的表格。上面列着所有需要装载到"龙"飞船上的包裹，包括包裹里的每样东西、它们在空间站上的位置，以及相应的打包说明。我们把这个表称作"货物信息表"。但是，因为它的使用对于宇航员来说太过复杂——除了少数有超能力的家伙——表格还会附有说明页，写明包裹必须遵循的准备顺序，即所谓的"编排信息"。不过，我觉得这个名字并不贴切。货运操作不只是一支精心编排的芭蕾舞，持续几周，末了会有一辆装满最后一立方厘米的飞行器。这是一项非常重要又极其细致的工作，要把握好质心，以确保在再入大气层的关键环节正确定向。

第一版"编排信息"在圣诞节之前已经到来，并添加在了所谓的任务列表当中。如果我们想在空闲时间做的话，那么规划人员可以在其中插入准备进行的活动。我们正是这样做的，利用周末和节假日。所以，在"龙"飞船到来以前，我们已经有二十来个半整理好的包裹，临时安置在二号节点舱的舱头，用弹力绳固定好。幸好我们这样做了，因为目前的工作节奏真是太紧张了！

国际空间站，2015 年 2 月 1 日

在自动转移飞行器内工作从来不是一件容易的事。这里距离二号节点舱有点远，约莫八十来米。这些天来，工作一直很紧张，常常没有时间真正午休。在自动转移飞行器里发现自己忘了东西，或是拿错了工具，绝对令人恼火。另外，如果需要和控制中心通讯，就必须转移到服务舱，因为货运飞船里是没有音频终端的。几天以来，这意味着总要从半封闭的舱门钻进钻出。事情是这样的，在已经装满了各种垃圾的众多隔间之一，一袋湿垃圾可能由于分解导致的膨胀，气体已经溢了出来。再加上去年十月"天鹅座"货运飞船没有按时到来，陈年垃圾已经堆在那儿好几个月了，这不是什么秘密。没有什么可大惊小怪的，这桩麻烦的结果是：现在，自动转移飞行器里充斥着令人相当不快的恶臭。因此，在相邻舱体中工作和部分在那里休息的俄罗斯同事要求关闭风扇，并保持舱口半关，以阻止空气流通。

另一方面，尽管难以开展工作，自动转移飞行器还是给了我们很多的帮助。除了让我们使用它的发动机以外，必要的时候，还可以让我们使用它储藏的空气。有时，我们会打开相应的阀门，让空气进入空间站的舱内。除此以外，几周之后，在离开的时候，它还可以带走数吨的垃圾，从前一次远征队遗留的厕所固体垃圾容器到大块的包装泡沫——几天前，布奇、特里和我用了一整个午休时间才把它们锯开，因为只有这样，它们才可以穿过俄罗斯舱段的小门。看见空间站一天比一天整洁，真是让人愉悦！当然，未来的太空任务会距离地球更远，我们也要尽量减少垃圾。增材制造（3D打印）技术可能会派上用场。比如，在需要的时候，打印一些工具和备件，甚至可以在不再需要时回收材料。我们正朝着这个方向迈出第一步：几个月前，第一台实验性3D太空打印设备登上了空间站。

即使是穿过的衣服，最终也会进入垃圾箱，因为在空间站上是无法清洗它们的。为了优化处理，我们经常把衣服作为填充材料放进需要装载到"龙"飞船的袋子里，再用胶带把袋口封好。如果是个人衣物，特别是有特殊含义的T恤，我们会在胶带上写上自己的名字，祈祷它能够抵达休斯敦的伯纳黛特手中。谁也没法保证分拣人员会这样做，他们并没有这样的义务。不过据说，通常他们乐于帮忙。比如，我就用这种方法打包了那件联合国儿童基金会给我送上空间站的T恤。我在空间站上参加了一项旨在提高人们对最贫穷国家儿童需求认识的宣传活动，做了我人生迄今为止最尴尬的事情：对《穹顶幻想》进行了一段非常糟糕的演绎。他们告诉我，只会使用几秒的视频，和其他人的表演混剪成一个片子。但是，我后来惊恐地发现，视频竟然完整地出现在了YouTube上！要淡定！无论如何，是为了一项有益的事业。

35

我看向那些光点，

那在人们看来只是一个点的地方，

实际上却无比巨大。

和它们相比，

陆地与海洋确实只是一个点。

和它们相比，

不仅是人类，

连我们生活的地球——在那里人类又算得了什么，

都无比渺小。

贾科莫·莱奥帕尔迪《金雀花》

国际空间站，2015 年 2 月 10 日

"龙"飞船，被新升起的太阳照亮，在仍隐藏在黑暗当中的地球的衬托下，显得格外突出。用地球上的语言，我可以说，它仿佛悬挂在空间远程操纵系统机械臂的一端，但我觉得，"悬挂"这个词有误导性：重力的意味过重。我可以放开它，实际上，过一会儿，我的确会放开它，"龙"飞船并不会因此坠落到地球上。它会继续飘浮在和我们几乎相同的轨道上，就在我们下方十来米的地方。

此刻，我按下释放按钮，松开捕获设备的牢固抓力。现在，"龙"飞船和空间站不再是一体的，它成了地球的一颗独立卫星。很快，按照不可抗拒的轨道力学定律，我们之间会产生相对运动。一开始微不可察，随后能够从用来显示对齐错误的相机里看见目标，最后，从穹顶舱的舷窗向外就能看见它！特里和我正在那里的机械臂工作台操作。不管怎么说，对于将要发生的事，我们都已经迫不及待了！我把左边的手动控制器向身侧拉动，机械臂便开始运转。我的动作非常缓慢，生怕有什么震荡或碰撞。当我从视觉上确认捕获设备完全和抓斗销脱离时，我稍稍用力移开空间站远程操纵系统，留"龙"飞船独自漂泊。

看着它在窗外，我有种不真实的感觉，它的两个部分有明显的区别。未加压的部分是一个粗短的白色罐子，从上面延伸出太阳能电池板，在那之上是生活舱，直到昨天，我们还在里面飘浮：舱体是钟形的，朝着舱门的方向逐渐收缩。货运飞船里有近两吨精心包装的物资，这是空间站上一个月紧张工作的成果，也是众多地面工作人员数千小时的心血，他们大多数都

不为我们所知。谁知道，在这一刻，有多少双眼睛正注视着
"龙"飞船的离开，这种关注已经远远超出了简单的好奇心。
又有多少人会关注它再入大气层，焦急地等待它降落海面的消
息。而我们也忐忑地想知道，专家们对我们的工作做何评价。
我们希望他们彼此交换这样的意见："天哪！'龙'飞船装载得
多好！没有一条带子松开，也没有一个包裹移位。""没错！还
有布奇和特里在舱门上贴的胶带，太棒了！降落后一滴水都
没进。"

　　当然要耳朵贴在会议室墙壁上偷听才行：因为即使有带子
松开或者包裹移位，他们大概也不会告诉我们。我发现在地面
与我们沟通的工作人员总是不吝赞美，在指出错误的时候却十
分谨慎，除非会对任务产生直接影响。这不是卑微的态度，当
然不是，但我相信，他们试图避免让我们感到内疚或者尴尬。
他们希望我们保持冷静，不要慌张。我理解这一点，可能这样
做是最好的。当然，有时我也会觉得听到了太多的"做得非常
好！"无论如何，真实的反馈总会到来，最终会由评估委员会
在任务结束后给出。

　　"可以操作'龙'飞船返航了。"我将机械臂回撤到目测为
4.5米的安全距离内，对特里说道。特里发出启动命令，"龙"
飞船的发动机点火，开始第一次远离操作。它以阳光照射下的
太平洋为背景，平稳地移动。直到昨天晚上，"龙"飞船还是
空间站的一部分，而现在，它变成了一个难以接近的壳，载着
不在地球上的人类精心准备的从太空送往地球的货物。

看到"龙"飞船离开，我也松了一口气。最后这一个月任务接二连三，工作节奏让人精疲力尽。空间站的晚上总是有些累，也许是因为一整天都被严格的日程安排着，也许是因为二氧化碳的浓度过高，但最近我是真的完全没了力气。留给布奇和我的最后惊喜，是在周日早晨拆除舱外机动套装的FPS，这是保证空气和冷却水循环的关键部件。在上周的常规测试中，这个部件发生故障，需要由"龙"飞船紧急带回地球，进行检查。

布奇和我对这项工作都不陌生。去年十二月，我们更换了特里将在几周后使用的套装的FPS。这是个棘手的问题：因为一些尚不清楚的原因，这个部件经常出故障。如果是在几年前，在轨道上更换它们的想法，恐怕会让舱外活动技术人员感到不可思议。曾经，套装的维护是在地面洁净室内由专业技术人员进行操作的。航天飞机退役以后，定期更新套装的可能性便不存在了，于是，在逆境之中也要尽力而为——国际空间站的宇航员需要负责对非关键部件的定期维护工作。直到前阵子，才有人第一次更换了FPS，这项操作常被描述成在舱外机动套装上实施精密的外科手术。在地球上，它像其他任何一个维护性操作一样，尽管耗时很长，也很复杂，但总体是可控的。然而，在空间站上，我们还需要面对失重。如果从一开始就将在轨道上维护套装考虑在内，比如使用可以拧松但不会脱落的螺栓，现在的操作会方便许多。但是，舱外机动套装被无情地设计为只有在物体不会飘浮的地方才能拆卸，里面塞满了几乎捏不住的小螺栓，平均每个头有六个垫圈。只要弄丢一个，掉进套装里，就足以让身穿它的宇航员陷入危险。当然，我们都会采取预防措施：用保护纸盖住套装的"内脏"；周围开着吸口处蒙一块布的吸尘器，以捕捉任何可能飞走的螺栓或垫圈；两台位置恰当的摄像机向休斯敦方面实时转播画面，我能想象，那儿一定有一屋子的专家正在聚精会神地观看。去年十月，更换特里套装的 FPS 总共花了一天半的时间，其中好几个小时都耗在收集十二件专门工具上。不过，让我欣慰的是，第二天，一系列检查表明它运转良好：几周以后特里太空行走要使用的套装终于准备妥当了！那将是另一段焦灼的时期：十天之内，将进行三次出舱活动。对于特里和布奇来说，是艰巨的任务。但我知道，我也不会轻松，我的压力不仅仅来自专业层面，或许更多是情绪上的。

国际空间站，2015 年 2 月 15 日

在脱离国际空间站几个小时后，"龙"飞船按照预期降落在洛杉矶海域。多亏了特里的一个朋友，我们几乎是实时收到了照片：悬挂在三个降落伞上的太空舱坠入汹涌澎湃的大海。看到照片，让我有种任务完成的感觉。至少此刻是这样。下一艘"龙"飞船会在几个月后到来，那时，将由我来操纵机械臂进行捕获。

在自动转移飞行器 ATV－5"乔治·勒梅特"任务结束时，我们还算幸运，自己拍摄到了任务完成的照片。由于四个配电电源当中的一个发生故障，经过几天的悬置，在昨天才执行返航。作为欧洲宇航员，关闭最后一艘自动转移飞行器舱门的任务由我完成，象征性地结束了"自动转移飞行器"计划。但布奇才是无可争议的英雄。在任务期间，通过和位于图卢兹的自动转移飞行器控制中心的协调，他费尽心思整理了尽可能多的垃圾和包装材料，并利用休息时填满了飞行器上所有可用的空间。它的内部空间很大，几个月前空空如也，作为空间站上的新手，我在里面甚至找不到抓手，但离开的时候它已经被塞得满满当当，我们勉强才挤进去，六个人合拍了一张纪念照。

布奇在穹顶舱，与特里和我一起，我们都密切地关注着地平线。"乔治·勒梅特"此刻正再入大气层，休斯敦方面通知我们，只要望向正确的方向，当它开始解体和燃烧，我们应该能够看到烟雾的轨迹。几分钟前，图卢兹向自动转移飞行器发出最后的命令，即点燃发动机，开启自主旋转，最大程度地抵抗大气阻力。自动转移飞行器的最后一步是有控制地自毁。除了一缕烟雾，在太空的黑色背景下，我们在某一刻看到了两团白雾，远远高于裹着地球的深深浅浅的蓝色笔触。我们都知道，大气层比那薄薄的闪亮的地幔要厚许多。在高层大气目力所不及的地方，"乔治·勒梅特"正迎接自己的命运。

"龙"飞船和自动转移飞行器接连离去，让我开始思考自己在空间站上究竟度过了多少时光。带着些许不安，我发现，任务已经过半。再过三个月，不到三个月，我就要回到地球，艰难地拖动双腿在地面行走。而国际空间站还会继续它的旋转，成为暮色中的一个小点。它并不在意这里究竟来过什么人，又将迎来什么人，总会有其他宇航员前来照料这太空中的人类前哨。

　　国际空间站并不在旅途中，因为它没有起点，亦没有终点。空间站上的活动跨越了个人征程的界限，每个乘组从前任那里接棒，又交给下一任，前后近十五年。人类在太空已经不间断地待了十五年！或者说至少是在地球的轨道上，毕竟在太空中，我们都在那里。太空折叠、延展，谱写着来自几乎一百四十亿年前的旋律。几百年间，甚至就在最近的一个世纪里，我们的宇宙观发生了多么大的变化呀！今年，恰逢相对论诞生一百周年。相对论的出现，彻底改变了我们理解空间、时间和重力的方式。人类最具智慧的大脑所展示出的想象力和抽象思维能力从未停止令我们震撼。我们紧随其后，亦步亦趋。早在古希腊时代，天文学家阿里斯塔克斯曾提出日心说，即地球是围绕太阳旋转的；而埃拉托斯色尼则以惊人的精确估算出地球的周长。两千多年以后，有些人——好在只是极少数——仍认为地球是平的。我们人类就是这样。一些人攀登理性的思想高峰，一些人桎梏于幻想和谬误，身为大多数的我们则不偏不倚，在每日为真理的奋斗中，时赢时输。

　　科学是一个强大的盟友，在这个领域它证明了自己的价值。当然，当代科学的预测能力令人不得不钦佩，在此基础上，技术得以飞速进步，为我们创造了舒适的家园，并在一个世纪内让人类的预期寿命增加了一倍。如果我们也能安抚心灵中的恶魔，在我们的创造力和破坏力中存活下来，我们还将有多少时间用来了解宇宙的结构？我们现在深信不疑的东西，会不会让我们的儿女，让我们儿女的儿女发笑呢，就像我们嘲笑父母辈的天真一样？我们的后代会更有能力——在冷漠的宇宙中——调和人道主义和边缘化的问题吗？我们像太阳系的众生一样，存活在一个星系的外围。在我小时候，仰望夜空，想到宇宙中数不尽的星星总让我既着迷又害怕。那是数千万亿计的星星啊！我要怎么才能理解这么庞大数字的含义呢？今天，我可以把它写成十的次方，可以把它想象成一个数量级，用对数去表达它。但即便用尽我的小脑瓜，又怎么能真正掌握它呢？宇宙形成大约有一百四十亿年，而我的生命最多也就一个世纪，我的种族——人类——也才刚刚有五千年文字记录的历史。我们的存在仿佛星辰之翼轻轻拍动：它们用生命孕育构成我们的原子，但它们对人类的一切一无所知，对我们的辉煌和人性的深渊同样无动于衷。或许，从宇宙的维度来看事物，我们更容易原谅自己的渺小，更容易相互携手，平静地度过在地球上的短暂时光。

36

没有来访的天使，

也没有来自另一个星球的探险家

能猜到这个平淡无奇的星球上充满了寄生虫，

和主宰世界、自我折磨、初生天使一般的野兽。

奥拉夫·斯特普尔顿《造星主》

国际空间站，2015 年 3 月 11 日

在"联盟"号打开的舱门前，我们与布奇、萨沙和叶琳娜告别。我们在二号迷你研究舱，这是个小小的球形俄罗斯舱，他们也是，只不过挤在狭窄的方形过渡隔间里，腿朝向"联盟"号的舱门，已经是要出发的姿势了。他们和往常穿得一样，日常的棉质 T 恤和裤子，很难想象他们即将在一个火球中穿越大气层。尽管这已经是我们职业的一部分了，而我们也乐

于把它当成例行公事，但这毕竟不是出差之后稀松平常的回家方式。我和他们热情相拥，心中不免有些担忧。一轮告别后，他们进入"联盟"号宇宙飞船，朝里面飘去，仿佛被吸入母体的子宫里，反向生育。

几个小时以后，我通过关闭的舱门，听见了他们脱离空间站的声音。但我没能看见他们离开。唯一可能看见的办法，是透过三号节点舱舱门上的小窗户。但是特里在那安装了一台快速连拍照相机，这样我们就可以创造出一部加速电影，就像在地球上用照片做的那样。于是，布奇、叶琳娜和萨沙将拥有一个他们和空间站脱离的小视频。我们一切就绪。在几声通过金属传来的沉闷撞击声后，他们和空间站分离，向地球出发。留下的，只是空旷的太空。

我在二号节点舱跟特里会合，我们在那儿准备好了钟：作为一名优秀的美国海军军官，布奇要求我们按照海军仪式来敲钟，以纪念"联盟"号的离开。于是，我们通过无线电发送出叮叮当当的声音，以及我们对他们返回地球的美好祝愿。除非有下一次共同执行任务的可能——可能性微乎其微——否则，从这一刻起，我们这几年曾如此紧密交织的生活，就要永远结束了。当然，我们并不会消失在彼此的视野中：宇航员仍然会以某种弹力线彼此相连，可能因为某次发射、某次纪念活动、某次集会被拉到同一地点相遇。即使如我所料，有些人会决定换工作，也总有机会再相见。

安东、特里和我分头去处理空间站的各项事务。空间站好像突然变大了；高音喇叭里，继续播放着"联盟"号乘组和俄罗斯太空任务控制中心之间的对话。在听到萨沙和叶琳娜播报制动发动机点火期间的运转参数后，我们不约而同地来到了一号节点舱，声音开始变得难以理解，而后就完全消失了。沉默来得有点早：通常，通讯信号的切断会晚一些，在穿越大气层、"联盟"号被等离子体包裹的时候。因此我们有理由打电话给莫斯科方面要求数据更新。但是，俄罗斯太空任务控制中心也没有收到任何数据。此刻，这颗正朝着哈萨克斯坦大草原飞去的子弹——"联盟 TMA - 14M"号宇宙飞船——上，究竟发生着什么，只有我们的朋友萨沙、叶琳娜和布奇知道。我们并不感到惊慌，但也焦急地想要确认一切顺利。当我们觉得如果再收不到消息就要开始担心的时候，莫斯科方面向我们最终确认，救援团队已经和"联盟"号建立联系。

返回舱烧焦的外壳矗立在地上，这是我们不久后通过一号节点舱里的电脑，从美国航空航天局的电视直播中看到的场景。没错，只要在 KU 波段的覆盖范围内，休斯敦方面就可以向我们传输电视直播。除了极少数例外，到现在为止我们一直要求传输的是一个主要做体育的美国频道，布奇很喜欢看。我想这个频道不会再换了：他们说，棒球赛季就要开始。特里是铁杆粉丝。我倒没什么偏好，在地球上我也不爱看电视。几次获取国际新闻的尝试失败后——因为过于复杂——我心甘情愿地接受了对教练和运动员的采访，以及一个泄气的橄榄球——也许是有点泄气，总之是泄气了——背后的动人故事，把它们作为背景音。如果我没有进入太空，恐怕永远也不会知道这些事情。

　　顺便提一句，第四十二次远征队任务结束的这一天恰好是道格拉斯·亚当斯的生日。昨天，布奇正式把空间站的指挥权交给了特里。接着，我们所有人把自己的贴牌贴在了一号节点舱，就在此前所有远征队的贴牌旁边。还有气闸舱，同样保留下永恒的记忆：我们的乘组完成了太空行走。确切地说，是布奇和特里。但是，提到气闸舱，我想我确实做出了实在的贡献。舱外活动前后的操作在心理上和精神上都很辛苦。第一天，我们早晨六点四十五分起床，我接手了气闸舱和里面的复杂设备：两套舱外机动套装，还有它们现在已经被我们熟知的操作窍门，以及两名渴望尽快出舱的宇航员。我可以想象，地球上正有一小队专家，眼睛紧紧地盯着从空间站传输回去的图像，希望我尽快完成操作，但是行行好，不能犯错，坦率地说，一旦出了问题，最好的结果是造成延迟，最坏的结果是让特里和布奇陷入危险。我手上有十二页程序，打印出来并做好了标记，前一天晚上我一遍遍地研究，那天正好是意外得来的休息日，因为专家们还在研究由"龙"飞船送回地球的故障FPS，以判断其他套装是否也存在类似的风险。得出的结论是，在合理的工程确定性范围内，如果FPS正常启动，那它就不会关闭。

　　按照程序，套装的组装、去饱和以及减压要持续五个小时，还不包含一些边角活儿，这就是为什么我们决定比预定的时间提前半小时开始。不过，第一次，特里和布奇是在十二点四十五分出舱的，还是晚了半个小时。一来是因为我没有经验，每一步都要来回检查，二来是因为套装和地面连接的遥测系统有些状况。所以，我没能让他们按时出发，但至少没有出错，我想，我们都认同这才是最重要的。在接下来的两次舱外活动中，特里和布奇的出舱时间都比预计的要早。

对我来说，眼巴巴看着他们三次出舱活动，并不容易。在五六个小时的绝对专注之后，我的手在套装和气闸舱的设备上挪动，就像演唱会上钢琴家的手在键盘上跳动，我从紧闭的舱门的舷窗望出去，只看到狭窄的减压隔间，那个舱体通常是用作仓库的，里面堆满了物料，现在却是空的，朝着空旷的太空敞开，像一间被主人仓皇遗弃的屋子，带走了一切，却没有关上门。每一次，完成一项重要任务后的放松和欣喜，都混合着破碎希望的苦涩、点滴的遗憾，让我的心情蒙上阴影，尽管一系列进展顺利的太空行走还是值得庆幸的。我在水下训练了那么久，为的是去做特里和布奇正在做的事情，而不是待在这里想象。他们肯定也不介意把舱外活动的机会让给我，当然，不是第一次或者第二次，但我不认为他们会依然热衷于第三次舱外活动，或者对于布奇来说，第四次。但我们也都知道，这是不可能的。即便还有其他的舱外活动，场景恐怕还是一模一样：某一刻，我会在一扇紧闭的舱门背后，负责气闸舱的加压部分，等着他们在六到八个小时后归来。在这期间，靴子和工具偶然传来的敲击声，提醒着我，还有人在外面。

国际空间站，2015 年 3 月 20 日

　　乘组人员减少了一半，国际空间站显得更大了。有时，我会猛的朝服务舱看去，目光望向那排敞开的舱门，想要捕捉到某些动作。自从只剩我们三个人，安东便会独自在俄罗斯舱段工作一整天，那里没有相机将图像传输到控制中心。如果他有什么事儿，我们恐怕都无法及时发现。多留点心是对的，不过我并不过分担心。在国际空间站发生事故的可能性不大，因为安全方面都已经考虑周详。当然，医疗紧急情况不能被排除在外，对此，我们有必要的干预设备，比如针对心脏骤停的设备。我们所有人都接受了训练，进行心脏按压和人工呼吸，骨内注射复苏药物，使用除颤器和呼吸机。在实验舱的正中央有一个牢牢固定在地板上的长凳，可以用一系列绑带固定需要进行心脏复苏的人。好在从来没有出过这样的事。况且，在轨道上进行心脏按压也不是件容易的事情：没法像他们在地球上教的那样，利用自己身体的重量来释放压力，需要找到一种稳定自己位置的方式。出于这个目的，进行复苏操作的长凳有一套绑带，用于协助救援人员，但和其他人一样，我为自己选择了另一个办法：假如需要唤醒一位同事，我会倒立在他上方，双臂张开支撑在他的胸部，用腿抵住天花板。在地球上的心肺复苏模拟中，这个方法是无法实现的，但是在空间站上，至少在我们训练用的塞有毛巾的袋子上面，好用极了！我们还会定期回顾医疗手册中的其他程序，像伤口缝合、肺萎陷手术，但在这种情况下，我们只是重新阅读操作步骤，手上是没有设备的。实际上，这些并不是需要立即执行的干预，恰恰相反；没有无线电通讯中的医疗协助，我们不会进行任何操作。到目前为止，在医疗紧急情况训练期间学到的所有东西中，我们只把一项简单、无痛的操作付诸实践。每个月，我们都会互相做快速身体检查，拍摄耳膜照片、测量简单的生命参数，比如体温和血压。值得庆幸的是，眼下我的状态一切良好。只是前段时间，肌肉有些疲劳酸痛，有一周没法在高级阻力运动装置上锻炼了。

这些天，我们在准备迎接斯科特、米沙①和根纳季，他们已经在拜科努尔接受隔离了。就在昨天，特里和我在仓库里搜寻装着斯科特衣服的各种袋子，并把它们收集到固定在二号节点舱前厅的三个大型半刚性袋子中的一个，相当于衣柜或五斗橱，我们每个人都有一个。我每周会去那儿一次，整理所谓的"砖块"——这是一个袋子，里面装着两件棉质T恤衫、三双袜子、七条内裤、一件背心和两套运动装。我们的俄罗斯同事们经常更换衣服，因此他们常拿我们打趣儿，但在我看来我们的衣柜已经足够了。

"联盟"号已经离开了将近十天。现在，我已经习惯不再

---

① 即米哈伊尔·科尔尼延科（Mikhail Korniyenko），俄罗斯宇航员。

在半空撞见从二号节点舱的铺位飘进飘出的萨沙，不再和在高级阻力运动装置上锻炼的叶琳娜闲聊，也不再听到布奇用他那富有感染力的快乐和特有的南方口音在无线电中讲话。"天哪！"每当他意识到自己犯了错，总会这么说。我想知道回到地球后要如何重新调整。重新融入家庭生活，在日常生活中找回自己的位置，平衡好因为缺席而忽略的关系，满足在之后六个月里依然忙碌的工作和出差需求，这一切并不那么容易，有赖于家人无条件的支持，有了他们的巨大牺牲，这伟大的梦才得以实现。当然，他们了解太空飞行后的实验环节和几周详细的任务总结有多么重要。他们了解和机构代表、公众的会面，或者参加电视节目录制也必不可少。当然，在讲述的时候，要饱含激情，把这得之不易的机遇分享给众人，但在那之前别忘了先去刷碗和倒垃圾。

几天前，布奇写信叮嘱我们要多做伸展运动，以免返回地球后出现肌肉痛。拉伸不是日常训练程序中的一部分，但我觉得它的重要性不亚于跑步或者深蹲，不仅能维持骨量，还可以保持运动链的平衡。我清楚地感觉到自己的腘绳肌和股四头肌正在变短，可能正是因为身体在失重状态下采取的中性姿势——大腿蜷曲，像是悬挂在墙边。好在，在失重的状态下，伸展运动很容易进行。比如，把一条腿向前伸，直到感受到肌肉的紧张，这个过程并不需要费什么力气。我习惯在午休结束的时候做拉伸。如果美国同事不在，我会看德国电视节目《每日新闻》前一天的回放。我没有另外提出要求，所以欧洲航天

410

局的支持人员从周一到周五会持续发送，仿佛阿莱克斯还没有离开。

　　视角自然很欧化，德国风格明显。当然，我也没法摆脱这种矛盾：我处在一条圆形的轨道之上，脚下日复一日地流淌着每一寸人类居住的土地，然而我独独对地球的一个特定角落格外感兴趣。我来自欧洲，并且从未真正离开过那里。在那儿，有我大多数的亲朋好友，我的工作以那里为中心，还有我的祖国，我学习和居住的地方。我觉得，是天性让我对那一片热土情有独钟。与此同时，所有那些与世界上其他数十亿人不同的东西，所有那些文化的、历史的、风俗的、物产的不同，在我看来，都不过是一个细节、一个事后的想法，像是一只手在最后的匆忙中涂上的一抹色彩，几乎不会在本质之上增添或抹去任何东西，不会改变人性的核心，那是感受温暖和寒冷、饥饿和口渴，体验快乐、痛苦、恐惧、惊奇、狂喜。"谁知道你在太空有怎样独特的体验呢?"这几个月来，很多人都这样对我写道。但人类感情的调色板始终如一。即便是生活在太空里，我也没再发掘出新的情绪。当然，在某些时候，我的确获得了某种特别强烈的感知，但并不像人们想象的那样，是什么不同层级的认知或觉醒。如果不是因为经验的排他性，我不认为获得了什么将自己与其他人区分开来的体验。相反，在我看来，一天天地，我更清楚地了解过去、现在、未来的每一个人的基本共性，对我自己、对人性也有了更多一点儿的了解，从慷慨、尊严、勇敢的高峰，到残酷、自私和怯懦的深渊。或许，是因为整个地球正变成我的后花园，因为现在只消捕捉从舷窗射进的光线色调的微妙差异，我甚至在从穹顶舱向外看之前就能认出那些大陆。或许，是因为地球上日常生活的起起伏伏现在对我来说越来越虚幻，它们从前之所以那么重要或许只是因为某种观察的缺陷，就像表面的漩涡会耗散能量，并决定被卷入其中的小生物的命运，但对深处的水流并没什么影响。或许，是因为在空间站上，我不仅感受到个体生命的脆弱，还体会到整个人类命运的短暂。地球仿佛是永恒的，当我看见地表那数亿年间累积的伤痕：撞击坑和火山口、碰撞线和分离线、侵蚀和沉积的痕迹，还有仍在进行中的缓慢而未被察觉的变化。在这样的背景之上，人类所创造的一切，从金字塔到摩天大楼，从洞穴壁画到毕加索，都仅仅凝固在两缕清风之间的一瞬。

然而，我喜欢去寻找它们，寻找人类短暂历史的痕迹，寻找我们这个有创造天才的物种留下的痕迹。从任务开始起，我就决定拍摄联合国教科文组织宣布的"人类文化遗产"。至少，是其中的一部分，因为并不是所有遗迹都能被镜头捕捉到。拍摄金字塔要用一千二百毫米的镜头，比它更小的地方就没办法了。来自美国航空航天局地球观测站的同事们已经把所有遗址的位置都放进了 WorldMap，这个软件可以让我们提前知道飞过某个地点的时间。把我的项目放在心上的欧洲航天局同事每天早上还会给我发一份当天会飞过的遗址清单。

最近几天，很多人还给我写了观察日食的提示和建议，今天早晨，整个欧洲都可以至少观测到日偏食。在空间站上，我们没有适当的过滤器和护目镜，因此在轨道上我们只被允许看几分钟的日偏食，但是在远处，投射到大西洋上的月亮的影子十分奇妙。月亮的轨道与地球的距离是我们的轨道与地球距离的一千倍。因此，在空间站上看月亮，和在地球上的夜晚没什么太大的不同。不过，它的光映照在地球上，制造出罕见迷人的光的魔法：刚才还什么都没有，接着，突然间，在黑夜深色的披风上，闪耀出银色的火花，磨砂玻璃的碎片在几秒内显示出水面的存在，很快，又被世界静谧的黑色吞没。

37

欧洲人民创造的全部诗篇，

均比不上这同样出自欧洲人的第一部诗作。

当他们懂得相信没有什么可以逃避命运，

不应该崇拜力量、仇恨敌人、轻视不幸的人时，

他们也许也会找回史诗的精神。

我很怀疑这一天不会很快来临。

西蒙娜·韦伊《伊利亚特或力量之诗》

国际空间站，2015 年 4 月 17 日

"'龙'飞船已经从三十米处开始靠近。请你们根据程序
1.102 第五点的要求进行监测。"这是我们的宇航员同事大卫的
声音，带有轻微的魁北克口音，正从休斯敦向我们发来确认。
特里和我已经从位于穹顶舱的机械臂控制台看见："龙"飞船

正在进行最后的靠近。大约二十分钟以后，就是捕获的时候，那时它将距离空间站大约十米，而距离空间站远程操纵系统的自由端只有五米。机械臂正在折叠状态等待，就像一个几乎休眠的指南针。不一会儿，它就会在我的控制下展开，去捕获它的猎物。那是个温顺的猎物，希望如此。

在三十米处停留之前，"龙"飞船先是在三百五十米处，然后又在二百五十米处做了停留。在这个缓慢的进程中，我们只要确定它一直处在靠近轨道中，以及远程控制面板上亮起正确的指示灯。我们持续地把观察结果报告给休斯敦方面，就像在训练中学到的那样。我们曾在模拟穹顶舱进行训练，就在约翰逊航天中心一间常年昏暗的大厅里，"龙"飞船的图像投影在跟太空一样的漆黑背景上。说实话，我怀疑，如果有异常，SpaceX 的控制中心、休斯敦，或者是加利福尼亚的霍桑一定会先发现。然而特里依旧定期传输更新数据，这是他作为 M2 的职责，也是在一月份的捕获过程中我为布奇提供的支持工作。

"龙"飞船很稳当，像停住了一样，用于控制浮力的微小推力几乎难以察觉。随着它的靠近，我们可以渐渐看清细节：抓斗销、间歇亮起的白色信标和发动机排气喷嘴的开口。和往常一样，两艘飞行器在一望无际的海洋上的精准相遇，不会让我无动于衷：尽管空间站很大，但这个人类在太空中的前哨，不过是近地轨道上一粒渺小的金属，然而"龙"飞船已经找到了我们，并且准备好与我们同步飞行。虽然一切都经过精心策划，这架从地球而来的飞行器，行进得缓慢且稳定，但它是信使和礼物的载体，散发出一种诗意，甚至是史诗般的光环。三天前，我们从美国航空航天局的电视直播中观看了它的发射，现在，我们在它旅程的尽头迎接它。自从它消失在猎鹰九号火箭的鼻锥里，我们是率先目睹到它风采的人类。

我尽量不被遐想和越来越靠近的"龙"飞船拉走注意力。此刻，保持头脑清醒至关重要。不过，有一点我无法忽略：今天，要是有任何差错，那可真是成名的好机会！只消在关键时刻一个手滑，导致震荡失控，或者在脱离机械臂时多犹豫一秒，导致抓斗销损坏。没有第二次机会：整个任务将立即功亏一篑，两吨货物全部损失。我回想起我的第一位上司，一位资深的宇航员，他曾不厌其烦地对新招募的"鬼把戏"小组叮咛："可别这么成名！"好吧，今天我只这样希望：这次捕获只是一次不知名的操作，甚至不值得作为空间站历史上的一个脚注。

无论如何，我不能说自己很紧张，因为我已经在模拟器上完成了数百次捕获，其中有十几次是过去几周通过实验舱电脑上的 Robot 软件在空间站上完成的。每次路过实验舱，只要有时间，我就会停下来，花上几分钟完成一次捕获。然后我开始加载新的场景，离开去进行原定的活动。

"龙"飞船的靠近已经结束，现在它和我们同步飞行。特里和我已经准备好捕获，但是大卫告诉我们，在行动之前，还需要等待五到六分钟。我想，在休斯敦和霍桑，正进行着专家之间最后一轮"是否行动"的争论。在我们等待授权的时候，已经进入轨道之夜。此刻，黑暗中，空间站的灯照亮"龙"飞船的轮廓，而"龙"飞船自己的航行灯，一红一绿，反射在太阳能电池板上。穹顶舱的内部照明已经关掉了，这是为了避免出现干扰，我们的脸庞只被面前计算机屏幕的光照亮。

"可以执行捕获操作！"大卫告诉我们。是时候了：特里协助我，他来念操作手册上的内容，尽管我们俩都已经对此烂熟于心，但这是为了确保万无一失。我解除机械臂的制动，将其配置为手动操作。在"龙"飞船的远程控制面板上，特里已经做好准备按下自由漂移命令。当我将机械臂送到距离"龙"飞船两米的位置时，他将发出命令。从那时候起，就需要加快速度，因为失去主动控制，"龙"飞船可能会飘出捕获区。

我用右侧操纵杆做了几次小的调试，以便在开始时有最佳的对齐状态，接着，我将左侧操纵杆向前推，开始靠近。特里大声念出距离，那是根据一台摄像机的正交图像从视觉上估计出的数值。特里负责观察完整的机械臂。而我的眼睛需要紧盯着中央显示屏幕。屏幕上的图像来自安装在空间站远程操纵系统机械臂的一端，通过它，我可以看见目标，并在它的指引下找到抓斗销。一系列叠加的图形辅助工具，可以让我判断对齐误差。我只需要做出微小的修正，"龙"飞船非常稳定。

"两米半。"当我们几乎到达一半距离时，特里对我说道。"自由漂移准备！"我回答道。"复制完成，发送漂移命令！"远程控制面板上的指示灯确认飞船接受了命令，特里宣布："'龙'飞船已经进入自由漂移状态。"于是，我获准继续操作，不需要放慢速度。我很高兴时间恰到好处：保持恒定的接近速度是最好的。控制器上每一次额外的推力都有造成震荡的风险。一切都完美对齐。

"发现抓斗销。"特里对我说，并告诉我剩下的距离。"准备好捕获。"我对他说，并回答了他隐含的问题。现在，差不多了！视觉参考告诉我，我正在进入捕获区，但我强迫自己再等几秒钟。三、二、一……"捕获！"我喊道，同时，用右手食指拉动扳机，然后立即松开控制器。

现在，该由机械臂来完成接下来的步骤了。特里和我仔细监控遥测数据，并准备好应对故障的程序，以防万一。"力度刚好。"我终于宣布，我读取数值，确认机械臂捕获设备与"龙"飞船建立了牢固的联系。今天，我们终于不会成名了！

"'龙'飞船捕获成功，你们可以进行捕获后的调试工作。"特里对休斯敦方面说道。与此同时，我把机械臂配置到安全模式。稍后将由休斯敦接手执行系泊操作。特里和我击掌庆祝，接着，我拿起麦克风，说了几句祝贺和感谢地面团队的话，截至目前飞行器和任务都非常完美。在"龙"飞船上，还有一件我期待已久的特别货物，而我恰好穿对了衣服！

我决定把一套电视剧《星际迷航："航海家"号》送上空间站时，原想着能在太空庆祝它的播出二十五周年纪念日。一九九五年，我在美国，那是我海外求学的第一年。我从小就对《星际迷航》很着迷，那时候没有网络，我的家乡还不流行追电视剧。新一季的片子总来得很晚，或者干脆就找不到。自从第一次在电视上看到放映以后，每当有机会看到新的一集，我都兴奋不已。十七岁的时候，我雄心勃勃，对科学充满了热情，"航海家"号由女性——一位科学家舰长和一位叛逆又杰出的首席工程师——指挥的舰桥和机房，使我蠢蠢欲动。在一个背包客朋友的建议下，也为了致敬珍妮薇舰长对咖啡的热爱，我让特里给我拍了张照片：我穿上"航海家"号的制服，以被机械臂牢牢抓住的"龙"飞船为背景，腹间抱着第一台太空浓缩咖啡机。

对《星际迷航》的热爱究竟对我的选择起了多大的作用，这不好说。说一部电视剧对人生有多么重大的影响，显得过于夸张和幼稚。但有时，化学反应需要催化剂，不能排除，对于我进入太空的梦想而言，柯克舰长和斯波克先生的冒险经历便是催化剂。梦想是想象的集合体，它拥有滋养日常行动的力量，也有顽强的毅力，以达成长远的、看似不可及的目标。人类的所有事业都有其风险。那些实现梦想的人，可以自豪地吹嘘，成功只是个人的行为的结果，但他忘记了有利的环境、生活中众多的偶然，或许它们对其他同样值得获得成功的人没有这么仁慈。局外人也许会相信，这个幸运的人有某种特殊的才华和获得成功的法门：在各种书籍和采访中，充斥着人们眼中的成功人士提出的建议，而其他那些同样才华横溢的人却被埋没，他们的行为没有太大的不同，却得不到生活同等的回报。说到命运的随机性，我不用到太远处寻找：二〇〇八年的欧洲航天局宇航员选拔——也就是我参加的那一次，如果不是因为

"哥伦比亚"号航天飞机的致命事故推迟了欧洲"哥伦布"实验舱的发射，会在三年前开放。果真如此，我根本不可能参加。我想，我们最好认识到运气在人类事业中所起的作用，更加克制地崇拜那些实现了梦想的人，同时同样克制地去崇拜那些以值得尊重的努力追逐梦想的人。即便环境不利，努力仍有它的价值和成果。那些每天都有动力做最好的自己、选择最艰难的道路、知道那会是成长契机的人，就算后来全力以赴追求的梦想没有实现，仍旧会过上充实的生活。我希望，所有的孩子，不论是男孩还是女孩，都能幸福快乐地成长，不知危险、暴力、创伤和贫穷为何物。我也希望，他们都能有一个大大的梦想。

下午晚些时候，一旦"龙"飞船系泊成功，并拧紧确保空间站和飞船紧密连接的螺栓，休斯敦方面就允许我对空间站侧面舱口和"龙"飞船连接处形成的前庭进行泄漏检查。在确认不存在泄漏以后，我开始平衡压力，并打开二号节点舱的舱门。我刚刚让这隔开空间站和"龙"飞船的最后一个部件沿着导轨滑动，一股明白无误的刺鼻味道就窜了出来。这是暴露在太空中的材料散发出的气味：一点儿也不好闻，在焊接作业后的焦味中又夹杂着一丝霉味儿。我们姑且不恰当地把它称作"太空的味道"。

今天，我们用了两个小时的时间重新配置前庭，然后仔细谨慎地摘除舱口机械结构上的一系列电子控制设备。明天上午，我们会打开"龙"飞船的舱门，立刻补充紧急载荷。在清单的顶端，有一个小型 Kubik 保温箱，我要把它安装在"哥伦布"实验舱里，用来进行 Cytospace 和 NATO 实验。第一个实验研究失重状态对细胞骨架——赋予细胞形状和机械坚固性的结构——的影响；第二个实验则是要验证一种假设，即骨组织当中某些特定纳米粒子的增加可以有效对抗骨质疏松。细胞培养物要先在保温箱待上几天，然后，我会把它放进冷柜。一个月以后，斯科特会把它转移到隔热袋里，送回地球。那时特里和我已经离开好几天了。

　　我难以相信，距离返回地球的日子只有不到四周了。时间临近的压迫感日渐增强，就连电子日程里也出现了有关返回的任务，比如准备个人数据以备下载，或者检查"联盟"号飞船的座椅，确认是否因为脊柱变长而变得拥挤。我并不急着回家。再次和亲人相拥，吃到拌有圣女果和马苏里拉奶酪的新鲜沙拉，感受洗澡时水流从发间真实地流淌，都很幸福。不过，如果推迟感受这些小确幸的时间，在空间站上多待些时日，我也很乐意。我在这里很好。最初几周的激动逐渐演变成一种平静的亲切。空间站上的日常工作让我觉得从容自在，我对所完成的活动也感到满意，尽管它们有时表面看去平淡无奇，却是许多人长期工作的一部分。太空的生活充满了各种小乐趣，比如，你可以在半空翻筋斗，还可以从穹顶舱眺望壮丽的景色。即使已经过去了五个月，还是总有新鲜的东西。比方说，我还没有看过夜光云。这是形成于高层大气的绵软云朵，只有在日落之后，太阳从底下照亮它们时，才看得见那柔和的光亮。是的，至少我要待到看过夜光云！提前离开简直是犯罪！

这几周，我总和安东打趣。我说，俄罗斯人真的希望我们在五月十三日返回吗，距离胜利日如此之近？从他在俄罗斯太空任务控制中心和俄罗斯联邦航天局的熟人那儿，就没听见什么关于返航的风声吗？当然，这都是些玩笑话，打发一下时间。实际上，没什么推迟的理由。还有不到四周，我们就会回归地球的生活，回归那里的所有要求和混乱。我们得重新习惯一大早出门，准备好背包和一天要用的东西，去购物，自由地安排自己的时间，至少在飞行结束后密集的行程间隙可以这样。如果家用电器出了故障，我们不能再呼叫休斯敦，让他们告诉我们哪里可以找到备件以及维修程序。承认吧：除了纯技术方面的问题，我们是训练有素的，空间站上的生活的确要简单些。太空生活充满了条条框框的限制，但也井然有序、纯粹通透，没有充斥于地球生活中的模棱两可或者无法解决的矛盾，因而也容易让人失去这种适应性。举个例子，被关押在少管所中的未成年人，究竟是社会的债务人还是债权人，是受害者还是肇事者呢？

明天，通过空间站面向业余爱好者的电台，我会和他们当中的一些人对话。有些宇航员是无线电爱好者，他们会时常通过空间站上的无线电波和地球上那些渴望与太空交流的人连线。而我个人只限于和学校联络，通过一个不知疲倦的志愿者国际组织来安排。他们除了负责组织和技术方面的问题，还会和孩子们进行一些前期的会面，收集他们的问题，提前发送到空间站。因为音频连接并不是一直畅通，反复回答同一问题有些可惜，这会浪费有限的宝贵时间。通常只有十几分钟，在这段时间里，国际空间站的位置会被地球无线电波探测到。

和我聊天的是少管所的孩子们，但他们提出的问题显示出与世界上其他同龄孩子一样的好奇心。听完志愿者讲述国际空间站的生活，他们发现，这和他们在少管所里的生活很相似。我很清楚他们可能给别人带去过痛苦，但我不由自主地产生一种柔情，我特别想肯定地告诉他们，他们还有第二次机会。我们年轻的时候都犯过错，所有人都会犯错。有的人——像我这样——拥有幸运的童年和少年时代，几乎没有机会犯下后果严重的错误。如果我们跌倒了，会掉入安全网。但有的人就没有这么幸运了。他们既是受害者，又是肇事者，无论如何这些少年还有大把的人生摆在眼前。

国际空间站，2015 年 4 月 26 日

我的蛋糕是柠檬味的，很甜，口感绵软。它装在盛放美国航空航天局标准食物的灰绿色袋子里。没有蜡烛可吹，因为我的三十八岁生日还不足以成为一个可以在舱内点明火的合法理由。为了弥补缺憾，特里在蛋糕上插了彩色的字母，拼成 Happy Birthday。他显然翻了装饰袋，找到一条横幅，还给我们每个人找到一顶颜色鲜亮的小帽子。我们在服务舱一起庆祝，根纳季像往常一样，给我们讲起他以前太空飞行的轶事，气氛热闹不已。我疑惑但又不敢肯定，他说的是不是真的，或者至少真实度不低于百分之十，这是战地飞行员作为表演者不成文的普遍规则。根纳季的节目库取之不竭，这已经是他第五次执行太空任务。他是一位很有能力的宇航员，获得了权威性的认可。到明年六月，他在太空停留的总时长就要打破纪录。等到九月回家的时候，他在轨道上的累计飞行时长将达到八百天。在历史书中不会出现的，是他的玩世不恭和令所有人笑翻的幽默，但也许一个有点怪异的习惯值得在书页上做个脚注，那就是他从不在太空中剪头发。

根纳季的旁边，是个性腼腆的米沙，他性格敏感内敛，处事平静而温柔。他身上完全没有那种坚硬，虽然这不一定与精神状态相对应，但至少从表面看来是我们大多数宇航员的特征。米沙把大自然的录音带到了太空，所以现在，周末的时候，飘浮在空间站里，只要在计算机扬声器的覆盖范围之内，我可以畅想自己置身于一片被雨水打湿的草地，再往远处一点，是海岸，继而是鸟鸣四起的森林。米沙曾经是警察，这份职业斯科特也很了解，因为他的父母也都是警察。他们俩有的是机会深入探讨这个话题和其他许多话题，因为他们都要在空间站上待一整年，共同的命运让他们想要象征性地一起纪念一下：一个月前，他们一同滑过"联盟"号的舱门，进入国际空间站。

他们的到来，也为我从地球带来了一份令人惊喜的生日礼

425

物。我不知道莱昂内尔是如何做到的，因为这简直是一个不可能完成的任务，但他成功地把为我特别制作的食品袋放进了"联盟"号运载的货物里。这道佳肴是他和斯特凡诺一起偷偷在意大利开发的——斯特凡诺现在是我们共同的朋友——那时，我还在美国接受训练。这一餐我们是一起吃的，通过视频通话，我在太空，他在地球。是什么菜呢？涂着细腻奶油酱的美味鮟鱇鱼，配菜是杏仁和西蓝花，还有红米配芦笋尖。毫无疑问，这是太空中最精致的一餐！

今晚，我们会用通常的食品袋和食品罐庆祝。但由于"龙"飞船的到来，小派对上也增加了不同寻常的乐趣：冰淇淋。不仅因为空间站上存货极少，还因为今天我们可以不限量地吃，不用有任何负罪感。事实上，任务控制中心对我们的要求是：在明天消灭掉剩余的冰淇淋。因为他们需要在冷柜里腾出空间放几个实验样本。作为训练有素、无所畏惧的宇航员，我们意识到情况的严重性，但我们毫不畏惧，保证完成任务，不惜一切代价。科学值得为之牺牲。无论如何，我们会在未来几天补偿今晚的过度消费。明天，"进步"号就会到来，它将给我们带来日常的水果和新鲜蔬菜，简单又受欢迎。

小派对很快就结束了，因为明天是工作日，我们不想延长占用服务舱的时间，安东和根纳季要在这里睡觉。特里和我习惯熬夜，我们像往常一样去了穹顶舱。夜深了，我们关上灯，在沿着舷窗周长固定的魔术贴里，帮助彼此找到一个目标。斯科特已经回到他的铺位。特里和我觉得我们在太空中的时光飞速流逝，而斯科特还有很长的时间，他从抵达起就准备好以健康的方式来完成这场马拉松。他知道遥远的路途该如何分配精力，以谨慎的姿态开始他的任务。四年前，斯科特已经在国际空间站待过六个月。他立刻准备好高效独立地工作，还给了我们一些有用的建议。比如，特里和我从来没有质疑过始终用钢性面板封住通往实验舱窗户入口的做法，但多亏斯科特，我们知道用窗帘盖住它就够了。于是现在，我们经常看到只有一双腿伸出地面，经常是斯科特的腿，他喜欢用长焦镜头拍照，但在穹顶舱行不通，因为窗户上的保护涂层会产生扭曲的效果。

斯科特带来的另一个新变化，是对二氧化碳浓度的格外关注。我们呼吸不断产生的二氧化碳会通过专门的设备被去除，但空间站的空气肯定比不上森林：二氧化碳水平超过三毫米汞柱，是地球表面平均值的一百倍，这是常态。然而，在斯科特到来之前，我对此从来没有格外关注。刚到空间站的头几周，我就注意到了可疑的头痛和持续的疲惫感，特别是在一天结束的时候，但这并不妨碍我有效地工作，也没有什么证据让我确定这和二氧化碳浓度的升高有关。然而斯科特简直是一个人体二氧化碳传感器，随着症状的加剧，他把原因归结为二氧化碳水平超过两毫米汞柱。于是，任务控制中心开始尽一切努力，通过同时启动两个设备来降低二氧化碳的浓度。有一天，在几个小时之内，二氧化碳水平从四毫米汞柱降到了不到两毫米汞柱。尽管此前我并没有什么特别的困扰，但新鲜的空气的确让我意识到，之前空间站的空气有多么糟糕。这就好比突然的沉默让我们注意到背景的噪音，而之前由于习惯成自然并没有人意识到。我不认为二氧化碳过量会对我的认知能力产生影响，或者至少我每个月做的计算机测试都没有显示出任何影响，但我当然理解斯科特的担忧，特别是他要在空间站待比我们更长的时间。

特里去睡觉了，我还想再逗留几分钟，等待太阳升起。我微笑着想起今天收到的最有趣的礼物，那是一群同龄的朋友——尽管散落在半个欧洲——一起做的搞笑视频，他们唱了我们小时候看过的《八十天环游地球》动画片的插曲。在空间站上，只需要八十分钟多一点就可以环游地球。东边，熟悉的蓝色光芒开始在地平线上蔓延，像一抹油彩围绕在黎明破晓的地方。我开始关闭穹顶舱的护窗板，这是一天结束的小仪式。没有什么能够比这个动作更加直接地让我感知到自己置身太空：简单地转动旋钮，感觉到厚厚的盖子盖上，却轻盈得像花瓣浮在窗子上一般。如果我用力旋转，它们会更迅速地折叠。如果用力过猛，还能听见它们撞击穹顶舱金属骨架的声音。好像我的手也在外面一样。

与此同时，星辰之海正在退潮，渐渐地，从东往西。太阳在升起以前，徘徊在地平线之下，它像一个男高音歌手，静候着合唱团从舞台另一侧散去。接着轮到它登场，雄伟壮观。黎明映入眼帘，我终于敌不过困倦和生物钟，关上最后的护窗板，回到我的铺位，飘进睡袋里。我对躺在床上睡觉的感觉只剩淡淡的记忆，但并不怎么怀念。

38

国际空间站，2015 年 4 月 28 日

　　这个场景看起来像是日常聚会，整个乘组都聚集在服务舱的桌子周围吃晚饭。但是谈话氛围很严肃，只围绕一个主题，暴露出这一刻的与众不同。我们回想先例，做出假设，分享各自的猜想。我们都在思考的问题是：现在会发生什么？

　　今天早上一切都按计划进行，至少在开始的时候是这样。七点左右，我们经过拜科努尔上空，正好是火箭发射前的几分钟。那时，我已经进入穹顶舱，准备扫视地平线，寻找可能看见的火箭的踪影。我什么也没有找到，但我既不惊讶也不惊慌，因为在大白天看到发射痕迹的机率微乎其微。即使在早上的每日计划会议之后，也没有提到任何问题。

　　于是，我们等待着"进步 59P"号在下午早些时候抵达，按照惯例它会在轨道上绕地球飞行四圈，这是两艘航天器在广

阔的太空激动人心的相遇的前奏。根纳季和安东已经在服务舱中设置好 TORU 对接系统——这是一个手动控制系统——以防自动靠近出现问题，我则沉浸在实验中，这时，休斯敦的指令舱宇航员通讯员进行信息更新：莫斯科方面宣布，要从六小时的快速靠近过渡到两天的传统模式。到目前为止，还没有什么特别令人担忧的，因为有无数的小故障可能导致快速靠近的中断，但不会影响飞船最终到达空间站。因此，我们等待后天的对接。

然而，在接下来的几个小时里，我们开始怀疑"进步59P"号恐怕永远不会来了。莫斯科的官方公告和俄罗斯同事通过非正式渠道获得的信息拼凑在一起，事件渐渐成形：三级火箭运行期间发生灾难性故障。根纳季甚至收到了"进步"号的摄像机录制的一个短视频。他刚刚展示给我们看：只见地球突然从视野中出现又消失，这是快速旋转的标志。根据推测，原因可能是储罐爆炸。希望越来越渺茫，俄罗斯太空任务控制中心正坚持不懈地努力重新与飞船建立联系，以获得遥测数据并发送命令，但现在我们很可能已经永远失去它了。

这次损失会对我们的任务造成什么影响呢？他们不会让我们提前返航以节省库存吧？现在，我已经在国际空间站上待了五个多月，还差两周就是离开的日子了，然而，即便是被迫放弃在太空的最后时光中的一天，也让我觉得是灭顶之灾。但我很快说服自己，这不过是愚蠢的担忧。在空间站上多待几天或者少待几天，对于空间站的库存并没有什么影响。当然，几天时间也远远不够安排提前返航所需要的后勤工作，再加上还要部署救援车辆和人员。恰恰相反，我有些胆怯地想——又不敢抱太大希望——这次事故会不会推迟我们返回地球的时间，我经常和安东开玩笑地讨论。他只是狡猾地笑着说："谁知道呢……现在有可能。"

国际空间站，2015 年 5 月 6 日

两天后，试图恢复对"进步"号控制的努力被放弃了。事故原因尚不完全清楚，但主要嫌疑仍然在"联盟"号火箭上。它也是发射空间站乘组的火箭，只是三级火箭有所不同。所以说，我的愿望不再只是场带着希望的赌博：事故会对我们的返航产生影响，因为奥列格、谢尔和油井龟美也的发射会被推迟，以便有足够的时间进行全面调查，在将乘组送上发射台之前，执行所有可能的纠正措施，或许还可以先试射另一艘货运飞船。在这种情况下，如果我们按照原计划在一周后返回地球，那么在很长一段时间里，斯科特会成为国际空间站唯一的非俄罗斯成员，从而导致活动进程放缓，当然要避免出现这样的情况。实际上，在事故发生以后，我们很快就从美国航空航天局获得确认，他们希望我们推迟返回地球的时间。

存在这种可能性，但并不是板上钉钉。库存情况怎么样？现在，我们已经失去了新的货运飞船，上一次是六个月前"天

鹅座"的那场事故。如果食物供应或者其他日常消耗品不足以支撑六位乘组成员到五月十三日该怎么办？从氧气到湿纸巾，从水到垃圾袋，从尿液过滤器到一次性袋子，休斯敦方面会对这些和其他无数日常消耗品进行跟踪。事故后的几个小时里，专家们一直在努力弄清楚情况。结果呢？信不信由你，现在，最关键的东西竟是卫生间的固体垃圾容器。当地球上询问这一问题时，我们毫不犹豫地说：我们会省着用，延长它们的使用时间。毕竟，只要压缩好就行了，而且我们一次性手套的储备也很充分。

不过，俄罗斯方面的库存问题似乎更严重，延长任务的好处也不那么明显：未来几个月计划在俄罗斯舱段进行的活动负担不重，不管怎么说，还有两名宇航员留在空间站上。因此，问题仍然悬而未决。似乎每一天都在收到最终决定的期待中开始，不过，本应就"进步"号事故原委进行判断并决定是否接受美国航空航天局延期返航请求的俄罗斯委员会会议被推迟了。无法满足的期待在空间站上凝滞。

在持续的不确定中，我们自然要继续为返回地球做准备，按照计划严格执行所有活动，好像我们真的将于五月十三日返回地球似的。首先，就是复习。在"星城"参加的考试已经过去了六个月，那时我们熟练地掌握对所有返回地球的正常和紧急情况的处理方式。现在，是时候再巩固一下我们学到的知识了。厚厚的绿色封皮的返回程序手册和红色封皮的故障程序手册在我的铺位上陪了我好几天。这有点冒险，因为一旦遭遇紧急情况，我得记得带上它们，但是我想利用碎片时间再次熟悉那些知识，好让返回地球的行程更有章法可循。久违的课程也排入日程，我们又听见迪马那友善和令人安心的声音，"联盟"号飞船的年轻教练员在俄罗斯太空任务控制中心负责回答我们的问题。此外，安东和我还进行了几次关于手动再入的训练，通过专门的模拟软件控制返回舱，手动再入大气层并在预计地点打开降落伞。我们当然有点生疏，但误差在可接受的范围内。

　　今天还是在为返回地球做准备，我们穿上索科尔航天服，这是几个月以来头一次。心情苦乐参半。我们把自己在"联盟"号的座椅上固定好，检查航天服的密封性，确认在失压的情况下，它们能挽救我们的生命。简单来说，尽管我们都长高了几厘米，但我们确认自己都还能钻进座椅。回到地球后，重力会重新压缩我们的椎间盘，长高的个子又会缩回去。穿上索科尔航天服，呼吸到"联盟"号宇宙飞船特有的味道，费力地扣紧所有绑带，连接上通风管和氧气管，用厚厚的手套笨拙地翻阅程序手册，再一次，我们和小小的宇宙飞船连成一体，这让我有种重新回到发射那晚的感觉，重新体会到那个无尽夜晚压倒性的感官刺激。但是，现在一切都不同了。没有了对梦寐以求的旅程的殷切期盼，取而代之的是对行将结束的伟大冒险的依依不舍。或许，也是由于推迟返航的声音带来的不确定性，我并没有从情绪上准备好结束这场地球外的历险：没逐渐告别太空的仪式，没有回归的心理准备，也没有迫不及待地想要拥抱地球上的美丽事物。即使是在准备返航的个人物品时，我也没什么心思。或多或少，我打赌我们会留下来的，否则我会大失所望。

国际空间站，2015 年 5 月 10 日

疑虑终于散去。两天前的晚上，我们聚在无线电的终端，在一个私有无线电频道上，我们听到了期待已久的首席飞行主任的通知：已经决定了，俄罗斯方面接受我们延迟返航。安东和我不禁相视一笑，我们可以在太空再待上至少一个月。仿佛为了在这私密谈话之外找到些许印证，我焦急地等着晚间的每日计划会议。万岁！预计安排在明天上午的"联盟"号出发前导航系统测试撤销了。没有任何推迟行程的明确指示，因为这是一个公开频道，俄罗斯方面的延迟公告还没有发布，但是现在我确信，可以把返航的准备工作放到一边了。

不过，留下来也有要准备的事。晚饭结束以后，我收拾了两件还算新的 T 恤，我本来是准备把它们当作包装材料，塞在准备放进"龙"飞船的包裹里。除了有点儿残留的胶带，状态完好。快速清点衣服后我确信，只要使用得当，就没什么问题。我还有一小部分奖励食品库存，里面有我最喜欢的藜麦沙拉。好消息还真是源源不断，我甚至发现一小瓶子几乎装满的意大利橄榄油，还有几块黑巧克力。

本该是出发前疯狂准备的周末，成了平凡太空生活中平静的两天。周日下午，我把所有人邀请到一号节点舱，一起喝杯咖啡。一杯，这只是字面的说法。我不仅安装并运行了浓缩咖啡机，还在"龙"飞船里回收了几只专门为失重研发的杯子。这是一位名叫唐·佩蒂特的美国航空航天局宇航员发明的，他多才多艺，创造力更是如火山爆发。几年前，在国际空间站上，他曾用半刚性塑料片和胶带即兴制作了第一批原型。众所周知，在太空中我们用吸管从密封袋里吸水，不仅因为这种方式适用于封存液体，还因为在太空失重的条件下，把杯子端到嘴边倾斜并不会让液体流进口中。液体会固执地附着在杯壁上，除非动作剧烈，但这会导致部分饮料分离和逸出，迫使饮用者用嘴拦截半空中的液体子弹。而"空间杯"具有泪珠的形状，锋利的尖角经过缜密的计算和设计，利用毛细现象，使得液体能够流向杯口。于是，我们可以用跟地球上一样的姿势在这里喝咖啡，最重要的是，我们可以享受到它的香气。谁知道有朝一日唐·佩蒂特的发明会不会成为失重设计领域的开山之作呢？

国际空间站，2015 年 6 月 7 日

多亏地面团队的重新规划，我们充分利用了这额外的一个月：这几周颇有成效。只需要列举一件事：我们挪动了永久性多功能舱，这意味着我们把空间站的一个舱从它原来的位置——一号节点舱最低点的舱口——挪走，连接到三号节点舱的前舱口。实际上，真正的挪动操作是在地球上进行的，他们远程控制机械臂，而我们则负责无数的准备工作。我们需要在空间站里搬家。比如，有一天，我从早到晚地拆卸又重组三号节点舱复杂的通风管道，修改配置，好让永久性多功能舱在新的位置能够通风。这项活动需要很多工具，休斯敦方面建议我在拆卸的时候随身携带工具箱。好在有了六个月的经验，现在我已经能够灵活地组织迷你工作台，以最优的姿势不让任何东西飘走。回到地球上，我一定会想念这些逝去的手工劳作的日子。等我不再做宇航员，就去找一份手艺活儿，该是件多么美妙的事！

重新配置期间，我发现自己多次在空间站的"内脏"部分工作，藏在翻转的机架后面，直接接触通常处于隐藏状态、将我们与太空分隔开来的空间站壳体曲面。它非常细腻，但在外面，有一层对抗微陨石的保护涂层，可以粉碎较小的碎片。那些直径超过十厘米的较大碎片会被地面监测网络捕捉到，哪怕只有极小的碰撞风险，空间站都会移动，以避免不必要的相遇。当然，尺寸也有可能介于中间地带，小到不足以被地面系统监测到，大到无法通过外部保护来抵消。这就是针对快速失压场景进行的训练为什么如此重要的原因。

我在空间站的最后一个周日就要结束了。今天我录制了一些关于空间站生活的短视频，它们将被插入国际空间站沉浸式探索之旅，我还为此拍摄了一些高清全景照片。我挤出时间录制了几篇童话，甚至为"毛巾日"① 专门录制了《银河系搭车客指南》的片段。这应该是录制工作中我最爱的部分。我还在穹顶舱录制了但丁的《神曲》，在太空中展开了"WeFly Team之友"的旗帜，这是一个由残疾飞行员组成的特技飞行团队，它背后有一个关于坚韧和友谊的动人故事。在国际空间站多待的这一个月，真是最棒的礼物！我还发现，它竟然让我打破了女宇航员在太空连续停留的时长纪录！之前，我从来没有意识到竟然还有这种纪录存在。我很高兴不用按照最初定下的时间返回地球。不过，现在，出发的时间真的到了！

我在穹顶舱驻足了几分钟，与其说是欣赏夕阳坠入大海的奇观，不如说是在品味轻微的感伤。突然，在地平线上方，我看见精致的蓝色水印。夜光云！我终于看见它了！现在，我知道可以安心回家。

---

① 每年的 5 月 25 日，为纪念《银河系搭车客指南》的作者道格拉斯·亚当斯，全世界的书迷皆会随身携带一条毛巾，就像在《银河系搭车客指南》里，主人公逃离地球时随身带着自己的毛巾一样。

39

……所有的星星都在闪耀，牧羊人的心在狂喜：
在船只和克珊托斯的漩涡激流之间
燃烧着如此多的火焰，
特洛伊人点燃火把，照亮他们的城墙。

荷马《伊利亚特》

国际空间站，2015 年 6 月 9 日

这次是认真的。后天，我们真的要回家了！我称作"家"
的这颗星球，是一颗非常普通的中年行星，位于银河系的郊区
地带。舷窗外，这颗行星闪耀着斑斓的光。我在这里，在穹顶
舱，开始向地球辞行：沙漠沙丘规则的几何形状，积雪覆盖的
白色山峰，通过云朵展露身形的风，东南亚渔船无数的绿色灯
光，平静海面上反射的耀眼太阳光斑，在欧洲和北美繁忙的天

空划过的飞机尾线，还有地球的褶皱、裂痕、陨石坑……没有仪式，没有诗篇，也没有什么特别的手势。在人类的历史上，太空旅行的经验还太过年轻。没有哪位诗人见过我所见的景致，也没有哪位诗人曾被我眼前的景观所感动，女诗人没有，男诗人亦无。

临行之际，对这即将结束的在国际空间站和外太空的生活，以及对我即将回归的、虽然分别许久却在不知疲倦的轨道运行中愈加熟悉的地球的失落感，该赋予它什么样的意义呢？我的眼中充满应接不暇的美景、光彩夺目的星星，满溢着扣人心弦的曙光和夕阳，对跳跃的光影着迷。我看见地球因季节变换改了衣裳，而我们则伴着它运行在环绕太阳的永恒轨道上。

不，这不是永恒的。太阳会死去，地球也会。但面对须臾之间的人生和人类短暂的历史，将我们与太阳系的末日分隔的几十亿年和永恒又有什么区别呢？眨眼间，数千年时光流逝，不论是特洛伊城墙下传奇的火把，还是油井喷出的火焰，尽管大相径庭，却都点亮无月之夜漆黑到底的荒凉。然而，从这里望去，又如何分辨得出区别呢？我们跟地球的距离不应该用公里去度量，那样算来只有四百公里而已，而是应该用抵达太空的艰险去度量，尽管我们现在只是在近地轨道上；用在眼前消逝的细节去度量；用速度去度量：一个地方出现在地平线上，仅仅十分钟后它就会消失。这距离让地球上的日常生活越来越遥远，甚至有点愚蠢，但也编织起跨越时空的纽带：与现在生活在地球上的人们的共性，以及与过去和未来的人们的亲近。

意想不到的事情突然把我拉回现实。日落时分，太阳像往常一样，射出橙色火焰一般的光箭。国际空间站依旧笼罩在黑暗和地球城市的闪光中，但有样东西搅扰了这熟悉的宁静：在穹顶舱的外面，有光亮在闪烁。就在"联盟"号宇宙飞船上！飞船停泊在距离空间站几米之外的地方，它已经准备好在两天后带我们返回地球。但这不可能："联盟"号只有唯一一个白光信号灯，从这里甚至看不见，不应该是沿着它的长度分布的橙色灯光。这不是灯光，而是小型反推发动机。它们没有理由在现在亮起。确实，它们昨天短暂地启动过一会儿，安东和我测试出发前导航系统的状态，不过每条线路只试一次，每次不到一秒钟，以验证它们是否运转，这是必不可少的步骤。国际空间站设置在自动漂移模式，这意味着它不会主动控制姿态，因此也不会试图抵消我们在进行快速发动机测试时产生的小推力。难道我错过了什么从地面控制的新测试的消息？我觉得不可能，这肯定不是个小细节。然而发动机启动已经有几秒了。我正要呼叫任务控制中心，高音喇叭里响起了警报。我朝最近的遥测和控制计算机飘去，特里已经通过无线电与休斯敦方面联系。显然，"联盟"号反推发动机的点火不在计划中：空间站失去了姿态控制。

姿态控制是任何航天飞行器都不可或缺的功能之一，不论是卫星、行星际探测器，还是我们在太空壮美复杂的家园——国际空间站。如果我们想让太阳能电池板朝向太阳，就需要正确地调整方向，还要正确地执行轨道校正，对准天线，以确保和地球的通讯。那么，现在的情况有多严重呢？还算令人安慰：我们并没有完全失控。因为失去了姿态控制，我们正远离原定的方向，这是自然的，不过偏离显然很慢。短时间内，我们还不会失去和控制中心的通讯，这无疑让人大大松了一口气；还好有地球上的专家，有他们浏览数页的程序说明解决问题，应该不在话下！

另一个好消息是"联盟"号宇宙飞船的发动机终于熄灭了。我们的这艘小飞船好像一下子安静地睡去，仿佛在假装不是它弄出了这许多乱子。空间站上，我们在犹豫是否要回到原定的工作上。安东和我对"联盟"号宇宙飞船的燃料做了快速的检查，发现只消耗了一公斤，我们都很欣慰：还剩半吨多的燃料供我们返航。在用于保持燃料加压的氦气罐中，压力只有小幅下降，这可以归因于正常的温度波动。但还是有许多问题。很明显，陀螺仪故障导致国际空间站上的电脑发出了失去姿态控制的警报。之后它们又忙着抵消"联盟"号发动机在三十八秒的开启状态中产生的推力。然而，究竟是什么造成了这次意外点火呢？在例行检查期间，莫斯科方面只发出过一次错误指令，或许是软件出错？果真如此，会在返航期间产生什么问题吗？我们还需要进行额外的训练，以应对返航期间可能出现的状况吗？或许，有必要再进行一次软件更新？在诸多问题当中，有一个问题很快引起了我们的兴趣：还有两天就要出发了，这段时间足够专家们弄清楚情况吗？我们返回地球的时间会再次被推迟吗？我们的任务已经持续了近两百天，现在，对我们的"联盟"号宇宙飞船来说,"保修期"即将到期。

国际空间站, 2015 年 6 月 10 日

昨天,我和家人通了电话。一些人已经到了休斯敦,一些还在路上,还有一些正要出发,兜里已经揣着机票了。明天,他们会在任务控制中心观看飞船着陆。后天,他们会在埃林顿机场迎接我,美国航空航天局的飞机编队会降落在那里。出发的事情已经确认,我们的"联盟"号宇宙飞船已经准备好带我们回家。这一次,收到消息让我松了一口气。

临行前,我还是有些忧郁,那是种没着没落的感觉,你就要从热爱的地方离开了,而且你很清楚不能按照自己的意愿再次回来,或许永远也回不来了……尽管心情复杂,但我对未来仍旧好奇得很。这未来并不遥远,既不是在地球上等着我的重力,也不是支撑我的体重要花费的力气,我期待着体验投入大气层怀抱的经历!

我听很多同事讲过,有时候使用的语调和展示的图像可能过于夸张。现在,我终于要体验到什么是重返地球了。斯科特给特里和我做了引人入胜的解释,他向我们保证,仅仅为了返回地球的体验,他也愿意再次执行任务,从第一次乘坐"联盟"号飞船执行太空任务起,他就爱上了这个环节。

现在,我想要开开心心地结束我的太空之旅。

40

行前的焦虑

乔治·德·基里科，布面油画

国际空间站，2015 年 6 月 11 日

闹钟突然把我从睡梦中拽了起来。此刻，才刚午夜。因为
服用了小剂量的安眠药，我好容易才休息了几个钟头。就这
样，我在太空的第二百天开始了，这也是最后一天。我还处在
半睡半醒的状态。我在舌下放上拭子，机械地开始四分钟的倒
计时。这个早晨好像和往常没什么两样，我想着。这时，拭子
上已经浸满唾液。我开始滚动浏览在短暂的夜里收到的新邮
件，好让倦意散去。在众多邮件当中，有对返航的祝福，有很
快在地球上重逢的期待……突然，一封邮件让我有些困惑，因
为我不认得发件人。真是奇怪，在最后一天收到这样一封邮

445

件。一般情况下，在太空上，我收到的邮件都是来自授权过的地址。我读着这封神秘的邮件，不禁笑了起来。虽有些出言不逊，但是内容很幽默，落款是一位很受欢迎的美国喜剧演员的名字。自从去年三月来到空间站，斯科特会定期收到他的晚间讽刺节目录像。我们经常一起观看，在失重的状态下分享了不少欢声笑语。

我笑着打开铺位的门，旁边铺位上的斯科特也已经醒了，他立刻明白自己准备的惊喜成功了。我真的很感动！为了给我准备这样一份礼物，他一定花了不少心思。我们俩心情都不错，便一同朝"哥伦布"实验舱飘去，我还要在那儿再抽一次血，这是我最后一次在空间站上为科学贡献我躯体内的流体物质了。不过直到舱门关闭以前，尿液样本还是要继续采集。昨天晚上，恐怕是空间站历史上太空与地球之间最滑稽的对话之一，亨茨维尔控制中心要求斯科特和我相互协调，以便一个接一个地去洗手间，这样我们可以只开一次门就把样品放入冷柜。我们好笑地互相看了看，承诺会尽力而为。

大约一点钟，我们最后一次因为早晨的每日计划会议聚在一起，快速吃过早饭以后，我们重新投入到工作当中。我承认，我曾经希望出发前的最后几个小时能悠闲一些：我想拥有一点空间体味当下的复杂感情，接纳它，也纪念它。然而，事与愿违，日程表排得满满的。在每日计划会议之后，斯科特和我再次回到"哥伦布"实验舱。在那儿，血液样本已经完成了离心循环，准备好跟随"联盟"号宇宙飞船返回地球。我们有些困惑地读着样本包装说明，很快意识到这是件复杂的差事。斯科特和他的双胞胎兄弟马克一同参与的双胞胎实验需要一系列特殊样本。不过，包装说明显然写得有些含糊，恐怕得费些力气解读才行！时间还不到凌晨两点，斯科特提出可以独自解决问题，这已经是他今天第二次收获我满满的感激了。

我要从冷柜里取出干细胞样本，打包，贴上一个绿色标签，再拍一张照片。照片将在休斯敦被下载，再发送到哈萨克斯坦，以便在回收紧急货物时用于识别。接着，我朝我们的小飞船飘去，安东正在整理包裹。他还在忙碌地安排一切，一会儿在返回舱，一会儿在座椅下方的狭窄空间，一会儿又在没有设备的凹槽，严格地遵照着从地面接收到的指示操作，为的是让飞船的质心符合我们计算好的返回地球过程中的需求。他有点儿气喘吁吁，但还像往常一样平静，脸上挂着笑容。安东说进展顺利，不需要帮忙，让我放心。于是，我只停留了一分钟，从裤子里取出个人辐射剂量仪，把它放进我的索科尔航天服的口袋里，接着便飘走了。我决定好好利用斯科特为我节省下来的时间，在空间站飘上最后一圈。

这是漫长而无声的告别。我尽力把迷你摄像机在我面前端稳，但事实上我试图把所有细节刻在脑海里，从空间站里的众多日常用品开始：有无处不在的布基胶带和金手指胶带，一边贴在栏杆上；还有用魔术贴固定在每个无线电终端旁边的蓝色麦克风，和其后蜿蜒飘动着的几米长的白色细电缆；为笔记本电脑供电的绿色和钴蓝色转换盒；以及摄像机、相机和各种镜头。我是从"哥伦布"实验舱开始的，地板上用弹力绳固定着大方袋。这里进行的活动很多，所以储物空间总是很有限。接着，我来到"希望"号实验舱。这是整个空间站最宽敞也最有秩序的地方，有着日本式精密组织方式。在它的小型气闸舱上，我曾经亲手安装了小卫星，现在，它正运行在外面的轨道上。我的铺位在二号节点舱的地板上。现在，这里几乎已经腾空了，非常整洁。几天前，我拆掉了先前的布置和用于吸收大量堆积在管道、风扇、格栅和隔音垫上的灰色致密烟尘的通风系统。接着是实验舱。我很爱用双臂使出恰到好处的推力，让自己一口气穿越整个空间，抵达舱体的另一端，不论是自行车、备用机械臂工作站、心血管复苏工作台，还是饮水机，什么都不碰到。然后是一号节点舱。在这里，为了不妨碍通行，桌子都是倾斜的。小气闸舱仍旧和往常一样，在没有处于使用状态的时候里面一片昏暗，两套白色的大号航天服从黑暗中突显出来，像是两个沉睡的机器人，为了避免剐蹭头盔，上面盖着风帽。在三号节点舱，墙壁上是 T2 跑步机，只是少了我的蓝色跑鞋。通常，我是把它们卡在栏杆下方的。还有我钟爱的穹顶舱，挪到了新位置的永久性多功能舱，里面塞满各种尺寸的白色包裹，把空间截成几段，在那儿，我兜里装的手电筒常能派上用场。接着，我前往俄罗斯舱段，那里有小小的圆形舷窗，除了带有浓重的工业味道的球形连接点以外，都是淡雅柔和的颜色，全然不像无菌空间实验舱。当我转完一圈来到服务舱的时候，我在空中缓慢地翻了个筋斗。因为我还可以这样做。很快就不行了。而这也是我最想印在脑海里，刻到身体纤维中的感觉，因为它无法用影像记录。那种飘浮的感觉，那种不费力气就可以移动的愉悦，还有那种身处三维空间的欣喜。在天花板上头朝下吃饭的自由——也没什么缘由，就是因为我可以这样做。

我把视频传到一台电脑上，我知道，在接下来的几个小时，它会被发往休斯敦。没有多想，我在文件名上加"限制"的字样，用于标记不应传播出去的隐私文件。实际上，绕国际空间站一圈的旅程也没什么隐私可言，但我觉得它是属于我自己的时刻，某种仅关乎我与这招待了我两百天的壮美太空家园的私人时光。

做完这件事，我开始清除我在国际空间站上留下的最后痕迹。在三号节点舱，我收拾了遗留的个人卫生用品，除了对斯科特还有用处的东西以外，我都扔进了垃圾桶。我检查了用弹力绳固定在铺位墙壁上的照相机、iPad，在油井龟美也到达国际空间站后，它们就属于他了。我把袋子和剩下的最后两三件衣服丢了。现在，我只剩下身上穿着的衣服。

早上六点，我来到"联盟"号宇宙飞船与安东会合，和他一起执行启动和检查的程序。我们慢慢唤醒飞船，它也准备好起航了。舱门关闭的时间计划在七点。我把一些零食和两袋水带到轨道舱。我穿上纸尿裤，勉强拉上裤子。我朝"哥伦布"实验舱看了最后一眼，仿佛想要确认一切都安排妥当，尽管我知道，我在空间站上的任务已经结束了，无论如何我也不能再做些什么了。在这两百天里，我觉得自己对空间站有了某种责任感，而作为欧洲宇航员，我对空间站的欧洲舱段更加眷恋。

刚好还有时间，只够我去一趟铺位，在个人社交页面上发布一条告别消息。我准备了一张照片，是我在穹顶舱挥手的画面："再会，谢谢所有的鱼！"① 接着，我退出了个人电脑。之后几天，休斯敦方面会移除我的所有个人信息，以及我做过的个人设置。

快七点的时候，我们所有人都聚集在一号迷你研究舱的狭窄通道。昨晚，在最后一次聚餐时，我们已经道过别。现在，由于操作时间紧迫，再加上有往地面传输画面的摄像头的注视，我们只是相互说了些感谢和祝福的话。不过，我们热切地拥抱了彼此，很用力的那种。我知道，未来再见到根纳季、米沙和斯科特的机会寥寥，但我确信，因为热爱，因为志同道合，我们还会彼此紧密连接，无论时间和环境再怎么变化，我们始终拥有共同的与众不同的记忆。不仅仅是从穹顶舱俯瞰地球的体验和在空中飘浮的喜悦，也不仅仅是完成日常活动的满足感——它们也使其他许多人的努力和希望得到满足——最令我怀念的，是作为国际空间站乘组一员的特殊荣誉。想到空间站上的生活还会继续，而我再也不能参与，我的胃里一紧。

没时间多想了。现在，安东、特里和我已经在"联盟"号宇宙飞船上，关闭的舱门提醒我接下来的任务十分密集，现在

---

① 道格拉斯·亚当斯所著的"银河系搭车客指南"系列第四部的书名。在小说中，这句话是地球毁灭以前，海豚告别地球时所讲的。

需要集中精力，六个小时以后，我们就要在哈萨克斯坦的土地上着陆。在第一次泄漏检查之后，我们相互帮忙穿上索科尔航天服。我钻进航天服，用手紧紧拉住衣服，系带和打结的任务便交给安东了。在合上航天服最后的搭扣后，我喝了几大口水，吞下最后两片氯化钠药片，补充身体所需要的剂量。在降落前十五小时，人体内的氯化钠需要达到五克。这是医生的叮嘱，这样，身体内才能留存液体，部分地补充血浆量的减少。在太空，所有人的身体都会出现这种状况，并引发直立不耐受的症状，刚刚返回地球的宇航员在试图快速起身时，会有晕眩的感觉。

我把返回途中会随轨道舱一起燃烧掉的衣服尽可能折叠。在等待特里和安东换衣服的时候，我抓起一袋零食打发时间，接着把自己推向返回舱的座椅。我当然不会错过能够体验自由飘移的最后几秒钟。一旦被固定在座椅上，在到达地球以前，我就再也不能脱身了。

把自己固定在"联盟"号宇宙飞船的座椅上是一项需要耐心和身体柔韧性的运动，尤其是在失重的情况下，身体无法保持平衡。我格外留心固定膝盖的搭扣，要避免它们在与地面撞击的时刻撞到控制面板。尽管把自己绑好花了不少力气，我并没有觉得热，于是便推迟打开航天服的通风装置，享受了额外几分钟的相对宁静。尽管在空间站上经过了两百多天的自由飘浮，我在自己的座椅里还是很舒服，它的赋形减震坐垫是为我量身定制的。

我抓起程序手册，上面有彩色塑料标签条，标记着不同的环节。"紧急下降""程序5""计算机故障时的弹道式再入"：我希望这些内容今天都不要用到，只要用到正常下降，也就是普通的"下降1"就好。除了关键操作，在适当的位置，我还用铅笔标记了昨晚莫斯科发来的时间。第一项是在十一点四十四分四十秒，俄罗斯太空任务控制中心会发送命令，启动导航计算机，也就是我们小飞船的大脑。只剩下二十分钟，我瞥了一眼控制面板的显示屏，时间在流逝。那是莫斯科时间。还没从国际空间站出发，我已经处在不同的时区了。很快，我就会降落在一个国家的领土上，会有人把我的护照交给我，在机场，他们会给我出境签证，再在另一个机场给我入境签证。在整个地球上，除了在那片十分钟以后我会从它上空飞过的小小陆地，我都是一个外来人。仔细想来，真是件奇怪的事。我要重新习惯起来。

导航系统启动的时候，安东还在关闭返回舱和轨道舱之间的舱门。俄罗斯太空任务控制中心传来迪马熟悉的声音，这是一则数据更新请求。我确认，加速度计和转速传感器已经开启，推进剂储罐处在压力之下。所有指标都显示正常。等安东在座椅上固定好，我们便开始进行索科尔航天服的泄漏检查，接着是返回舱和轨道舱之间舱门密封性的检查。在"联盟"号分解成三段后，这扇门将成为保护我们、隔离真空的屏障。检查的时间很长，足足有二十五分钟。突然，特里脑海里的想法脱口而出："萨曼莎，我告诉你：重力的效果非常惊人！"

检查工作结束以后，还经过了一段感觉相当漫长的等待，无线电里传来莫斯科飞行主任的声音，他在麦克风前接替了迪马的位置："阿斯特赖俄斯，在预计时间，十三点十八分三十秒，请发送脱钩指令。"我已经准备好了，只需要按下执行按钮。时候到了，我大声做了简短的倒计时："三、二、一。指令发送！"

　　我挥动伸缩棍，结束了我们在国际空间站上的任务。

41

事实上，美让我们想起自然本身，

人类和人类创造以外的东西，

从而唤醒和加深

我们对环绕在周围的浩瀚与丰腴的现实的感觉，

不管这现实是充满生命，还是死气沉沉。

苏珊·桑塔格《关于美的辩论》

"联盟 TMA - 15M"号宇宙飞船，2015 年 6 月 11 日

　　一旦钩子松开，对接系统的弹簧就会给我们一个轻微的推力，赋予我们微弱的起始速度，大约每秒十二厘米。分离几乎察觉不到。在相机的黑白图像中，我看到舱门慢慢变小。最初的几分钟至关重要：我们距离空间站很近，必须正确执行两次分离操作，以排除任何碰撞的风险。这两次小型反推发动机的短暂推力分别持续八秒和三十秒。如果计算机没有完成预定的启动，那么，我们要立即在手动模式下进行干预。

第二次推力让我们从国际空间站下方滑过，直到把它甩在身后。我对国际空间站的最后一瞥看到的是由日本制造的外部平台，接着，我生活了近七个月的家园便彻底消失在我的视野中。现在，我们处在安全的轨道上。我们将继续被动地远离国际空间站，因此我们可以关闭导航计算机。一个多小时以后，我们将再次打开它，以启动新的自动程序。最后一个，将我们送回地球。

"我们会用空间站的外部摄像头看着你们的。"迪马从莫斯科用聊天的语气对我们说道。安东开玩笑地假装在驾驶飞船："我正振翅向你致意！看到我了吗？"迪马也进入角色："看到了，看到了！"国际空间站提供的无线电通讯让我们得以与俄罗斯太空任务控制中心保持联系，信号将一直持续到降落前不久，我们穿越等离子体区域的时候，它将不可避免地消失。

斯科特、根纳季和米沙打来电话。"祝你们一帆风顺，"斯科特以一种水手的方式向我们祝福道，"很荣幸和你们在太空共同度过一段时光！"接着，根纳季插进来道："萨曼莎，你落下了你的运动衫！"唉！我还以为自己没有留下任何痕迹。"是留给你的，根纳季，你还没有遇到过突然变冷的情况！""啊！谢谢！"

有足足一个小时的时间，我们没有太多的事情要做，只需要定期进行系统检查，然后就是等待和以等待为话题的玩笑话，用来打发时间。"我们到了吗？"特里问道，他模仿孩子们在长途车上不耐烦的语气。我自告奋勇说一个笑话："宇宙飞船里有一个俄罗斯人、一个美国人和一个意大利人……"特里不停地劝我喝水，于是我从他身旁拿过一个水袋，那儿还有点空间。

我再次打开计算机导航系统，"联盟"号宇宙飞船立刻开始用红外传感器搜索地平线，一如既往，是沿着当地垂线的方向。我们的等待还在继续，安东不时地向俄罗斯太空任务控制中心发送更新数据。当我们的方向校对正确，准备好发动机点火时，时间尚有富裕，在无线电的另一端，迪马把话筒交给了俄罗斯宇航员训练中心的负责人尤里·隆恰科夫，由他来进行传统的天气播报。"安东、萨曼莎、特里，早上好！在飞船上可好？""尤里·隆恰科夫，早上好！我们已经准备就绪。降落地点的天气怎么样？""有微风，能见度超过十公里，天气晴好。有点热，气温二十八摄氏度。"在这样的天气条件下，救援车辆可以毫无困难地找到我们。看来，唯一的危险是几天前一场不寻常的强降雨在草原上形成的湖泊。他们让我们别担心：救援队已经准备好水上作业。我不知道发生状况的可能性有多大，但知道救援人员已经做好了应对任何突发事件的准备的确令人欣慰。

在看似无休止的等待之后，我们终于接近发动机的点火时间。迪马提醒我们做详细的报告。"阿斯特赖俄斯，制动三分钟。安东，我们等你定期报告减速情况。萨曼莎，你来报告发动机运行的压力状况。""俄罗斯太空任务控制中心，阿斯特赖俄斯一号收到。我们又回到了白天。通过潜望镜，我可以根据当地垂线视觉确认正确的方向。我们准备启动发动机。萨曼莎，你来负责控制屏，我来负责操作屏。"

制动微不足道，甚至不到我们速度的百分之二：每秒只减速一百二十八米。完成。这样下去，再有不到一小时的时间，我们就能着陆了。发动机按照计划点火，发出沉闷的轰鸣。几个月前，在靠近国际空间站的操作中，我几乎没有感觉到它微小的推力。但是，在空间站生活了六个月以后，我的身体对轻微的减速也敏感起来。我所有的注意力都集中到运行压力上，我需要对任何不正常的数值保持敏锐的关注。安东则盯着减速和方向。当他宣布我们每秒减速七十四米时，我们知道箭已射出。即便我们现在关闭发动机，也没办法再停留在轨道上了。现在，我们正行进在返回的途中，无法再回头了，如果此刻出现故障，只能转入手动模式，或者根据需要使用小型反推发动机完成制动。

四分钟以后，我们开始为关闭发动机做准备，如果计算机没有在预计时间发送关闭指令，那么我们会随时准备干预。在"联盟"号的行话里，这项操作叫作"主命令"，按时关闭发动机至关重要。一旦减速超过需要，就无法再回头了。幸运的是，我们的"联盟"号继续完美地工作，在"主命令"之后，喷射器的压力正好下降到预期数值。现在，我正等着连续三声警报，准备好用伸缩棍消灭它们。第一声警报，激活热电偶：

在某些故障情况下，一旦在穿越大气层时温度上升到一定数值，它们就会启动"联盟"号舱体的分解。我关掉警报。第二声警报，激活自动分离准备程序，将在二十分钟内随着火工装置的爆炸而结束。我关掉警报。第三声警报，打开轨道舱的排气阀。我关掉警报。"压力正在下降。"我向安东报告。我们让轨道舱中的所有空气逸出，以便在分离时不会产生推力。我们返回舱中的压力稳定。在舷窗外，我看到了地球更多的部分：我们已经横穿轨道向地球俯冲。当我们的宇宙飞船分成三段时，这是一种有利于与其他部件保持距离的方式：尽管我们很爱我们的轨道舱和设备部分，但一旦分离，我们绝不希望从近处再看到它们。

　　在制动之后，我们的轨道不可避免地降低，耳机里也传来地面无线电台的干扰，仿佛幸运的欢迎乐曲。从舷窗往外看，地球越来越近，靠近仿佛产生一种陌生化的效果。几个月来，我欣赏到的地球都像是一种遥远的浅浮雕，上面的每一个动作都被距离所掩盖，被速度模糊化了。现在，我再次返回地球，越来越近的距离将地球熟悉的面貌打散，细节也开始呈现。横跨大西洋时，我终于看见了熟悉的景观：在我们下方，是纳米比亚沙漠的红色纹理，近看有些奇特，但毋庸置疑。这是我能从太空中认出的地球上最后一块地方了。我知道，我将无法再从太空寻找其他的熟悉的地方：很快我们会进入大气层，一系列程序会接踵而至，时间紧迫，直到撞击地面。我就要回归到人类当中，像一只蚂蚁在乘着雄鹰的翅膀秘密飞行之后，再次回到蚁穴，与它的同类相聚。

"距离分解还有三分钟。准备好坐过山车了吗？""安东，其实在意大利我们把过山车叫作翻越俄罗斯山！"我们都降下头盔的遮阳板。手套是从离开国际空间站的时候就戴上的，航天服处于完全封闭的状态，和氧气供应连接：一旦舱内发生失压，它们将自动充气。在预计的时间，随着一系列近在耳边的沉闷声响，火工装置爆炸，将宇宙飞船的三个部分分离。包裹返回舱保温涂层的金属织物也脱落了：我盯着窗外，等待着这一刻。我要看着它飞走，不错过非比寻常的下降过程中的任何细节。我看到它渐渐远离，接着像是有些迟疑，回到我们身边，几乎要重归原来的位置，然后便是再次分离和最终消失。

没有什么能够立即确认分离成功的证据，但我们很快就会知道有没有成功。在减速过程中，我们会将储存在巨大速度当中的能量转移到周围的空气中——正如几个月前火箭将三百吨重的推进剂转化成了九分钟的强劲推力，把我们送上太空——这会在穿越大气层时产生极高的温度，而只有返回舱拥有特殊的外形、均匀的质量分布和隔热罩，可以在高温中幸存。当然，大气层并没有明确的边界。随着我们逐渐下降，大气不再那么稀薄，对我们产生更大的阻力。当减速度达到一定阈值时，"联盟"号判断我们已经进入大气层，并开启了自动制导再入。两个命令和控制显示屏都切换到下降屏幕，显示有五秒的延迟：计算机需要通过稍微陡峭的轨迹来进行弥补。

我觉得自己被牢牢挤压在座椅上，当读取到 $0.8\,\mathrm{g}$ 的加速度时，我吃了一惊。还不到 1 g，也就是说还不到我在地球上的正常体重！我们在返回过程中的加速度会达到 4 g 左右，而且不止一次。我提醒自己，我的身体并没有变得更加脆弱，它曾经在离心机里承受过 8 g 的加速度，没有任何问题，即使现在 1 g 的加速度已经让大脑觉得我的肢体承受着压倒性的力量……随着飞船的减速将我抵到座椅上，我尽力在压力大到使手臂都难以移动之前收紧绑带。狭窄的太空舱里进行着光影变换的游戏，计算机让我们绕着轴线自转，这是使我们保持在返回轨道上必需的操作。

隔热罩为我们在大气中打开一个出口，并在我们通过以后在上方闭合，就像沉船上方的大海。空气对我们的再入形成阻力，让速度减缓，那力量仿佛一百只手用力压在我的胸口，接着，空气升温，燃烧，闪烁出火花。火焰有黄色的、橙色的、朱红色的，散布在隔热罩的周围，把我们的钟形外壳团团裹住，火焰在舷窗前跳动，仿佛随风拍打的火舌。热量把我们的外层玻璃都熏黑了，逐渐让窗外缤纷的色彩暗淡下去，直到只剩下燃烧的煤炭发出的微弱光芒。我们是被包裹在燃烧的箭矢当中的人类。

安东继续在大声地报告返回的进程，尽管现在没人能听见我们说话。大约六分钟以后，4 g 的第二波峰值又来了。随后，减速的进程在变缓，我的呼吸变得顺畅。现在，我们已经失去了大部分的速度，再过一会儿，降落伞就会打开，这是疯狂下降的最后一个关键环节。我听见风声愈来愈强烈，风吹打着我们小飞船残存的部分，发出沙沙的声响。许多资深宇航员告诉我，降落伞的开启的时刻是返航途中震荡最猛烈的时刻，甚至超过着陆的瞬间。为了防止头部遭到撞击，我用力把脖子向后压，让它和座椅贴合，然后静静等待。一阵我无法解释的劈啪声持续了几秒钟，仿佛砸落在铁皮屋顶上的冰雹一般，接着，制动降落伞便打开了。在第一次颠簸之后，我们剧烈地左右震荡了大约十秒钟，接着是第二次反冲，这次来势更猛，主降落伞也随之打开。然后是更猛烈的震荡，最后，舱体稳定下来，我们挂在一个一千平方米的伞盖下方，开始平缓地下降。我们距离地表不到十公里，这里是飞机航班飞行的高度。现在，我们重新成为地球人了！

安东还在提醒我们收紧绑带，我继续执着地拉着带子，生怕还有几毫米的空隙。接着，我把程序手册抵在胸前，双臂交叉环抱，尽量让胳膊肘不向两侧突出：当最后一个自动快速程序结束，减震器伸展的时候，任何东西都不应该阻止座椅的动作。一开始，伴随一阵嘶嘶声，阀门打开，我们的太空舱开始和外界有了接触。接着，隔热罩的剩余部分被弹出，露出制动火箭，它会减弱我们在与地面接触时的冲击力，已经熏黑的舷窗外部玻璃脱落了，地球白日的光照射进来。最后，座椅的减震器突然伸展开来，几分之一秒内，我发现自己和控制面板只有几厘米的距离！

很快，救援队的声音通过无线电传来。他们已经反复告诉过我们，当快着陆时他们会开始通报飞行高度。"四百米。"我强行看向前方，没有试图去看正在靠近的大地。"三百米。"我最后一次确认脊柱完全贴合椅背。"两百米。"双臂紧紧抱在胸前，牙关紧咬。"准备着陆！"窗外突然闪过一道亮光，像闪电一般，与此同时制动火箭点燃。接着，与大地撞击的时刻到了！很突然，但并不粗暴。舱体摇摆着，像是要跌向一侧，接着它找到了平衡，矗立在地。我们等待片刻，确认最终停稳了。我们降落在哈萨克斯坦无风的傍晚。我迅速检查身体各处的感觉，发现唯一疼痛的部位是鼻子。强烈的反弹让我撞到了头盔遮阳板。不严重，我敢肯定没有流血。结束了，我想着。我原以为会更糟。

特里、安东和我一起抬起面罩，牵起还戴着手套的手，彼此欢迎回到地球。手臂很重，身体像巨石。头在晕眩的边缘。然而，外面已经飘来草的芬芳。

42

我们这种束缚在地球上，
却仿佛是宇宙居民那样开始行动的生命，
将永远无法理解，
即思考和谈论我们仍能够去做的事情。

汉娜·阿伦特，《人的境况》

纳米比亚，2015 年 11 月

昨晚，导游教我们观察沙漠里的小动物。它们谨慎、聪慧、坚韧，对任何存活的机会都牢牢把握。当我在空间站欣赏纳米比亚沙漠时，怎会想到这里竟是如此生机勃勃？还有那一天，我从"联盟"号宇宙飞船的舷窗里看到纳米比亚沙漠，那是我回到地球以前从太空望向地球的最后一眼。

当然，我没有立即走动。他们把我们从还散发着烧焦气味的返回舱中拉出来以后，一直搀着我们的胳膊，把我们带到露营用的大椅子上。布丽吉特立即给我做了检查，以防万一，她还给我开了抗恶心的药物。我看着天空，那天可真是蓝。草原也是无比的绿。在我们身旁忙碌的人们熙熙攘攘，不计其数。我在那里，又不在那里。我的一部分在与那些问我话的人交谈，另一部分还停留在空间站上，和那些对感觉、细节、光线和有节制的动作的残存记忆交织在一起。我好像已经没法真切地回忆起它们了。是不是草原上的微风把它们带走了……

　　在附近的露营帐篷里，布丽吉特帮我脱掉了索科尔航天服，很快有人接了过去；这对我来说像是一种残酷的分离，但我无法抗议……衣服的重量压得我喘不过气。一架军用直升机正在外面等候，准备把我带往最近的机场——卡拉干达。于是，在搀扶下，我走了最初的几步路，我的双腿摇摇晃晃，像是用牙签撑着巨石一般。

　　直升机上备好了一张行军床，上面铺着床垫。即便如此对我来说还是很硬：皮肤上有太多压力，它已经不习惯这种接触。外面，夕阳西下，我眯了一会儿，半睡半醒，在梦中能感受到身体的状态。我知道自己正在一架飞机上，我的体重因为感知上发生的变化显得愈发重了，恍惚的大脑把这解释为一种持续增加的加速度过载。在半梦半醒的状态下，我与一个幻想中的飞行员在争执：就不能在水平飞行状态停上一会儿吗？醒来的时候，我笑了。我在太空待了六个多月，从来没有做过梦，或者说至少不记得自己做过什么值得注意的梦。然而，重力的回归让我重归梦境。

在卡拉干达等待的时间里，我通过了地球生活的第一项测试，很险地避免了刚刚结束长期太空生活时会犯的典型失误。布丽吉特把她的手机借给我，好让我跟莱昂内尔打个招呼，我已经没在着陆点的短暂通话里那么激动。通话结束，我把手伸向她，想优雅地一送，把手机从空中推给她。好在我及时停了下来！

在简短的欢迎仪式、几项平衡测试和直立耐受测试以后，特里和我与安东告别，他要回莫斯科了。几个小时以前，我们还一同在太空，现在就要这样分别了，我们仓促地拥抱，只能等一个多月以后在"星城"的总结会上相见。特里和我上了美国航空航天局的飞机，飞机上安了两张小床，供我们休息。返回休斯敦经停的第一站是苏格兰。我们在停机坪上散了步。我的平衡感恢复得不错，布丽吉特说，我已经不再像婴儿学步那般把腿张开了。但真的是太难了！绕着飞机转了几圈以后，我回到座位上休息，我毫无控制地躺上床，背部向后摔在床垫上，像是被一只大手推了一把。我的大脑需要花上几天工夫重新学习如何正确预估必要的力度，以及如何正确调动肌肉力量。

沙漠上，夜幕时分，凉爽正袭来，莱昂内尔和我在户外，等待着即将从我们头顶飞过的空间站。我回来后不久，一个夏天的晚上，我在休斯敦看见了它。后来，我再也没有寻找过它，或许是不自觉地回避怀旧的幽灵，又或许，只是因为复杂的地球生活让我的注意力分散到别处。最初几天，工作还算轻松，离接下来几个月让我不堪重负的任务漩涡尚远，只不过疲惫的感觉一直都在。那阵子，我睡得很多，但即便在休息的时候心率也很快，仿佛简单待着都会让人感到疲惫。总坐着，我的臀部也不大舒服。路走得多了，我的脚掌会有些疼，细嫩的皮肤上磨出疼痛的水泡。穿上真正的胸罩时，我的呼吸有些困难。回来四天以后，振动平台测试显示，平衡感还需要协调。直到一周以后，通过了第二场测试，我才被允许开车。

那里便是空间站了，那黄昏中的一个亮点，像是太空充满敌意的真空中静默的哨兵站，六个人类守护着它。很快，他们当中还会加入一个"鬼把戏"小组成员——蒂姆，英国已经按捺不住激动了！对他来说，伟大的征程才刚刚开始，而于我，记忆却在逐渐褪色。我尝试在身体里重新唤起飘浮的感觉；我碰触栏杆，尝试重新感受肌肉的推力；或者，在一号节点舱，那用脚轻盈准确的点触，便能在空中翻筋斗的体验，那时，我可以头朝下，脸部恰好面向盛粥的容器。我努力尝试回忆，然而，空间站上的生活已经隔着梦境的柔软边界。

如果要问三千次环绕地球的轨道运行在我的身体里留下了什么痕迹，我不知该怎么回答：我好像能感觉到，关节有些缺乏弹性，更频繁地出现轻微的肌肉酸痛，即使这些不是记忆或者感知的错误，又如何可以肯定地归因为数月的失重，而非岁月流逝的自然影响。我同样不确定，这次太空经历是否改变了我思考或感觉的方式。当然，我变得更加平和了，但也许只是因为未实现的梦想所引发的躁动退去后，剩下的只是满足的宁静。我还觉得，我不再被自我满足的需求阻碍辨识所遇见的人的共性，但这也许只是为了补偿年近四十无法挽回地失去的体力的一点智慧的微光。当然，我更加深刻地相信，在这颗星球上生活的人们不应该像乘客一般争执不休、自命不凡，而是要像在一艘独一无二的飞船上的乘组，时刻准备着忠诚地挽起袖子。但也许这也只是生活在我们这个时代的必然感悟，不需要进入太空就能理解我们这七十亿人——很快还会更多——的生活和命运是怎样彼此依赖。

我没想着在太空任务结束以后会有什么灵光闪现的感悟，确实没有。对人类的存在，或者地球以外生命的存在，我也并没有比先前知道得更多。然而，我忍不住想象，或者假设，这种经历赋予了我敏锐度的提升，让我在精神上做好准备，可以更好地理解其他人的话语。弗吉尼亚·伍尔夫曾经写道，天才之火使大自然用无形的墨水在心灵的墙壁上留下的预兆变得可见。我期待拥有这样天才的人们能在太空遨游，这样，我就可以在阅读他们的作品时惊叹："这就是我感受到的、知道的、想要说的！"

与此同时，没有了第一次出发前的不安，我等待着下一次任务。对我来说，为人类探索太空做出贡献，是一种特别的荣幸。除了功利性的考虑，以及保证在小行星发生灾难性撞击时我们这个物种能够在多个行星上存活外——这个担忧不无道理，尽管发生的可能性很小——太空探索对我来说，更是一种人类精神上的伟大探索，这是一种可以分享的经验，能够滋养我们最高贵的部分，让我们超越世俗的狭隘与无趣。

我会时刻准备着，等待着下一次的起航。和新的同事一起，或许，我们还会乘坐一艘新的宇宙飞船。未来会怎样，谁知道呢？或许有一天，我们会飞往新的目的地。沙漠清澈的天空中，国际空间站消失在地平线上。我的目光投向月亮，允许自己做梦。人类的探险才刚刚开始！

众山止息，因众星而分外华美；
但时间也在众山中烁闪。
唉，上无片瓦，不朽
夜宿在我荒蛮的心。

赖内·马利亚·里尔克
《C. W. 伯爵诗稿》

致谢

在博客、社交媒体、采访、纪录片中，我实时分享过自己的经历。那么，在这些之后，写一本书的意义究竟是什么呢？尽管那个时候我还没有意识到写书的过程需要付出多大的艰辛，我仍然犹豫过。当然，一本书并非碎片化的记录，它是持久的、丰富的，也是深刻的。不过，在我带着近乎传教士一般的热情讲述了许多以后，或许我也有些交流疲惫。

我最终答应写这本书，要归功于伊丽莎白·斯加尔比女士。她从我开始执行太空任务以前就联系了我，说会给我充分的时间，让我能够静下心来，把我的经历整理成文。我没想到一等就是三年，她对我推迟交稿的请求从未不悦，反倒鼓励我保持严谨的态度。在这里，我要深表谢意。

我要感谢我的编辑基娅拉·斯帕齐亚尼女士，她陪我一起经历了这漫长的征途。她很聪慧，令人如沐春风，善于解决问题，总把我的事情放在首位，对我的较真给予极大的尊重。我最痛苦的时候，是要对原稿进行大量的删减，我不知道是因为基娅拉的亲和力还是她能够与作者配合的强大能力，她的建议总能让我欣然接受。谢谢！

我要感谢我的朋友米凯拉·博尔扎加女士。她每天在阅读伟大的文学作品，具备对文字敏锐的感知力，也深知写作的难点。她给了我很多实用的建议，特别是她对我的鼓励、安慰和批评，帮助我找到最准确的用词。谢谢！

我要感谢我的插画师杰西卡·拉加塔女士。她完美地诠释了这本书的精神，把书中的插图与文字准确地配合起来，用上梦幻般的配色。不仅如此，她对几何的拿捏也十分到位。谢谢！

我还要感谢几位阅读过本书不成熟的文稿的朋友们：

萨拉·罗奇·丹尼斯，她曾带着文稿满世界飞，在闲暇的时间用工程师的细心和严谨通读全文，找出了很多不恰当或者不明确的表达。

斯特凡诺·山德雷利和曼努埃拉·阿古齐，他们阅读过初稿的前几章。他们在那个阶段的鼓励是非常重要的。

托马斯·吉迪尼，尽管他的工作非常繁忙，还是抽出时间以极大的热忱阅读我的文章。

阿梅德奥·巴尔毕、马泰奥·马西罗尼和弗朗切斯科·绍罗，他们都校对了书中一些需要请相关的专家把关的章节。

我还要感谢那些尽管没有参与到这部作品中，但为我讲述了他们所参与的"未来"任务的同事，他们为此倾注了大量的业余时间。

除此以外，我还要特别提到安妮·格鲁津和保罗·阿莫罗索。保罗还是本书词汇表的编辑整理者。他们二人用了两年时间，仔细翻译了数百页的博客。期间，协助他们的还有卡洛斯·拉利亚那·博罗维奥、本亚明·魏厄与德米特里·梅什科夫。

我还要感谢詹彼德罗·费拉里奥，在"未来"任务期间，他协调了 ARISS（国际空间站业余无线电台）的意大利志愿者；我要感谢马可·赞比安基、米夏埃尔·萨基和其他意大利航空航天协会的朋友们，感谢他们从"返回未来"的精彩播客开始，所做的不辞辛苦的传播工作。

我要感谢我的家人，特别是我的父母。如果不是他们给予的机会，没有他们的牺牲以及赋予我的做梦的自由，我不会抵达太空。

我还要感谢我的伴侣莱昂内尔。这本书的创作用了近千个小时。很多个夜晚、周末、假日，我不得不从家庭生活中抽离，而他总是适时在写字台前放上一杯清茶，很多话没说出口，因为有时心之所想很难用言语去表达。感谢你的耐心等待，直至这部作品完成。

最后，我还要感谢我们的女儿凯尔茜·阿梅尔，尽管她年幼尚不知事，但她健康、安静、开朗，和所有人都能愉快相处，也帮到我不少。我希望，这是对人类之善信任的一种表现吧。但最重要的是，我很感激，她像她的母亲一样，对于被低估的睡眠艺术掌握娴熟，能够睡得很香很久。

词汇表

保罗·阿莫罗索编辑整理

Airlock

气闸舱

国际空间站上允许宇航员或装备进入太空的通道。通过关闭内部舱门，气闸舱与空间站其他部分隔离。排出空气以后，再打开外部舱门。在国际空间站上，有四个气闸舱：只有一个用于装备，两个用于身穿俄罗斯航天服进行舱外活动，一个用于身穿美国航天服进行舱外活动。

angolo di fase

相位角

在交会对接中，相位角是指正在靠近的"联盟"号宇宙飞船与国际空间站在以空间站轨道为平面的基准上，形成的夹角，其顶点为地球中心。假定两个航天器在同一轨道上，如果相位角接近零度，则它们之间的距离更近；如果是一百八十度，则二者处在对角线上。直观来说，它是用来说明两个航天器沿将其相连的轨道弧度运行时，二者之间的距离。

APFR（articulating portable foot restraint）
关节式便携脚限位器

在舱外活动中用来固定宇航员双脚的工具，以便其空出手自由工作。该工具可固定在国际空间站的机械臂上，或者固定在沿空间站分布的不同专用位置。它具有三个关节，可以调整至最佳方向。

ARED（advanced resistive exercise device）
高级阻力运动装置

在国际空间站上，是指阻力训练机，通过它可以进行举重练习。

assetto
姿态调整

航天器、宇航员或者一个物体的在太空中的方向定位。

ATV（automated transfer vehicle）
自动转移飞行器

国际空间站上负责补给的宇宙飞船，有自动对接功能，由欧洲航天局研制。在二〇〇八到二〇一五年间，一共完成五次货运任务。

backup
后备乘组

一次航天任务中的后备队伍，与主乘组成员接受同样的训练。如果主乘组有宇航员不能按原计划执行任务，他们将顶替上来。

balistico
弹道式

航天器在无制导状态下，通过重力和气动力的作用穿越大气的被动行为。"联盟"号宇宙飞船能够进行紧急弹道式再入。

bar

压强单位。在海平面上大气压强接近 1 bar。

booster
助推器

通常是指在上升前期为火箭提供推动力的辅助发动机。

BDC（baseline data collection）
基线数据收集

研究人员在执行任务前后对宇航员进行的生物医学样本和

参考测量数据采集。通过与在太空执行任务期间获取的数据进行对比，可以对某项科学实验的结果进行评估。

bonus food

奖励食品

在有限条件下，国际空间站的每位宇航员可以根据个人偏好选择的少量食品存货。

briefing

简报

在训练活动或者太空任务以前开展的准备会议，主要是进行任务说明。参与人员会有教练员或活动负责人，以及宇航员或者其他参与其中的工作人员。

BRT（body restraint tether）

身体锁定工具

在太空舱外活动期间，一种用于让宇航员停驻在工作点或者把需要运送的物品固定在套装上的半刚性工具。它是一系列套在导轨上的金属球组成的关节臂，改变压力可以使它变硬或放松。一端固定在套装的迷你工作台上，另一端处于自由状态，可以固定在需要运送的物品或者需要固定的栏杆上。

camera a vuoto

真空室

空气被抽走，从而形成真空或者压力大大降低的环境。在国际空间站的训练中，真空室被用来模拟在进行太空行走之前与之后气闸舱内的真实条件。此外，它还用于在加压条件下对索科尔航天服进行测试。

CapCom（capsule communicator）

指令舱宇航员通讯员

美国航空航天局驻休斯敦任务控制中心的职位名称，通过无线电与宇航员进行交流。

CAVES（cooperative adventure for valuing and exercising human behaviour and performance skills）

洞穴训练

这是欧洲航天局开展的类似环境训练，主要训练宇航员在国际团队中开展探索活动，培养其执行力、团队合作能力以及危机处理能力。训练项目中还包括数天的洞穴生存。

CEVIS（cycle ergometer with vibration isolation and stabilization）

具有隔震和稳定功能的自行车测力计

在国际空间站上，宇航员用于健身的动感单车。

chair flying

椅上飞行模拟

借鉴自航空领域的训练技术，通常由飞行员使用，用于执行飞行程序和飞行任务前的准备工作，包括在脑海中预演要执行的一系列操作和检查。

checklist

检查清单

需要完成的操作或待核查的项目清单。

Chumps（The）

"木头人"

这是对美国、日本和加拿大宇航员组成的小组的非正式称呼。从二〇〇九年起，他们在休斯敦一起进行基础训练。Chumps 的意思是"木头人"，这是他们开玩笑地为自己取的名字，源自与 chimps（黑猩猩）的文字游戏。

controllo di tenuta

泄漏检查

针对太空舱或者航天服进行的检查。在加压状态下检查不可避免的空气或其他气体泄漏是否处在可接受的范围内。

crew care package

宇航员关怀包

根据家属嘱托，给执行任务的宇航员送去的心理支持包裹。里面可以包括食品、衣服、礼物、信件、照片、书籍、个人物品或者其他能够让宇航员感受到温暖、保持心情愉悦的物品。

Cygnus

"天鹅座"货运飞船

由美国诺斯罗普·格鲁曼创新系统公司（原身为轨道科学公司）研发设计的用于国际空间站物资补给的飞船。自二〇一三年起，一直为美国航空航天局执行货运任务，是为国际空间站提供商业运输服务计划的一部分。

DCM（display and control module）

显示与控制模块

固定在舱外机动套装胸前的控制面板，可以让宇航员监控遥测数据并发送特定指令。

deboost

制动

通过启动空间站或者某个系泊飞船的发动机，来降低国际空间站的轨道。通常，在这一操作完成以后，会进行轨道升高的操作，即所谓的重启。

desaturazione

去饱和

指减少身体组织中氮含量的过程。主要发生在出舱活动以前的准备过程中，用来降低由于宇宙飞船内部和加压航天服之间的压力差而引起的减压病风险。

debrief

总结

探讨并分析所获得的成果、所取得的经验，以及在训练活动或者航天任务中出现的问题的会议。通常参与人员会有教练员或者活动负责人，以及宇航员或者其他参与其中的工作人员。

dogfight

通常指近距离的空战。

donning stand

穿衣工作台

可以在出舱活动中为舱外机动套装提供支持；让宇航员在游泳池训练期间无需承担重量即可穿上套装。穿衣工作台会被固定在一个平台上，随后会由起重机将平台和身穿套装的宇航员吊起，并下放至游泳池中。在国际空间站的气闸舱中，有两个类似的结构也以该名称命名。

DPC（daily planning conference）

每日计划会议

国际空间站上的宇航员和任务控制中心之间进行的无线电会议。在工作日，会有两场，分别在一天活动开始之前与之后。

Dragon

"龙"飞船

由美国 SpaceX 公司研制的为国际空间站进行物资补给的宇宙飞船。从二〇一二年起，"龙"飞船就根据美国航空航天局的计划执行货运任务，是为国际空间站提供商业运输服务计划的一部分。

EMU（extravehicular mobility unit）

舱外机动套装

由美国航空航天局主导的在美国气闸舱使用的加压航天服。

ERA（european robotic arm）

欧洲机械臂

由欧洲航天局研制的国际空间站机械臂，位于多功能实验舱（MLM）的外部。目前，它还在地面等待被发送至太空，并在国际空间站的俄罗斯舱段进行操作。

EuroCom

哥伦布控制中心的职位名称。通过无线电与宇航员交流欧洲航天局"哥伦布"实验舱内的活动。

EVA（extra vehicular activity）

舱外活动

在航天器外部进行的活动，活动时宇航员会穿着专门的加压航天服。在国际空间站上，舱外活动通常是进行安装或者维护的活动。

fit check

密合度检查

穿着检查加压航天服或者它的某个部件的适用性与合身性，以确认尺寸是否正确，是否符合宇航员的身形，是否适于运动。

flame trench

导流槽

火箭发射台下方的隔离槽或者空腔，在火箭发射时将废气排出并转移，从而不造成损害。

fluid shift

流体转移

体液的重新分配，比如由失重引起的体液的重新分布。

flyaround

环绕飞行

"联盟"号宇宙飞船绕国际空间站飞行，完成在对接舱口等候或者移动至另一个舱口的飞行操作。

FPS（fan/pump/separator）

（风扇/泵/分离器）

舱外机动套装的配件，可以确保空气和冷凝水的循环，并去除冷凝物。

free drift

自由漂移

飞船的一种飞行模式。在该模式下，飞船不主动控制自己的姿态，也不会抵消受到的任何推力或者压力。

g

在本书中，指在离心机或者处在加速中的航天器里感受到的重量的计量单位。1 g 相当于在地球表面的重量。

Geek

极客

指对某个爱好或者某项智力活动有浓厚兴趣的人。一般指科学或者技术类的活动，或者与科幻相关的活动。

G-LOC（g-force induced loss of consciousness）

由于头部血液从头到脚剧烈加速流动而引起的暂时性意识丧失，在特技飞行或空战中会出现的典型状况。

germošlem

带有集成耳机和麦克风的一体式布制头套，便于宇航员在穿上索科尔航天服后进行无线电通讯。

inviluppo

在本书中，指宇航员在身着加压航天服时能够用手进行有效工作的空间（inviluppo di lavoro 工作范围），或者指机械臂相对于某个货运飞船的位置，在该位置可以启动捕获机制（inviluppo di cattura 捕获范围）。

ISLE（in suit light exercise）

穿套装轻度运动

在国际空间站的美国气闸舱中采用的去饱和程序，通常用于舱外活动的准备。

ISS（international space station）

国际空间站

近地轨道的空间站，常年派驻有国际宇航员乘组，他们在此进行科学研究和技术开发活动。

IV（intra-vehicular）

舱内操作员

在穿舱外机动套装的舱外活动中，指留在国际空间站负责之前与之后相关操作——比如穿戴套装、去饱和程序，以及气闸舱的减压和加压工作——的宇航员。

jetpack

喷气背包

佩戴在背部的推进系统，工作原理通常基于某种流体的排出。比如，用于舱外机动套装的舱外活动简易救生装置。

J-Com

日本宇宙航空研究开发机构控制中心职位名称。通过无线电与宇航员交流日本"希望"号实验舱内的活动。

Kurs

Kurs 自动对接系统

导航"联盟"号宇宙飞船和"进步"号货运飞船自动靠近

国际空间站俄罗斯舱段并与之自动对接的系统。

LCVG（liquid cooling and ventilation garmen）
液冷通风服

舱外活动时穿在舱外机动套装里面的衣服。当中包含通风管和大约八十米长的冰却水管。

MCOP（multilateral crew operations panel）
多边乘组行动专家组

国际空间站的国际合作伙伴之间的协调组织，主要处理与乘组相关的问题，比如筛选标准、认证、训练和任务分配。

microgravità
微重力

自由落体引发的失重。该术语强调的是环境的有限扩展或者其他干扰而引起的残余微弱加速度的存在。

mini-workstation
迷你工作台

支持将工具和其他物品固定到加压舱外机动套装上的金属结构，位于套装正面胸部的高度。

MLM（modulo laboratorio multifunzionale)

多功能实验舱

国际空间站的俄罗斯实验舱，用于进行科学实验、为驻站乘组提供服务，以及在外部安置欧洲机械臂。目前仍在地面等待向国际空间站发射。

mm di mercurio

毫米汞柱

"联盟"号宇宙飞船和国际空间站上的通用的压力单位。海平面上的大气压大约为七百六十毫米汞柱。

mockup

模型

航天器或者它的一部分的模型，以有限的保真度再现其形状、部件，以及主要结构。通常，它的大小和真实的航天器一样，被用于训练或者工程活动。

modulo di discesa

返回舱

"联盟"号宇宙飞船的一部分，在飞船发射、再入和其他关键飞行阶段，宇航员会待在里面。它的形状为钟形，是唯一会带着宇航员返回地球的部分。

modulo orbitale

轨道舱

"联盟"号宇宙飞船的可居住部分，包括对接系统和进入国际空间站的舱门。在再入大气层之前，它会被丢弃。

NBL（neutral buoyancy laboratory）

中性浮力实验室

美国航空航天局的训练中心，有一座很大的游泳池，宇航员在此穿着舱外机动套装进行潜水训练，模拟太空舱外的活动。该中心还有一个国际空间站非俄罗斯舱段真实大小的模型。

NEEMO（NASA extreme environment mission operations）

美国航空航天局极端环境任务行动

美国航空航天局的一个训练项目。宇航员、工程师和科学家们组成的团队在一到两周的时间里在水下实验室完成实验、技术测试和空间站任务模拟等活动。

nitrox（nitrogen oxygen）

氮氧

氮气和氧气的混合气体。在水下环境，比如身着舱外机动套装在游泳池内进行舱外活动训练时，会用到一种由少量氮气和大量氧气组成的混合气体，从而降低患上减压病的风险。

nominale

指正常运转（比如航天器或者某个设备），或者某个事件按照预期发生，没有出现故障或者紧急情况。

ombelicale

脐带塔

电缆和软管的复合体，它将火箭和发射台的基础设施相连，确保电力供给、推进剂和气体供应、数据传输以及无线电通讯。

Orlan

奥兰航天服

通过俄罗斯气闸舱——"码头"号对接舱——和二号迷你研究舱进行舱外活动的加压航天服。

PayCom

亨茨维尔有效载荷控制中心的职位名称。通过无线电与宇航员交流美国航空航天局的科学实验。

Payload

在本书中，指在国际空间站上进行的科学研究和技术开发活动。

PGT（pistol grip tool, attrezzo con impugnatura a pistola）

手枪式握把工具

带有手枪式握把的无线电动螺丝刀，用于身穿舱外机动套装进行的舱外活动。

plasma

等离子体

电离气体，即大部分电子与其原子核分离。

POGO（partial gravity simulator）

偏重力模拟器

美国航空航天局用于训练宇航员进行舱外活动、模拟失重的某些方面的模拟器。它是一种机械和气动悬挂系统，通过对受试者重量的部分补偿，可以让其进行垂直、旋转和水平移动。

prep & post

之前与之后

身穿舱外机动套装进行舱外活动以前和以后的操作环节，比如套装的穿戴、去饱和程序，以及气闸舱的减压和再加压。

pressione parziale

分压

可以直观地理解为由特定成分组成的气体混合物的各部分

气体的比例多少。更确切地说，这是一个假定的压力。在气体混合物中，假定每种组分气体在相同温度下独占混合物的整个体积，则每种组分气体的压力就是这个假定压力。

prime

主乘组

在国际空间站的人员轮换体系中，前一次发射的后备乘组会自动转为下一次发射的主乘组。通常，他们都来自近六个月参加训练的宇航员。

psi

压强单位，通常用在英语世界。海平面的大气压强约为 15 psi。

rack

机架

具有标准形状、尺寸和接口的结构，其中容纳科学设备、空间站系统，或模块化仓库空间。在国际空间站的非俄罗斯舱段中，不间断的机架形成了四个纵向舱壁。

rendez-vous

交会

将一个航天器靠近另一个航天器的综合操作。

richiamata

（飞机俯冲后的）水平飞行

飞机从向下飞行到水平飞行，或抬高机头的操作。

ridondanza

冗余

在工程学中，指系统的关键组件或功能的备份，通过后备部件的存在来提高其可靠性。在航天器上，还可以通过允许乘组人员在自动系统发生故障的情况下进行手动控制，或通过培训更多乘组人员执行相同任务来实现。

roll-out

将火箭从装配大楼运输到发射台。

SAFER（simplified aid for eva rescue）

舱外活动简易救生装置

舱外机动套装配备的紧急推进系统，可以在意外与国际空间站失去物理联系的情况下，帮助进行舱外活动的宇航员回到空间站。

sezione apparecchiature

设备部分

指"联盟"号宇宙飞船不可用于居住的部分，这里有主发动机和太阳能电池板。

Shenanigans
"鬼把戏"

欧洲航天局二○○九年选拔的欧洲宇航员给自己的小组取的名字。在英语里,它的意思是"恶作剧、鬼把戏"。

Snoopy cap
史努比帽

指带有集成耳机和麦克风的布制头套,用于无线电通讯,宇航员会将它戴在舱外机动套装的头盔里面。它看起来类似查尔斯·舒尔茨的漫画《花生》中史努比狗的飞行员帽,由此而得名。

Sokol
索科尔航天服

宇航员在"联盟"号宇宙飞船中穿的加压航天服。这是一种应急服,在航内失压时可以挽救宇航员的生命,不能用于舱外活动。

spacewalker
太空漫步者

完成一次或多次舱外活动的宇航员。

Soyuz

"联盟"号

指在近地轨道上执行任务的俄罗斯载人宇宙飞船，飞船内最多容纳三人；或者指俄罗斯液氧煤油火箭，用于"联盟"号宇宙飞船和"进步"号货运飞船的发射。

SSRMS（space station remote manipulator system）

空间站远程操纵系统

由加拿大制造的机械臂，也称 Canadarm2，用于空间站的组装和维护，负责沿空间站运输设备，为进行舱外活动的宇航员提供支持，以及日本 HTV 货运飞船、"龙"飞船和"天鹅座"货运飞船的捕获。

S/G（space-to-ground）

空对地频道

国际空间站上的宇航员通过无线电波与任务控制中心进行交流的频道。

spy-mic

间谍麦克风

宇航员在紧急情况模拟训练期间佩戴的小型麦克风，以便教练员能够听见他们的对话。

T2

国际空间站上宇航员进行体育锻炼的跑步机。

track & capture

跟踪与捕获

空间站远程操纵系统靠近和对接处在自由飞行状态的航天器的操作，以便将其捕获并实现与国际空间站的连接。

trip template

行程模板

在发射之前，所有要参与国际空间站上某项任务的宇航员在各个国际训练中心的行程汇总表，由相关合作机构的工作人员定期更新。

truss

桁架

国际空间站的大型格架结构，上面安装有非加压部件，比如太阳能电池板、散热器和冷却系统的泵，以及备件储存平台。

TsUP

俄罗斯太空任务控制中心

主要负责"联盟"号宇宙飞船、"进步"号货运飞船，以及国际空间站俄罗斯舱段的操作。

UTC（universal time coordinated）

协调世界时

世界标准时间，几乎与格林尼治的本初子午线的太阳时相同。

velocità relativa

相对速度

一个航天器相对另一个航天器的速度。

verticale locale

当地垂线

假设地球具有完美的球形形状，那么它就是将轨道上的航天器与地球中心连接起来的想象中的线。

VoIP（voice over IP）

通过 IP 协议传输的语音

依托互联网或者类似的信息网络形成的电话系统，比如 Skype。

zavorramento

压载

在奥兰航天服或者舱外机动套装上分配重物或者浮子，以使其在水下处于中性浮力和相对平衡的姿态。

SAMANTHA CRISTOFORETTI
Diario di un'apprendista astronauta

© 2018 La nave di Teseo Editore/ESA 2018.
Cover photo © ESA/NASA
Samantha Cristoforetti's royalties are donated to UNICEF.
All rights reserved
All adaptations are forbidden.

图字：09-2019-201 号

图书在版编目(CIP)数据

　　成为一颗星：宇航学员日记 /（意）萨曼莎·克里
斯托弗雷蒂著；魏怡，向菲译. —上海：上海译文出
版社，2022.2（2023.7重印）
　　ISBN 978-7-5327-9002-9

　　Ⅰ.①成… Ⅱ.①萨… ②魏… ③向… Ⅲ.①随笔-
作品集-意大利-现代 Ⅳ.①I546.65

中国版本图书馆 CIP 数据核字(2022)第 024452 号

成为一颗星：宇航学员日记 Diario di un'apprendista astronauta	Samantha Cristoforetti [意]萨曼莎·克里斯托弗雷蒂 著 魏怡 向菲 译	出版统筹　赵武平 责任编辑　张　鑫 装帧设计　柴昊洲

上海译文出版社有限公司出版、发行
网址：www.yiwen.com.cn
201101　上海市闵行区号景路 159 弄 B 座
上海市崇明县裕安印刷厂印刷

开本 890×1240　1/32　印张 16　插页 11　字数 246,000
2022 年 3 月第 1 版　2023 年 7 月第 2 次印刷

ISBN 978-7-5327-9002-9/I·5594
定价：82.00 元